Ruth Ware

Een voor een

Vertaald door Hanneke van Soest

UITGEVERIJ LUITINGH-SIJTHOFF

Oorspronkelijke titel: *One by One*
Vertaling: Hanneke van Soest
Omslagontwerp: Dan Mogford/Studio Jan de Boer
Omslagillustratie: Ole Witt/Unsplash
Opmaak binnenwerk: Crius Group, Hulshout

ISBN 978 90 245 9248 7 (paperback)
ISBN 978 90 245 9249 4 (e-book)
ISBN 978 90 245 9274 6 (luisterboek)
NUR 332

www.lsamsterdam.nl
www.boekenwereld.com

Uitgeverij Luitingh-Sijthoff vindt het belangrijk om op milieuvriendelijke en verantwoorde wijze met natuurlijke bronnen om te gaan. Bij de productie van dit boek is daarom gebruikgemaakt van papier waarvan het zeker is dat de productie niet tot bosvernietiging heeft geleid.

Voor Ali, Jilly en Mark, die me als eersten
de verborgen vallei lieten zien

Van de 'over ons'-pagina op de website van Snoop

Hallo. Wij zijn Snoop. Kom met ons kennismaken, stuur ons een bericht, bespied ons – wat je maar wilt. Wij zijn best cool. Jij ook?

Topher St Clair-Bridges

Wie is de baas? Tja, als iemand die titel mag opeisen is het Toph wel. Medeoprichter van Snoop (samen met ex-vriendin, model/kunstenaar/professionele badass @evalution). Hier begon het allemaal. Als hij niet achter zijn bureau zit, bedwingt hij de skipistes in Chamonix, gaat hij uit zijn dak in Berghain in Berlijn of is hij gewoon aan het chillen. Zoek hem op bij Snoop via @xTopher of zoek contact via zijn PA Inigo Ryder – de enige gast die Topher kan vertellen wat hij moet doen.

Luistert naar: Oscar Mulero / Like a Wolf

Eva van den Berg

Van Amsterdam tot Sydney, van New York tot Londen, Eva's carrière heeft haar overal gebracht. Maar op dit moment is Shoreditch in Londen haar thuis, waar ze woont met haar man, financier Arnaud Jankovitch, en hun dochter Radisson. In 2014 richtte ze Snoop op met haar toenmalige levenspartner @xTopher. Hun idee kwam voort uit een enkele wens: hun connectie behouden over vijfduizend kilometer oceaan. Topher en Eva hebben zich sindsdien ontkoppeld, maar hun connectie bestaat nog steeds: Snoop. Leg je eigen connectie met Eva via @evalution of haar PA Ani Cresswell.

Luistert naar: Nico / Janitor of Lunacy

Rik Adeyemi
hoofd centen

Rik is de geldman, de sleutelbewaarder – je snapt het wel. Al sinds de begindagen houdt hij ons van Snoop drijvende, en hij kent Toph zelfs al veel langer dan dat. Hoe zullen we het zeggen? Bij Snoop zijn we één grote familie. Rik woont met zijn vrouw Veronique in de Londense wijk Highgate. Je kunt hem bespieden via @rikshaw.
Luistert naar: Willie Bobo / La Descarga del Bobo

Elliot Cross
hoofdnerd

Muziek mag dan het kloppende hart van Snoop zijn, maar programmeertaal is het DNA, en Elliot is de meester van de programmeertaal. Voordat Snoop een felroze logo op je telefoon was, was het niet meer dan regeltjes Java op iemands scherm – en die iemand was Elliot. Hij was al bevriend met Toph voordat ze zich hoefden te scheren, en voor een technerd is hij ongehoord cool. Bespied hem via @ex.
Luistert naar: Kraftwerk / Autobahn

Miranda Khan
vriendentsarina

Miranda houdt van stilettohakken, de laatste mode en écht lekkere koffie. Tussen genieten van gefermenteerde koffie uit Guatemala en surfen op Net-a-Porter door is ze met haar stralende glimlach Snoops uithangbord naar de buitenwereld. Wil je een recensie over ons schrijven, contact met ons leggen, ons de les lezen of gewoon hoi zeggen? Dan begin je bij Miranda. Bij Snoop weten we dat je nooit genoeg volgers kunt hebben – of genoeg vrienden. Maak Miranda een van jouw volgers of vrienden via @mirandelicious.
Luistert naar: Madonna / 4 Minutes

Tiger-Blue Esposito
hoofd chillen

Tiger, de vleesgeworden chill, houdt haar kenmerkende zentoestand in stand met behulp van dagelijkse yoga, mindfulness en

– uiteraard – een aanhoudende stroom Snoop door haar oversized koptelefoon. Wanneer ze geen *bhujapidasana* uitvoert of ontspant in een *anantasana* (voor de oningewijden: beenheffing in zijligging) poetst ze bij Snoop tandwieltjes op om te zorgen dat we er op ons allerbest uitzien en maakt ze reclame. Chill met haar via @ blueskythinking.
Luistert naar: Jai-Jagdeesh / Aad Guray Nameh

Carl Foster
rechtenman
Er is geen twijfel over mogelijk: Carl houdt ons op het rechte pad. Waar we ook spieden, hij zorgt dat we binnen de grenzen van de wet blijven. Na een afgeronde studie aan UCL heeft hij stage gelopen bij Temple Square Chambers. Sindsdien heeft hij bij tal van internationale bedrijven gewerkt, vooral in de entertainmentindustrie. Hij woont in Croydon. Bespied hem via @carlfoster1972.
Luistert naar: The Rolling Stones / Sympathy for the Devil

Van de website van BBC *News*
Donderdag 16 januari

VIER BRITTEN KOMEN OM BIJ DRAMA IN SKIOORD

Het exclusieve Franse skioord St. Antoine werd deze week opgeschrikt door nieuws over een tweede drama, luttele dagen na een lawine waarbij zes mensen om het leven kwamen en waardoor het grootste deel van de regio zonder elektriciteit kwam te zitten.

Uit berichten blijkt dat zich in een afgelegen skichalet, door de lawine van de buitenwereld afgesloten, een *house of horror*-situatie heeft ontvouwd waarbij vier Britten zijn omgekomen en er twee in het ziekenhuis zijn opgenomen.

Er werd pas alarm geslagen toen overlevenden een vijf kilometer lange tocht door de sneeuw hadden afgelegd om hulp in te schakelen. Dat roept de vraag op waarom de Franse autoriteiten na de lawine van zondag niet sneller in actie zijn gekomen om de elektriciteit en het bereik van mobiele telefoons te herstellen.

Plaatselijke politiechef Étienne Dupond weigerde alle commentaar, behalve dat er 'een onderzoek gaande is', maar een woordvoerder van de Britse ambassade in Parijs zei: 'We bevestigen dat we op de hoogte zijn gebracht van de dood van vier Britse staatsburgers in het departement Savoie in de Franse Alpen, en dat de lokale politie deze incidenten in dit stadium behandelt als één moordonderzoek. Ons medeleven gaat uit naar de families en vrienden van de slachtoffers.'

De families van de overledenen zijn op de hoogte gebracht.

Naar verluidt helpen acht overlevenden, vermoedelijk ook Britten, de politie met hun onderzoek.

Dit jaar wordt gekenmerkt door ongewoon zware sneeuwval. De lawine van zondag is de zesde sinds het begin van het skiseizoen. Het totale aantal dodelijke ongevallen staat nu op twaalf.

VIJF DAGEN EERDER

LIZ

Snoop-ID: ANON101
Luistert naar: James Blunt / You're Beautiful
Snoopers: 0
Snoop-volgers: 0

In de minibus vanaf het vliegveld van Genève houd ik mijn oordopjes in mijn oren. Ik negeer Tophers hoopvolle blikken en Eva, die over haar schouder naar me kijkt. Het helpt op een of andere manier. Het helpt om de stemmen in mijn hoofd buiten te sluiten, hún stemmen, die me heen en weer trekken, me met hun loyaliteit en hun argumenten alle kanten op slingeren.

In plaats daarvan laat ik ze door James Blunt overstemmen, die me steeds weer opnieuw vertelt dat ik mooi ben. Ik wil lachen om de ironie van die woorden, maar doe het niet. De leugen heeft iets troostends.

Het is acht voor twee 's middags. Buiten het busraam is de lucht staalgrijs en de sneeuwvlokken wervelen hypnotiserend voorbij. Het is vreemd. De sneeuw op de grond is spierwit, maar als ze valt ziet ze er grijs uit tegen de lucht. Het zou net zo goed as kunnen zijn.

Nu beginnen we te klimmen. De sneeuw wordt dichter naarmate we hoger komen en smelt niet meer wanneer ze het raam raakt, maar blijft liggen en glijdt over het glas, totdat de ruitenwissers de vlokken opzijschuiven en veranderen in stroompjes smeltwater die horizontaal over de ruit lopen. Ik hoop dat de bus sneeuwbanden heeft.

De chauffeur schakelt naar een andere versnelling; we naderen nog een haarspeldbocht. Terwijl de bus de smalle bocht neemt, lijkt de grond te verdwijnen en heb ik even het gevoel dat we vallen – een plotselinge duizeligheid waarbij mijn maag begint te draaien en mijn hoofd tolt. Ik sluit mijn ogen, verdring alles en verlies mezelf in de muziek.

Dan stopt het nummer.

En ik ben alleen, met slechts één stem in mijn hoofd die zich niet laat verdringen. Het is mijn eigen stem. En die fluistert de vraag die ik mezelf al stel sinds het vliegtuig opsteeg van de startbaan op Gatwick.

Waarom ben ik gekomen? Waaróm?

Maar ik weet het antwoord.

Ik ben gekomen omdat ik het me niet kon veroorloven dat niet te doen.

ERIN

Snoop-ID: n.v.t.
Luistert naar: n.v.t.
Snoop-volgers: n.v.t.

Het sneeuwt nog steeds, dikke witte vlokken dwarrelen lui naar beneden om zachtjes op de pieken, pistes en valleien van St. Antoine neer te dalen.

Er is de afgelopen weken drie meter gevallen en er is meer voorspeld. Een sneeuwpocalyps, noemde Danny het. Sneeuwmaggedon. De skiliften zijn gesloten, weer geopend en weer gesloten. Op dit moment zijn bijna alle liften in het skioord gesloten, maar het trouwe kabeltreintje dat naar ons gehucht leidt tjoekt nog steeds voort. Het traject heeft een glazen overkapping, dus zelfs de zwaarste sneeuwval heeft er geen invloed op. De sneeuw ligt gewoon als een deken over de tunnel in plaats van de rails te blokkeren. En dat is goed, want in de zeldzame gevallen dat het treintje wel stopt zijn we helemaal afgesneden van de buitenwereld. Er leidt geen weg naar St. Antoine 2000, in elk geval niet in de winter. Alles, van de gasten in het chalet tot en met het eten voor het ontbijt, de lunch en het diner, moet via de kabelspoorbaan komen. Tenzij je het geld hebt voor een helikoptertransfer (wat, geloof me, niet ongehoord is in deze contreien). Maar de helikopters vliegen niet onder slechte weersomstandigheden. Als er een sneeuwstorm komt, blijven ze veilig in het dal staan.

Het geeft me een vreemd gevoel als ik er te veel aan denk, een soort claustrofobie die haaks staat op de weidse vergezichten vanuit het chalet. Het komt niet alleen door de sneeuw, het komt ook door alle herinneringen die als een molensteen om mijn nek hangen. Als ik langer dan een minuut of twee stop met poetsen duiken de beelden ongevraagd op voor mijn geestesoog – gevoelloze vingers die door de samengepakte sneeuw krabbelen, de glans van de zonsondergang op blauwe huid, de glinstering van berijpte wimpers. Gelukkig heb ik vandaag geen tijd om te stoppen. Het is al één uur geweest en ik ben nog bezig met de een na laatste slaapkamer wanneer ik het galmende geluid van de gong van beneden hoor. Het is Danny. Hij roept mijn naam, en dan iets wat ik niet goed kan verstaan.

'Wat?' roep ik, en hij roept nog eens. Deze keer is zijn stem duidelijker. Hij staat nu vast onder aan de trap.

'Ik zéí: het eten is klaar. Pastinaaksoep met truffel. Dus zet je luie gat in beweging en kom naar beneden.'

'Ja, chef,' roep ik spottend terug. Ik dump snel de inhoud van de pedaalemmer in de badkamer in mijn zwarte vuilniszak, verwissel de pedaalemmerzak en ga dan via de wenteltrap naar beneden naar de lobby, waar de heerlijke geur van Danny's soep en de klanken van 'Venus in Furs' me vanuit de keuken tegemoetkomen.

Zaterdag is zowel de beste als de slechtste dag van de week. De beste, want het is wisseldag. Er zijn geen gasten; Danny en ik hebben het chalet voor onszelf. We zijn vrij om te luieren in het zwembad, te stomen in de hottub buiten en de muziek te draaien die we leuk vinden op het volume dat we willen.

En de slechtste, want het is wisseldag, wat betekent dat er negen tweepersoonsbedden moeten worden verschoond, negen badkamers schoongemaakt (elf, als je de toiletruimte beneden en de doucheruimte bij het zwembad meetelt), achttien skikasten geveegd en gestofzuigd, om nog maar te zwijgen van de woonkamer, de eetkamer, de werkkamer, de kleine zitkamer en de rookruimte buiten, waar ik alle smerige peuken moet oprapen die de rokers altijd op de grond gooien, ondanks de goed zichtbare bakken en emmers. Gelukkig zorgt Danny voor de keuken, al heeft hij zijn eigen to-dolijst. Zaterdagavond wordt er altijd een groot diner gehouden. Je moet voor de nieuwe gasten een show opvoeren, weet je wel.

Nu zitten we samen aan de grote eettafel, en ik lees de informatie door die Kate vanmorgen heeft gemaild terwijl ik Danny's soep naar mijn mond lepel. Die is zoet en aards, met krokante schaafsels erin – in truffelolie geroosterde pastinaak, als ik het goed heb.

'Deze soep is echt lekker,' zeg ik. Ik weet precies wat ik moet zeggen. Danny rolt met zijn ogen, alsof hij wil zeggen: *ja, duh*. Als Danny één ding niet is, is het bescheiden. Maar hij is een geweldige kok.

'Denk je dat de gasten hem lekker zullen vinden?' Hij vist natuurlijk naar meer complimenten, en dat kan ik hem niet kwalijk nemen. Danny is een schaamteloze diva als het om zijn kookkunst gaat, en zoals elke artiest geniet hij van waardering.

'Dat weet ik wel zeker. Hij is heerlijk, echt verwarmend en... eh... complex.' Ik tracht de bijzondere, hartige smaak onder woorden te brengen die de soep zo lekker maakt. Danny houdt van bijzondere complimenten. 'Als de herfst in een kom. Wat maak je nog meer?'

'Ik heb amuse-bouches.' Danny vinkt de gerechten op zijn vingers af. 'Dan de soep met truffel als voorgerecht. Daarna reebout voor de vleeseters en paddenstoelenravioli voor de vegetariërs. Dan crème brûlée als dessert, en ten slotte de kaas.'

De crème brûlée, Danny's succesnummer, is om je vingers bij af te likken. Ik heb gasten letterlijk slaags zien raken om de laatste portie.

'Klinkt perfect,' zeg ik bemoedigend.

'Zolang er deze keer maar geen stiekeme veganisten tussen zitten,' zegt hij humeurig. Hij is nog steeds niet bekomen van vorige week, toen een van de gasten niet alleen veganist bleek te zijn, maar ook nog glutenintolerant. Volgens mij heeft hij het Kate nog steeds niet vergeven.

'Kate was echt heel duidelijk,' zeg ik om hem te overtuigen. 'Eén lactose-intolerant, één op een glutenvrij dieet, drie vegetariërs. Geen veganisten. Dat is het.'

'Vast niet,' zegt Danny, nog genietend van zijn martelaarschap. 'Een van hen wil vast koolhydraatarm eten of zoiets. Of er zijn fruitariërs bij. Of ademhalisten.'

'Nou, als ze ademhalist zijn zullen ze jou toch niet lastigvallen?' zeg ik op redelijke toon. 'Hier hebben ze alle lucht die ze maar willen.'

Ik gebaar met een arm naar het grote raam dat de zuidkant van de kamer domineert. Het kijkt uit over de toppen en bergkammen van de Alpen, een panorama dat zo adembenemend is dat ik, ook al woon ik hier nu, soms nog steeds plotseling blijf staan om te kijken, en dan stokt mijn adem in mijn keel van zoveel schoonheid. Vandaag is het zicht slecht, hangen de wolken laag en zit er te veel sneeuw in de lucht. Maar op een goede dag kun je bijna helemaal tot aan het Meer van Genève kijken. Achter ons, ten noordoosten van het chalet, rijst de Dame Blanche op, de berg met de hoogste top van de St. Antoine-vallei, die alles overschaduwt.

'Lees de namen voor,' zegt Danny met zijn mond vol soep. Zijn accent is puur Zuid-Londens, hoewel ik weet dat hij eigenlijk in Portsmouth is opgegroeid. Ik ben er nooit helemaal zeker van wat er allemaal bij de act hoort die hij opvoert. Danny is een performer, en hoe beter ik hem leer kennen, hoe meer ik gefascineerd raak door de gecompliceerde mix van identiteiten die zich onder het oppervlak bevinden. De brutale cockney die hij voor de gasten speelt is er maar één van. Op avonden uit in St. Antoine heb ik hem van een in alle opzichten perfecte Guy Ritchie zien omslaan in een uiterst flamboyante RuPaul, en dat alles in een tijdsbestek van vijf minuten.

Maar wie ben ik om hem de maat te nemen. Ik voer mijn eigen act op. Dat doen we toch allemaal tot op zekere hoogte? Dat is een van de geneugten van verblijven op een plek als deze, waar iedereen op doorreis is. Je krijgt een nieuwe start.

'Ik moet het deze keer goed doen,' zegt hij, mijn gedachten onderbrekend. Hij maalt wat verse zwarte peper over zijn soep, proeft ervan en kijkt goedkeurend. 'Ik kan me niet nog een Madeleine veroorloven. Dan maakt Kate gehakt van me.'

Kate is de regiovertegenwoordiger, verantwoordelijk voor de coördinatie van alle boekingen en de logistiek van alle zes de chalets van het bedrijf. Ze wil dat we de klanten vanaf dag één bij naam begroeten. Dat onderscheidt ons van de grote ketenexploitanten, zegt ze. De persoonlijke benadering. Alleen is het moeilijker dan het lijkt om dat week in, week uit te doen. Vorige week sloot Danny vriendschap met een vrouw die Madeleine heette, maar toen de feedbackformulieren binnenkwamen, bleek er geen Madeleine in de groep te zitten. Niet eens een vrouw met een naam die begon met een M. Hij heeft nog steeds geen idee met wie hij de hele week heeft gepraat.

Ik laat mijn vinger omlaagglijden over de lijst die Kate gisteravond heeft doorgestuurd.

'Deze keer is het een bedrijfsgezelschap. Van een techbedrijf genaamd Snoop. Negen mensen, allemaal in aparte kamers. Eva van den Berg, medeoprichter. Topher St Clair-Bridges, medeoprichter. Rik Adeyemi, hoofd centen. Elliot Cross, hoofdnerd.' Danny proest zijn soep door zijn neus naar buiten, maar ik ga door. 'Miranda Khan, vriendentsarina. Inigo Ryder, Tophers baas. Ani Cresswell, hoofd Eva-temmer. Tiger-Blue Esposito, hoofd chillen. Carl Foster, rechtenman.' Tegen de tijd dat ik klaar ben huilt Danny van het lachen en heeft hij zich verslikt in zijn soep.

'Staat dat er echt?' lukt het hem tussen het hoesten door uit te brengen. 'Hoofd centen? Tiger-en-nog-wat? Ik had niet gedacht dat Kate gevoel voor humor had. Waar is de echte lijst?'

'Dit is de echte lijst,' zeg ik, en ik probeer niet te lachen om Danny's vertrokken gezicht, dat glimt van de tranen. 'Pak een servet.'

'Wat? Hou je me nou voor de gek?' zegt hij nog nahijgend. Dan leunt hij achterover en wuift hij zichzelf lucht toe. 'Nee, dat neem ik terug. Zo'n bedrijf is Snoop wel.'

'Heb je van ze gehoord?' Dat verbaast me. Normaal gesproken is Danny niet zo op de hoogte van dat soort dingen. We krijgen hier allerlei types over de vloer, veel privégroepen, zo nu en dan een bruiloft of een huwelijksjubileum, maar ook een verrassend aantal bedrijfsuitjes – ik denk dat het prijskaartje makkelijker te slikken is als je bedrijf betaalt. Er zitten veel advocatenkantoren, hedgefondsen en Fortune 500-bedrijven tussen. Dit is de eerste keer dat Danny van een van de bedrijven heeft gehoord en ik niet. 'Wat doen ze?'

'Snoop?' Nu is het Danny's beurt om verbaasd te kijken. 'Heb je soms onder een steen geleefd, Erin?'

'Nee, ik ben gewoon... Ik heb nog nooit van ze gehoord. Is het een mediabedrijf?' Ik weet niet waarom ik daarvoor kies. De media lijken me het soort bedrijfstak waar een Tiger-Blue Esposito zou kunnen werken.

'Nee, ze zijn een app.' Danny kijkt me wantrouwig aan. 'Heb je er echt nog nooit van gehoord? Je weet wel, Snoop, de muziekapp. Daarmee kun je... nou ja, mensen bespieden. Dat is het wel zo'n beetje.'

'Ik heb letterlijk geen idee waar je het over hebt.'

'Snoop, Erin,' zegt Danny, bitser deze keer, alsof hij verwacht dat ik mezelf elk moment tegen mijn voorhoofd zal slaan en *o, díé Snoop!* zal uitroepen. Hij haalt zijn telefoon tevoorschijn en scrolt naar een app die eruitziet als twee ogen tegen een felroze achtergrond. Of misschien twee tandwieltjes, dat is moeilijk te zien op het logo. Hij tikt erop, en het scherm wordt felroze, dan zwart, met *Snoop. Real people, real time, real loud* in fuchsiaroze letters.

Deze keer zijn de twee O's in de naam de wieltjes van een cassettebandje.

'Je verbindt hem met je Spotify-account of wat dan ook,' legt Danny uit terwijl hij door de menu's scrolt, alsof lijsten met willekeurige celebrity's alles duidelijk maken. 'En dan kunnen anderen zien waar je naar luistert.'

'Waarom zou je dat willen?' vraag ik, niet-begrijpend.

'Voor wat hoort wat, hè?' zegt Danny. Hij klinkt ongeduldig. 'Het hele idee is dat niemand naar jou wil luisteren, maar jij naar andere mensen kunt luisteren wanneer je de app gebruikt. Bij Snoop noemen ze het "voyeurisme voor je oren".'

'Dus... ik kan zien waarnaar... ik weet niet... Beyoncé luistert? Als ze erbij zou zitten.'

'Ja. En Madonna. En Jay-Z. En Justin Bieber. En wie dan ook. Celebrity's zijn er dol op. Het is het nieuwe Instagram. Je kunt een connectie aangaan, weet je wel? Maar dan zonder te veel informatie weg te geven.'

Langzaam knik ik. Ik zie eigenlijk wel wat daar aantrekkelijk aan is.

'Dus het zijn in feite de playlists van beroemde mensen?'

'Geen playlists,' zegt Danny. 'Want het hele idee is dat het realtime is. Je krijgt te horen waar ze op dat moment naar luisteren.'

'En als ze slapen?'

'Dan krijg je niets. Ze verschijnen niet in de zoekbalk als ze niet online zijn en niet ergens naar luisteren. En als je iemand bespiedt en ze stoppen met luisteren, stopt hun feed en krijg je de optie om doorgeleid te worden naar iemand anders.'

'Dus als je iemand bespiedt en ze zetten een nummer op pauze om de telefoon te beantwoorden...'

Danny knikt.

'Ja, dan wordt de feed gewoon afgebroken.'

'Dat is echt een bar slecht idee.'

Hij lacht en schudt zijn hoofd.

'Nee, je snapt het niet. Het hele punt is...' Hij stopt en probeert iets onder woorden te brengen wat niet in woorden te vatten is. 'Het hele idee is de connectie. Je luistert naar hetzelfde nummer op hetzelfde moment als zij, maat voor maat. Je weet dat Lady Gaga naar precies hetzelfde als jij luistert, waar ter wereld ze ook is. Het is alsof...' Ineens krijgt hij inspiratie en zijn gezicht licht op. 'Het is als, je weet wel, als je voor het eerst met iemand uitgaat en je deelt een oortelefoon, met het ene oortje in zijn of haar oor en het andere in het jouwe?'

Ik knik.

'Nou, zo is het. Lady Gaga en jij delen haar oortelefoon. Het maakt echt impact. Wanneer je in je bed ligt en ze stoppen met luisteren, dan weet je dat ze waarschijnlijk ergens precies hetzelfde doen als jij, zich omdraaien, in slaap vallen... Het is nogal intiem, weet je? Maar niet alleen celebrity's doen het. Als je een langeafstandsrelatie hebt, kun je bijvoorbeeld je mannetje bespieden en tegelijkertijd naar hetzelfde liedje luisteren. Aangenomen natuurlijk dat je zijn Snoop-ID kent. Ik hou de mijne privé.'

'Oké...' zeg ik langzaam. 'Dus... je feed is openbaar, maar niemand weet dat jij het bent?'

'Ja. Ik heb twee volgers, omdat ik niet de moeite heb genomen de app toegang te geven tot mijn contactpersonen. Let wel, sommige van de populairste Snoop-gebruikers zijn volkomen incognito. Er is die ene kerel in Iran, HacT heet hij. Hij staat zo'n beetje elke maand in de top tien van personen met de meeste volgers. Nou ja, ik zeg in Iran, maar je kunt het eigenlijk niet weten. Dat is alleen wat er in zijn Snoop-bio staat. Hij kan ook uit Florida komen.'

Zijn telefoon piept en hij tikt de melding aan die op het scherm verschijnt.

'Ah, kijk, daar, zie je? Dit is iemand die ik volg, Msaggronistic. Een Frans-Canadese meid uit Montreal, ze luistert naar echt coole punknummers. Door dat meldingsbericht weet ik dat ze nu online is en naar...' Hij scrolt door de melding omlaag. '... The Slits luistert. Ik weet niet of dat wel mijn ding is, maar dat is nou net het leuke eraan; het zou best eens kunnen. Je weet het gewoon niet.'

'Oké.' Hoewel ik niet weet of ik hier nou echt wijzer van ben geworden, snap ik wel waar het om draait.

'Anyway,' zegt Danny. Hij staat op en begint onze soepborden af te ruimen. 'Dat bedoel ik dus, bij die techstart-ups kan ik me voorstellen dat ze hun hoofd financiën "hoofd cententeller" noemen of hoe je hem ook noemde. Dat vinden ze vast lekker apart of zo. Koffie?'

Ik kijk op mijn horloge. Zeventien over twee.

'Dat red ik niet meer. Ik heb nog twee kamers te doen, en het zwembad.'

'Ik kom het wel brengen.'

Ik sta op, rek me uit en masseer de knopen uit mijn nek en schouders. Schoonmaken is hard werken. Voordat ik aan deze baan begon, realiseerde ik me niet hoe hard. Een stofzuiger de trap op en af sjouwen, toiletten en tegels schrobben. Negen kamers achter elkaar schoonmaken is een work-out.

Ik ben bijna klaar met het zwembad wanneer Danny binnenkomt met een kop koffie. Hij draagt zijn gebruikelijke zwembroek, de kleinste en strakste die ik ooit in het echt heb gezien. De kleur is banaangeel, en wanneer hij zich omdraait om mijn koffie bij de ligstoel neer te zetten, kun je zien dat er BAD BOI in scharlakenrode letters op zijn kont staat geschreven.

'Niet spetteren,' waarschuw ik hem, want hij staat met uitgestrekte armen op de rand van het zwembad. 'Ik ga niet nog een keer dweilen.'

Hij zegt niets, steekt alleen zijn tong uit en maakt dan een perfecte, spatvrije duik in het ondiepe gedeelte van het zwembad. Het is niet echt diep genoeg om te duiken, maar hij scheert langs de bodem en komt aan de andere kant ongeschonden boven.

'Toe nou, het is hier schoon genoeg. Kom erin.'

Ik aarzel. Hoewel ik niet heb gestofzuigd in de eetkamer, vraag ik me af of dat iemand zou opvallen.

Ik kijk op mijn horloge. Kwart over drie. De gasten zouden vanmiddag om vier uur moeten aankomen. Ik breng mezelf in tijdnood.

'Oké dan.'

Het is ons wekelijkse ritueel. Tien minuten in het zwembad nadat alle klusjes zijn geklaard is onze manier om ons territorium terug te winnen en onszelf eraan te herinneren wie hier eigenlijk de baas is.

Onder mijn kleren heb ik mijn bikini aan. Ik trek mijn bezwete T-shirt en vuile poetsspijkerbroek uit en ga op de rand staan om te duiken. Net wanneer ik me wil afzetten voel ik een hand om mijn enkel en word ik in het water getrokken. Met een gil plons ik in het zwembad.

Sputterend kom ik boven en ik veeg mijn haar uit mijn ogen. Het terras van het zwembad ligt vol plasjes water.

'Idioot die je bent! Niet spetteren, zei ik!'

'Chill.' Danny lacht uitgelaten; waterdruppels glinsteren als edelsteentjes op zijn donkere huid. 'Ik dweil het wel op. Dat beloof ik.'

'Ik vermoord je als je het niet doet.'

'Ik doe het! Dat zei ik toch? Ik doe het terwijl jij je haar droogt.' Hij wijst naar zijn stekeltjeshaar om me eraan te herinneren dat hij in dat opzicht een voorsprong op me heeft.

Ik geef hem een stomp tegen zijn arm maar kan niet boos op hem blijven. De volgende paar minuten zwemmen en worstelen we, stoeiend als puppy's, tot we uiteindelijk naar lucht happen en moeten stoppen om op adem te komen.

Danny hijst zich grijnzend en hijgend uit het water en loopt naar de kleedkamer om zich aan te kleden en de gasten te begroeten.

Eigenlijk moet ik er ook uit, weet ik. Er is nog genoeg te doen, klussen te klaren, taken af te maken. Maar even, heel even, laat ik me drijven, met armen en benen gespreid in het helderblauwe water. Ik raak met mijn vingers het litteken aan dat over mijn wang loopt, waarbij ik de gedeukte lijn volg waar de huid dun en nog gevoelig is. Door het glazen dak boven me kijk ik omhoog naar de grijze lucht, terwijl de sneeuwvlokken schuin naar beneden vallen.

De lucht heeft precies de kleur van Wills ogen.

De klok tikt door naar de aankomst van onze gasten, en ik hoor dat Danny de kleedkamer begint te dweilen. Ik zou uit het water moeten komen, maar dat kan ik niet. Ik blijf naar de lucht kijken. Ik lig daar gewoon, met mijn donkere haar om me heen, zwevend, starend. Terugdenkend.

LIZ

Snoop-ID: ANON101
Luistert naar: bespiedt EDSHEERAN ☑
Snoopers: 0
Snoop-volgers: 0

We zitten nu vrij hoog in de bergen. De minibus baant zich een weg naar boven door kleine alpendorpjes die eruit zouden zien als ansichtkaarten, behalve dan dat de lucht dreigend leisteengrijs is in plaats van blauw. De natte sneeuw in het dal is overgegaan in enorme witte vlokken, en de chauffeur heeft de ruitenwissers in de hoogste stand gezet, waardoor ze net zo snel opzij worden geveegd als ze vallen. Onder ons is het zwarte asfalt veranderd in bevroren grijze ribbels, en de banden maken een vreemd ratelend geluid wanneer ze eroverheen gaan. Aan weerszijden van de weg liggen hopen vuile sneeuw, bijeengeveegd door sneeuwploegen, waardoor het lijkt of we door een tunnel rijden. Het geeft me een ingesloten gevoel. In een poging mezelf af te leiden blader ik door de apps op mijn telefoon, totdat ik terugga naar Snoop.

Nadat ik het bedrijf had verlaten, heb ik de app verwijderd. Ik wilde alles wat met Snoop te maken had achter me laten en vond het geen fijn idee dat Topher, Eva en de anderen me via de software in de gaten konden houden. Een paar weken later heb ik de app toch weer gedownload. Het is niet voor niks dat Snoop net de honderd miljoen gebruikers heeft aangetikt; het is verslavend. Deze keer heb ik mijn profiel volledig afgeschermd en is er geen enkel naar mij traceerbaar e-mailadres aan het account gekoppeld, zodat zelfs Elliot, die toegang heeft tot alle informatie achter de schermen, niet kan weten dat ik het ben. Niet dat ik paranoïde ben, hoor. Ik kan me niet voorstellen dat hij om de paar dagen in de gebruikersbestanden zit te zoeken naar Liz Owens. Ik ben gewoon nogal op mijn privacy gesteld. Dat is toch normaal?

Topher zegt iets over zijn schouder tegen me. Ik trek de oordopjes uit mijn oren.

'Sorry, wat zei je?'

'Ik vroeg of je ook een drankje wilt?' Hij houdt een open fles champagne omhoog.

Ik schud mijn hoofd. 'Nee, dank je.'

'Zoals je wilt.' Hij neemt een slok rechtstreeks uit de fles en ik probeer niet te huiveren. Hij slikt, veegt zijn mond af en zegt: 'Ik hoop dat het weer opklaart. Als het zo doorgaat zullen we niet veel kunnen skiën.'

'Kun je dan niet skiën als het sneeuwt?' vraag ik. Hij lacht, alsof hij denkt dat ik gek ben.

'Dat kan wel, maar het is niet leuk. Het is als hardlopen in de regen. Heb je nog nooit geskied?'

'Nee.' Ik realiseer me dat ik op een velletje langs mijn nagel zit te bijten en dwing mezelf mijn hand te laten zakken. Mijn moeders bezorgde stem flitst door mijn hoofd. *Liz, doe dat alsjeblieft niet, je weet dat papa dat niet graag ziet.* Ik verhef mijn eigen stem om die stem niet te horen. 'Niet echt, bedoel ik. Ik heb op school een keer op een borstelbaan geskied, maar dat is niet hetzelfde.'

'Je zult het geweldig vinden,' zegt Topher met dat gekmakende zelfvertrouwen van hem. Feit is natuurlijk dat hij niet weet of ik skiën wel zo geweldig zal vinden. Maar als hij dit soort uitspraken doet geloof je hem op de een of andere manier. Als hij zegt dat je geld volkomen veilig is, dat iets een fantastische investering is of dat je deze voorwaarden nooit meer krijgt, vertrouw je hem. Je ondertekent die cheque. Je doet die storting. Je legt alles in zijn handen.

Daarom is hij wie hij is, denk ik. Dat gigantische zelfvertrouwen. Jakkes.

Ik reageer er niet op, maar dat verwacht hij kennelijk ook niet. Hij kijkt me met een brede, stralende grijns aan, neemt nog een slok Krug en draait zich dan terug naar de chauffeur.

'Klopt het dat we er bijna zijn, of vergis ik me?'

'Comment?' vraagt de chauffeur in het Frans.

Topher glimlacht overdreven geduldig en vraagt het opnieuw, alleen veel langzamer nu. 'Zijn. We. Er. Bijna?'

'Presque,' antwoordt de chauffeur kortaf.

'Bijna,' vertaal ik fluisterend, en daar heb ik meteen spijt van.

'Ik wist niet dat je Frans spreekt, Liz,' zegt Eva. Ze draait zich om en kijkt me glimlachend aan. Ze zegt de woorden alsof ze gouden sterren uitdeelt.

Je weet een heleboel niet over mij, Eva, denk ik.

'Middelbare school,' mompel ik in plaats daarvan. 'Niet erg goed.'

'Wat heb jij onverwachte talenten,' zegt Eva bewonderend. Ik weet dat ze me probeert te vleien, maar haar woorden hebben een neerbuigend randje omdat Engels haar tweede taal is, na Nederlands, en ze ook vloeiend Duits en Italiaans spreekt.

Voordat ik word geacht te reageren komt de minibus tot stilstand. De banden knerpen in de sneeuw. Ik kijk om me heen. In plaats van het chalet dat ik had verwacht, zie ik een donkere opening in de besneeuwde heuvel en een bordje met daarop *LE FUNICULAIRE DE ST. ANTOINE*. Een skilift? Nu al?

Ik ben niet de enige die verbaasd is. Carl, de dikke jurist, ziet er ook gealarmeerd uit. De chauffeur stapt voor uit het busje en begint koffers uit te laden.

'Moeten we vanaf hier lopen of zo?' vraagt Carl. 'Ik heb verdomme geen sneeuwschoenen bij me!'

'We verblijven in St. Antoine 2000,' zegt Tophers assistent. Hij heet Inigo, hoorde ik in het vliegtuig. Hij is Amerikaans, blond en extreem knap. Hij richt zich tot zowel Carl als de rest van ons. 'Dit is St. Antoine le Lac, maar in de omgeving liggen veel kleine gehuchten, waarvan sommige slechts uit een paar chalets bestaan. Het chalet waar wij verblijven ligt op bijna zevenduizend voet – ik bedoel tweeduizend meter,' zegt hij haastig, wanneer Eva een wenkbrauw optrekt. 'Omdat het niet te bereiken is over de weg, moeten we het laatste deel met dit kabeltreintje naar boven.' Hij knikt naar de donkere opening en zodra mijn ogen zich hebben aangepast zie ik achter een draaihek een geüniformeerde man in een hokje verveeld met zijn telefoon spelen.

'Ik heb kaartjes voor jullie,' voegt Inigo eraan toe, en hij steekt een stapel papiertjes omhoog. Hij deelt ze uit terwijl we uit de minibus de zachte sneeuw in stappen. Met het kaartje in de hand staan we omhoog te kijken. Ik buig mijn vingers zenuwachtig in mijn zakken en voel de gewrichten knakken in plaats van dat ik het hoor. Het is zeven over vier, maar de wolken zitten zo vol sneeuw dat de lucht donker is. We nemen ieder een koffer, waarbij de chauffeur de rij sluit, en wachten wat ongemakkelijk op de kabeltrein. Die is onzichtbaar, ergens ver in de tunnel, al horen we de enorme staalkabel gonzen naarmate hij dichterbij komt.

'Hoe gaat het met je, Liz?' zegt een stem achter me, en ik draai me om naar Rik Adeyemi, financieel controleur van Snoop. Hij heeft een lege fles champagne onder zijn arm. Rik is een van de weinige mensen die ik herken, naast Eva, Topher en Elliot. Hij grijnst, waarbij hij een witte wolk de koude lucht in puft, en geeft me een ferme klap op mijn schouder. Dat doet pijn. Ik probeer niet ineen te krimpen. 'Lang niet gezien!'

'Goed, hoor,' zeg ik. Mijn stem klinkt stijfjes, koel. Daar baal ik van, maar ik kan het niet helpen. Zo klink ik altijd als ik nerveus ben. En Rik maakt me altijd nerveus. Dat komt deels door zijn lengte. Ik kan niet echt goed opschieten met mannen, en vooral niet met mannen die boven me uittorenen. Maar dat is het niet alleen. Rik is zo... gladjes. Veel meer dan Topher, hoewel ze allebei uit hetzelfde wereldje komen. Letterlijk. Topher, Elliot en hij kennen elkaar van kostschool. Blijkbaar was Elliot altijd al een genie, zelfs toen. Een heel verschil met Campsbourne Secondary in Crawley, waar ik naar school ging. Ik weet dat ik voor hen een wezen van een andere planeet ben. Raar. Vreemd. Arbeidersklasse.

Ik knijp mijn handen dicht en laat de gewrichten knakken, en Rik huivert en lacht dan wat opgelaten.

'Goeie ouwe Liz,' zegt hij. 'Knak je nog steeds met je vingers?'

Ik geef geen antwoord. Hij verplaatst zijn gewicht van de ene voet naar de andere, terwijl hij afwezig met zijn zilveren Rolex speelt. Ondertussen staart hij langs het spoor omhoog richting de onzichtbare wagon, die dreunend op ons afkomt.

'Hoe gaat het eigenlijk met je?' vraagt hij, en ik wil mijn ogen ten hemel slaan. *Dat heb je al gevraagd,* denk ik. Maar ik zeg niets. Ik heb ontdekt dat het soms oké is om dat te doen. Het is eigenlijk best leuk om naar de reactie van mensen te kijken.

Rik kijkt me snel aan, wachtend op mijn sociaal geconditioneerde *goed*. Als dat niet komt, steekt hij zijn vrije hand in zijn zak en lijkt duidelijk in verlegenheid gebracht.

Mooi. Laat hem maar wachten.

ERIN

Snoop-ID: LITTLEMY
Luistert naar:
Snoop-volgers: 0

'Littlemy?' zegt Danny, die over mijn schouder kijkt terwijl ik mijn gloednieuwe gebruikersnaam intik. Hij spreekt het uit als twee woorden – *litt lemy*. 'Wat betekent dat nou weer?'

'Niet *litt lemy*. Little My. Het is een personage uit de Moomins.'

'De moe wát?'

'De Moomins! Het is een reeks kinder... Ach, laat maar,' zeg ik wanneer ik de verbijstering op zijn gezicht zie. 'Wat is jouw gebruikersnaam?'

'Dat vertel ik je niet,' zegt hij beledigd. 'Anders ga je me misschien bespieden.'

'O, dus jij mag de mijne wel weten, maar ik de jouwe niet?'

'Dat heb je goed gezien. Waar ga je naar luisteren?'

Ik klik op een willekeurig profiel. NEVERMINDTHEHORLIX. Het is iemand uit mijn contactenlijst die de app voorstelde, en hoewel ik niet zeker weet wie het is, denk ik dat het misschien een meisje is bij wie ik op school heb gezeten. 'Come and Get Your Love' van Redbone vult de kamer. Ik heb nog nooit van de band gehoord, maar ik ken het nummer.

Iemand heeft *Guardians of the Galaxy* gekeken,' mompelt Danny een tikje spottend. Toch bewegen zijn heupen op het ritme van het nummer wanneer hij door de kamer loopt om de sneeuwbui in te turen. Maar al na een paar seconden draait hij zich met een ruk om, pakt een fles champagne uit de koeler op de salontafel en ontkurkt die met een geluid als van een pistoolschot.

'Daar zijn ze. Ik zie de kabeltrein aankomen.'

Ik knik en stop mijn telefoon in mijn zak. Geen tijd nu voor een praatje. Er is werk aan de winkel.

Tien minuten later sta ik met een dienblad met glazen in de hand in de deuropening van Chalet Perce-Neige te kijken naar een groepje dat strompelend en glijdend naderbij komt over het pad dat van de kabeltrein naar de veranda leidt. Geen van hen draagt geschikte schoenen, en ze hebben nog niet onder de knie hoe je in de sneeuw moet lopen, met korte stappen en je gewicht naar voren, niet naar achteren. Een van hen, een zeer goed uitziende donkere man, heeft iets in zijn hand wat eruitziet als... Ja, het is nog waar ook. Een lege fles Krug. Geweldig. Ze zijn al dronken.

Een lange blonde man komt als eerste bij me aan. Hij is begin dertig en knap met een uitstraling van 'dat weet ik zelf maar al te goed'.

'Hoi. Topher. Oprichter van Snoop,' zegt hij met een grijns die duidelijk bedoeld is om me te charmeren. Zijn adem ruikt naar alcohol en zijn stem klinkt zoals die van alle kostschooljongens die ik ooit heb ontmoet. Hij komt me vaag bekend voor, maar ik zou niet weten waarvan ik hem zou kennen – misschien komt het doordat hij eruitziet zoals je verwacht dat een CEO van een hippe internetstart-up eruit zal zien.

'Leuk je te ontmoeten,' zeg ik. 'Ik ben Erin, jullie gastvrouw voor deze week. Champagne?'

'Nou, omdat je zo aandringt...' Hij pakt een glas champagne van het dienblad en slaat het in één keer achterover. Ik neem me meteen voor dat ik de volgende keer dat ik drankjes voor dit gezelschap inschenk prosecco zal gebruiken. Als ze de drank zo achteroverslaan, proeven ze het verschil echt niet.

'Bedankt.' Hij zet het lege glas terug op het dienblad en kijkt om zich heen. 'Geweldige locatie, trouwens.'

'Bedankt, dat vinden wij ook,' zeg ik. De anderen komen nu achter hem aan. Een beeldschone vrouw met een gebruinde huid en witblond haar baant zich een weg door de sneeuw.

'Dit is Eva van den Berg,' zegt Topher zodra ze naast hem staat. 'Mijn partner in crime.'

'Hallo, Eva,' zeg ik. 'We zijn heel blij jullie groep te mogen verwelkomen in Chalet Perce-Neige. Willen jullie de tassen hier laten staan en naar binnen gaan om op te warmen?'

'Dat zou heel fijn zijn,' zegt Eva. In haar stembuiging hoor ik een vleugje van iets wat niet helemaal Engels is. Achter haar glijdt een van de mannen uit in de sneeuw en begint zachtjes in zichzelf te vloeken. 'Hou verdomme je kop, Carl,' zegt ze achteloos over haar schouder.

Ik knipper beduusd met mijn ogen, maar voor Carl lijkt het niets bijzonders. Hij rolt met zijn ogen, krabbelt overeind en volgt zijn collega's de warmte in.

In de lobby knettert het vuur in de grote geëmailleerde houtkachel. De gasten schudden de sneeuw van hun jas en wrijven hun handen warm bij het vuur. Ik zet het dienblad met glazen binnen handbereik en pak de lijst van gasten en kamernummers erbij. Ik kijk de ruimte door en probeer de juiste naam bij de juiste persoon te zoeken.

Eva en Topher heb ik al. Carl Foster, de man die in de sneeuw is uitgegleden, is een gedrongen blanke man van in de veertig met stekeltjeshaar en een strijdlustig gezicht, maar hij slaat vrolijk zijn champagne achterover. Blijkbaar zit hij niet te tobben over wat er zonet buiten is gebeurd. Te oordelen naar haar achternaam is Miranda Khan waarschijnlijk de zeer elegante Aziatische vrouw bij de trap. Ze draagt vijftien centimeter hoge hakken en praat met de man van de Krug, die de lege fles inmiddels heeft verruild voor een vol glas.

'O, Rik,' hoor ik haar een tikje flirterig zeggen. 'Echt iets voor jou om dat te zeggen.'

Rik Adeyemi. In gedachten zet ik nog een vinkje op mijn lijst met namen. Oké, dat zijn er al vijf. De vier overgebleven gasten zijn een groter raadsel. Er is een slanke vrouw van midden twintig met ombré punten in haar korte haar, die om een of andere reden een opgerolde yogamat onder haar arm heeft. Er is een jongen van begin twintig die sterk lijkt op een jonge Jude Law. Afgaand op wat ik hoorde van zijn accent toen hij een glas champagne pakte is hij een Amerikaan. Achter hem zit een vrouw met pluizig blond haar dat onmogelijk haar echte kleur kan zijn. Het heeft de kleur van boterbloemen en de textuur van paardenbloempluis. Ze draagt een enorme ronde bril en kijkt verwonderd de lobby rond. Door die bril, gecombineerd met haar haar, heeft ze iets weg van een heel schattig kuikentje. Ze moet ofwel Ani ofwel Tiger zijn. Als ze ergens totaal niet op lijkt is het wel een tijger, dus ik denk dat ze Ani is.

De negende en laatste gast is een lange, opgelaten ogende man die met zijn handen in zijn zakken uit het raam staart. Door zijn gereserveerdheid vormt hij een vreemd contrast met de andere gasten, die allemaal gezellig staan te kletsen met een ongedwongenheid die je alleen ziet bij mensen die elkaar al heel lang kennen of lange tijd samenwerken.

Nee, wacht. Er is nog een andere gast die alleen staat. Een vrouw van achter in de twintig, in een onopvallend hoekje bij het vuur, alsof ze hoopt dat niemand haar zal aanspreken. Ze draagt donkere kleren en gaat zo op in de achtergrond dat ik haar in eerste instantie niet heb opgemerkt. Ze lijkt wel... het woord dat in me opkomt is 'ineengekrompen', en hoewel dat te sterk voelt, is het het enige woord dat echt past. Haar onbehagen staat in schril contrast met de rest van de groep, die lachend hun glazen vullen, in weerwil van het advies om eerst te wennen aan de hoogte. Ze onderscheidt zich niet alleen door haar lichaamstaal, maar door alles. Ze is de enige die kleren draagt die er eerder uitzien als H&M dan D&G, en hoewel ze niet de enige is met een bril, zien de anderen eruit alsof hun spullen door een Hollywoodstudio zijn geleverd. Haar bril lijkt meer op een afdankertje van het Britse ziekenfonds. Ook zij doet me denken aan een vogel, maar dan niet aan een pluizig kuiken. Er is niets schattigs aan haar. Deze vrouw heeft eerder wat weg van een uil, een opgejaagde, paniekerige uil gevangen in de koplampen van een auto.

Ik sta op het punt naar haar toe te gaan om haar een glas champagne aan te bieden, wanneer ik zie dat er niets meer op het dienblad staat. Heb ik het aantal glazen verkeerd geteld?

Ik kijk nog eens rond. Ik tel. Er zijn tien mensen in de lobby, geen negen.

'Eh... neem me niet kwalijk,' zeg ik kalm tegen Topher, 'maar overnacht iemand van jullie gezelschap misschien ergens anders?'

Hij kijkt me niet-begrijpend aan.

'Er staan negen gasten op mijn lijst,' leg ik uit. 'Jullie lijken met zijn tienen te zijn. Het is niet echt een probleem, hoor. We kunnen tot achttien personen onderbrengen, maar er zijn negen kamers, dus ik vraag me af...'

Mijn stem sterft weg.

Topher slaat met zijn hand tegen zijn voorhoofd en draait zich naar Eva toe.

'Shit.' Zijn stem is heel zacht, hij vormt de woorden bijna alleen met zijn lippen in plaats van ze uit te spreken. 'We zijn Liz vergeten.'

'Wat?' zegt Eva nogal geïrriteerd, terwijl ze haar zijdeachtige lokken naar achteren schudt. Ze doet de lange linnen sjaal af die om haar nek hangt. 'Ik verstond je niet.'

'We zijn Líz vergeten,' zegt hij, deze keer nadrukkelijker. Haar mond valt open en ze kijkt over haar schouder naar de vrouw bij de open haard, voordat ze met haar mond het woord 'shit' vormt in de richting van haar zakenpartner.

Topher trekt ons beiden een hoek in, weg van de andere gasten, en wenkt de jongeman die op Jude Law lijkt. Hoewel de gelijkenis vervaagt naarmate hij dichterbij komt, wordt de indruk dat hij verrassend knap is alleen maar sterker. Hij heeft een gebruinde huid, scherpe Slavische jukbeenderen en de meest bijzondere topaasblauwe ogen die ik ooit heb gezien.

'Inigo,' sist Topher wanneer de jongen bij hem staat. 'Inigo, we zijn Liz vergeten.'

Inigo kijkt Topher even wezenloos aan en dan dringen de woorden tot hem door. De kleur trekt uit zijn wangen.

'O god, nee toch.' Zijn accent is Amerikaans, Californisch gok ik, al ben ik niet zo goed in het plaatsen van Amerikanen. Verschrikt slaat hij zijn hand voor zijn mond. 'Topher, wat ben ik toch een lul.'

'Het is niet jouw schuld,' zegt Eva bits. 'Topher is vergeten haar op de oorspronkelijke lijst met namen te zetten. Terwijl uitgerekend zij...'

'Als jij zo efficiënt bent,' bijt Topher haar knarsetandend toe, 'had je Ani wat van het routinewerk moeten laten uitvoeren in plaats van Inigo al het zware werk te laten doen.'

'Het geeft niet,' onderbreek ik hen haastig. Dit gaat niet zoals het hoort. De eerste dag hoort te draaien om rust en ontspanning – bijkomen in de hottub, *vin chaud* drinken en genieten van Danny's kookkunst. De realiteit komt later wel, wanneer de powerpointpresentaties worden gehouden. 'Echt, we kunnen voor meer bedden zorgen. Het enige probleem is dat we de slaapkamers opnieuw moeten indelen. We hebben negen gastenkamers, dus dat betekent dat twee mensen een kamer zullen moeten delen.'

'Laat me de lijst eens zien,' zegt Topher met gefronste wenkbrauwen.

'Nee, geef hem maar aan mij,' snauwt Eva. 'Jij hebt dit al een keer verprutst, Topher.'

'Prima,' zegt Topher geïrriteerd. Eva pakt het papier en gaat met een vinger de namen af. Terwijl ze dat doet zie ik dat er een soort brandgaten in haar trui zitten – het lijkt alsof ze is uitgeschoten met een lasapparaat, maar iets zegt me dat het zo uit de winkel komt, en waarschijnlijk met een fiks prijskaartje eraan.

'Liz zou een kamer kunnen delen met Ani,' zegt Inigo hulpvaardig.

Meteen schudt Eva haar hoofd. 'Nee, absoluut niet. Liz mag niet degene zijn die een kamer moet delen, anders is meteen duidelijk wat er mis is gegaan.'

'Carl dan?' mompelt Topher. 'Iedereen heeft maling aan hem. Hij zou een kamer kunnen delen.'

'Met wie?' vraagt Eva. 'Rik zal er nooit mee instemmen een kamer te delen, of wel soms? En wat Elliot betreft...' Ze maakt een snel hoofdgebaar naar de opgelaten man die met zijn rug naar de anderen toe staat.

'Oké,' zegt Topher gehaast. 'Dat gaat hem niet worden.'

Hun beider blikken gaan bedachtzaam naar Inigo, die bezorgd naar de lijst staart. Nu hij hun ogen op zich gericht voelt, kijkt hij op.

'Heb ik iets gemist?'

'Ja,' zegt Eva resoluut. 'Jij deelt een kamer met Carl. Ga hem maar snel het nieuws brengen.'

Inigo's gezicht betrekt.

'Ik zal de kamers moeten omwisselen,' zeg ik, terwijl ik in gedachten de lijst met kamers naloop waarin een tweede bed past.

'Liz zal Inigo's oorspronkelijke kamer moeten nemen. Dat is de kleinste. Is dat goed? Miranda kan die van Carl krijgen, en dan kunnen Carl en Inigo de oude kamer van Miranda delen. Dat is een van de weinige kamers waarin een extra bed past.'

'Waar is Miranda eigenlijk?' vraagt Topher, die om zich heen kijkt. Ik werp een snelle blik op de trap. Rik staat nu met het pluizige kuiken te praten – beslist Ani, is mijn conclusie – en de lange, elegante Miranda is verdwenen.

Eva slaakt een zucht. 'Verdomme, ze is waarschijnlijk al naar haar kamer gegaan. Ze zal er niet blij mee zijn dat ze is gedegradeerd, maar ze zal het moeten accepteren. Kom, dan gaan we naar haar toe voordat ze haar spullen uitpakt.'

'Ik ga met je mee,' zeg ik. 'Iemand zal de koffers moeten dragen.'

Achter mijn ogen komt een hoofdpijn opzetten. Plotseling voelt dit als het begin van een heel lange week.

LIZ

Snoop-ID: ANON101
Luistert naar: offline
Snoop-volgers: 0

Bij aankomst is er iets gebeurd. Ik weet niet wat, maar in de lobby zag ik Eva, Topher en Inigo samen met het meisje van het chalet in een hoekje staan praten. En ik hoorde mijn naam noemen, dat weet ik zeker. Ze hadden het over mij. Ze flúísterden over mij.

Het enige waaraan ik kan denken is wat ze zeiden, waarom ze blikken over hun schouder wierpen, waarom ze stonden te konkelen.

O god, wat haat ik dit.

Nee, dat is niet waar. Ik haat niet alles hier. Deze plek – dit ongelooflijke chalet, met zijn zwembad, zijn uitzicht, zijn schapenvachten om lekker onder te kruipen en zijn fluwelen banken – deze plek is een droom die uitkomt. Ik denk niet dat ik ooit eerder een voet heb gezet in iets zo luxueus, althans niet sinds ik bij Snoop ben weggegaan. Als ik hier alleen zou zijn, zou ik dolgelukkig zijn, zelfs meer dan dat. Ik zou mezelf knijpen om te zien of ik niet droomde.

Ik haat hén.

Als ik uiteindelijk alleen in mijn kamer ben ga ik op de handgemaakte quilt liggen, leg mijn hoofd op het donzen kussen en sluit mijn ogen.

Ik zou door de kamer moeten lopen om het prachtige panoramische uitzicht op de bergen in me op te nemen, de spa-instellingen van het bad uit te proberen en me te verbazen over het geluk dat ik hier ben. Maar dat doe ik niet. In plaats daarvan lig ik hier met mijn ogen dicht en moet ik almaar denken aan dat vreselijke, ongemakkelijke moment beneden.

Ik zou eraan gewend moeten zijn. Gewend dat ze me vergeten, me als vanzelfsprekend beschouwen, me negeren. Dat heb ik een heel jaar bij Snoop moeten meemaken. Een jaar waarin mensen na het werk wat gingen drinken en me niet uitnodigden. Twaalf maanden lang 'O, Liz, wil je een tafel voor vier reserveren bij Mirabelle?', en dan weten dat ik niet bij die vier hoorde. Een heel jaar onzichtbaar zijn. En dat vond ik prima – meer dan prima, eigenlijk. Ik voelde me er best op mijn gemak bij.

Nu, drie jaar na mijn vertrek, is alles veranderd. Ik ben heel erg zichtbaar. En op de een of andere manier zijn Tophers en Eva's oplettende blikken en hun pogingen me in te palmen erger dan genegeerd worden.

Het is twee voor halfzes, Franse tijd. Ik heb nog ongeveer anderhalf uur voor het diner. Anderhalf uur om me te wassen, om te kleden en te proberen iets in mijn koffer te vinden waarin ik er vergeleken met Eva's nieuwe assistente en die vrouw van marketing, Tiger, niet uitzie als een slons.

Ik overweeg niet eens te wedijveren met Eva en die andere vrouw op hoge hakken – hoe heet ze ook weer? Miranda. Aan die vrouwen kan ik niet tippen, ook qua salaris niet. Eva was ooit catwalkmodel, en zelfs voordat Snoop naam begon te maken was haar budget voor schoenen hoger dan mijn hele salaris. Ik heb altijd geweten dat we op verschillende niveaus functioneren. Maar het zou fijn zijn als ik, wanneer ik naar beneden ga voor het diner, eruit zou kunnen zien alsof ik in dezelfde ruimte thuishoor als de anderen.

Ik rits mijn uitgezakte rolkoffer open en rommel door de lagen kleren die ik daar vanochtend vroeg in heb gepropt. Uiteindelijk vind ik halverwege een jurk die misschien wel volstaat. Ik trek hem over mijn hoofd en ga dan voor de spiegel staan terwijl ik de stof gladstrijk en naar mezelf kijk. De jurk is zwart en rekbaar, en ik heb hem gekocht omdat ik in *Elle* een stuk las waarin stond dat iedere vrouw een little black dress nodig had. En deze was de goedkoopste in de voorbeelden bij het artikel.

Toch lijkt hij op de een of andere manier niet op de jurk in die fotoshoot. Hij is verfrommeld door de reis in mijn koffer, en hoewel ik hem maar twee of drie keer heb gedragen is de stof onder de armen gaan pillen, waardoor hij eruitziet als een sjofel tweedehandsje. Op de achterkant zitten overal kattenharen, ook al heb ik geen kat. Misschien zijn het synthetische vezels van mijn sjaal.

Ik weet dat een vrouw als Tiger deze jurk waarschijnlijk in een kringloopwinkel zou oppikken, er iets belachelijks bij zou aantrekken als een maliënkolder en motorlaarzen, en er dan fantastisch uit zou zien.

Als ik een maliënkolder droeg, zou het knellen onder mijn armen en rammelen onder het lopen. Mensen zouden lachen en zeggen: 'Ga je meedoen aan een middeleeuws steekspel, meid?' En het zou gaan roesten waar mijn zweet de ringetjes raakte, wat vlekken in mijn kleren zou achterlaten, en dan zou ik een nog grotere hekel aan mezelf krijgen dan ik al heb.

Ik sta nog steeds wezenloos naar mezelf in de spiegel te staren wanneer er op de deur wordt geklopt.

Mijn maag draait zich om. Ik kan ze niet onder ogen komen. Geen van allen.

'Wie... wie is daar?' roep ik. Mijn stem breekt bij het laatste woord.

'Erin, jullie gastvrouw,' hoor ik zacht door het hout heen. 'Ik wilde even checken of je alles hebt wat je nodig hebt.'

Ik doe de deur open. Daar staat de vrouw die ons eerder heeft begroet. Bij onze aankomst kreeg ik niet de kans om echt naar haar te kijken, maar nu wel. Ze is mooi en gebruind, met glanzend kastanjebruin haar, en ze draagt een nette witte blouse en een donkerblauwe spijkerbroek. Ze ziet er kalm uit, zelfverzekerd, alles wat ik niet ben.

Slechts één ding past niet in het plaatje: het smalle roze spoor van een lang litteken dat over haar rechterjukbeen loopt en in haar haar verdwijnt. Het rekt uit wanneer ze naar me glimlacht, en ik ben... verrast, denk ik. Ze ziet eruit als het soort vrouw dat zoiets zou bedekken met make-up. Maar... dat heeft ze niet gedaan.

Ik wil haar vragen hoe ze eraan komt; dat voelt alleen niet als het soort vraag dat je er zomaar uit kunt flappen. Ooit zou ik het gewoon gevraagd hebben. Nu heb ik door schade en schande geleerd dat mensen door dat soort directheid denken dat je niet helemaal spoort.

'Hallo,' zegt ze, nog steeds glimlachend. 'Ik ben Erin. Ik wilde alleen even kijken of alles in orde is met je kamer en je laten weten dat er vanavond om kwart voor zeven in de lobby een aperitief wordt geserveerd, gevolgd door een korte presentatie.'

'Een presentatie?' Ik trek aan de zoom van de jurk. 'Over het resort?'

'Nee, een zakelijke presentatie, volgens mij. Staat die niet op jullie programma?'

Ik rommel in mijn koffer en haal het gekreukelde en gevouwen programma tevoorschijn dat Inigo me een paar dagen geleden heeft gemaild. Sindsdien heb ik het bijna elke vrije seconde aandachtig bestudeerd in een poging uit te zoeken hoe deze week zal verlopen, dus ik weet heel goed dat er niets vermeld staat voor de eerste avond. Toch moet ik mezelf geruststellen dat ik niet gek aan het worden ben.

'Er staat niets op,' zeg ik. Ik kan niet voorkomen dat er een beschuldigend toontje in mijn stem kruipt. De vrouw haalt haar schouders op.

'Waarschijnlijk een allerlaatste toevoeging? Je collega – Ani, klopt dat? Ze heeft me net gevraagd om de projector klaar te zetten in de kleine zitkamer.'

Het ligt op het puntje van mijn tong eruit te flappen dat Ani niet mijn collega is. Ik heb nooit met haar gewerkt. In feite ken ik hier amper iemand, behalve de vier oorspronkelijke oprichters, Rik, Elliot, Eva en Topher.

Maar ik ben te druk met uitzoeken wat dit betekent.

Ani is Eva's assistente. Deze presentatie is dus vast iets wat Eva heeft bedacht. En Eva is de meest strategische persoon die ik ken. Ze zou nooit per ongeluk een programmapunt vergeten. Dat betekent dat ze dit met opzet heeft gedaan. Ze heeft een plan.

Maar wat voor plan?

'Weet jij waar het over gaat?' vraag ik. 'De presentatie?'

'Nee, sorry. Ik weet alleen de tijden. Aperitief om kwart voor zeven, presentatie om zeven uur.'

'En... wat moet ik aan?' Ik wil het haar eigenlijk niet vragen, maar ik begin me wanhopig te voelen.

De vrouw lacht, al gaat er verwarring schuil achter haar gezichtsuitdrukking.

'Hoe bedoel je? We zijn heel ongedwongen in Perce-Neige, niemand kleedt zich voor het diner. Draag gewoon waarin je je prettig voelt.'

'Dat zeggen ze altijd!' De woorden rollen ongewild over mijn lippen. 'Dan zeggen ze: "O, draag gewoon wat je wilt", en dan blijkt er een geheime kledingcode te zijn waarvan iedereen lijkt af te weten behalve ik. Als ik iets nets uitkies, draagt iedereen een spijkerbroek en zie ik eruit alsof ik het er veel te dik bovenop leg, en wanneer ik iets casuals aantrek, draagt iedereen een pak of een jurk. Dan is het alsof ik de enige ben die er niets van heeft begrepen.'

Ik wil mijn woorden meteen terugnemen. Ik voel me naakt, ondraaglijk kwetsbaar. Maar het is te laat. Ze kunnen niet worden uitgewist.

Ze glimlacht weer. Hoewel haar gezicht vriendelijk staat, zie ik medelijden in haar ogen. Ik voel het bloed naar mijn wangen stijgen, mijn gezicht heet en rood worden.

'Het is allemaal heel ontspannen,' zegt ze. 'Ik weet zeker dat de meeste gasten zich niet eens zullen omkleden. Wat je ook aantrekt, je zult er vast mooi uitzien.'

'Bedankt,' zeg ik treurig. Ik meen het alleen niet. Ze liegt, en dat weten we allebei.

ERIN

Snoop-ID: LITTLEMY
Luistert naar: bespiedt xTOPHER ☑
Snoopers: 1
Snoop-volgers: 1

Terwijl de verschillende leden van het gezelschap zich in de lobby verzamelen, is het nummer dat door mijn hoofd blijft malen niet de Chileense R&B waarnaar ik luisterde voordat ze binnenkwamen (ja, ik bespiedde Topher), maar 'Rotterdam' van The Beautiful South. Oké, al is niet iedereen blond, iedereen is beslist mooi. Bijna op het absurde af. Daar is Eva's assistente, de schattige kleine Ani met haar hartvormige gezicht en boterbloemhaar. En Tophers PA Inigo, nu met een goudbruine schaduw op zijn kaken waardoor zijn jukbeenderen eruitzien alsof hij zo is weggelopen van een filmset. Zelfs Carl de jurist, die met zijn halsstarrige gezichtsuitdrukking en gedrongen gestalte waarschijnlijk de enige van de groep is die niet op een klassieke manier knap te noemen is, oefent duidelijk aantrekkingskracht uit.

'Smeuïg,' fluistert Danny waarderend in mijn oor, wanneer hij me met een dienblad met canapés passeert. 'Ik zou hem doen, jij niet?'

'Carl? Eh, nee,' fluister ik terug, en Danny lacht, een diepe kelige lach, heerlijk aanstekelijk.

'Wie dan? Het programmeurtje daar?'

Hij knikt naar Elliot, die op de plek staat waar hij bij aankomst ook had gestaan en bewust met niemand oogcontact maakt. Ik lach en schud mijn hoofd, maar niet omdat ik Elliot onaantrekkelijk vind. Oké, hij lijkt net een onbeholpen schooljongen, maar toch lukt het hem er sexy uit te zien, op een nerdy manier. Hij heeft het soort lijf dat eruitziet alsof zijn botten te groot zijn voor zijn huid, een en al uitstekende polsen, hoekige jukbeenderen en knobbelige enkels die uit een te korte broek steken. Maar zijn lippen zijn verrassend sensueel, en wanneer een van zijn collega's zich langs hem heen manoeuvreert, laat ze een arm om zijn middel glijden op een manier die... Nou ja, het ziet er behoorlijk intiem uit. En Elliot schrikt niet terug, zoals ik had gedacht.

'Kom op,' roept Topher boven het geluid van stemmen uit. 'Het feest kan beginnen. Carl, Inigo, een van jullie kan toch wel uitvogelen hoe dit speakersysteem werkt? Jezus, niemand zou denken dat we een techbedrijf zijn.'

Vanuit het niets klinkt er ineens muziek. 'Golden Years' van David Bowie komt uit de bluetoothspeakers. Ik weet niet zeker wie het heeft aangezet, maar het is een treffende keuze, bijna ironisch. Deze groep heeft duidelijk een soort gouden randje. Niets zal ze raken.

'Hé.' De vrouw die zich langs Elliot wurmde heeft zich een weg door de groep heen gebaand naar de plek waar Danny en ik staan. Ze wiegt op de maat van de muziek mee en draagt een heel korte sweaterjurk die slanke, gespierde benen bloot laat, die door haar Doc Martens-laarzen nog slanker lijken. Even kan ik haar niet plaatsen en raak ik in paniek, maar dan zie ik het ombré haar en het neusringetje. Zij is de vrouw die bij aankomst met het yogamatje rondliep; daardoor herinner ik me weer hoe ze heet. Yoga. Tiger. Tiger-Blue Esposito. Hoofd chillen.

'Hoi, Tiger,' zeg ik, en ik houd haar een dienblad met cocktails voor. 'Kan ik je een drankje aanbieden? Dit is bramenmartini en links staan Marmalade Old Fashioneds.'

'Eigenlijk kwam ik om iets te eten.' Ze kijkt me aan met een bekoorlijke glimlach met spierwitte gelijkmatige tanden en een kuiltje in haar perzikzachte wang. Haar stem is kelig en doet me denken aan het spinnen van een kat, en ineens lijkt haar vreemde naam nogal toepasselijk. 'Sorry, ik weet dat het ongemanierd is om me meteen op de canapés te storten, maar de hapjes op het laatste dienblad waren ontzettend lekker, en ik heb honger als een paard. In het vliegtuig werd geen eten geserveerd, dus ik heb sinds het ontbijt alleen Krug te drinken gehad.' Ze is even stil en lacht dan verrassend rauw. 'Wie probeer ik nou voor de gek te houden? Ik ben gewoon een ontzettende vreetzak.'

'Verontschuldig je niet,' zegt Danny. Hij houdt haar het dienblad voor waarop zijn zorgvuldig vervaardigde canapés als kleine bataljons in rijen staan. 'Ik hou wel van vrouwen met een goede eetlust. Dit zijn profiteroles met Goudse kaas...' Hij wijst naar de kleine, vederlichte soesjes links op het dienblad. '... en hier rechts liggen kwarteleitjes met gerookte ricotta.'

'Zijn ze allebei vega?' vraagt Tiger.

Danny knikt.

'Glutenvrij?'

'Alleen de kwarteleitjes.'

'Geweldig,' zegt Tiger. Het kuiltje verschijnt weer. Ze pakt een kwarteleitje en stopt het regelrecht in haar mond, waarbij ze onder het kauwen haar ogen zinnelijk sluit. 'O mijn god,' zegt ze terwijl ze slikt. 'Dat was een canapévormig orgasme. Mag ik er nog een?'

'Tuurlijk,' zegt Danny met een grijns. 'Maar bewaar ruimte voor je avondeten.'

Ze neemt er nog een, stopt hem in haar mond en zegt dan schor: 'Oké, bescherm me tegen mezelf, haal het dienblad weg voordat ik een Homer Simpson-impressie doe en op de vloer kwijl.'

Danny maakt een kleine nepbuiging en loopt naar Elliot toe. Tiger kijkt hem goedkeurend na. Ik kan het haar niet kwalijk nemen. Danny is aardig, een geweldige kok en ontzettend knap. En hij is single. Het is alleen jammer dat vrouwen niet zijn ding zijn.

'Tiger,' zegt iemand met een afgemeten, bekakte stem achter ons. Ik draai mijn hoofd en zie dat de PR-vrouw, Miranda, de kamer doorkruist. Haar zwarte haar hangt als een donker satijnen gordijn los op haar rug. Ze draagt een prachtige, zwartzijden jumpsuit, ingesnoerd om een benijdenswaardig smalle taille te accentueren, en nachtblauwe fluwelen stiletto's. Mijn gezicht vertrekt wanneer ik zie dat de naaldhakken deukjes achterlaten in de gepolijste houten vloer, maar ik kan er niet echt iets van zeggen. In plaats daarvan houd ik haar het dienblad met drankjes voor. Miranda pakt zonder te kijken een glas en dumpt een half opgegeten spiesje met gerookte eend op de vrijgekomen plek.

'We moeten praten,' zegt ze tegen Tiger. Haar stem is hoog en scherp, haar accent deftig. Ze klinkt bijna als prinses Margaret.

'Tuurlijk,' zegt Tiger goedmoedig. Ze slikt en veegt haar mond af. 'Hé, heb je de kwarteleitjes al geprobeerd? Die zijn zalig.'

'Nu even niet, Tigs. Luister, we moeten wat tijd vrijmaken om de communicatiestrategie voor Elliots release van Geosnoop te bespreken. Ik heb net die opdringerige zeikerd van Unwired aan de telefoon gehad, en die vroeg ernaar.'

'Wat?' Tijger lijkt verrast. 'Hoe is dat naar buiten gekomen? Er is nog niet eens een bètaversie, of wel?'

'Ik heb geen idee, maar ik vermoed dat Elliot erover heeft gekletst. Hij heeft zich nog nooit aan een embargo kunnen houden en vertelt iedereen die wil luisteren hoe "cool" het zal zijn.' Ze accentueert het woord 'cool' met aanhalingstekens in de lucht. 'Ik denk dat ik Unwired voorlopig wel de mond heb gesnoerd, maar vroeg of laat gaat het uitkomen en ik maak me zorgen om hoe het gaat overkomen in de pers. Ik hoef je niet te vertellen dat privacy op social media op dit moment een groot modewoord is. Ik weet niet of iemand de wijziging van de gebruikersrechten al in de smiezen heeft, maar dat is slechts een kwestie van tijd. Jezus, wil iemand alsjeblieft dat godvergeten kabaal uitzetten?'

Ze kijkt om naar mij en drukt haar vingers tegen haar slaap. Ik realiseer me dat ze het over de muziek heeft.

'Een van de gasten heeft het opgezet,' zeg ik, waarbij ik probeer niet defensief te klinken, 'maar ik zal het zachter zetten.'

'Ik denk dat we twee manieren moeten hebben om het aan te pakken,' gaat Miranda verder, terwijl ik op zoek ga naar de afstandsbediening voor de speakers. 'Een plan A, dat uitgaat van een weloverwogen, getimede release, dat wil zeggen marketing, PR, aandacht op social media en zo verder. Eigenlijk alle dingen die we al geschetst hadden. Maar daarnaast een plan B, in het geval van een vroeg lek, waarbij het dan de vraag is of we aspecten van de marketingcampagne naar voren halen om ons verhaal te ondersteunen. Het is absoluut noodzakelijk dat we het gesprek op social media in goede banen leiden.'

Ze gaan verder over technische aspecten en het gesprek verdwijnt in het achtergrondgebabbel. Ik vind de afstandsbediening onder een vuil servet, zet het volume een beetje zachter en kijk dan naar de klok op de schoorsteenmantel. Het is vijf voor zeven. Ze zouden binnenkort naar de kleine zitkamer moeten gaan, maar er lijkt iemand te ontbreken.

'Ah, dat werd verdomme tijd!' zegt een mannenstem over mijn schouder. Ik draai me om en zie Topher achter me staan. 'Je zou hier kunnen sterven van de dorst terwijl je op de bediening wacht.' Hij schudt zijn blonde haar uit zijn ogen en verzacht dan zijn onbeschoftheid met een grijns die nog net charmant is.

'Sorry!' Ik houd hem het dienblad voor en verberg mijn irritatie met een beleefde glimlach. 'Bramenmartini?' Topher neemt er een en slaat hem met alarmerende snelheid achterover. Ik onderdruk de neiging tegen hem te zeggen dat de martini voor ongeveer de helft gin is. 'Carl?' Ik houd zijn collega het dienblad voor, die loom knikt en de laatste Old Fashioned neemt.

'Proost, hoewel ik eerlijk gezegd geen drank meer nodig heb. Ik ben op zoek naar eten. Zijn er nog meer van die kaassoesjes? Ik rammel.'

'Kaassoesjes!' zegt Topher spottend. 'Zo onderhoud je geen ski-lijf, Carl.'

Hij klopt op Carls omvangrijke middel, dat zich spant onder een geruit overhemd.

'Ik ben aan het koolhydraatbingen, jongen,' zegt Carl met een knipoog naar mij. 'Essentieel onderdeel van mijn trainingsregime.'

'Danny loopt rond met de canapés. Hij is vast zo hier,' zeg ik, hoewel ik over Carls schouder zie dat Danny is klemgezet door Elliot, die de profiteroles met Goudse kaas een voor een van het dienblad plukt en ze in zijn mond stopt alsof het chips zijn. Ik hoop dat er nog wat meer in de keuken klaarstaan.

Topher heeft het ook gezien, en hij buigt zich langs me heen om Elliot bij een schouder te grijpen.

'Elliot, beste kerel, eis de ober niet zo lang voor jezelf op. Carl is aan het koolhydraatbingen,' zegt hij. Ik maak van de gelegenheid gebruik om weg te glippen en in de rest van de kamer te checken of alles naar wens is.

Volgens de klok boven het vuur is het vijf over zeven, maar

als ik de hoofden tel zijn er negen gasten aanwezig. Iemand is te laat, en ik ben niet de enige die het heeft opgemerkt. Eva tikt met haar voet en kijkt paniekerig om zich heen.

'Waar is Liz verdomme?' hoor ik haar sissen tegen Inigo, die iets verontschuldigends fluistert. Dan klaart zijn gezicht op en raakt hij Eva's arm aan.

Eva kijkt omhoog naar de overloop van de eerste verdieping. Ik volg haar blik en zie Liz boven aan de wenteltrap staan. Ze heeft haar armen kruislings om zich heen geslagen, en in vergelijking met haar nervositeit lijkt Elliot bijna op zijn gemak.

'Liz!' roept Eva verwelkomend. 'Kom naar beneden en neem een drankje.'

Langzaam, bijna met tegenzin, loopt Liz de trap af. Ze draagt de bobbelige, onflatteuze zwarte jurk die ze aanhad toen ik eerder in haar kamer was, en de moed zakt me in de schoenen voor haar. Die jurk is totaal het verkeerde model voor haar figuur, zodat ze eruitziet als een paar aardappelen in een sok. Aan haar houding en de manier waarop ze aan haar ondergoed plukt is te zien dat ze dat weet. Aan de voet van de trap blijft ze even staan en ze buigt haar vingers, als een zenuwtrek. Ze knakken als hout dat knalt in heet vuur, een verrassend naar geluid.

Ik sta op het punt om met de drankjes naar haar toe te gaan, maar tot mijn verbazing is Topher me voor. Hij pakt een martini van mijn dienblad, haast zich naar voren en biedt hem Liz aan, met de gretige uitdrukking van een puppy op zijn gezicht.

Dat is zo niets voor hem dat ik even met mijn ogen knipper.

Wie is die vrouw? Waarom willen ze haar zo graag aan hun kant hebben? Het is bijna alsof... Ik frons bedachtzaam mijn wenkbrauwen. Het is bijna alsof ze bang voor haar zijn.

Maar dat is absurd.

LIZ

Snoop-ID: ANON101
Luistert naar: offline
Snoop-volgers: 0

Ze staan allemaal te wachten en verdringen zich onder aan de trap wanneer ik aankom in de lobby – Eva, Topher, Inigo en Rik. Eva draagt een lange jurk van witte wol, waarschijnlijk kasjmier, waardoor ik me een slons voel. Topher heeft een spijkerbroek en een overhemd met open boord aan. Hij zwaait met een martiniglas voor mijn gezicht.

'Een cocktail, Liz?' vraagt hij met een glimlach.

'Nee, dank je,' zeg ik.

'Kom op,' zegt Topher. Hij legt al zijn charme in zijn stem om me over te halen. 'Het is een speciale gelegenheid. De hele club weer bij elkaar.'

Ik zou moeten glimlachen, maar daar heb ik absoluut geen zin in. Mijn jurk zit te strak. Ik draag er corrigerend ondergoed onder zodat hij beter zit, maar het knelt en mijn buik doet pijn. En de muziek staat te hard.

'Bedankt, maar ik heb hoofdpijn,' zeg ik. Topher hoeft niet te weten dat ik geen alcohol meer drink. Hij zal zich afvragen waarom, wat er is veranderd sinds ik ben weggegaan bij Snoop.

'Och, arme meid,' zegt Topher. 'Ik zal iets voor je halen. Ik heb wat ibuprofen in mijn kamer. Inigo...'

'Nee, dank je,' zeg ik nog eens. Mijn hart klopt op een rare, fladderige manier, waardoor ik me een beetje misselijk voel. 'Ik wil geen pijnstillers. Ik denk dat ik een glas water nodig heb.'

'Het komt waarschijnlijk door de hoogte,' zegt Eva bezorgd. 'En de droge lucht. Je raakt hier makkelijk uitgedroogd. Heel verstandig van je om geen alcohol te drinken.'

Topher kijkt fronsend naar Inigo en maakt een korte hoofdknik naar de keuken. Inigo knikt en haast zich erheen. Ik veronderstel dat hij water voor me gaat halen. Dit voelt heel verkeerd. Vroeger was ik degene die door Topher werd rondgecommandeerd, en eerlijk gezegd had ik dat liever. Ik ben liever onzichtbaar.

Wanneer Inigo terugkomt, pakt Topher hem het glas af en zegt tegen de anderen: 'Laten we Liz wat ruimte geven.' Dan leidt hij me naar een kleine bank en gebaart dat ik moet gaan zitten. Ik zie geen uitweg, dus doe ik het. Topher komt naast me zitten, te dichtbij, en pakt een van mijn handen vast.

Ik voel paniek opkomen.

Ik weet wat hij gaat zeggen.

'Liz, ik wilde alleen maar tegen je zeggen...' begint hij. In paniek kijk ik om me heen. Mijn hart slaat over. Ik vraag me af of ik misschien iets aan mijn hart heb. Topher heeft het over hoe trots hij is dat hij me een start heeft gegeven, over hoe ik eruit sprong bij het sollicitatiegesprek, over de bijdrage die ik aan Snoop heb geleverd, over onze 'gezamenlijke reis'.

Zijn woorden worden overstemd door de luide achtergrondmuziek en een raar gesis in mijn oren. Maar ik hoef niet naar zijn woorden te luisteren om te weten wat hij echt zegt.

Ik ben voor je opgekomen.

Ik heb je een kans gegeven.

Zonder mij zou je hier niet zijn.

Je staat bij me in het krijt.

En hij heeft gelijk. Ik weet dat hij gelijk heeft. Dat is het ergste. Want ik sta op het punt om dat alles te verloochenen.

Hij doet zo aardig dat ik bijna moet kokhalzen. Tegelijkertijd ruik ik zijn drankkegel en voel ik de warmte van zijn lijf, dat tegen het mijne aangedrukt zit, en kan ik alleen maar aan mijn vader denken die zich over me heen buigt.

Ik sta op het punt om mijn vingers te knakken, wanneer er ongevraagd een stem in mijn hoofd klinkt. *Als je dat rotgeluid nog één keer maakt...*

Ongewild krimp ik ineen.

'... en daar ben ik heel trots op.' Topher is uitgepraat.

Ik heb geen idee wat ik moet zeggen. Voordat ik iets kan verzinnen stopt de muziek en klinkt er aan de andere kant van de lobby een hoog tinkelend geluid. Het is Eva's assistente, Ani. Ze draagt een zijden jurk die lijkt te bestaan uit twee aan elkaar geknoopte sjaals, staat op haar tenen en tikt twee champagneglazen tegen elkaar. Het maakt een *ting*-geluid dat door de lobby weergalmt.

Iedereen valt stil, behalve Elliot. Hij praat nog met Rik. Zijn diepe, monotone basstem dreunt door de stille lobby.

'... serverproblemen bij de lancering van Geosnoop als we niet...'

Rik geeft hem een por. Elliot kijkt om zich heen en breekt zijn zin halverwege af, met een verwarde uitdrukking op zijn gezicht.

Naast mij is Topher volkomen verstard, en hij lijkt uit het veld geslagen. Blijkbaar is Eva degene die de presentatie heeft gepland en is Topher er niet van op de hoogte.

Opeens weet ik wat dit is. Ik weet wat er gebeurt. Dit is een verrassingsaanval.

Nee, dat is niet het juiste woord.

Dit is een coup.

ERIN

Snoop-ID: LITTLEMY
Luistert naar: offline
Snoop-volgers: 1

'Snoopers!' zegt Eva met een hoge, gemaakt opgewekte stem. Ze staat op de onderste trede van de wenteltrap, hoewel ze de extra hoogte niet nodig heeft, en ziet er in haar onberispelijke, nauwsluitende kasjmieren jurk geweldig uit, als een hoog champagneglas. 'Ik weet dat dit niet op het programma staat, maar Ani en ik wilden jullie hier allemaal verwelkomen en de week beginnen met een paar hoogtepunten uit de geschiedenis van Snoop, om jullie eraan te herinneren hoe geweldig jullie allemaal zijn, hoe ver we zijn gekomen en wat jullie allemaal hebben bijgedragen aan het fenomeen Snoop. Komen jullie een paar minuten naar de kleine zitkamer? Neem je drankje maar mee.'

Iedereen begint te schuifelen en er hangt een vreemde spanning in de lucht waar ik niet helemaal mijn vinger op kan leggen.

Wanneer ik om me heen kijk, zie ik aan de reacties en de gezichtsuitdrukkingen dat de groep in drie kampen is verdeeld.

Als eerste is er Eva's kliekje, dat lijkt te bestaan uit Rik en Ani. Zij wisten hiervan en zaten te wachten op een teken van haar. Ze zijn al voordat ze de aankondiging deed bij elkaar gaan staan, en nu ze heeft gesproken zien ze er gespannen uit, alsof ze klaar zijn voor de strijd.

Dan is er een tweede groepje dat verrast is, in positieve zin, en opgewekt uitkijkt naar de afleiding, niet wetend wat er gaat komen. Die groep bestaat uit Tiger, Miranda en de jurist, Carl.

Ze pakken hun drankje en kletsen wat met elkaar, zich schijnbaar onbewust van de spanningen om hen heen.

En ten slotte is er Tophers groepje, dat ook verrast is, maar dan in negatieve zin. Zijn assistent, Inigo, ziet eruit als een kind dat met zijn nieuwe schoenen in een hondendrol is getrapt en op het punt staat een standje van zijn vader te krijgen. Technerd Elliot staat met zijn armen over elkaar in een hoek en ziet er obstinaat uit. Hij tikt met zijn voet op de vloer en staart door zijn bril alsof hij overbluft is bij een potje poker. Topher zelf is opgestaan van de bank waarop hij met Liz zat te praten en lijkt gealarmeerd. Het is de eerste keer dat ik zijn jongensachtige charme zie verschrompelen, en ik realiseer me dat er onder het charisma en het zelfvertrouwen dat hij uitstraalt nog iets anders schuilgaat. Ik weet alleen niet zeker wat. Verbergt hij een bang jongetje achter zijn gladde buitenkant? Of iets heel anders, iets gevaarlijkers misschien? Heel even denk ik een flikkering van woede op zijn gezicht te zien.

En dan is er nog Liz. Ik weet niet in welk kamp zij zit. Ze past in geen van de drie groepjes, maar ik denk dat ze wel weet wat er aan de hand is. Haar gezicht staat wezenloos, en haar bril weerkaatst het plafondlicht zodat ik haar uitdrukking niet kan zien. Ze ziet er niet gelukkig uit. Ze heeft haar armen weer om zich heen geslagen alsof ze een klap afweert.

'Wacht even, Eva...' zegt Topher. Hij probeert zijn gebruikelijke bevelende toon aan te slaan, maar het is te laat. Eva leidt de anderen snel de zitkamer in. Nu heeft Topher geen andere keuze dan haar samen met Elliot te volgen of achter te blijven. 'Eva, wat is er verd...'

En dan gaat de deur achter hen dicht.

LIZ

Snoop-ID: ANON101
Luistert naar: offline
Snoop-volgers: 0

Als Ani ons naar binnen leidt, voel ik een steek van paniek. De zitkamer is klein en donker. Er hangen jaloezieën voor de ramen. Het enige licht komt uit de deuropening en van het Snoop-logo dat op een lege muur wordt geprojecteerd. Het beeld is felroze en geeft de gezichten van de anderen een vreemde teint, als gekookte ham. Ik ga op een bank zitten, en wanneer de deur zachtjes dichtzwaait, voel ik dat de sfeer zich als een vuist om me heen sluit.

Het is een sfeer die ik al bijna drie jaar niet meer heb gevoeld. Geld. Privileges. Ambitie.

De geur ervan is net zo echt als Tophers dure, speciaal voor hem gemaakte aftershave, het merk dat ik vroeger bij een kleine Parijse parfumerie in de Rue des Capucines moest bestellen, waarbij ik stotterend in mijn steenkolenfrans zijn bestelling doorgaf. Ik kan hem nu ruiken, ook al zit hij aan de andere kant van de kamer.

Plotseling word ik bang.

Ik heb het gevoel dat ik moet overgeven.

'Tiger,' zegt Eva zodra iedereen een zitplaats heeft gevonden, 'zou je ons door een korte meditatie willen leiden?'

'Natuurlijk,' zegt Tiger. Haar stem is een beetje hees. Volgens mij klinkt ze altijd zo, maar bij het geluid wil ik mijn keel schrapen. Ik weersta de drang om te hoesten wanneer haar blik over alle aanwezigen glijdt.

'Maak het jullie alsjeblieft gemakkelijk. Wat dat ook voor jou betekent. Dat kan zitten, leunen, staan of omhelzen zijn.'

Bij dat laatste woord huiver ik; ik kan het niet bedwingen. Maar mijn reactie is beter dan het spottende gesnuif dat ik van Carl hoor. Eva werpt hem een dodelijke blik toe, en hij doet alsof hij het niet ziet door te gaan verzitten op zijn vloerkussen. De vulling piept en sist waar ze wordt platgedrukt.

Tiger sluit haar ogen.

'Doe je ogen dicht,' zegt ze zacht, 'en neem allemaal een ogenblik om jezelf te concentreren.'

Het is nu stil in de kamer. Ik sluit mijn ogen, maar dat helpt niet tegen het gevoel dat ik gevangenzit. Het wordt zelfs nog sterker. Ik voel de warmte van Inigo's schouder links van me en Riks dij die rechts tegen de mijne aan drukt. Ze kunnen het niet helpen dat ze me aanraken – de bank is te klein voor drie personen – maar ik voel me er niet minder gespannen door. Ik zweet. Mijn handpalmen zijn klam. Mijn hele lijf is stijf van het ongemak. Ik wil hier niet zijn. Ik wil hier absoluut niet zijn.

'Neem even de tijd om jezelf te bedanken,' zegt Tiger, haar stem laag en zacht. 'Bedank je lichaam omdat het je hier heeft gebracht, je botten omdat ze je dragen, je spieren omdat ze je ondersteunen, je geest omdat hij je bevrijdt.'

Ik wil niemand hiervoor bedanken. Ik wil wég. Weer klinkt er geritsel wanneer Carl ongemakkelijk gaat verzitten, en plotseling kan ik het claustrofobische gevoel niet meer aan. Ik open mijn ogen in een poging wat van het ongemak te verdrijven. Ik sta op het punt ze weer te sluiten wanneer ik zie dat ik niet de enige ben die gluurt. Tegenover me gaan Tophers ogen open. Hij laat zijn blik door de kamer gaan in een poging uit te vogelen wat er in hemelsnaam aan de hand is. Onze blikken kruisen elkaar. *Ik zie je.* Hij trekt een wenkbrauw op. Snel doe ik mijn ogen weer dicht.

'Neem even de tijd om het universum te bedanken,' gaat Tiger-Blue verder. 'Voor het geschenk dat jouw wezen is, voor het geschenk dat jouw aanwezigheid hier is, voor het geschenk dat deze plek is, de grootsheid van de bergen die slechts enkele dagen met ons wordt gedeeld.'

Naast mij hoor ik Inigo's ademhaling. Die is snel en oppervlakkig. Wanneer ik een blik op hem werp, lijkt hij zijn kaken op elkaar te klemmen en trilt er een spiertje in zijn wang. Hij heeft hier net zo'n hekel aan als ik, en hij wist duidelijk net zomin als Topher dat dit op het programma stond. Ik weet uit mijn eigen dagen als PA hoe Topher reageert wanneer hij niet van alles op de hoogte wordt gehouden. Iemand zal het straks moeten bezuren. Ik heb medelijden met Inigo, maar ik ben vooral opgelucht dat ik niet in zijn schoenen sta.

'En neem even de tijd om Snoop te bedanken,' zegt Tiger monotoon. 'Dit bedrijf dat we zijn, dat groter is dan wij allemaal. Voor alles wat we zijn, alles wat we hebben. Dat we mensen met elkaar in contact brengen, en voor de muziek in ons leven. Voor de eenvoudige wonderen die het elke dag verricht.'

Godzijdank werk ik niet meer voor Snoop, is het enige wat ik denk.

Ik weet niet of Tiger al klaar is, maar er valt een korte stilte. Ik voel mijn hartslag in mijn keel. Net wanneer de stilte bijna ondraaglijk wordt neemt Eva het woord.

'Dank je, Tiger-Blue, dat was prachtig. Daarmee zijn we aangekomen bij wat ik wil zeggen, en dat is bedankt voor jullie komst en voor alles wat jullie voor mij, voor Topher, voor Snoop en voor de muziek hebben gedaan. *Thank you for the music.*'

'Bravo,' zegt Topher. Overal in de kamer schieten ogen open, en hij heft zijn glas zodat we allemaal moeten drinken, of we dat nu willen of niet. Ik drink van mijn water.

'Vergeef me dat ik jullie hiermee overval, maar ik kon de week niet laten beginnen zonder onze triomfen even te vieren, alles wat júllie de afgelopen vier jaar hebben bereikt,' zegt Eva. Ze kijkt niet naar mij wanneer ze het zegt, en ik realiseer me eens te meer dat ik hier de vreemde eend in de bijt ben. Ik ben de enige die momenteel niet in dienst is van het bedrijf.

'Ani?' zegt Eva. Ani knikt en klikt iets aan op de laptop die op haar knieën balanceert. Er komt gekraak uit de speakers, gevolgd door irritant luide muziek. Er verschijnen bewegende beelden op de wand tegenover Ani.

Ik zou naar het filmpje moeten kijken, maar ik kan me niet concentreren. De muziek staat te hard. Het doet pijn aan mijn schedel. De beelden zijn te fel en flitsen te snel voorbij. De film heeft een soort wanhopige, hectische intensiteit. Mijn hoofdpijn, die langzaam weg begon te trekken, is terug en klopt in mijn slapen. Het voelt alsof een band zich steeds strakker om mijn voorhoofd spant.

Cijfers en grafieken flakkeren over het scherm – winst en verlies, gebruikersprofielen, concurrenten die inhaken op de commerciële groei van de sector. Ik druk mijn vingers tegen mijn oogkassen en sluit de flikkerende beelden uit, maar de dreunende muziek blijft. Het ene nummer gaat over in het andere in een uitzinnige compilatie van de grootste hits van Snoop.

Eva praat boven de muziek uit. Ze heeft het over het bereik van social media en de belangrijkste *influencers*. De rest van de groep is stil. Zelfs met mijn ogen dicht voel ik Tophers broeiende woede aan de andere kant van de kamer.

En dan stopt de muziek plotseling. Ik voel een gewicht van mijn schouders vallen, alsof iemand is gestopt met in mijn oren schreeuwen. Ik open mijn ogen. Er wordt één tabel geprojecteerd, over het Snoop-logo heen. Hij staat vol met getallen. Eva leidt ons door de getallen heen en legt uit wat ze betekenen. Percentages, projecties, doorlopende kosten – en dan hoor ik het. Het woord waar we allemaal al bijna twaalf uur omheen draaien.

Overname.

Ik voel de band rond mijn hoofd ondraaglijk strak worden. Hier ben ik niet klaar voor.

Eva heeft het over het aanbod. Ze legt uit wat het zou kunnen betekenen met betrekking tot bedrijfsuitbreiding, mogelijkheden voor werknemers – maar ze is amper halverwege de tweede kolom met getallen wanneer Topher haar onderbreekt.

'Nee, nee, gewoon verdomme nee, Eva.'

'Pardon?'

Hij staat op. Zijn gezicht verduistert een deel van het beeld, zodat zijn profiel zwart en scherp op de wand wordt geprojecteerd en de getallen zijn gezicht als een tatoeage bedekken.

'Dit is het halve verhaal, en dat weet je. Waar zouden we zijn als we ons intellectueel eigendom aan Spotify hadden afgestaan, zoals ze dat in het begin wilden? Nergens. Dan zouden we de zoveelste waardeloze streamingapp zijn waar niemand van had gehoord en...'

'Topher, dit is totaal anders.' Eva staat in de schaduw, buiten de lichtbundel van de projector. Haar stem klinkt boos, maar ook alsof ze haar best doet om redelijk over te komen. 'Dat weet je.'

'Hoe anders dan? Ik wil niet eindigen zoals Friendster, verdomme.'

'Als we er nog een financieringsronde tegenaan gooien, is de kans groter dat we eindigen zoals Boo.com,' snauwt Eva terug. Dan haalt ze diep adem. Ik kan aan haar zien dat ze probeert haar woede te bedwingen. 'Hoor eens, Toph, je hebt voor een deel gelijk, maar ik denk niet dat dit de juiste tijd of plaats is...'

'Niet de juiste tijd of plaats?' Hij knettert van woede. Ik voel me misselijk. Ik ben ineens terug in mijn kindertijd, waar mijn vader over mijn moeder heen gebogen staat en zijn stem verheft. Ik knijp mijn ogen stijver dicht. Ik voel dat ik begin te trillen. 'Jíj was anders degene die de week wilde beginnen met je propagandafilmpje...'

'Jongens.' De kussens rechts van me komen in beweging als Rik opstaat. Ik doe mijn ogen open. Rik baant zich een weg tussen de vloerkussens en de glazen door om tussen hen in te gaan staan. 'Ik denk dat Eva gewoon probeert...'

'Ik weet precies wat Eva probeert te doen,' schreeuwt Topher. Ik verzet me tegen de neiging mijn vingers in mijn oren te stoppen. 'Ze probeert haantje-de-voorste te zijn. Nou, fuck dat.'

'Topher.' Eva klinkt alsof de tranen haar hoog zitten, hoewel ik niet zeker weet of dat wel zo is. Het is moeilijk in te schatten of ze echt overstuur is of dat het een afleidingsmanoeuvre is. Als ze toneelspeelt, doet ze dat heel overtuigend. 'Toph, alsjeblieft. Dit had een feestje moeten zijn...'

'En nu blijkt het verdomme een hinderlaag,' zegt Topher.

'Nee, absoluut niet, dat nooit.' Ze klinkt overtuigend, maar ze is te ver gegaan. Iedereen in de kamer weet dat ze liegt. Om me heen wordt geschuifeld en naar de grond gekeken.

'Jongens!' zegt Rik wanhopig. 'Alsjeblieft, jongens, zo moeten we deze week niet beginnen. We moeten hier vertrekken met een resultaat waar iedereen blij mee is.'

'Blij?' Topher keert zich woedend tot hem. 'Blij? Als we zo doorgaan mogen we ons gelukkig prijzen als we hier met zijn allen levend wegkomen.'

Daarop zet hij met een klap zijn glas op de salontafel neer en stormt de kamer uit.

ERIN

Snoop-ID: LITTLEMY
Luistert naar: Loyle Carner / Damselfly
Snoopers: 2
Snoop-volgers: 3

Ik heb mijn oortjes in wanneer Topher de zitkamer uit komt stormen en een fles whisky uit de zelfbedieningsbar in de lobby pakt. Ik word erdoor overrompeld terwijl ik de tafel dek, tikkend met mijn voeten op de maat van de muziek. Ik had verwacht dat ze pas over tien minuten pauze zouden nemen. Haastig trek ik de oordopjes uit mijn oren, en ik vang nog net het staartje van zijn opmerking op.

'... mag deze op de rekening van die Nederlandse bitch zetten.'

Verdorie. Wat is er in de zitkamer gebeurd? Ik staar naar Tophers rug terwijl hij uit het zicht verdwijnt. Dan komt de rest van de groep naar buiten, met een gelaten uitdrukking op hun gezichten, en moet ik ze laten zien waar ze aan tafel kunnen gaan zitten.

De grote glazen deur in de lobby zwaait nog steeds heen en weer nadat Topher de sneeuw in is gestormd. Waar gaat hij in vredesnaam naartoe? Hij heeft een spijkerbroek en een overhemd aan, en het is nu min elf buiten. Er zijn geen restaurants of cafés in ons kleine gehucht. St. Antoine 2000 telt niet meer dan een handvol chalets. Mensen die 's avonds uit eten willen moeten naar St. Antoine le Lac, waar alle winkels, restaurants en cafés zijn die je je kunt wensen. Het is een makkelijke afdaling, een lange blauwe piste tot in het centrum van het dorp, maar de enige weg terug naar boven is met de kabeltrein, en die stopt om elf uur 's avonds.

Iemand zet muziek aan op de grote hoofdluidsprekers in de eetzaal, The 1975, blikkerig en opgewekt, misschien in een poging de stemming te verbeteren. Maar wanneer ik Danny's amuse-bouches opdien – minigratins van wilde paddenstoelen op kleine porseleinen lepeltjes – is Tophers afwezigheid als een pijnlijke zenuw. Hoewel de gasten zich de gratins goed laten smaken – Danny's eten valt altijd in de smaak – ben ik duidelijk niet de enige die zich druk maakt om Topher. De sfeer is gespannen. Er is een lege plek aan het hoofd van de tafel waar Topher had moeten zitten, geflankeerd door Inigo en Miranda. Telkens wanneer er een nieuwe gang wordt geserveerd en afgeruimd zonder dat hij is opgedoken, wisselen de twee een bezorgde blik.

Elliot, die met zijn rug tegen de muur zit, eet met gebogen hoofd, praat met niemand en lepelt eten in zijn mond alsof het een wedstrijd is. Dat lepelen bedoel ik letterlijk. Het voorgerecht is de pastinaaksoep met truffel, dus dan is de lepel zinvol, maar zodra ik het bestek probeer af te ruimen voor het hoofdgerecht, grist Elliot de soeplepel terug en kijkt hij me aan alsof hij me betrapt op het stelen van zijn horloge. Wanneer de reebout arriveert, valt hij erop aan met de lepel en negeert hij de vork en het steakmes aan weerszijden van zijn bord. Tussen de gangen door staart hij met gebogen hoofd naar de noesten en nerven in de houten tafel, terwijl hij links van zich Tiger negeert, die met Miranda kletst alsof dat volkomen normaal is, en rechts van zich Carl, die hem net zo hard terug negeert door hem de rug toe te keren en zich tot Ani en Eva te wenden.

Eva, aan het andere hoofd van de tafel, zit te kieskauwen. Ze werpt een blik op haar horloge en kijkt uit het raam naar de vallende sneeuw, en haar gezicht vertoont alle angst die ik probeer te verbergen. Wanneer Carl een onschuldige opmerking tegen haar maakt, snauwt ze hem toe met een boosaardigheid die mij doet huiveren maar die hij lijkt te accepteren als iets wat erbij hoort.

Liz ziet er bleek en eerlijk gezegd ellendig uit, als een konijn in de koplampen, en weigert alle wijn die haar wordt aangeboden. Op een gegeven moment probeert Rik met haar te praten. Ik weet niet wat hij zegt, ik hoor het begin niet, maar ze schudt heftig haar hoofd, en als hij zijn mond weer opent, barst ze uit: 'Sorry, ik ga naar de wc', waarna ze haar stoel zo hard achteruitschuift dat hij tegen de tegelvloer klettert.

Terwijl ze wegloopt kijkt Eva over de tafel boos naar Rik, en ze vormt geluidloos woorden die ik niet helemaal kan lezen, maar die wel eens *Ik zei het je toch?* zouden kunnen zijn.

Zelfs Danny's crème brûlée weet de stemming er niet meer in te krijgen, en na het avondeten valt de groep uiteen met uitvluchten als hoofdpijn, vroeg naar bed willen en e-mails die nog verstuurd moeten worden. Wanneer ik door de lobby loop om de houtkachel in de woonkamer bij te vullen, merk ik dat er nog twee flessen uit de zelfbedieningsbar zijn verdwenen.

Het mysterie van één daarvan wordt in elk geval opgelost wanneer ik naar de woonkamer ga en Rik en Miranda in een hoek van de grote zachte bank bij elkaar zie zitten, met een lege fles Armagnac op het tafeltje voor hen. Er klinkt een soort Cubaanse jazz, vermoedelijk uit Riks of Miranda's telefoon. Rik ziet me naar de fles kijken en glimlacht naar me.

'Je vindt het toch niet erg, hè? We noteren aan het eind van de avond wat we hebben gedronken.'

'Helemaal niet,' zeg ik naar waarheid. 'Zo hoort het systeem te werken. Kan ik jullie nog iets anders brengen? Kaas? Koffie? Petitfours? Danny maakt heerlijke in chocolade gedoopte gedroogde pruimen, die goed combineren met een glas brandewijn.'

Rik kijkt naar Miranda en trekt een wenkbrauw op, een soort woordeloze uitwisseling die meer over hun relatie zegt dan fysiek contact zou doen. Er is hier iets aan de hand. Ze zijn meer dan alleen collega's, of ze dat nu zelf beseffen of niet.

Rik antwoordt voor hen beiden.

'Nee hoor, dank je.'

'Prima,' zeg ik. 'Laat het me weten als je van gedachten verandert.'

Ik begin houtblokken in het vuur te leggen. Rik buigt zich dichter naar Miranda toe en hervat hun gesprek alsof ik er niet ben.

'Zag je de blik die ze me toewierp toen ik met Liz over de aandelen begon? Ik moest controleren of ze geen gat in mijn overhemd had gebrand.'

'Ja, ik zag het.' Miranda legt haar hoofd in haar handen. 'Maar, Rik, echt, wat had je dan verwacht? Eva was er heel duidelijk...'

'Ja ja.' Rik haalt een hand door zijn korte haar en schudt gefrustreerd zijn hoofd. 'Het maakte me gewoon pissig dat Eva doet alsof ze verdomme de Liz-fluisteraar is. Ik ken Liz net zo lang als zij. We konden het goed met elkaar vinden voordat dit alles ontplofte.'

'Wat is er gebeurd?' vraagt Miranda. 'Het is allemaal van voor mijn tijd, ik heb het nooit begrepen.'

'Je moet weten dat we indertijd een miniem budget hadden. Het was echt erg, die eerste zes maanden. Niemand van ons werd betaald. Niet dat het Elliot iets kon schelen. Volgens mij geeft hij nooit iets uit, tenzij Topher hem dwingt. Zo is hij al sinds school. Maar de rest van ons vond het wel heel vervelend. Eva ging in een razend tempo door het geld heen dat ze als model had gespaard. Topher had zijn ouders eindelijk zo kwaad gemaakt dat ze het contact met hem hadden verbroken en hem geen rooie cent meer gaven. Hij sliep bij oude schoolvrienden op de bank. Ik werkte overdag bij KPMG en 's avonds bij Snoop en stond zo rood als maar kon. En Liz was gewoon een secretaresse die via internet op een advertentie had gereageerd en blij was met een hongerloontje. Hoewel ze zich toen ook al kleedde als een mormoon, was ze efficiënt en klaagde ze niet over werken in een gehuurd klotekantoor zonder airco in South Norwood.'

'Dat bedoelde ik niet. Ik bedoel: hoe is ze uiteindelijk degene geworden die...'

'Daar kom ik nog op. Uiteindelijk kwamen we ongeveer twee weken voor de lancering zonder geld te zitten. We waren gewoon blut, platzak, hadden geen opties meer. Creditcards, bankschulden, vrienden en familie – we hadden ze allemaal uitgewrongen en kwamen zo'n tienduizend dollar tekort om het licht aan te houden. Topher had zelfs zijn Ferrari verkocht, maar het was gewoon niet genoeg. Vier dagen lang leek het alsof we kopjeonder zouden gaan. Er kwamen rekeningen binnen, we hadden contracten getekend, en van alle kanten kregen we aanmaningen en meldingen van deurwaarders. En dan ineens, uit het niets, meldt kleine Liz dat haar oma plotseling is overleden en haar tienduizend pond heeft nagelaten. En ze zegt dat ze het geld in het bedrijf zal steken. Ze wil alleen een waarborg. Geen rente, maar aandelen in het bedrijf. En niet zomaar aandelen maar stemgerechtigde aandelen. We hebben het aan de juristen overgelaten de splitsing te regelen, maar het eindresultaat was dertig procent aandelen voor Topher, dertig voor Eva, negentien voor Elliot, negentien voor mij en twee procent voor Liz.'

'Twee procent?' vraagt Miranda. 'Van een bedrijf dat geen kapitaal had opgebracht en nauwelijks solvabel was? Dat klinkt niet als een grote waarborg voor tienduizend pond.'

'Sommige mensen zijn het daar misschien mee eens,' zegt Rik droogjes. 'Maar zij lacht het laatst. Die tienduizend zal zo'n twaalf miljoen waard zijn als de overname doorgaat.'

Ik ben zo geschokt dat ik een houtblok laat vallen. Het blok rolt met veel kabaal naar de leistenen haard en stoot onderweg een aardewerken pot met aanmaakblokjes omver. De pot breekt met een akelig hard geluid. Ik houd mijn adem in, klaar om mijn verontschuldigingen aan te bieden, maar Rik en Miranda lijken het niet eens te hebben gemerkt. Terwijl ik heel voorzichtig nog een blok in de haard leg, blijven zij doorpraten.

'Lieve hemel,' zegt Miranda en ze lacht, zij het enigszins geschokt, alsof dit de eerste keer is dat ze de hoogte van het bedrag hoort. 'Ik wist wel dat er een goed bod lag, maar...' Ze lijkt snel een rekensom te maken. 'Dus als Liz twaalf krijgt, is jouw aandeel...'

'Reken maar uit,' zegt Rik met een grijns op zijn gezicht. 'Dat is nu juist het punt: áls de buy-out doorgaat. De investeerders worden ongeduldig en ik denk niet dat ze nog een financieringsronde zullen dulden. Als Topher zo doorgaat en deze buy-out naar zijn mallemoer helpt...'

'Ja, ik snap het,' zegt Miranda een beetje verbitterd. 'Terug naar waar we begonnen zijn, bij de faillissementsrechtbank. Maar dan is het toch zeker een inkoppertje voor Liz? Oké, Elliot zal met Topher meestemmen, dat weten we allemaal. Maar als Liz nou haar hersens gebruikt en met jou en Eva meestemt, is het kassa.' Ze wrijft met haar duim over haar wijsvinger.

'Ja, het is alleen jammer dat Eva zo'n verdomde bitch is,' zegt Rik iets zachter. 'Ze maakt het soms gewoon lastig om het juiste te doen.'

Ik probeer ze niet af te luisteren, maar het is moeilijk níét te horen wat ze zeggen, zelfs met de muziek aan. Tegen de tijd dat ik klaar ben met het opruimen van de potscherven weet ik meer dan ik ooit had verwacht over Eva's intimidatie van de jongere personeelsleden, Tophers onberekenbaarheid en de precaire financiële positie van Snoop. Het is bijna een opluchting wanneer ze overstappen op andere onderwerpen – skiplannen voor de volgende dag, de slechte wifi-verbinding, Riks vrouw die het hem lastig schijnt te maken. Op een gegeven moment zet een van hen het volume van de muziek harder, zodat ik hen niet meer duidelijk kan verstaan.

Maar als ik overeind kom, mijn onderrug protesterend na een lange dag van bukken en tillen, hoor ik wel het staartje van Miranda's reactie op iets wat Rik heeft gezegd.

'Nou, je hebt vast gelijk. Maar in dat geval zullen we haar gewoon moeten dwingen, of niet?'

De woorden blijven hangen terwijl ik de deur rustig achter me dichtdoe en de lobby in ga, waar ik even naar de nog steeds vallende sneeuw blijf staren.

We zullen haar gewoon moeten dwíngen.

Over wie hebben ze het? Over Liz? Of Eva? Of heel iemand anders, Riks vrouw misschien?

Op het eerste gezicht is er niets bijzonders aan haar woorden. Het is een zin die je elke dag van de week zou kunnen horen. Waarom blijft de koele vastberadenheid in Miranda's stem dan aan me knagen?

LIZ

Snoop-ID: ANON101
Luistert naar: bespiedt xTOPHER ☑
Snoopers: 0
Snoop-volgers: 0

Het is twee over elf 's avonds. Ik lig in bed op mijn kamer, met mijn kamerjas aan. Ik ben Topher aan het bespieden. Niet omdat ik naar zijn muziek wil luisteren, want dat is altijd rare experimentele clubmuziek, maar omdat ik probeer uit te zoeken of het wel goed met hem gaat.

Er is geen lokalisatiefunctie op Snoop. Wat dat betreft kun je alleen weten waar mensen wonen als ze ervoor kiezen hun locatie te noemen in de korte omschrijving bij de gebruikersnaam. Stiekem had ik gehoopt dat Tophers muziekkeuzes mij inzicht zouden geven in zijn psyche.

Ik weet niet wat ik me had voorgesteld. Treurige gitaarsolo's. Een oneindige herhaling van 'All by Myself'. Waar hij werkelijk naar luistert is een eindeloze stroom boze Spaanse – of Portugese – punkrock. Het klinkt geïrriteerd, meer kan ik er niet over zeggen. Het positieve eraan is dat hij naar muziek luistert en dus vermoedelijk nog leeft. Nu ik erover nadenk besef ik dat ik daar niet eens zeker van kan zijn. Misschien streamt zijn telefoon wel gewoon naar een bevroren sneeuwbank. Met een zucht verklein ik de app.

De herinnering aan ons gesprek op de bank beneden is blijven hangen als een kater. Ik weet wat Topher probeerde te doen. Hij wilde me een schuldgevoel aanpraten. Me herinneren aan alles wat ik hem verschuldigd ben.

Eigenlijk zou ik er boos om moeten zijn, en in zekere zin ben ik dat ook. Hij is een arrogant rijkeluiszoontje dat geluk heeft gehad met een geweldig idee en, al net zo cruciaal, met een pappie en mammie die bereid waren hem te financieren – in elk geval de eerste paar jaar. Hij is alles wat ik niet ben. Rijk. Bevoorrecht. Zelfverzekerd.

Maar ook al ben ik boos, het feit blijft dat hij een onnozele, onhandige vrouw van in de twintig naar wie niemand omkeek een kans heeft gegeven. Het meisje uit Crawley dat naar tweedehandswinkels, afdankertjes en wanhoop rook. Hij keek door dat alles heen en zag de persoon die ik ben, de echte ik, vasthoudend, vastberaden, bereid om alles te geven.

Het belangrijkste is dat, toen ik aanbood het geld van mijn oma in Snoop te steken, hij degene was die tegen me zei dat ik aandelen moest eisen in plaats van aflossingsrente. Rik en Eva probeerden het me allebei uit het hoofd te praten. Ze wezen me op de onzekerheid van het rendement, dat Snoop op de fles zou kunnen gaan zonder ooit winst te maken. Maar Topher hield vol dat het in mijn eigen belang was om voor aandelen te kiezen. En hij had gelijk.

Topher is de reden dat ik hier vandaag ben. Ik weet nog steeds niet of ik hem daar dankbaar voor moet zijn of het hem kwalijk moet nemen. Beide, misschien.

Die vrouw, Erin, vertelde ons dat de kabeltrein maar tot elf uur rijdt. Dus als hij die heeft genomen, zou hij hier snel moeten zijn. Maar dat is de vraag: heeft hij hem genomen?

Ik loop rusteloos naar het raam en kijk naar de sneeuwvlokken die nog steeds naar beneden dwarrelen. Voor vanavond is een minimumtemperatuur van min twintig voorspeld. Mensen sterven in die kou.

Bij een klop op de deur schrik ik op. Ik trek de ceintuur van mijn kamerjas strakker aan en loop weg bij het raam om open te doen. Met bonzend hart haal ik de deur van het slot.

Het is Eva.

'Liz,' zegt ze, 'mag ik even binnenkomen?' Ze heeft de witte wollen jurk die ze tijdens het eten droeg verruild voor een elastische yogabroek waarin haar benen er heel lang uitzien. Haar parfum verspreidt zich als een olievlek door de kamer. De geur is sterk en weeïg; het zou Poison kunnen zijn.

'Eh... Oké,' zeg ik. Ik voel me overvallen en verbolgen. Ik wil haar eigenlijk niet in mijn kamer hebben, maar ik weet niet hoe ik dat kan zeggen zonder vreemd over te komen.

Ze dringt zich langs me heen en loopt naar het raam, waar ze met haar rug naar me toe uitkijkt over het dal. Ik zie dat mijn kastdeur op een kier staat, zodat de rail vol sjofele, ongestreken kleren en mijn twee koffers zichtbaar zijn. De grootste koffer steekt iets naar buiten, waardoor de deur niet dicht kan. Ik geef hem een duwtje met mijn voet en sluit de deur.

Net wanneer die met een klik dichtgaat, draait Eva zich om.

'Alles goed met je?' vraagt ze plotseling.

Die vraag verbaast me en ik weet niet wat ik moet antwoorden. Het is waarschijnlijk alleen uit beleefdheid, maar ik ben het niet gewend dat mensen, en zeker Eva niet, zich druk maken om wat er in me omgaat. Het geeft me een raar gevoel. Ik kan niet bedenken wat ik moet zeggen, en dat maakt ook niet uit, want Eva praat al verder.

'Het spijt me dat ik jullie overviel met mijn presentatie, maar ik was bang dat Topher een manier zou vinden om als eerste zijn zegje te doen wanneer ik die van tevoren had aangekondigd.'

O. Ze wil nog een poging doen om me over te halen.

'Eva, alsjeblieft.' Mijn hoofdpijn, die na het eten was weggezakt, komt weer opzetten. De pijn bonkt mee op de maat van mijn hartslag. 'Alsjeblieft, ik heb hier nu geen zin in.'

'Maak je geen zorgen.' Ze neemt mijn handen in de hare. Ze zijn koud en sterk. 'Ik begrijp het helemaal. Als ik in jouw schoenen stond, zou ik me ook verscheurd voelen. Je wilt loyaal zijn aan Topher, dat begrijp ik. Dat willen we allemaal. Maar we weten allebei...'

Haar stem sterft weg. Ze hoeft haar zin niet af te maken.

En eigenlijk hoeft ze haar zaak ook niet te bepleiten. De feiten spreken voor zich.

Er zijn twaalf miljoen redenen om met Eva mee te stemmen. Ze hoeft er geen twaalf miljoen plus één van te maken.

'Ik weet het,' zeg ik. Fluister ik. 'Eva, ik weet het, het is gewoon dat Topher...'

Topher, die me mijn allereerste kans gaf, die tegen me zei dat ik moest aandringen op aandelen. Hoe kan ik nou tegen hem zeggen dat ik hem ga verraden? Wat gaat hij dan doen? Voor het eerst besef ik dat ik bang ben.

'Liz, je wéét wat je wilt doen, wat je móét doen,' zegt Eva. Haar stem klinkt flemend, alsof ze tegen een bang kind praat. 'Zeg nou zelf, heb ik je niet altijd gesteund? Hebben we niet altijd voor elkaar klaargestaan?'

Ik herinner me Riks vraag tijdens het diner, de vraag waardoor ik mijn stoel achteruitschoof en de kamer verliet. *En, Liz, hoe ga jij het geld van je aandelen uitgeven?* Het was zo brutaal, zo onbeschaamd, zo vol aannames.

Eva is subtieler. Ze weet dat het geld me op een bepaalde manier beangstigt. Want voor iemand zoals ik, die als kind elke laatste cent die mijn vader niet uitgaf aan gokkasten moest verstoppen, is het een onvoorstelbaar bedrag. Een belachelijk bedrag dat mijn leven zal veranderen.

Eva weet dat wat me zal overhalen niet het geld is, maar iets anders. Iets veel persoonlijkers, tussen haar en mij – een beroep op het verleden dat we delen. Ik was ook ooit haar assistente, in de tijd dat Snoop er slechts één kon betalen. Ik ben Eva net zoveel verschuldigd als Topher, zij het op een andere manier. Meer nog.

Eigenlijk weet ze wel wat Rik weet, wat Carl weet, wat iedereen behalve Topher en Elliot lijkt te accepteren: dat het helemaal geen keuze is.

Er is maar één verstandig antwoord op de vraag die voor me ligt. Mijn loyaliteit aan Topher wordt niet alleen afgewogen tegen die twaalf miljoen pond, maar ook tegen iets anders – het vooruitzicht op een heel ander leven dan ik gewend ben. Uiteindelijk staat mijn vrijheid op het spel. Met twaalf miljoen pond zou ik vrij zijn om te stoppen met werken, vrij van zorgen, vrij van de noodzaak om uit te kijken bij elke stap die ik zet – vrij zijn van deze situatie.

'Ik weet het, Eva,' zeg ik. Mijn stem klinkt heel zacht. 'Ik weet het. Het is gewoon... Het is moeilijk.'

'Dat begrijp ik,' zegt ze, en ze geeft een kneepje in mijn hand. Haar vingers voelen koud aan en brengen heel duidelijk haar boodschap over. 'Ik weet dat het moeilijk is. Ik voel die loyaliteit aan Toph ook, natuurlijk. Maar ik kan toch op je rekenen, hè?'

'Ja,' zeg ik. Mijn stem is bijna onhoorbaar, zelfs voor mezelf. 'Ja, je kunt op me rekenen.'

'Mooi.' Ze kijkt me met haar brede, ontwapenende glimlach aan. Het is een glimlach die ooit van duizend billboards en catwalks in heel Europa straalde. 'Dank je, Liz, ik weet wat dat betekent. En je kunt ook op mij rekenen. We zullen voor elkaar zorgen, hè?'

Ik knik. Ze geeft me een plichtmatige knuffel en verlaat de kamer. Zodra ze weg is, doe ik het raam open om van haar geur af te komen. Ik leun naar buiten en laat de paniek in mijn borstkas uitgroeien tot ik er bijna door overweldigd word. Ik stel me de bijeenkomst voor, de stemming, dat ik mijn hand opsteek ter ondersteuning van de buy-out en de uitdrukking op Tophers gezicht wanneer mijn verraad tot hem doordringt... Dan stel ik me voor wat er zou gebeuren als ik het niet doe, en ik word kotsmisselijk.

Want Eva heeft gelijk. Er is maar één keuze. Ik weet wat ik moet doen. Ik moet er alleen nog de moed voor vinden.

Wanneer ik eenmaal de beslissing heb genomen, komt er een vreemd soort kalmte over me heen.

Het komt goed. Het komt allemaal goed.

Ik doe het raam dicht, kruip weer in bed en klik Snoop weg. Dan luister ik heel stil naar het gefluister van de sneeuw die buiten op mijn balkon valt en alles uitwist.

ERIN

Snoop-ID: LITTLEMY
Luistert naar: bespiedt ITSSIOUXSIE ☑
Snoopers: 5
Snoop-volgers: 7

Wanneer mijn wekker gaat, ontwaak ik met moeite uit een diepe, verontrustende droom – een nachtmerrie waarin ik graaf, graaf, graaf door samengepakte sneeuw, met handen verdoofd van de kou, trillende spieren en warm bloed dat langs mijn hals stroomt. Ik weet wat ik ga vinden, en ik hunker ernaar en vrees het. Maar ik word wakker voordat ik mijn doel heb bereikt.

Opgelucht stel ik vast dat ik in mijn eigen kamer ben en dat het scherpe geluid afkomstig is van de wekker op mijn telefoon. Ik tast ernaar en schakel het alarm uit. De klok geeft 06.01 uur aan, en ik blijf nog even liggen, half in slaap. Ik probeer het ongemakkelijke gevoel van me af te schudden dat de droom heeft achtergelaten.

Hoewel het weekend is, moet ik vroeg aan de slag. Danny en ik staan om de beurt om zes uur op om het koffiezetapparaat aan te zetten, het ontbijt klaar te maken en de rommel van de vorige avond op te ruimen, zodat de ander enigszins kan uitslapen. Vandaag is het mijn beurt voor de vroege dienst. Ik stap uit bed en kleed me aan. Ik kan niet stoppen met gapen. Sommige mensen merken dat ze op deze hoogte last hebben van slapeloosheid. Ik niet. Eerder het tegenovergestelde.

Wanneer ik langs Tophers deur kom, blijf ik even staan om te horen of hij in de kamer is. Is hij thuisgekomen? Ik heb hem niet horen binnenkomen, maar ik heb de voordeur opengelaten en toen ik om middernacht naar beneden ging om even te kijken, zag ik natte voetafdrukken in de lobby.

Ik sta nog steeds met ingehouden adem te luisteren wanneer een enorm gesnurk de stilte verscheurt. Ik laat een trillend lachje ontsnappen. Er is in elk geval iemand daarbinnen, zelfs als het Topher niet is.

Beneden is het stil. Het houtvuur van gisteravond gloeit achter de glazen deur van de houtkachel. Ik open de ventilatieroosters en leg nog een houtblok op de as. Dan begin ik met het opruimen van de rommel van de vorige avond.

De mensen van Snoop zijn niet erger dan veel van de andere groepen die hier verblijven, maar om de een of andere reden voel ik me vandaag bijzonder uitgeblust wanneer ik dertig jaar oude brandewijn in de gootsteen giet en gesmolten camembert uit het kleed in de eetkamer pluk. Iemand heeft ook binnen gerookt, ondanks de regels; er is een sigarettenpeuk uitgedrukt op een schaaltje met Danny's zorgvuldig bereide petitfours. Dát is wat me nijdig maakt, denk ik. Ik herinner me dat hij die miniflorentines maakte; hij mengde het deeg, bakte ze, doopte ze in de precies goed gesmolten chocolade en legde ze voorzichtig op het schaaltje zodat de chocola kon opstijven. Hij behandelde ze als de kleine meesterwerkjes die ze zijn. En nu heeft iemand ze als geïmproviseerde asbak gebruikt.

Het duurt even voordat ik mijn boosheid heb afgeschud, maar tegen zeven uur ben ik een beetje opgefleurd. De kamers zijn schoon, het vuur knettert, de oven staat aan voor de worstjes en op de buffettafel staat een grote kristallen schaal Bircher-muesli, samen met enorme karaffen versgeperste sappen en kannen melk en room. Er klinkt nog steeds geen geluid van boven, wat betekent dat ik me een koffiepauze van tien minuten kan veroorloven. Normaal gesproken zou ik op mijn telefoon de sneeuwvoorspelling checken of door mijn Twittertijdlijn scrollen, maar in plaats daarvan open ik Snoop en blader doelloos door lijsten met mijn favoriete artiesten om uit te zoeken wie online is en wie waarnaar luistert, terwijl ik mijn koffie drink. Er zitten een aantal geweldige mensen bij, echte celebrity's, maar ook mensen die gewoon boeiend zijn. Danny heeft gelijk, het heeft iets ongelooflijk verslavends om een nummer af te spelen waarnaar zij op dat moment ook luisteren, wetend dat je maat na maat synchroon met ze loopt. Het is middernacht in New York, veel van de mensen die ik daar bespied luisteren naar kalmerende muziek voor de late avond, en dat is niet iets wat ik op dit moment van de dag zoek. Dan vind ik een stel Britse celebrity's die allemaal op lijken te zijn en muziek luisteren. Waarom zijn ze om zes uur 's ochtends Britse tijd al wakker? Kunnen ze niet slapen? Misschien staan ze altijd om deze tijd op.

Ik was de serveerschalen af die te groot zijn voor de vaatwasser en tik met mijn voeten mee op de maat van 'Rockaway Beach' van de Ramones. Ineens begint het geluid te haperen. Terwijl ik mijn telefoon uit mijn zak haal om de aansluiting van de koptelefoon te controleren, valt het liedje helemaal uit. Verdomme. Ik staar naar het scherm. De wifi toont nog steeds een sterk signaal, maar als ik op het tabblad Snoop klik, verschijnt er een pop-upmelding: *We can't get no satisfaction. (Check je internetconnectie.)*

Ik zucht, zet de app uit en ga verder met afwassen, deze keer in stilte. Ik heb pas een paar schalen gedaan als ik een tikje op het raam rechts van mij hoor. Ik kijk en zie Jacques van de bakker uit het dal staan, met een stapel stokbroden en een gigantische zak croissants in zijn handen. Ik trek mijn rubberen handschoenen uit en open de deur. Mijn adem vormt witte wolkjes in de koude ochtendlucht.

'Salut, ma belle,' zegt hij om zijn sigaret heen, terwijl hij me het brood overhandigt. Dan neemt hij een stevige trek van zijn Gitane en blaast de rook over zijn schouder uit.

'Hallo, Jacques,' zeg ik in het Frans. Hoewel mijn Frans niet perfect is, kan ik er een gesprek in voeren. 'Bedankt voor het brood. Wat zeg je over de weersvoorspelling?'

'Tja, het ziet er niet goed uit,' zegt hij, nog steeds in het Frans. Peinzend neemt hij nog een trek, en hij kijkt omhoog naar de lucht. Jacques is een van de weinige mensen die hier is opgegroeid. Bijna iedereen is import, toerist of seizoensarbeider. Jacques woont hier al zijn hele leven; zijn vader is eigenaar van de bakkerij in St. Antoine le Lac, die Jacques over een paar jaar overneemt wanneer zijn vader met pensioen gaat.

'Denk je dat er vandaag geskied kan worden?' vraag ik.

Jacques haalt zijn schouders op. 'Misschien, in de ochtend. Maar 's middags...' Hij steekt zijn hand uit en maakt de schommelbeweging waarmee Fransen aangeven dat iets de ene of de andere kant kan opgaan. 'Er komt zware sneeuw. Zie je de kleur van die wolken boven La Dame?' La Dame betekent La Dame Blanche, de grote piek die het hele dal domineert en een bijna permanente schaduw over het chalet werpt. Nu ik naar de top kijk, zie ik wat hij bedoelt. De wolken die zich daar verzamelen zijn akelig donker.

'Maar dat is het niet alleen,' zegt Jacques. 'Het is de wind. Die maakt het lastig voor de jongens van de lawinecontroleteams. Ze kunnen er niet op uit om de gecontroleerde lawines op gang te brengen.'

Ik knik. Ik heb het ze op mooie dagen zien doen, na zware sneeuwval. Dan brengen ze kleine explosies teweeg om de opeenhoping van sneeuw op de bovenste hellingen veilig los te maken, voordat die een kritische massa kan bereiken. Ik weet niet hoe ze het precies doen. Soms lijken ze gebruik te maken van helikopters, andere keren van een soort vuurwapen. Hoe dan ook, ik kan me voorstellen dat de wind het te gevaarlijk en onvoorspelbaar maakt.

'Denk je dat er lawinegevaar is?' vraag ik terwijl ik mijn gevoel van onbehagen probeer te verhullen.

Jacques haalt zijn schouders weer op. 'Grote lawines? Onwaarschijnlijk. Maar er zullen vanmiddag zeker pistes gesloten zijn, en ik zou niet offpiste gaan skiën.'

'Ik ski niet offpiste,' zeg ik kortaf. Nou ja, niet meer.

Jacques reageert daar niet op, hij kijkt alleen bedachtzaam naar de piste en blaast dan een rookringetje uit. 'Nou, ik moet gaan. Tot ziens, Erin.'

Met knerpende voetstappen loopt hij door de zachte sneeuw in de richting van de kabeltrein. Terwijl ik hem nakijk krijg ik een knoop in mijn maag van de kilte uit mijn droom die is blijven hangen. Dan ga ik terug, de warmte van de keuken in.

Binnen leg ik het brood in de mand op de tafel, wanneer achter me het geluid van een krakerige stem klinkt, schor van de slaap. Ik schrik ervan.

‘Monsieur Baguette, de zoon van de *boulanger*?’

Het is Danny, die tegen het aanrecht leunt en zijn ogen half dichtknijpt tegen het felle ochtendlicht.

‘Jezus.’ Ik hap naar adem. ‘Je liet me schrikken. Ja, dat was Jacques. Hij zegt dat we meer sneeuw krijgen.’

‘Dat meen je niet.’ Danny wrijft over zijn stoppels. ‘Straks is er daarboven niets meer van dat spul over. Kunnen we nog skiën?’

‘Volgens mij wel. Vanochtend, vermoedt hij. Hij zegt dat de pistes waarschijnlijk in de middag worden afgesloten. Lawinegevaar.’

‘Het is al code oranje,’ zegt Danny, verwijzend naar de door Météo-France gepubliceerde kleurenschaal. Oranje is niveau drie, ‘aanzienlijk risico’ op lawinegevaar. Het betekent dat offpiste skiën af te raden is en dat sommige van de steilere hellingen waarschijnlijk gesloten zullen worden. Code rood is niveau vier, dan sluit het hele skioord. Code zwart is niveau vijf en betekent gevaar voor nederzettingen en wegen. Zwart wil zoiets zeggen als: zorg dat je bij je laatste maaltijd goed eet, maar als het aan de controleteams ligt, laten ze het niet zover komen.

Ik pak het dienblad met koffiekopjes wanneer ik Danny op achteloze toon ‘Wie is Will?’ hoor zeggen.

Van die vraag schrik ik zo dat ik struikel, en twee van de kopjes glijden van het dienblad en vallen kapot op de vloer. Tegen de tijd dat Danny en ik de scherven hebben verzameld, ben ik genoeg gekalmeerd om te antwoorden.

‘Hoe bedoel je? Er is hier niemand die Will heet.’

‘Je was afgelopen nacht aan het dromen en riep heel hard “Will”. Ik hoorde je door de muur heen. Ik werd er wakker van.’

Shit.

‘Goh, wat raar.’ Ik houd mijn stem luchtig en een tikje verbaasd. ‘Sorry daarvoor. Een nachtmerrie, denk ik.’

Voordat hij kan doorvragen loop ik met het dienblad de kamer uit. Mijn handen trillen wanneer ik de koffiekopjes en ontbijtspullen op de grote houten eettafel zet. Net wanneer ik de laatste potten jam neerzet, hoor ik het getik van hakken op de trap. Ik kijk op en zie Eva de lobby in komen. Ze ziet er pissig uit.

‘Hoi,’ zeg ik.

Ze valt meteen met de deur in huis. ‘Hoi, wat is er met het internet gebeurd?’

De moed zakt me in de schoenen. Shit. Ik had gehoopt dat het iets tijdelijks was.

'O god, sorry. Nog steeds geen verbinding?'

'Nee, en de mobiele ontvangst is verschrikkelijk.'

'Het spijt me echt. Het heeft iets met de sneeuw te maken. Dat gebeurt af en toe. Misschien is er ergens een kabel geknapt of een signaalversterker uitgevallen of zoiets. Dat komt wel vaker voor na zware sneeuwval, en daar hebben we de laatste tijd behoorlijk wat van gehad.'

Ik gebaar naar het raam, waar de sneeuw op sommige plaatsen tot halverwege het glas ligt.

'De details interesseren me niet. Ik wil alleen weten wanneer er weer internet is.'

Haar toon is scherp en schaamteloos geïrriteerd. Het is de stem van iemand die gewend is bevelen uit te delen en gehoorzaamd te worden.

Op zich stoort me dat niet. In sommige opzichten heb ik liever mensen die duidelijk zijn over hun verwachtingen dan mensen die de hele week naar je glimlachen en je dan op hun feedbackformulier een slechte beoordeling geven. Maar in dit geval kan ik haar niet van dienst zijn, en iets zegt me dat Eva dat niet leuk zal vinden.

'Ik weet het niet.' Ik sla mijn armen over elkaar. 'Het spijt me. Ze krijgen het meestal wel binnen een paar dagen gerepareerd. Meer kan ik niet beloven.'

'Shit.' Ze is geïrriteerd en probeert het niet te verhullen, maar de uitdrukking op haar gezicht wijst op meer dan ergernis. Ze is gestrest en helemaal ontdaan.

'Het spijt me,' zeg ik nog eens. 'Ik wou dat ik je een concreter antwoord kon geven. Is het een probleem in verband met je werk?'

Ze kijkt op. 'Met mijn werk?' Dan schudt ze haar hoofd en lacht even bitter. 'God, nee. Al mijn werkproblemen kunnen in één woord worden samengevat: Topher. Nee, het gaat om de thuisbasis. Het is...' Ze zucht en haalt haar hand door haar zijdeachtige witblonde haar. 'Ach, het klinkt waarschijnlijk niet zo belangrijk, maar wanneer ik weg ben skype ik elke ochtend met mijn dochter, Radisson. Het is ons ritueeltje, weet je? Ik moet veel reizen en kan er niet zo vaak voor haar zijn als ik zou willen. Ik zeg altijd tijdens het ontbijt goedemorgen tegen haar, en nu voel ik me een enorme rotmoeder omdat het vandaag niet kan. Gelukkig heb ik mijn partner telefonisch weten te bereiken, maar het probleem is dat kleine kinderen een telefoon niet echt begrijpen. Ze is pas achttien maanden. Ze moet een gezicht zien.'

'Dat snap ik helemaal,' zeg ik zacht. 'Het is vast moeilijk om niet bij haar te kunnen zijn.'

'Inderdaad,' zegt Eva kortaf. Ze knippert met haar ogen en wendt zich dan snel af om een kopje te vullen bij de dampende ketel met theewater. Ik denk dat ze boos op zichzelf is omdat ze laat zien dat ze ook maar een mens is, al vind ik haar daardoor juist aardiger. Achter die ijskoude façade gaat blijkbaar een zorgzame moeder schuil.

Dan pakt ze een theezakje, doet het in het kopje kokendheet water en loopt zonder nog een woord te zeggen terug naar haar kamer.

Topher, Rik en Carl zijn de volgende gasten die naar beneden komen, ongeveer een halfuur later, en mijn hart maakt een sprongetje van opluchting bij de aanblik van de drie. Nou ja, bij de aanblik van Topher, om precies te zijn. Hij heeft waterige ogen en een kater, maar hij is hier, en tot zover reikt mijn verantwoordelijkheid voor de groep.

'Jij was niet de enige nachtbraker,' zegt Carl tegen Topher wanneer ze de kamer binnenkomen. 'Inigo kwam om vijf uur vanochtend terug naar onze kamer gekropen.'

'Jezus,' zegt Topher. Hij rolt zijn ogen. 'Niet weer, hè? Eva zou beter moeten weten.'

Eva? Als reactie op haar naam voel ik een tinteling, al kan ik niet zeggen waarom precies. Het gaat me tenslotte niets aan. Misschien komt het doordat deze opmerking vlak na haar overduidelijke verdriet komt omdat ze niet met haar gezin kan praten. Heeft Topher gelijk of zit hij alleen te stoken?

'Hashtag cougar,' zegt Carl met een grijns. Hij loopt naar het ontbijtbuffet dat ik heb klaargezet, pakt een warme croissant en doopt die rechtstreeks in de glazen Kilner-pot met Danny's goudkleurige zelfgemaakte abrikozenjam. Dan neemt hij een enorme hap en grijnst door de kruimels heen.

'Hashtag?' zegt Rik minachtend. Hij draagt een zwarte merinos coltrui en ziet eruit alsof hij zo uit een catalogus met chique breimode voor mannen is gestapt. 'Cougar? Ben ik wakker geworden in een studentenhuis in 2005?' Dan wendt hij zich met een welbewust charmante glimlach tot mij, waarbij de huid bij zijn mondhoeken rimpelt. 'Zou ik alsjeblieft een espresso kunnen krijgen, Erin? Als het niet te veel moeite is.'

Carl werpt hem een giftige blik toe, met een intensiteit die ik aan de andere kant van de kamer kan voelen.

Het had een rotstreek moeten lijken – een jongere, fittere, knappere man die zijn minder hippe collega voor gek zet. Ik krijg alleen de indruk dat Rik niet zozeer een probleem heeft met Carls woordkeuze, maar meer met zijn keuze van het gespreksonderwerp. Het is grappig, ik begin Rik steeds aardiger te vinden. De manier waarop hij met Eva – en ook met Miranda – omgaat is heel anders dan Carls en Tophers grinnikende jongens-onder-elkaar-houding. Veel sympathieker.

'En, gaan we skiën vandaag?' De stem komt van boven aan de trap. Ik kijk omhoog en zie Miranda de wenteltrap afkomen. Haar donkere haar zit bijeengebonden in een knot en ze lijkt klaar om meteen aan de slag te gaan. Ze ziet me Rik zijn espresso geven en zegt: 'Goedemorgen, Erin, voor mij graag een cortado met amandelmelk. Wat is de weersvoorspelling?'

'Meer sneeuw in de middag,' zeg ik. 'Volgens sommigen zal het lawinegevaar toenemen, dus dan zullen er meer pistes gesloten worden. Als jullie willen skiën, raad ik aan dat vanochtend te doen.'

'Daar zal Eva niet blij mee zijn,' zegt Carl. 'Ze heeft de ochtend volgepland met presentaties.'

'Jammer voor Eva,' zegt Topher bitter. Hij stopt twee witte pilletjes in zijn mond en spoelt ze weg met een slok uit zijn roestvrijstalen waterfles, waarna hij zijn neusbrug masseert. 'Ik ben niet helemaal hierheen gekomen om de hele week te luisteren naar cijfers over de verwachtingen van de investeerders. Ze kan ons vanmiddag vervelen met haar verhalen.'

'Ze vindt het vast niet erg om het programma aan te passen,' zegt Miranda op milde toon. 'Het zal voor iedereen goed zijn om wat stoom af te blazen. Ik kan niet wachten om mijn ski's aan te trekken.'

Ze heeft het uiterlijk van een skiër. Slank maar sterk.

Topher ziet eruit als een snowboarder en het verbaast me niet wanneer hij vraagt: 'Hoe is het hier buiten de piste, Irene? Goede poedersneeuw?'

Het duurt even voordat ik besef dat hij het tegen mij heeft. Op hetzelfde moment sist Miranda in Tophers richting: 'Ze heet Erin.'

Ik glimlach om te laten zien dat ik het niet erg vind. Irene, Eileen, Emma, het is allemaal hetzelfde. Als je personeel bent, ben je niet echt een mens. Topher zou waarschijnlijk een slimme robot met dezelfde mate van beleefde desinteresse behandelen.

'De sneeuw is nu vast geweldig,' zegt Rik. 'Kun je ons wat goede offpiste routes laten zien, Erin?'

Ik voel het bloed uit mijn gezicht trekken en probeer net te bedenken wat ik moet zeggen, wanneer ik gered word door Danny, die op dat moment met een grote schaal met broodjes bacon uit de keuken komt.

'Erin is een te groot watje om offpiste te gaan,' zegt hij met een grijns. 'Ik kan je wel wat coole routes laten zien, als je wilt. Maar niet vandaag.'

'Waarom niet vandaag?' vraagt Topher met gefronste wenkbrauwen.

'Het lawinegevaar is te groot,' zeg ik terwijl ik mijn kalmte probeer te herwinnen. 'Later in de week is het vast beter, nadat ze een paar gecontroleerde explosies hebben uitgevoerd.'

Eigenlijk heb ik geen idee of het dan beter zal zijn, maar niemand houdt van pessimisten, en ze moeten toch een keer naar boven om de opgehoopte sneeuw weg te ruimen.

'Goed, dan is dat het plan,' zegt Topher resoluut. Hij pakt een broodje bacon en neemt een hap.

'Wat is het plan?'

De stem komt uit de richting van de woonkamer. We draaien ons allemaal om en zien Eva daar staan. Ze heeft een grote stapel mappen en een laptop in haar armen en ziet eruit alsof ze klaar is om te beginnen.

'Erin zegt dat we vandaag waarschijnlijk alleen 's ochtends

kunnen skiën,' zegt Rik snel, 'dus we dachten dat het een goed idee was om nu eerst de financiële presentatie te houden en dan de rest naar de middag te verplaatsen.' Hij praat nogal snel, en ik heb de indruk dat hij Topher ervan probeert te weerhouden hetzelfde te zeggen, maar dan minder diplomatiek.

Eva blijft in de deuropening staan. Ze lijkt zich af te vragen hoe ze hierop zal reageren en of ze stennis zal gaan schoppen. Dan kijkt ze op haar horloge en haalt haar schouders op.

'Goed. Het is bijna halfnegen. Zullen we aan de slag gaan met de presentatie? Die zal niet langer dan een halfuur duren. Als we direct daarna vertrekken kunnen we zo de eerste lift nemen.'

'Hoe eerder, hoe beter, wat mij betreft,' zegt Topher. 'We kunnen wel ontbijten in de zitkamer. Waar zijn de anderen verdomme?'

'Ik ben hier.' De stem komt uit de richting van de deuropening. We draaien ons hoofd naar de deur en zien Tiger de kamer binnenkomen. 'Sorry, heb ik jullie opgehouden?' Ze ziet er bleek en verfomfaaid uit en haar korte ombré haar steekt alle kanten op, alsof ze het vanmorgen nog niet heeft geborsteld.

'Ja,' zegt Topher op hetzelfde moment dat Miranda zegt: 'Nee, je bent niet de enige die ontbreekt.'

'Klaar om poeder te carven, Tiger?' vraagt Topher. Ik hoor een geluid uit de richting van de keuken, waar Danny een spottend gesnuif onderdrukt, en ik houd me bezig met de espressomachine om mijn eigen gezichtsuitdrukking te verbergen.

'Pardon?' zegt Tiger. Ze wrijft in haar ogen alsof het ochtendlicht haar pijn doet. 'Dat snapte ik niet.'

'Ben je klaar om op je board te springen?'

'O, ja, natuurlijk.'

'Je ziet er nog slechter uit dan Topher,' zegt Eva botweg.

Tiger lacht, met een onzekere blik op Topher. 'Ik heb niet zo goed geslapen. Ik was de hele nacht klaarwakker.'

'Dat komt door de hoogte,' zegt Eva. 'Sommige mensen kunnen er niet van slapen. Ik neem de eerste paar nachten altijd een slaappil.'

Ik hoor Tigers reactie niet, want Topher neemt me apart.

'Zijn alle huurski's hier?'

'Ja, ze staan in de skikasten op de gang bij de ski-ingang,' zeg ik. De skiwinkel is in het dorp, dus wij halen de spullen voor de skiërs op. Van deze groep hebben de meesten hun eigen spullen meegenomen; alleen Liz, Ani en Carl hebben spullen gehuurd. 'Voordat jullie gaan, zal ik jullie de beste route terug naar het chalet laten zien. Het is echt een geweldig spoor, al gaat het een beetje tegen je intuïtie in wanneer je op de kaart kijkt. Je moet namelijk even oversteken van de ene naar de andere piste.'

'Is dat veilig?' vraagt Carl, die verschrikt klinkt. 'Je zei net dat het te gevaarlijk is om offpiste te gaan.'

'O, jawel,' haast ik me hem gerust te stellen. 'Het is volkomen veilig. Het is een veelbetreden pad. In die zin is het niet offpiste. Op de kaart in de lift staat het alleen niet weergegeven als een route, dus als je niet weet dat je tussen de bomen kunt doorsteken, moet je de hele Blanche-Neige af skiën naar St. Antoine le Lac en terugkomen met de kabeltrein.'

'Is het veilig voor beginners?' vraagt Carl, die het nog steeds niet helemaal vertrouwt.

'De doorsteek? Absoluut. Het is het equivalent van een groene piste. Heb je überhaupt wel eens geskied?'

'Ja, maar dat is jaren geleden.' Hij kijkt over zijn schouder. Topher en de anderen zijn de zitkamer in gegaan om aan de bijeenkomst te beginnen, en we zijn alleen. 'Strikt *entre nous* gesproken,' zegt hij nogal verbitterd, met gedempte stem, 'ik had liever mijn eigen ogen uitgestoken dan op skivakantie te gaan. Maar dit krijg je wanneer je werkt bij een bedrijf zoals Snoop. Topher is gek op snowboarden, Eva is praktisch een profskiër, en wat zij zeggen gebeurt. De rest van ons heeft het maar te slikken.'

Hoewel ik knik alsof hij het over koetjes en kalfjes heeft, vind ik dit inzicht in wat er leeft bij Snoop fascinerend. Er mogen dan wel vijf aandeelhouders zijn, in het dagelijks leven lijken Topher en Eva vrij autocratisch de lakens uit te delen.

Des te interessanter is het dat het machtsevenwicht hun voor de verandering uit handen is genomen. Een van de twee krijgt zijn of haar zin niet over deze buy-out. De vraag is alleen: wie?

LIZ

Snoop-ID: ANON101
Luistert naar: offline
Snoop-volgers: 0

'Oké,' zegt Rik. Hij sluit de powerpointpresentatie af en doet de lichten aan. 'Dat was het. En dan kunnen we nu onze skiuitrusting gaan aantrekken.'

Ik wrijf in mijn ogen en voel hevige steken in mijn hoofd van het plotselinge felle licht. Mijn hoofdpijn is terug. Ik sta op en trek mijn panty recht. Wanneer de anderen opstaan, klinkt om me heen het geritsel van zitzakken en het geluid van bankveren.

'Wacht even,' zegt Topher. Zijn stem klinkt minzaam. 'Kunnen de aandeelhouders even blijven?'

Ik krijg een knoop in mijn maag. Er klinkt instemmend gemompel. Ani, Inigo, Carl, Miranda en Tiger lopen achter elkaar aan naar buiten.

Binnen een paar seconden zijn we nog maar met zijn vijven – Topher, Eva, Rik, Elliot... en ik.

O god. Ik voel dat ik sneller begin te ademen. O god, o god, o god... ze gaan het vragen en ik moet... ik moet...

'Luister,' zegt Eva, 'ik denk dat de harde realiteit van Riks cijfers niemand van ons is ontgaan. Het is een behoorlijk grimmig beeld. Onze overheadkosten...'

'Ik hoef het niet nog eens te horen,' zegt Topher afwijzend, alsof de winst- en verlieslijsten die Rik net met ons heeft doorgenomen volkomen irrelevant zijn. 'We kunnen allemaal spreadsheets lezen en Rik heeft heel competent zijn punten gemaakt.

Voordat we naar buiten gaan denk ik dat het nuttig zou zijn om een indicatieve stemming te houden, zodat we weten waar we aan toe zijn.'

Mijn adem stokt even. De hoofdpijn achter mijn ogen wordt intenser, totdat de randen van mijn gezichtsveld rafelig beginnen te worden.

'Maar Topher,' zegt Eva, 'je weet heel goed dat we nog niet alle informatie hebben. Daarom zijn we hier, om alles naast elkaar te leggen...'

'En daarom gebruikte ik het woord "indicatief",' onderbreekt Topher haar. Er kruipt een vleugje agressie in zijn stem. 'Dit is niet bindend, Eva. Het is alleen een handopsteking om te zien waar we staan. Het kan best zijn dat we al dicht bij een overeenkomst zijn.'

Eva zegt niets. Ze kijkt me aan. Ik weet wat ze denkt. Ik weet dat ze niet kan bedenken hoe ze Topher nu de pas kan afsnijden. Als hij ergens zijn zinnen op heeft gezet, is hij net een muilezel. Hij duwt gewoon, en blijft duwen.

Elliot zegt natuurlijk ook niets, maar we weten allemaal wat zijn stilzwijgen betekent: steun voor Topher. Dat betekent het namelijk altijd. Behalve om programmeertaal geeft Elliot nergens om. Bij al het andere voegt hij zich naar Topher.

'Rik?' vraagt Eva. Ze klinkt broos.

'Waarom niet?' zegt Rik. Zijn instemming verrast me.

'Goed,' zegt Topher op een iets mildere toon. 'Zoals ik eerder zei, in een niet-bindende handopsteking: wie is voor de buyout?'

'Ik,' zegt Rik.

'En ik,' voegt Eva eraan toe. Er valt een lange stilte, en ik voel de spanning terwijl ze wachten. Wanneer Topher weer het woord neemt, klinkt er voldoening door in zijn stem, als een kat die van de room heeft gesnoept.

'Geweldig, en wie is tegen?'

'Ik.' Uitgesproken met Elliots diepe monotone stem klinkt het woord als *punt, uit*.

'En ik, natuurlijk,' zegt Topher. Er valt nog een stilte, en dan zegt hij, alsof hij probeert nonchalanter te klinken dan hij werkelijk is: 'En... eh, wat stem jij, Liz?'

Ik slik. Er zit iets hards vast in mijn keel, en ik besef dat ik de hele ochtend nog niets heb gezegd. Tijdens het ontbijt heeft niemand met me gepraat. Tijdens de bijeenkomst vroeg niemand om mijn mening. Ik weet niet of ik mijn stem kan vertrouwen wanneer ik iets zeg.

'Liz?' zegt Eva. Ik weet dat ze me niet onder druk probeert te zetten, maar tegelijkertijd heeft haar toon een scherp randje.

'Ik...' Mijn stem breekt. Hij is schor omdat ik hem zo weinig heb gebruikt. Ik slik nog eens en probeer tevergeefs het obstakel weg te krijgen dat me voor mijn gevoel verstikt. 'Ik weet het niet.'

'Kom op, Liz,' zegt Rik, en hoewel hij opgewekt en aanmoedigend probeert te klinken, hoor ik ook ongeduld in zijn toon. 'Je weet toch wel wat je ervan vindt? Wil je die twaalf miljoen of niet? Zo moeilijk is het niet.'

'Óf,' zegt Topher zo scherp dat ik ineenkrimp, 'wil je aandelen die potentieel veel meer waard zijn als we de controle behouden en naar de beurs gaan?'

'Als we de controle behouden en erin slagen solvabel te blijven,' kaatst Rik terug.

'In godsnaam, Rik...' snauwt Topher. Ik voel dat de paniek in mijn borstkas begint uit te zetten, als een langzame maar onverbiddelijke chemische reactie. Voordat het gevoel kan ontsnappen, staat Eva op en steekt ze haar handen uit om fysiek tussenbeide te komen.

'Jongens, jongens, kom op. We hebben genoeg tijd om te bedenken of we naar de beurs moeten gaan. Dit is er niet het goede moment voor. Liz, kan ik concluderen dat je ons op dit moment nog geen indicatie kunt geven?'

Ik kan mezelf er niet toe brengen iets te zeggen, dus beweeg ik mijn hoofd op een manier die zowel ja als nee kan betekenen. Eva glimlacht en loopt door de kamer om mijn hand te pakken, waar ze een geruststellend kneepje in geeft. De geur van haar parfum is als een drug, overweldigend in de kleine ruimte.

'Geen probleem. Oké, dan stel ik voor dat we allemaal naar onze kamer gaan om ons klaar te maken en dat we na de lunch de door Rik aangekaarte kwesties in detail doornemen. Akkoord?'

Er wordt instemmend geknikt en gemompeld. Dan lopen Topher, Elliot en Rik achter elkaar aan de kamer uit.

Ik sta met trillende benen op en wil achter ze aan lopen, maar Eva houdt me tegen.

'Liz, wacht even. Alles goed met je?'

Het duurt even voordat ik een woord kan uitbrengen.

'Het... het spijt me, Eva. Ik weet dat we het hier gisteravond over hebben gehad en ik beloof dat ik... dat ik het ga doen. Het is g-gewoon...'

'Natuurlijk,' zegt Eva, en ze legt een hand op mijn arm. Ik denk dat het als een geruststelling is bedoeld, maar ze voorkomt ermee dat ik naar de deur kan lopen. 'Ik begrijp het helemaal.'

'Het is gewoon...' Ik kijk naar de deur om te checken of Topher niet binnen gehoorsafstand is. Godzijdank is hij weg. 'Het is moeilijk om het pats-boem te zeggen, weet je?'

'Ik snap het. Jullie zijn erg loyaal naar elkaar toe. En ik begrijp wat je zegt. Hij zal het zien als verraad, hoe redelijk je beslissing ook is.'

'Ik ben...' Ik slik. Feit is dat ik bang ben, al wil ik dat niet tegen Eva zeggen. Het klinkt absurd dramatisch. 'Ik ben gewoon...'

Eva kijkt me bezorgd aan en ik weet waarom. Ze vraagt zich af of ik me aan onze overeenkomst zal houden. Maar ik heb nu een beslissing genomen. Ik zoek naar die fatalistische kalmte die gisteravond over me heen kwam. Ik probeer me te herinneren hoe het voelde – die zekerheid, die kalme vastberadenheid. Mijn hartslag wordt een beetje rustiger. Ik kan net zo vastberaden zijn als Topher wanneer ik een beslissing neem.

'Je hoeft je geen zorgen te maken,' zeg ik, en mijn stem klinkt al wat krachtiger. 'Ik zal je niet teleurstellen. Ik moet gewoon... Ik moet door de zure appel heen bijten.'

Eva's gezicht klaart op; ze geeft me een medelevend klopje op mijn arm en knijpt er even in om te tonen dat we in hetzelfde schuitje zitten.

'Luister, hij zal boos zijn,' zegt ze. 'Ik kan niet doen alsof dat niet zo zal zijn. En ik kan ook niet zeggen dat ik hiervan geniet. Maar hij komt er wel overheen. Hij zal het begrijpen.'

Dat is alleen niet zo. Dat realiseer ik me wanneer we uit de zitkamer komen om onze skikleding aan te trekken en onze spullen bij elkaar te pakken. Hij zal het beslist niet begrijpen. Je kunt wat ik op het punt sta te doen alleen maar zien als een groot verraad. Ik heb alleen geen keus. Dat moet ik gewoon tegen mezelf blijven zeggen. Ik heb geen keus. Ik moet dit doorzetten.

ERIN

Snoop-ID: LITTLEMY
Luistert naar: offline
Snoop-volgers: 10

'Goed,' roep ik naar het groepje dat voor het chalet staat te prutsen met hun skibindingen. 'Ik zal even uitleggen hoe het een en ander hier in elkaar steekt. Het spoor voor ons, dat naar links loopt, is het spoor dat jullie vanaf de kabeltrein hebben genomen. Je kunt de heuvel op lopen, waardoor je bij de kabeltrein en de lange blauwe piste naar St. Antoine komt.'

'Blanche-Neige, toch?' merkt Topher op.

Ik knik. 'Dat klopt. Het is echt een mooie piste. Maar om hier de heuvel op te komen moet je wel een flink stuk zijwaarts omhooglopen. Ik neem aan dat jullie nu meteen willen skiën, en dan is de enige afdaling het spoor omlaag door het bos.' Ik wijs naar een paadje dat langs de zijkant van het chalet slingert en tussen de dennenbomen achter ons verdwijnt. 'Het leidt naar het einde van de groene piste, Atchoum, en vandaar naar de Reine-telecabine.'

'Telecabine?' vraagt Inigo, en ik herinner me dat de Amerikanen andere termen gebruiken.

'O, sorry, de hoe-noem-je-het-ook-weer. De gondellift. Zijn er absolute beginners hier?'

'I-ik!' roept Liz nerveus. 'Ik heb één keer eerder geskied. Op een borstelbaan. Dat ging niet zo goed.'

'Oké, maak je geen zorgen, het spoor is alleen de eerste paar meter een beetje steil. Daarna wordt het vlakker en hoef je alleen maar je ski's naar voren te richten en verder te glijden. Op het eerste stuk kun je je ski's in de sneeuwploegpositie zetten als je wilt, al zou ik dat niet aanraden, want je wilt een beetje snelheid maken voor het vlakke stuk. Ik stel voor dat de ervaren skiërs eerst gaan, dan de snowboarders – jullie gaan het een beetje moeilijk krijgen op het vlakke stuk – en dan volg ik met iedereen die wat minder zelfverzekerd is. Na het vlakke stuk komt het spoor uit op de groene piste en is er een heel milde afdaling naar de lift.'

'Trek me eens even,' zegt Topher met een grijns tegen Eva. Die rolt met haar ogen en steekt een skistok naar achteren. Ik wijs ze de goede kant op en kijk hoe ze over het smalle spoor tussen de bomen omlaagglijden. Wanneer ze bij het vlakke stuk komen, maakt Eva prachtige schaatsbewegingen, waarbij ze Topher achter zich aan trekt. Ik kijk haar na, met haar scharlakenrode ski-jas die tussen de bomen door flakkert. Wie het ook was die zei dat ze praktisch een profskiër is heeft gelijk, ze kan heel goed skiën. Beter dan ik, en ik ben er bepaald niet slecht in. Te oordelen naar hoe Topher de steile afdaling aan het begin aanpakte, wat niet makkelijk is op een snowboard, is hij zichtbaar in zijn element.

Rik gaat als volgende. Hij is duidelijk een ervaren skiër, ook al ontbreekt het hem aan de flair die Eva heeft. Miranda, die het eerste steile gedeelte in weerwil van mijn advies met haar ski's in de sneeuwploegpositie aflegt, komt op de vlakte tot stilstand en strompelt met een beschaamd gezicht voort. Ik denk dat ze aardig kan skiën, maar meer ook niet. Waarschijnlijk heeft ze de basis onder de knie maar is ze te voorzichtig om echt goed te zijn. Daarna gaat Inigo op pad, in een grasgroen jack dat zijn azuurblauwe ogen nog blauwer doet lijken. Elegant zoeft hij omlaag, zuinig in zijn bewegingen. Hij passeert Miranda en legt behulpzaam een hand tegen haar onderrug om haar weer op gang te helpen. Hij skiet duidelijk al sinds zijn kindertijd, te zien aan zijn ontspannen gratie. Dan is de beurt aan Tiger, die een heel goede snowboarder blijkt te zijn. Ook al heeft ze niet hetzelfde voordeel als Topher, die werd getrokken door Eva, zoals zij beweegt ziet het er makkelijk uit.

Carl schiet weg met een blik van grimmige vastberadenheid

op zijn kersrode gezicht die uitstraalt: de dood of de gladiolen. Hij speelt het klaar om bijna meteen een ski vast te zetten in een zachte sneeuwbank en valt met een pijnlijk klinkend gekraak om, maar hij hijst zich zonder te klagen weer overeind, gaat in de juiste positie staan en skiet zonder verdere incidenten weg. De volgende is Ani. Ze draagt een felblauw jack en een witte skibroek die er gloednieuw uitzien, en haar boterbloemhaar piept onder haar capuchon uit. Het effect ligt ergens tussen schattige peuter en presentatrice van een kinderprogramma in. Ze kijkt me met een wrange glimlach aan.

'Eigenlijk ben ik ook maar een beginner,' zegt ze verontschuldigend. 'Ik ben echt niet goed!'

'Maak je geen zorgen,' zeg ik bemoedigend. 'Op dit stuk kan er letterlijk niets misgaan, en het voordeel van een dik pak sneeuw is dat je zacht valt.'

Ze grijnst naar me, zet af met haar stokken, piept even van angst wanneer het pad steil afhelt en valt bijna achterover van verbazing, zwaaiend met haar stokken. Maar dan hervindt ze haar evenwicht en met een lach skiet ze weg, tussen de bomen door naar de plek waar de anderen wachten, net uit het zicht.

Ten slotte zijn alleen Liz en ik over. In tegenstelling tot Ani's kranige enthousiasme ziet Liz er verhit en gestrest uit, en ze is te warm gekleed. Ze draagt te veel lagen voor zo'n mooie dag en is al bezweet. Het ergert me dat ik de uitrusting van de onervaren skiërs niet heb gecontroleerd. Nou ja, waarschijnlijk kan ze beter te veel dan te weinig kleren aanhebben. Hoe dan ook, het is nu te laat om er iets van te zeggen. Ik sta op het punt haar een peptalk te geven, wanneer me iets opvalt.

'Wacht eens even. Waar is Elliot?'

'O.' Liz kijkt beschaamd. 'Heeft Topher het je niet verteld? Hij doet niet echt... mee.'

'O.' Op de een of andere manier verbaast me dat. Ik had het idee dat Snoop het soort bedrijf is waar niet meedoen geen optie is. Carl wekte beslist die indruk. Liz moet de verbazing op mijn gezicht hebben gezien.

'Ik weet het... Hij is niet de enige die liever op zijn kamer zit, maar hij is de enige die ermee wegkomt. Dat heb je wanneer je Tophers beste vriend bent.'

'Kennen ze elkaar al lang?'

'Ze zaten bij elkaar op kostschool,' zegt Liz. Het praatje helpt, besef ik. De spanning is van haar gezicht verdwenen. 'Samen met Rik.'

'Jezus, over een old boys network gesproken,' flap ik eruit. Dan bloos ik. Hier, gekleed in mijn skibroek, vergeet ik nog wel eens dat ik Erin de gastvrouw van het skichalet ben en niet gewoon Erin de skiër. Maar Liz lijkt niet beledigd. Ze glimlacht zelfs flauw naar me.

'Ja, hè?' zegt ze. Dan wordt ze rood, alsof ze iets enorm gewaagds heeft gezegd.

Bemoedigd dat ze een beetje los begint te komen, besluit ik dat het tijd is om te gaan.

'Goed, we kunnen beter achter de anderen aan gaan. Ben je er klaar voor? Ik ga voorop, dus maak je geen zorgen, er kan niks misgaan. En als dat wel gebeurt, glijd je gewoon zachtjes tegen mij aan.'

'Ik...' De spanning is terug op haar gezicht en ze staart een tikje huiverig naar het smalle pad. 'Het ziet er zo steil uit.'

Mijn god, ze is echt geen geboren skiër. Ik neem een beslissing.

'Weet je wat, geef me je stokken.'

Gehoorzaam als een kind reikt ze me ze aan. Ik klem ze onder een arm en steek mijn eigen stokken achter me uit.

'Hou deze maar vast, oké? In elke hand één.'

Ze knikt, en ik zet af, heel zachtjes. Met mijn dijbeenspieren vertraag ik onze afdaling.

Nu het gewicht van Liz achter me tegen mijn stokken duwt, is het veel lastiger dan gewoonlijk het spoor af te skiën, maar we komen bij het vlakke stuk aan. Ik volg Eva's voorbeeld door schaatsbewegingen te maken en trek Liz achter me aan, luisterend naar haar gehijg.

Eindelijk laten we de bomen achter ons en glijden we de helling af naar de gondellift, waar de anderen ons bij de draaihekken opwachten, onder een beschilderd houten bordje met LA REINE TC erop.

'Deze lift is makkelijk,' stel ik Liz met gedempte stem gerust. 'Je hoeft er niet op en af te skiën zoals bij een stoeltjeslift. Je doet gewoon je ski's uit en loopt de gondel in.'

'O... poeh.' Haar gezicht klaart een beetje op en dan kijkt ze omhoog, naar de top van de berg, waar de wolken zich samenpakken. 'Hoe is de afdaling?'

'Er zijn twee stations. Als je bij het eerste station uitstapt, is de afdaling makkelijk. Je bent halverwege de berg en kunt ofwel via de groene piste, Atchoum, omlaagskiën naar het beginstation van de lift, of via de blauwe naar St. Antoine le Lac. Als je in de lift blijft zitten, ga je naar de top van de berg. Wanneer het zonnig is heb je daar een geweldig uitzicht, maar ja.' Ik gebaar met mijn arm naar de wolken, die al dichterbij komen. 'Hoe dan ook, vanaf het bergstation heb je de keuze uit twee pistes: La Sorcière, dat is een zwarte piste naar links die de route van de lift volgt, of het bovenste deel van Blanche-Neige. Dat is een blauwe piste, al lijkt ze in slechte omstandigheden vaak meer op een rode. Onervaren skiërs raad ik altijd aan om bij het eerste station uit te stappen, in elk geval tot je het skiën wat meer onder de knie hebt. Later kun je altijd nog naar het tweede station gaan.'

'Oké,' zegt Liz, en ze kijkt omhoog naar de berg. Ik kan haar twijfel bijna voelen. 'Blijf je de hele dag bij ons?'

'Alleen voor de eerste paar afdalingen. Ik zal jullie de weg terug naar het chalet wijzen. Daarna moet ik helaas weg om Danny te helpen met de lunch.'

Liz zegt niets, maar aan de manier waarop ze zich vastklampt aan haar skistokken zie ik dat ze niet graag in de steek gelaten wordt.

'Het komt wel goed,' zeg ik tegen haar, met meer zekerheid dan ik eigenlijk voel. 'Je bent niet de enige beginner. Ani kan niet zo goed skiën, en Carl ook niet. En zelfs Miranda lijkt niet erg zelfverzekerd.'

Liz zegt nog steeds niets. Ze maakt haar bindingen los en doet haar ski's uit. Maar haar gezicht staat allesbehalve gelukkig.

LIZ

Snoop-ID: ANON101
Luistert naar: offline
Snoop-volgers: 0

Het is bijna middag. We zijn al de hele ochtend aan het skiën. De wind wakkert aan. Erin is allang terug naar het chalet en heeft me achtergelaten met Topher, Eva en de andere thrillseekers. We hebben de groene afdaling, Atchoum, twee keer gedaan en de lange blauwe afdaling naar St. Antoine één keer, en daarna hebben we het kabeltreintje omhoog genomen. Doordat ik voortdurend op scherp sta, voelen mijn benen aan als pap. Mijn gezicht prikt van de kou en door de vele lagen kleding zijn mijn oksels nat van het zweet. En omdat ik te snel adem is mijn sjaal vochtig geworden en heb ik het afwisselend ijskoud en bloedheet.

We verzamelen ons hijgend van inspanning bij het beginstation van de Reine-lift en ik hoor de opluchting in Ani's stem wanneer ze fluistert: 'Joepie! Lunch!'

En dan zegt Topher, zoals ik al had verwacht: 'Kom op, nog één afdaling voordat we aan het middagprogramma beginnen. Laten we naar de top van La Dame gaan, de tweede stop van de lift. Wie van jullie watjes durft?'

Mijn hart begint te bonzen.

'Kunnen we niet beter stoppen voordat we allemaal te moe zijn?' zegt Miranda. Ik merk dat ze geen zin meer heeft, maar ze wil ook geen spelbreker zijn. 'Dit is pas de eerste dag. We hebben nog de hele week om te skiën.'

'Helemaal mee eens,' zegt Ani. Ze schuift haar skibril omhoog.

Haar gezicht is rood en vlekkerig van de kou en inspanning. Ze ziet er moe uit. 'Bovendien lijkt die afdaling veel te zwaar voor mij.'

'Het is maar een blauwe, hoor,' zegt Topher smalend. 'Kom op! Het wordt vast leuk. Er is een zwarte afdaling vanaf de top, La Sorcière, en de blauwe is gewoon het bovenste deel van de afdaling die we al eerder hebben gedaan, Blanche-Neige. We kunnen ons opsplitsen in twee groepjes en de piste nemen die we willen. Blauw voor de baby's, zwart voor de grote jongens en meisjes.'

'Topher,' zegt Eva, en ze steekt een vermanende vinger op. Maar haar ergernis is gespeeld. Ze lijkt in haar element, lang en slank op haar onwaarschijnlijk lange ski's. Ze draagt een ski-jas van scharlakenrode zijde die als een bloedvlek afsteekt tegen de witte sneeuw. De aanblik geeft me een onbehaaglijk gevoel, want ik weet nog dat ik die jas voor haar kocht toen ik nog haar assistente was. Ze stuurde me naar Harrods met haar creditcard om de jas op te halen. Ik herinner me het als de dag van gisteren.

Ineens moet ik denken aan het sprookje waarnaar de blauwe piste is vernoemd. Blanche-Neige: Sneeuwwitje. Een huid zo wit als sneeuw, lippen zo rood als bloed en haar zo zwart als ebbenhout. Het haar klopt niet. Eva's haar is ook bijna zo wit als sneeuw. Maar vandaag zit het onder een zwarte muts, waardoor de vergelijking bijna griezelig accuraat is.

'Kom op...' probeert Topher ons over te halen. 'We kunnen vanaf hier toch niet terug naar het chalet, dan moeten we nog een heel stuk de berg op. Dus tenzij je een uurtje zijwaarts wil lopen, kunnen we net zo goed naar het middenstation gaan. Een klein beetje verder maakt niet veel verschil... of wel?' Hij schuift zijn skibril omhoog en richt de volle kracht van zijn charme op Ani. 'Ani? Gun deze oude man nog een laatste wens...'

Ani slaakt een zucht. Dan smelt ze als natte sneeuw.

'Nou ja, oké. Je leeft maar één keer. Inigo, zorg jij ervoor dat ik heelhuids beneden aankom?'

Hij glimlacht en knikt.

'Miranda?' Topher glimlacht met al zijn overtuigingskracht naar haar. Als hij die inzet, is het niet moeilijk te begrijpen hoe hij is gekomen waar hij nu is. Topher heeft iets waardoor je heel moeilijk nee tegen hem kunt zeggen. 'Miraaaanda...?'

'Nou vooruit,' stemt ze nogal chagrijnig in. 'Als we toch naar boven moeten, zal het vast niet veel verschil maken.'

En dan richt Topher zich tot mij.

'Liz?'

Daar heb je het dan. Waarom ben ik altijd die persoon – degene van wie ieders plezier afhangt, degene die een beslissing moet nemen? Ik voel mezelf ineenkrimpen onder hun blik, maar ik heb geen keus.

'Prima,' zeg ik, ook al klinkt mijn stem geforceerd en gespannen, zelfs in mijn eigen oren.

'Oké,' zegt Eva kordaat. 'Laten we boven weer bij elkaar komen, en als iemand verdwaalt, treffen we elkaar bij de doorsteek naar het chalet. Weet iedereen nog waar het pad zich afsplitst? Bij die grote den die Erin ons aanwees, met het fluorescerende kussen eromheen.'

Er wordt geknikt en er klinkt instemmend gemompel.

En daar gaan we. We klikken onze bindingen los en schuifelen op stugge, zware skischoenen voorwaarts, met stokken en ski's in de hand, en gaan door de draaihekken heen. Er is helemaal geen wachtrij. Daar is het weer te slecht voor. Alle verstandige Fransen zitten bij elkaar in het café, met vin chaud en raclette. Wij zijn de enigen die de berg op gaan, in elk geval met deze lift. Wanneer de gondel dichterbij komt, begint mijn hart weer akelig onregelmatig te kloppen. Ik schuifel naar voren en dring Ani voorbij met een assertiviteit die niets voor mij is. Ik kan het me niet veroorloven achter te blijven.

De gondel glijdt over het laatste deel van de kabel en vertraagt sterk wanneer hij binnen de beschutting van de liftterminal komt. Ons groepje haast zich naar voren zodra de plexiglas deuren openglijden. Er zijn vier zitplaatsen in elke cabine. Terwijl Topher, Rik en Miranda erin klimmen, zie ik mijn kans schoon. Hoewel de gondel bijna bij de slagboom is waar de deuren weer sluiten, ga ik ervoor. Klossend met mijn skischoenen over de rubberen tegels sjok ik naar de cabine en schuif mijn ski's ruw in de vakken naast de ingang, waarbij de bindingen verstrengeld raken met die van Tophers snowboard. Dan beginnen de deuren dicht te gaan.

'Kom op, Liz!' roept Miranda bemoedigend. Ik klauter door

de spleet en ga hijgend zitten, terwijl de deuren verder dichtglijden en de cabine de berg op schiet. Het is me gelukt. Ik heb de eerste hindernis genomen.

Ik wurm me naast Miranda, mijn dikke jas in de smalle ruimte persend. Ze moet lachen.

'Liz, hoeveel lagen kleding heb je aan? Je ziet eruit als een michelinmannetje.'

Topher grijnst. 'Kijk uit met wat je zegt, Miranda. Liz lacht misschien wel als laatste, straks op de top.'

Hij knikt naar het raam en ik besef dat hij gelijk heeft. Hoe hoger de gondel komt, hoe kouder het wordt. De condens aan de binnenkant van de ramen vormt kleine druppels die vervolgens bevriezen. De kristallen verspreiden zich in prachtige ijsbloemen zodra de gondel nog hoger klimt, voorbij het middenstation, waar de deuren uitnodigend openglijden maar niemand zich verroert.

Dan weer de terminal uit en omhoog, voorbij de boomgrens, omhoog, de wolken in. Ik voel dat de kleine cabine wordt gegeseld door de wind, voel hem slingeren aan de kabel, en ineens huiver ik van angst om wat ons op de top te wachten staat. O god, ga ik dit echt doen? Durf ik dit echt? Plotseling ben ik er niet meer zo zeker van. Ik ben misselijk en mijn maag verkrampt van de zenuwen. Ik heb nog nooit zo'n angst gehad om wat ik ga doen. Maar ik moet doorzetten. Ik moet wel.

Dan glijden de deuren open en strompelen we een kou in die zo intens is dat hij dwars door al mijn lagen kleding heen gaat, zelfs in de relatieve beschutting van de liftterminal.

We klikken onze ski's vast en glijden naar buiten, een witte wildernis in.

Het sneeuwt – hard. De wind is woest en guur en blaast de vlokken in onze ogen en neus, zodat we alle vier onze skibril opzetten en onze sjaal omhoogtrekken. Door die wind, en het wolkendek dat de bergtop omhult, is het zicht beperkt tot meters in plaats van de kilometers die in de brochures worden beloofd.

Ik weet dat er hiervandaan twee afdalingen zijn. Links ligt de zwarte piste die Topher wil doen, La Sorcière. Rechts is het bovenste deel van de blauwe piste, Blanche-Neige. Ze komen bij het tweede station van de gondellift bij elkaar, maar Blanche-Neige neemt er de tijd voor en buigt zich in ruime lussen om de berg heen. La Sorcière daarentegen volgt een meer directe route, zigzaggend de berg af onder de gondellift. Direct is een understatement. Een paar minuten geleden zijn we in de lift over de piste gegaan, en het leek wel een steile ijslaag, zoals de zijkant van een heuvel, zelfs van twaalf meter hoogte.

Ik zet me af en veeg wankelend het ijs van mijn bril met mijn wanten. Voor me staat een besneeuwd bord waarop ooit misschien twee pijlen stonden en dat nu niet meer is dan een vage witte klont. Links hangt een soort tennisnet dat de toegang afsnijdt. Tegen de tijd dat ik dat zie, glijd ik ernaartoe.

'Help!' schreeuw ik. Maar de anderen kunnen niets doen. Ik bots tegen het net en voel de elastische band ter hoogte van mijn middel. Even sta ik met mijn armen te zwaaien, waarbij mijn stokken als molenwieken ronddraaien, en dan val ik met kletterende ski's plomp op de grond.

Rik glijdt lachend naar me toe om me overeind te helpen.

'Je hebt geluk gehad,' roept hij in mijn oor, boven het geloei van de wind uit. Hij wijst naar het besneeuwde bordje met PISTE FERMÉE dat aan het net is vastgemaakt. 'Dat is La Sorcière. Als ze die piste niet hadden afgesloten, was je nu misschien begonnen aan je eerste zwarte afdaling! Of erger.'

Hij heeft gelijk. Voorbij het net zie ik een steile afdaling, bijna verticaal. Ze buigt zich om de berg heen en voorbij de rand van de bocht is er... niets. Als ik met een vaartje over de rand was geschoten, had niemand iets kunnen doen en was ik waarschijnlijk mijn dood tegemoet gegaan in het dal driehonderd meter lager. Denkend aan die val draait mijn maag zich om van de zenuwen om wat ik op het punt sta te doen.

Ik ben te zeer buiten adem om te reageren, maar laat me door hem overeind sjorren en terugvoeren naar de anderen, die in een groepje boven aan de blauwe piste staan.

'Ze hebben La Sorcière gesloten,' roept Rik naar Topher, die verbitterd knikt.

'Ik heb het gezien. Verdomde watjes.'

'Moeten we wachten?' hoor ik Miranda roepen. Haar stem is nauwelijks hoorbaar boven het gehuil van de storm uit. 'Het is ijskoud!'

'Dat lijkt me wel, ja,' zegt Rik. 'We kunnen niet zonder Ani en Carl gaan, die zijn te onervaren.'

'Ze hebben hun babysitters bij zich,' moppert Topher, maar Rik schudt zijn hoofd.

'Stel dat ze apart van elkaar vertrekken en ons proberen te volgen? Kijk.' Hij wijst de berg af, waar een gondel uit de wolken komt. Er zit maar één iemand in, of misschien zijn het twee mensen die dicht tegen elkaar aan zitten. Dat is op deze afstand niet te zien. Het is misschien niet eens iemand van onze groep. De gondel is nog zo ver onder ons dat de gestalte absurd klein lijkt.

Ik sta te trillen. Mijn hart bonkt. Ik kan hier niet mee doorgaan. Maar ik moet wel. Dit is misschien mijn laatste kans. Ik moet iets zeggen. Nu. Nú.

'Ik kan dit niet,' pers ik eruit. Topher kijkt me aan alsof hij verbaasd is dat ik iets heb gezegd.

'Wat zei je?'

'Ik kan dit niet,' zeg ik luider. Ik adem heel snel en mijn stem is hoog en piept van een nauwelijks bedwongen angst. Mijn hart bonkt als een bezetene. 'Ik kan het niet. Ik kan het gewoon niet. Ik ga niet naar beneden skiën. Ik kan het niet, Topher.'

'Hoe ben je dan van plan om beneden te komen?' vraagt Topher sarcastisch. 'Op een slee?'

'Hé, hé.' Rik deed een poging zijn telefoon te raadplegen, maar nu kijkt hij op. 'Wat is er, Liz?'

'Ik kan het niet,' zeg ik wanhopig, alsof alles op zijn plek zal vallen als ik die ene zin blijf herhalen. Misschien gebeurt dat ook wel. Misschien komt het allemaal goed. 'Ik kan het niet. Ik kan geen afdaling maken in dit weer. Dan ga ik dood. Dat weet ik gewoon. Jullie kunnen me niet dwingen.'

'Liz, het komt goed.' Rik legt een hand op mijn arm. 'Ik zal je helpen, dat beloof ik. Je kunt de hele weg omlaag afremmen als je wilt. Ik ga je voor, dan kun je mijn stokken vasthouden.'

'Ik. Kan. Het. Niet,' herhaal ik koppig. Als ik dat blijf herhalen komt het vast goed. Ze kunnen me niet dwingen met ze mee te skiën. Ik ken Topher. Hij heeft niet veel geduld. Binnenkort wordt hij zijn pogingen me over te halen zat en zal hij het opgeven.

'Shit,' zegt Topher geïrriteerd. Hij veegt de sneeuw van zijn skibril en kijkt naar Rik. 'Wat nu?'

'Liz...' begint Rik, en ik voel dat harde ding in mijn keel omhoogkomen en me verstikken, net als bij de bijeenkomst. De gondel met die ene gestalte erin bereikt de terminal. Ik denk dat ik ga overgeven. Het is nu of nooit.

'Ik kan het niet!' schreeuw ik, en zomaar ineens, uit het niets, begin ik te huilen. Het geluid verbaast me – lange, gierende uithalen die mijn lichaam doen schokken. Ik schuif mijn skibril omhoog om met mijn bevroren handschoenen in mijn ogen te wrijven, en de wind is zo koud dat ik de tranen die over mijn neus biggelen voel bevriezen wanneer ze het puntje bereiken. Ik veeg de bevroren druppels weg en voel ze knisperen tegen mijn huid. 'Ik kan het verdomme niet!'

'Oké, oké!' zegt Rik haastig. 'Geen paniek, Liz, het komt wel goed. We vinden wel een oplossing.'

Er klinkt een zoevend geluid achter ons. We draaien ons om en zien een gestalte over de helling naar ons toe komen skiën. Het is Inigo, onmiskenbaar in zijn groene jack, zelfs met zijn skibril op en zijn sjaal opgetrokken tot over zijn neus. Achter hem is Tiger naar de sneeuwbank net buiten de lift geschuifeld. Ze zit op de sneeuw en maakt haar snowboardbindingen vast.

'Ik ga terug,' zeg ik terwijl ik mijn snikken wegslik. Ik wijs de berg af, waar de lege gondel waarmee Inigo en Tiger naar boven zijn gekomen teruggaat naar het dal. 'Ik vraag de liftbediende of hij me er weer in wil laten. Ik zal uitleggen dat ik het niet kan, dat het allemaal een vergissing is.'

'Liz, doe verdomme niet zo belachelijk,' ontploft Topher.

'Wat is er aan de hand?' Inigo's stem klinkt gedempt en nauwelijks herkenbaar vanonder zijn sjaal.

'Liz,' zegt Topher boos. 'Ze heeft een of andere existentiële crisis.'

Dat is niet zo. Ik ben nu kalm. Er komt nog een gondel naar boven, met nog een skiër erin. Ik kan dit. Ik weet wat ik moet doen, en niemand kan me tegenhouden. Ik begin zijwaarts de helling op te lopen.

'Liz,' roept Rik, 'weet je het zeker?'

'Ja,' schreeuw ik terug, al weet ik niet zeker of ze me wel boven de wind uit kunnen horen. 'Ik weet het heel zeker. Ik zie jullie weer in het chalet.'

En zodra ik het terminalgebouw in stap en de deuren van de gondel opengaan, komt er een gevoel van kalmte over me heen. Ik weet wat ik moet doen, en het komt goed. Alles komt goed.

ERIN

Snoop-ID: LITTLEMY
Luistert naar: offline
Snoop-volgers: 10

Het is bijna halftwee. Ze zeiden dat ze uiterlijk om één uur terug zouden zijn. Danny loopt te vloeken in de keuken terwijl de minuten wegtikken en zijn risotto klonterig wordt.

Om kwart voor twee steekt hij zijn hoofd om de hoek van de keukendeur, met een gezicht dat op zeven dagen onweer staat. Ik schud mijn hoofd.

'Wat een klootzakken. Ze zijn nog erger dan stiekeme veganisten,' gromt hij. Hij verdwijnt weer en de klapdeur zwiept achter hem dicht.

Wacht, is dat het gestamp van skischoenen op tegels? Ik haast me naar de lobby en hoor geluiden bij de ski-ingang, de onmiskenbare geluiden van mensen die over een harde vloer klossen en de verwarmde metalen skikasten aan weerszijden van de gang openklappen.

'Eva?' roept iemand geërgerd. 'Eva, waar ben je verdomme?'

Geen antwoord.

Dan zwaait de geïsoleerde deur naar de lobby open en komt Topher in zijn skikleding en met dikke sokken aan naar binnen. Hij kijkt boos.

'O, jij bent het,' zegt hij kortaf zodra hij me ziet. 'Waar is Eva, verdomme?'

'Eva?' Ik wil iets zeggen over zijn onbeschofte gedrag, maar slik de woorden in. 'Sorry, Topher, ik heb geen idee.'

Hij loopt naar de trap maar blijft halverwege staan.

'Bedoel je dat ze er niet is?'

'Nee, jij bent de eerste die terug is.'

Hij kijkt even roerloos voor zich uit, met een uitdrukking op zijn gezicht die het midden houdt tussen irritatie en bezorgdheid. Dan roept hij over zijn schouder: 'Miranda, ze is er niet.'

'Dat meen je niet.' Miranda komt als volgende binnen. Haar gezicht is felroze van de pijnlijke blos die altijd volgt op extreme kou. 'Hè? Nou ja... Dan hebben we ons tenminste niet voor niks halfdood laten vriezen. Wat denk je dat er gebeurd kan zijn?'

'Misschien werd de lift gesloten voordat ze kon instappen en is ze omlaaggeskied om in St. Antoine de kabeltrein te nemen?' zegt Topher, maar dan komt Carl binnen en hij schudt zijn hoofd.

'Ze stapte voor mij in. Ze zat in die lift. Dat zweer ik je.'

'Ik heb haar ook gezien,' zegt Ani. Ze verzamelen zich in de lobby, bezweet en confuus. Smeltende sneeuw druipt van hun jassen. 'Ik zei toch dat ik haar naar beneden zag skiën toen Carl en ik met de lift naar boven gingen?'

'Wat is er aan de hand?' vraagt Rik, die op zijn beurt de lobby binnenstapt en de sneeuw van zijn zwarte skibroek klopt.

Miranda draait zich naar hem toe, en nu staat haar gezicht duidelijk bezorgd. 'Eva is er niet.'

'O nee?' Wezenloos kijkt Rik haar aan. 'Maar... dat kan niet. Ze kan nergens anders zijn.'

Ze beginnen allemaal tegelijk te praten en opperen verschillende theorieën, waarvan de meeste gezien de ligging van het skioord gewoon niet kunnen kloppen.

'Wacht even, wacht even,' zeg ik, en tot mijn verrassing zwijgen ze allemaal. Op de een of andere manier willen ze leiderschap en ik bied wat daar het dichtst bij in de buurt komt.

'Begin bij het begin. Wanneer waren jullie voor het laatst allemaal samen als groep?'

'Bij het beginstation van de Reine-lift,' zegt Ani meteen. 'We bespraken of we zouden gaan lunchen of nog een laatste afdaling zouden doen. Topher wees erop dat het vanaf de skilift naar het chalet bergop was en dat we dus sowieso nog een afdaling moesten doen. Hij stelde voor naar het eindstation te gaan en daar La Sorcière of Blanche-Neige te nemen, afhankelijk van ons niveau.'

Weer slik ik de woorden die op het puntje van mijn tong liggen in. La Sorcière is een rotpiste. Ik ski mijn hele leven al, maar zelfs ik zou die in dit weer niet doen. En ook Blanche-Neige is met dit slechte zicht voor onervaren skiërs geen pretje. Niet voor het eerst valt me op dat Topher een eikel is.

'Maar toen we daar aankwamen had Liz een soort breakdown,' zegt Topher verbitterd.

'Toph,' zegt Rik op scherpe toon, met een abrupte hoofdknik naar de deur. Ik kijk over Tophers schouder en zie Liz vermoeid door de kastengang op ons af sjokken. Ze zit onder de sneeuw en ziet er uitgeput uit, nog meer dan de anderen.

'Toen we bovenkwamen was het weer behoorlijk extreem, dus besloot Liz de lift terug naar beneden te nemen,' zegt Miranda soepeltjes, maar als ik naar het opstandige gezicht van Topher kijk, kan ik me goed voorstellen wat voor discussie dat besluit met zich meegebracht moet hebben. Een deel van me is verbaasd over Liz' mentale kracht, dat ze zich niet door intimidatie heeft laten dwingen die afdaling te proberen. Angst kan mensen verbazingwekkend veerkrachtig maken.

'De rest van ons heeft boven op de anderen gewacht,' zegt Topher. 'Maar Eva kwam niet.'

'Ze kwam wel,' werpt Ani tegen. 'We hebben haar gezien, Carl en ik. Ja, toch?' Ze geeft Carl een por en hij knikt.

'Ja, geen twijfel mogelijk, vriend. We zagen haar een paar gondels voor ons in een cabine stappen.'

'Een paar gondels voor jullie?' vraagt Topher. 'Hoezo? Er was helemaal geen wachtrij.'

Carl krijgt een kleur.

'Ach, het heeft geen zin eromheen te draaien. Ik... Nou ja, ik blunderde bij het instappen, als je het per se wilt weten. Ani en ik zouden na Eva instappen, maar ik struikelde over mijn bindingen. Ik viel om, de deuren gingen dicht en Eva ging naar boven met mijn ski's nog in het rek van haar cabine. Het kostte me een paar minuten om mezelf weer op de been te krijgen, en daarna namen Ani en ik de volgende gondel.'

'Is ze misschien in de war geraakt en bij het eerste station uitgestapt?' vraagt Miranda met gefronste wenkbrauwen.

Ani schudt haar hoofd. 'Nee, dat probeer ik nou net duidelijk te maken. Ik zag haar toen we in de gondel zaten. De skilift gaat recht over de zwarte piste heen, die heel steile afdaling die Topher wilde doen.'

'La Sorcière,' zeg ik, en Ani knikt.

'Precies. Ik zag een skiër naar beneden komen. Ze stopte even op de richel en zwaaide naar me. Toen besefte ik dat het Eva was.'

'Kon je dat op die afstand zien?' vraagt Rik sceptisch. 'Het had iedereen kunnen zijn.'

'Ik herkende haar aan haar rode jack. Daarin valt ze echt op. Niemand anders hier heeft er zo een, en wij negenen waren de enigen die de lift namen.'

Ik kijk de kring rond. Ze heeft gelijk. Topher is gekleed in mosterdgeel en kaki, en Rik en Carl zijn allebei in het zwart. Miranda heeft een soort paarse jumpsuit aan en Inigo een groen jack en een zwarte skibroek. Tiger draagt sjofele surferchique kleren die eruitzien als een denim bomberjack uit de jaren tachtig en een cargobroek, maar ik vermoed dat het in werkelijkheid behoorlijk dure snowboardkleding is. Liz heeft een vale marineblauwe skioverall aan die te groot voor haar is en geleend lijkt van een vriendin. En Ani zelf draagt het helderblauwe jack en de witte skibroek die ik al eerder had opgemerkt.

Het is onmogelijk iemand van hen te verwarren met Eva.

'Toen we bovenkwamen stonden mijn ski's op me te wachten,' zegt Carl. 'Ze heeft ze dus uit het rek van de cabine gehaald en is daarna weggeskied.'

'Viel het jullie niet op dat ze er niet was toen jullie boven aankwamen?' vraag ik.

Rik schudt zijn hoofd. Hij kijkt berouwvol. 'Nee, het zicht was echt slecht en... Nou ja, als je het wilt weten, eenmaal boven was er wat... gehakketak.'

Gehakketak? Bedoelde hij ruzie? Net wanneer ik het wil vragen, mengt Miranda zich in het gesprek.

'Je kunt het net zo goed gewoon zeggen, Rik. De liftbediende kwam naar ons toe en zei dat de lawinewaarschuwing op rood stond en dat ze dus de hele berg gingen afsluiten. De helft van ons negeerde de waarschuwing en begon snel aan de afdaling voordat ze de netten tevoorschijn konden halen.'

'Het spijt me echt.' Inigo heeft tenminste het fatsoen beschaamd te kijken. 'Het was een groot misverstand. Ik dacht dat hij "nu of nooit" zei, dus, eh, toen ging ik ervandoor.'

'Wacht even. Een paar van jullie zijn dus gaan skiën,' zeg ik langzaam, 'en de rest is met de lift weer naar beneden gegaan?'

Iedereen in het kringetje knikt.

'Natuurlijk zijn we nog even gestopt bij de grote dennenboom bij de doorsteek naar het chalet om te kijken of er iemand achter ons aankwam. Toen we een aantal mensen in de skilift naar beneden zagen gaan, zijn we naar het beginstation van de lift geskied,' zegt Topher. 'Daar hebben we nog twintig minuten gewacht, maar toen besloot de leiding van het skioord die lift ook te sluiten. De klootzakken. We gingen ervan uit dat Eva terug naar het chalet was gegaan. Omdat we lager dan het chalet zaten, zonder lift die nog werkte, konden we alleen maar naar beneden skiën, naar St. Antoine, om daar weer de kabeltrein omhoog te nemen.'

'Oké... Oké...' zeg ik, in een poging het te begrijpen. 'Dus de laatste keer dat iemand haar zag, skiede ze La Sorcière af?'

Ani knikt en draait zich ter bevestiging om naar Carl, die zegt: 'Daar komt het wel op neer.'

'Maar La Sorcière was gesloten,' brengt Topher ertegenin. 'Dat was nou net het probleem.'

Het probleem is dat je collega en medeoprichter onder extreme weersomstandigheden wordt vermist, denk ik, maar dat zeg ik niet. Ik denk aan La Sorcière, aan de verraderlijke, ijzige hellingen en hoe de losse poedersneeuw zich op het ijs eronder opbouwt, waardoor je bij elke bocht vijftig procent kans hebt op of een pijnlijke uitglijer of een mini-lawine. Ik denk aan de meedogenloze moguls, verborgen onder de tussenliggende stuifsneeuw, en dat je de ijsbulten onder hun sneeuwdeken niet kunt zien, laat staan dat je bij slecht zicht kunt inschatten hoe je die knieband verrekkende bochten moet nemen.

Maar waar ik vooral aan denk, is dat één kant van de piste steil omlaagloopt. Op sommige plekken bevindt zich op enkele meters van de rand een afgrond, en onder dit soort omstandigheden kun je zo over de rand het niets in vliegen. Daarom wordt van alle pistes in het skioord La Sorcière als eerste afgesloten. Niet omdat de *pisteurs* risicomijders zijn, of gezondheids- en veiligheidsgekken, of omdat ze er niet op vertrouwen dat ervaren skiërs de afdaling aan kunnen, maar omdat de bochten bij slecht zicht echt levensgevaarlijk zijn. Ineens bedenk ik me dat het ergste deel van de afdaling meteen aan het begin van de piste ligt en dat Ani haar verder naar beneden heeft zien skiën. Al is het een schrale troost, ik pak alle troost aan die ik kan krijgen.

'Hebben jullie al geprobeerd haar mobiel te bellen?' vraag ik.

Inigo knikt. 'Meerdere keren. Geen ontvangst.'

Op dat moment komt Danny uit de keuken. Hij ziet er pislink uit. *Wat doen we met mijn risotto, verdomme?* vraagt hij me geluidloos over de hoofden van de gasten heen. Ik haast me naar hem toe.

'Eva wordt vermist,' licht ik hem op gedempte toon in. Meteen maakt zijn geïrriteerde gezichtsuitdrukking plaats voor bezorgdheid.

'Wat, wordt ze serieus vermist? Weet je zeker dat ze er niet gewoon even tussenuit is geknepen?'

'Ik weet het niet. Het is moeilijk te zeggen. Ze hebben zich allemaal als idioten gedragen. Ze hebben zich opgesplitst, niemand hield bij wie bij welke groep zat en Eva lijkt er in haar eentje vandoor te zijn gegaan om La Sorcière af te skiën.'

'In haar eentje?' Danny's mond valt open. 'De lawinewaarschuwing is rood. Waarom hebben de pisteurs in vredesnaam de piste niet afgesloten?'

'Blijkbaar hebben ze dat wel gedaan. Ze is vast onder het net door gegaan of zo, of op de een of andere manier verdwaald geraakt en naar de verkeerde piste toe geskied.' Ik heb alleen geen idee hoe dat gebeurd zou moeten zijn. Er is geen duidelijke onderlinge verbinding tussen Blanche-Neige en La Sorcière. Dat is een deel van het probleem met de zwarte piste. Ze wordt ingesloten door een steile rotswand aan de ene kant en een steile afgrond aan de andere. Als je eenmaal naar beneden skiet is er geen uitweg meer, het is een en al bocht. 'Ik weet het niet. Maar Ani is er vrij zeker van dat Carl en zij Eva naar beneden hebben zien skiën. Ik bedoel, ik weet dat ze goed is, maar in dit soort weer is dat gewoon roekeloos.'

Danny's gezicht staat nu echt ernstig. 'Niemand heeft haar sindsdien nog gezien?'

Ik schud mijn hoofd. 'Denk je dat we het PGHM moeten bellen?' vraag ik. Dat is de gespecialiseerde tak van de bergpolitie die in de hogere bergketens opereert, een combinatie van gendarmes en bergreddingswerk.

'Ik weet het niet,' zegt Danny. Hij duwt zijn bandana over zijn voorhoofd omhoog en wrijft kribbig over de groef tussen zijn wenkbrauwen in een poging na te denken. 'Het kan zijn dat ze gewoon verdwaald is en de verkeerde weg is ingeslagen. Nu de liften gesloten zijn zal het haar tijd kosten om terug te komen. Ze zullen ons aanraden eerst een paar uur te wachten voordat we in paniek raken. Zullen we anders eerst het skipaskantoor proberen? Misschien kunnen zij ons vertellen of haar pas bij de liften is gebruikt.'

Ik wil hem kussen, want dat is niet gewoon een goed idee, het is een geweldig idee. Maar als ik naar de telefoon in de lobby ga en het nummer op de achterkant van de skipas intoets, krijg ik de pieptoon van een lijn die bezet is.

Ik ga terug naar het groepje dat dicht bij elkaar in de lobby staat en er in hun skikleding warm en steeds bezorgder uitziet.

'Volgens ons is het het beste om bij het skipaskantoor te checken of Eva haar pas ergens heeft gebruikt. Ik heb geprobeerd te bellen, maar de lijn is bezet. Daarom denk ik dat ik beter de kabeltrein kan nemen om iemand van het kantoor te spreken te krijgen. Alles beter dan hier te blijven rondhangen.'

'Ik ga wel,' zegt Topher meteen.

'Spreek je Frans?'

Ik weet het antwoord voordat ik de vraag stel. Met een teleurgesteld gezicht schudt hij zijn hoofd.

'Ik snap waarom je wilt helpen,' zeg ik in een poging aardig te zijn, 'maar ik denk dat het beter is dat er iemand gaat die Frans spreekt. Als ze haar pas niet gebruikt heeft, moeten we haar waarschijnlijk als vermist opgeven bij de politie, en dan hebben we beslist iemand nodig die vloeiend Frans spreekt. Jullie kunnen beter droge kleren aantrekken en iets gaan eten. Ik ben zo terug. Blijf ondertussen haar nummer proberen.'

Ze knikken allemaal ernstig.

'Ik kan het maar beter tegen Elliot gaan zeggen,' mompelt Topher, en ik herinner me met een schok van verbazing dat Elliot het enige lid van de groep is dat niet skiet. Hij zit nog in zijn kamer en is vermoedelijk bezig met zijn code-update of wat hij daar ook in zijn eentje aan het doen is.

Ze gaan uiteen en praten ondertussen zachtjes tegen elkaar. Ik pak mijn jas uit de kast en haast me terug naar Danny om het plan uit te leggen.

'Dus je zult het eten in je eentje moeten opdienen. Is dat goed?'

Hij knikt. 'Ja, natuurlijk.'

Hij verdwijnt in de keuken om een begin te maken met de opmaak van de borden. Ik trek mijn jas aan en doe de voordeur open.

LIZ

Snoop-ID: ANON101
Luistert naar: offline
Snoop-volgers: 0

Ik ben me boven in mijn kamer aan het omkleden wanneer het gebeurt. Eerst is het gewoon een geluid, en dan voel ik dat de grond begint te schudden als bij een aardbeving.

Ik draai me om naar het raam en zie een muur van sneeuw die van boven op ons afkomt. Nee, geen muur, want dat woord suggereert iets massiefs. Dit is iets anders, een kolkende massa bestaande uit lucht, ijs en aarde.

Ik slaak een kreet en doe het enige wat ik kan, ook al slaat het nergens op. Met mijn armen over mijn hoofd laat ik me op mijn knieën vallen, alsof ik mezelf met dat zielige gebaar zou kunnen beschermen.

Zo blijf ik lange tijd bevend zitten, totdat ik durf op te staan, met trillende benen. Is de lawine langs ons heen gegaan? Is hij gestopt?

Van veraf hoor ik andere stemmen, geschreeuw, gekrijs, geroep. Op de een of andere manier dwing ik mijn benen tot actie en strompel de gang in.

'Jezus christus!' schreeuwt Topher. Hij rent naar de trap. 'Wat was dat in godsnaam?'

'Erin!' hoor ik van beneden. Het is een brul van angst door een stem die ik niet herken, en dan dringt het tot me door – het is de kok, Danny, die om zijn vriendin roept. 'Erin!'

In de gang wemelt het van de doodsbange mensen. Er gaat een

rookalarm af en er klinkt paniekerig geschreeuw.

Beneden in de lobby worstelt de kok met de voordeur, die is gebarsten en verbogen onder het gewicht van de samengepakte sneeuw die ertegenaan drukt.

'Doe die verdomde deur niet open!' schreeuwt Topher. 'Dan komt alle sneeuw naar binnen.'

Met een gezicht vol woede keert Danny zich tegen hem.

'Mijn vriendin is daarbuiten,' snauwt hij boven het gegil van het alarm uit. 'Dus probeer me maar eens tegen te houden.'

Hij geeft nog een ruk. De deur begeeft het en een massa ijs en sneeuw schuift met geweld de lobby in. Hoewel de deuropening nog steeds geblokkeerd wordt door bijna anderhalve meter sneeuw, klautert Danny over de sneeuwbank heen, wegzakkend in de prut. Het laatste wat ik van hem zie, zijn zijn benen wanneer hij de storm in strompelt.

'O mijn god,' zegt Miranda. Ze klemt zich aan Rik vast alsof ze een drenkeling is. 'O mijn god. O mijn god. Wat nou als Eva nog daarbuiten is?'

Er komt geen antwoord. Ik denk niet dat iemand zich ertoe kan zetten te zeggen wat ze denken: dat Eva dood is als ze nog daarbuiten is. Dat moet wel.

En mogelijk geldt voor Erin hetzelfde.

'Is dit gebouw veilig?' vraagt Rik plotseling heel praktisch. 'Als het op instorten staat, kunnen we beter naar buiten gaan.'

'Ik ga het alarm afzetten,' zegt Tiger, en ze verdwijnt de keuken in. Ik hoor haar een stoel over tegels slepen, en dan stopt het alarm. Er valt een plotselinge, schokkende stilte.

'Oké,' zegt Topher. Zijn stem trilt, maar het is zo natuurlijk voor hem om de leiding te nemen dat hij automatisch in die rol stapt. 'Eh, we moeten... we moeten het controleren. We moeten het gebouw controleren.'

'De kant van de keuken is er niet zo slecht aan toe,' zegt Tiger, die de lobby weer in loopt. 'Ik heb uit het raam gekeken. In de zitkamer zijn een paar ruiten gebroken, maar de sneeuw ligt niet zo hoog. De kant van de woonkamer zal wel zwaar getroffen zijn, en de uitbouw met het zwembad ook.'

'We kunnen beter naar boven gaan,' zegt Topher. 'Voor een goed overzicht.'

Tiger knikt en we gaan allemaal naar boven om uit een van de bovenste ramen te kijken. Bij wat we zien knikken mijn knieën. We hebben verdomd veel geluk gehad.

Het lange, gelijkvloerse gebouw aan de achterkant van het chalet, waarin het zwembad is ondergebracht, is compleet weggevaagd. Het dak is ingezakt als een lege eierschaal. Balken en planken steken uit het enorme pak sneeuw dat de uitbouw heeft bedolven. Gelukkig staat het chalet zelf nog overeind. Er ligt een enorme hoop sneeuw vermengd met takken en puin tegen de noordkant, maar het bouwwerk zelf heeft standgehouden. Nog een paar meter en Perce-Neige zou net als het zwembadgebouw met de grond gelijk zijn gemaakt. Ik kan geen van de andere chalets zien. Het pad naar de kabeltrein ligt bezaaid met omgevallen bomen en omgewoelde sneeuw. De kabeltrein zelf is in de sneeuwvlagen niet te zien. Erin is nergens te bekennen.

Dan zie ik aan de zijkant van het gebouw iets bewegen. Het is Erin, die wordt ondersteund door Danny, de kok. Samen strompelen ze over de ongelijke, met puin bezaaide grond, struikelend over de harde brokken sneeuw die verspreid liggen over wat vroeger het pad naar de kabeltrein was.

In de schaduw van het gebouw verdwijnen ze uit het zicht. Beneden hoor ik het gepiep van de verbogen voordeur die over de tegels schraapt en Erins snik van pijn wanneer ze over de sneeuwbank kruipt om binnen te komen.

'Is hij gebroken?' hoor ik Danny buiten adem zeggen. Alsof het ons is opgedragen, lopen we allemaal de wenteltrap af om in een bezorgde kring om Erin heen te gaan staan.

'Alles goed met haar?' vraagt Miranda met gefronst voorhoofd.

'Wat denk je zelf?' snauwt Danny. Erin lijkt niet te kunnen praten, maar ze steekt haar hand op. Hoewel ik niet weet wat ze bedoelt, lijkt Danny het wel te begrijpen. Hij schudt boos zijn hoofd en stampt naar de keuken.

'Ik ga wat ijs voor je halen,' roept hij over zijn schouder. 'Eens kijken of we de zwelling kunnen tegengaan.'

'Ik heb wat arnica in mijn tas,' roept Tiger hem na. Ik kan Danny's reactie niet verstaan, maar het klinkt verre van complimenteus.

'Ik denk niet dat we daar veel aan hebben, Tig,' zegt Rik rustig.

Erin heeft zich op de vloer van de lobby laten zakken. Haar gezicht is grijs; zo te zien raakt ze in shock.

'Wat is er gebeurd?' Tiger hurkt naast haar neer en legt haar hand op Erins arm. Erin kijkt naar haar op en knippert verdwaasd met haar ogen. Ze ziet eruit alsof ze niet begrijpt waarom ze hier is.

'Erin? Gaat het?'

'Ik weet het niet,' stamelt Erin. Haar stem trilt. 'Ik liep naar de k-kabeltrein en ik hoorde dat g-geluid, en toen was het alsof... Het was alsof de berg omlaagkwam en de kabeltrein verzwolg.'

'Je bedoelt... dat de kabeltrein verdwenen is?'

Tigers stem klinkt ontdaan, maar haar toon is slechts een echo van de geschoktheid die ik door de ruimte hoor weergalmen.

'Niet verdwenen,' zegt Danny. Hij komt terug met een zak bevroren erwten. Stuurs kijkt hij de groep rond. 'Maar wel... nou ja, bedolven. Er is een gat geslagen in een deel van het glas. Shit. Er hadden wel mensen in kunnen zitten.'

'Moeten we het alarmnummer bellen?' vraagt Ani, en Topher knikt nadrukkelijk.

'17,' zegt Erin vermoeid.

'Wat?'

'17,' herhaalt Danny. 'Dat is het Franse nummer voor de politie. Maar ik denk dat je beter 112 kunt proberen. Dat is het internationale nummer. Daar zullen ze wel Engels spreken.'

Ani haalt haar telefoon tevoorschijn en fronst dan haar wenkbrauwen. 'Ik heb geen ontvangst.'

'De zendmast is waarschijnlijk uitgevallen,' zegt Danny kortaf. Hij drukt de erwten heel voorzichtig op Erins enkel. Haar gezicht is vreemd geelwit geworden en haar ogen zijn gesloten. 'Probeer de telefoon op het bureau eens.'

Ani knikt en loopt naar de vaste telefoon op het bureau naast de trap, maar als ze de hoorn opneemt betrekt haar gezicht.

'Er is geen kiestoon.'

'Shit.' Carl zegt voor het eerst iets. Zijn brede gezicht is rood. Hij ziet er boos uit. 'Verdomme, dat ontbrak er nog aan. De lijn is vast beschadigd door de lawine. Heeft iemand ontvangst? Ook al is het maar een beetje?'

Iedereen komt in beweging, op zoek naar hun telefoon. Ik haal de mijne ook tevoorschijn. De ontvangstbalkjes zijn grijs.

'Helemaal niets,' zegt Topher. Anderen schudden hun hoofd.

'Nee, wacht.' Het is Inigo; zijn stem slaat over van opwinding. 'Ik krijg net een balkje! Ik heb een balkje!'

Hij belt, wacht dan en steekt zijn hand op om om stilte te vragen. We blijven allemaal doodstil staan luisteren.

'Hallo?' zegt hij. 'Hallo? Hallo? Shit, ze kunnen me niet horen.'

'Ga naar boven,' zegt Miranda op scherpe toon. 'Met de extra hoogte heb je misschien een betere ontvangst.'

Gehoorzaam loopt Inigo de wenteltrap op en gaat aan het eind van de gang staan, bij het hoge raam dat uitkijkt over de vallei, alsof het uitzicht zich op de een of andere manier zal omzetten in een betere ontvangst.

'Hallo?' horen we hem zeggen en dan: 'Ja' en 'Oké' en 'Chalet Blanche-Neige', gevolgd door wat informatie over onze situatie. Er vallen lange stiltes, en vaak zegt hij: 'Kunt u dat herhalen? Het spijt me, de ontvangst is erg slecht, u valt weg. Hallo? Hallo?'

Eindelijk komt hij weer naar beneden. Zijn gezicht staat ernstig. 'De ontvangst viel weg, maar ik heb gelukkig met de politie kunnen praten. Ik denk dat ik ze alle details heb kunnen doorgeven voordat de verbinding werd verbroken.'

'Heb je ze over Eva verteld?' vraagt Topher ongeduldig.

Inigo knikt. 'Ja, ik heb ze verteld dat we onze vriendin vlak voor de lawine zijn kwijtgeraakt en niet weten of ze nog op de berg is.'

'Komt iemand ons redden?'

'Dat weet ik niet,' zegt Inigo. Heel even ziet hij eruit als wat hij is – een PA die niet het resultaat heeft behaald dat zijn baas wilde. 'Ze staan onder enorme druk, want er schijnen mensen vast te zitten in skiliften en zo. Ik weet niet...' Zijn stem stokt even bij het zien van Tophers gezichtsuitdrukking. 'Ik weet niet of mensen met voedsel en onderdak nu prioriteit hebben. Ze hebben mijn nummer. Ze zeiden dat ze zo snel mogelijk contact zullen opnemen met meer informatie.'

'Bedoel je dat we hier vastzitten?' gaat Topher tekeer. 'De kabeltrein rijdt niet meer, Eva wordt vermist en we zitten opgesloten in dit godvergeten chalet, met een gewonde vrouw.' Hij wijst naar Erin. 'We zouden hun topprioriteit moeten zijn!'

Inigo zegt niets, hij haalt alleen hulpeloos zijn schouders op.

'Kan een van ons misschien naar beneden skiën?' vraagt Rik.

Inigo schudt zijn hoofd. 'Nee, daar waren ze echt duidelijk over. We moeten blijven waar we zijn. Er kunnen nog meer lawines komen.'

'We kunnen hier niet blijven,' zegt Topher boos.

'Jij gaat niet skiën op die piste, vriend,' zegt Danny, die naar hem opkijkt vanaf zijn plaats naast Erin.

'Ik ben een snowboarder en een verdomd goeie ook,' zegt Topher. 'Het is maar dat je het weet.'

'Al was je Shaun White, vriend, dan ging je nog niet naar beneden. Jij hebt het niet gezien. Het leek wel een keienveld. Er is geen piste meer over.'

'Dus we zitten vast?' vraagt Topher met woede en ongeloof in zijn stem. 'En ze doen helemaal niets, terwijl Eva misschien wel onder duizend ton sneeuw ligt?'

Niemand antwoordt. Niemand wil zeggen wat duidelijk is voor ons allemaal – als dat het geval is, is er niets wat hij of wie dan ook kan doen.

ERIN

Snoop-ID: LITTLEMY
Luistert naar: offline
Snoop-volgers: 10

Ik zit te trillen in de keuken. Danny is de EHBO-doos halen en eerlijk gezegd ben ik blij dat ik een paar minuten alleen ben. Het geeft me de tijd om mezelf te herpakken.

Dat geluid – dat afschuwelijke, oorverdovend zachte gebrul dat me al drie jaar in mijn dromen achtervolgt – heel even dacht ik dat het een soort flashback was, zoals bij PTSS. En toen keek ik over mijn schouder en bleek het echt. Een muur van wit die de vallei overspoelde.

Het vreemde was dat ik niets dan rust voelde zodra die muur op me afkwam. Het voelde als gerechtigheid. Het voelde als vergelding. Het voelde gewoon goed.

Een ogenblik lang overwoog ik mijn armen te spreiden en me erdoor te laten verzwelgen. Maar dat gebeurde niet. De muur verzwolg me niet. Hij spuwde me weer uit. En nu zit ik hier.

'Ik ga ze allemaal vermoorden.' De klapdeur zwiept tegen de muur en daar is Danny, die met de EHBO-doos in zijn hand naar binnen stampt. 'Wat een stelletje klootzakken, zeg. Jij had wel dood kunnen zijn, maar meneer maakt zich er druk om wanneer zijn luchttransport komt. Weet je dat hij nu een privéhelikopterbedrijf probeert te bellen?'

'Ook al krijgt hij verbinding, ze komen toch niet,' zeg ik. Ik leg mijn been anders neer op de provisorische voetsteun die Danny in de hoek van de keuken heeft neergezet en probeer de pijn te negeren die door mijn been op en neer schiet wanneer ik me beweeg. 'Dat kan niet, niet in dit weer. Moet je nou kijken.'

Ik gebaar naar het raam. De wind is aangewakkerd tot een zware sneeuwstorm.

'Haal die erwten van je enkel,' zegt Danny bruusk. 'Ze zijn toch al ontdooid.' Ik steek mijn been gedwee uit terwijl hij de doorweekte zak met erwten optilt en een ijskompres om mijn kloppende enkel bindt. Het doet pijn, maar op een vreemde manier juich ik de pijn toe. Het verankert me, herinnert me eraan dat ik hier ben, dat ik nog leef.

Danny heeft een oude radio met FM-ontvangst gevonden. Terwijl hij kookt, zit ik rustig te luisteren naar de verslagen van de reddingspogingen in de omgeving. Het besef dat we ongelooflijk veel geluk hebben gehad bezorgt me koude rillingen. Minstens negen gebouwen zijn volkomen verpletterd door de lawine. Vier daarvan waren liftstations waarvan bevestigd is dat ze leeg waren, omdat de skiliften eerder die dag waren afgesloten. Twee waren cafés die op het moment dat de lawine toesloeg vermoedelijk gesloten waren. De overige drie waren chalets. Een ervan, een heel stuk verderop in de buurt van St. Antoine le Lac, is geëvacueerd. Lichte verwondingen, geen doden. Niemand weet iets over de andere twee. Te midden van vragen over verantwoordelijkheid en of de autoriteiten van het skioord eerder actie hadden moeten ondernemen, benadrukt de nieuwslezer steeds weer hoe gelukkig het was dat zoveel pistes en liften gesloten waren. Zelfs in de kabeltrein zaten slechts vier mensen, en die zijn veilig door de kapotte tunnel naar beneden geëvacueerd. De nieuwslezer heeft al onheilspellend gezegd dat het 'vele dagen zal duren om de reparaties in kaart te brengen'. Niet eens om de reparaties uit te voeren, alleen om ze in kaart te brengen.

Dat alles in beschouwing genomen komen we er met een weggevaagd zwembad aardig goed van af. Als Eva niet vermist werd, zouden we onze zegeningen tellen. Maar haar afwezigheid is als een duister gif dat zich langzaam verspreidt en alles op zijn weg aantast. Wanneer ik mijn ogen sluit zie ik haar, begraven in de duisternis, terwijl ze het almaar kouder krijgt en zich afvraagt of er iemand komt. Als ze geluk heeft, zal de opeengepakte sneeuw haar snel verstikken. Als ze dat niet heeft...

Bij die gedachte voel ik me plotseling slap van angst worden.

'Hoeveel eten hebben we?' vraag ik Danny om mezelf af te leiden van mijn gedachten.

Afwijzend schudt hij zijn hoofd. 'Genoeg. Maak je daar maar geen zorgen over. Tony Stark zal het misschien een paar dagen zonder verse melk moeten stellen, maar we hebben genoeg op voorraad om een belegering uit te kunnen zingen.'

Wat natuurlijk ook kan is dat Eva het beu was op iedereen te wachten en uren geleden al naar beneden is geskied, naar St. Antoine, en niks mankeert. Misschien kan ze alleen geen contact met ons opnemen. Helaas wordt dat naarmate de uren verstrijken steeds onwaarschijnlijker. De vaste lijn en het internet liggen nog steeds plat, en de mobiele ontvangst is sinds de lawine alleen maar verslechterd; de resterende masten zijn vermoedelijk geknakt onder de vele tonnen sneeuw. Wel vertoont Inigo's telefoon nog steeds af en toe een paar ontvangstbalkjes. Hij heeft een sms van thuis gekregen – eentje – en slaagde erin te antwoorden dat het goed met hem ging. Zou Eva toen dit alles begon niet hebben ge-sms't om te zeggen dat het goed met haar ging? Zou ze niet een manier hebben gevonden, hoe dan ook, om iets van zich te laten horen?

LIZ

Snoop-ID: ANON101
Luistert naar: offline
Snoop-volgers: 0

Om elf over drie 's middags valt de elektriciteit uit. Ik zit boven in mijn kamer en probeer de geluiden van beneden buiten te sluiten, wanneer de kamer plotseling in duisternis wordt gehuld. Ik tast verwoed rond naar mijn telefoon en vraag me af of er een peertje kapot is gegaan. Dan hoor ik overal in de gang kreten van ergernis. Ik ben dus niet de enige.

'Viel zojuist bij jou ook de stroom uit?' Het is Tophers stem, net buiten mijn slaapkamer. Ik denk even dat hij het tegen mij heeft, maar dan hoor ik een diepe bromstem antwoorden – Elliot. 'Shit,' zegt Topher als reactie. 'Ook dat nog.'

Ik open de deur en zie de rest van de groep op de overloop bij elkaar staan om bij het licht van hun telefoonzaklampen te overleggen wat ze moeten doen. Uiteindelijk gaan we naar beneden om Erin en Danny te raadplegen. Ik houd me een beetje afzijdig wanneer Topher geërgerd op de keukendeur klopt. Hij moppert iets over dit gat in deze godvergeten uithoek.

'Wat is er?' zegt Danny. Zijn gezicht staat strijdlustig.

'Hallo,' zegt Topher, die abrupt van toon verandert. Nu is hij van plan zijn charme in de strijd te gooien. Hij is niet gek. Hij weet dat hij deze mensen aan zijn kant moet zien te krijgen. Het effect is indrukwekkend. Het is alsof er een schakelaar wordt omgezet. 'Het spijt me heel erg dat ik stoor, maar de stroom is bij ons uitgevallen.'

'Bij ons ook, vriend,' zegt Danny bits.

'Is er niets aan te doen?' vraagt Topher. Hij is gestrest, want zijn accent is bekakter dan gebruikelijk.

'Niet echt. De reservegenerator stond in de aanbouw met het zwembad.' Danny gebaart met een hand naar het puin dat door het keukenraam net zichtbaar is. Topher vloekt. Zijn charme verdampt.

'Dus we wachten gewoon af en vriezen ondertussen dood?'

'We vriezen niet dood,' zegt Danny. 'We hebben genoeg hout. Om te beginnen kun je een houtblok op het vuur in de woonkamer leggen.'

Topher opent zijn mond alsof hij iets wil zeggen. Dan lijkt hij zich te bedenken en sluit hij hem weer. Hij draait zich om en loopt langzaam naar de donkere woonkamer. De rest van ons volgt.

In de woonkamer laat Topher zich op de bank vallen, terwijl Miranda kaarsen aansteekt. Rik opent de kacheldeur, pookt in de sintels en legt er twee houtblokken op.

'Geweldig,' zegt Carl. 'Echt geweldig. Dit kon er ook nog wel bij. Tegen de tijd dat ze ons vinden zijn we veranderd in ijspegels.'

'Het komt wel goed,' zegt Miranda kortaf, haar stem afgemeten en geïrriteerd. 'Als we ons ergens zorgen over moeten maken is het Eva.'

Eva. In alle commotie was het me bijna gelukt haar te vergeten. Mijn maag krimpt samen van angst en schuldgevoel.

Er valt een lange, vreselijke stilte, terwijl niemand de vragen stelt die door ieders hoofd gaan. Wat is er met haar gebeurd? Is ze in die lawine verzeild geraakt? Is ze dood?

'Zou ze niet gebeld hebben als het goed met haar ging?' vraagt Ani uiteindelijk om de stilte te verbreken. Ze is nu nog bedeesder dan gewoonlijk. 'Ik weet dat er niet veel ontvangst is, maar gewoon... nou ja... een sms'je of zo?'

'Misschien kwam ze er niet doorheen,' zegt Miranda. Ik merk dat ze zichzelf ervan probeert te overtuigen dat ze het bij het rechte eind heeft.

Elliot staat in een hoek van de kamer te kijken naar de donker kleurende sneeuwlaag, zegt dan met zijn diepe, bruuske stem iets tegen Topher en loopt weg. Topher staat op van de bank en volgt hem zonder een woord te zeggen.

Ik frons mijn wenkbrauwen, kijkend naar hun schaduwen die springen en flakkeren in het licht van de druipende kaarsen. Waar gaan ze heen? Iets in Tophers gezichtsuitdrukking staat me niet aan. Een plotselinge vastberadenheid. Het geeft me een onbehaaglijk gevoel.

ERIN

Snoop-ID: LITTLEMY
Luistert naar: offline
Snoop-volgers: 10

'Dit is erg, Erin.' Danny snuffelt door de blikken achter in de verduisterde keuken. Terwijl ik naar hem kijk, strijkt hij met zijn handen over zijn gemillimeterde haar. 'Dit is echt heel erg.'

'Het komt wel goed,' zeg ik, maar feit is dat ik lieg, en dat weet ik. Mijn enkel is twee keer zo dik geworden en ik kan er nog steeds niet goed op staan. We hebben geen verlichting en de enige warmte komt van de houtkachels. We kunnen voor het avondeten niet eens een diepvriescurry opwarmen in de magnetron. En Eva – maar daar mag ik nu niet aan denken. Ik duw het beeld van haar witte, koude gezicht weg en sluit het op achter de deur in mijn hoofd waar ik dat soort beelden bewaar, bevroren in ijs. Ik klamp me vast aan de mogelijkheid dat haar niks mankeert, dat ze het dorp heeft bereikt en gewoon niet in staat is geweest telefonisch contact met ons op te nemen. De ontvangst is er slecht genoeg voor.

'Misschien is je enkel wel gebroken,' zegt Danny.

Ik schud mijn hoofd met een zelfvertrouwen dat ik niet voel. 'Dat denk ik niet. Ik denk dat ik hem gewoon flink heb verstuikt.'

'Hoe kun je dat nou weten?' Dan steekt Danny een hand op. 'Laat maar, ik was vergeten dat je arts bent. De vraag is waarom je voor een habbekrats de rotzooi achter de kont van al die rijke klootzakken blijft opruimen.'

Daar kan ik hem wel een stuk of acht verschillende antwoorden op geven. Ik zou hem eraan kunnen herinneren dat ik geen arts ben, maar een gesjeesde student geneeskunde. Ik zou hem de waarheid kunnen vertellen over de reden waarom ik naar St. Antoine ben gekomen. Ik zou hem een hoorcollege kunnen geven over torusfracturen. Gelukkig hoef ik niets van dat alles te doen, want hij zoekt alweer verder tussen de blikken.

'Ik zou soep of iets dergelijks op de houtkachel kunnen opwarmen,' zegt hij terwijl hij met behulp van zijn mobieltje een etiket probeert te lezen. 'Jezus, wat een toestand.'

Bij de klop op de deur schrikken we allebei op. We staren elkaar aan, en dan loopt Danny naar de deur. Het is Topher weer, met een uitdrukking op zijn gezicht die heel anders is dan de innemende blik waarmee hij ons vroeg of we er even voor konden zorgen dat het licht het weer ging doen. Hij kijkt... Ik weet het niet. Ik ken hem niet goed genoeg om het te kunnen zeggen. Hij zou pissig kunnen zijn, of diep bezorgd.

'Ja?' zegt Danny kortaf. Snel trek ik mezelf overeind en hobbel langs hem heen. Er is een reden waarom Danny maar weinig contact met de gasten heeft. Hij heeft geen tact en geen geduld. Maar hoe penibel de situatie ook is, Topher en Snoop zijn nog steeds onze gasten. We moeten ons nog steeds gedragen alsof we het bedrijf vertegenwoordigen.

'Topher,' zeg ik, en dan zie ik Elliot achter hem staan. 'Elliot, hoe kan ik jullie helpen?'

Topher valt met de deur in huis. 'Elliot denkt dat hij Eva heeft gevonden.'

'Wat?' Dat is wel het laatste wat ik had verwacht. De ene vraag na de andere tolt door mijn hoofd. Waar? Hóé? 'Gaat het goed met haar?'

'Dat weten we niet.' Topher dringt langs Danny en mij heen en klapt een laptop open, die hij op het roestvrijstalen aanrechtblad zet. Wanneer hij het wachtwoord intikt, wordt de kring van gezichten door een spookachtige gloed verlicht. Er komt een scherm met voor mij onleesbare programmeertaal tevoorschijn.

'Om precies te zijn,' zegt Elliot met zijn diepe, monotone stem, 'weten we waar haar telefoon is.'

'Haar telefoon?'

'Een van de redenen waarom ik niet akkoord wil gaan met de buy-out,' begint Topher, 'is dat Elliot aan een belangrijke update werkt om te zorgen dat Snoop geld gaat opbrengen. In de bèta noemen we het Geosnoop, maar dat zal waarschijnlijk niet de uiteindelijke naam worden. Zoals je misschien weet, is Snoop zo anoniem als je zelf wilt. Je kunt niet zien waar iemand is, je kunt alleen afgaan op wat ze vermelden in hun profiel.'

'Juist,' zeg ik langzaam.

'Elliot werkt aan een upgrade waardoor mensen andere Snoop-gebruikers binnen een straal van vijftig meter kunnen "zien". Ook al weet je niet precies waar ze zijn, je weet wel dat ze in de buurt zijn.'

'Oké, ik snap het.'

'Het is nog niet live gegaan. Maar als onderdeel van de voorbereidingen voor de lancering hebben we de app-machtigingen die Snoop nodig heeft aangepast om de app toegang te geven tot je locatie. In principe heeft Snoop die informatie, of je er nu voor kiest die weer te geven of niet. Het maakt deel uit van het dataprofiel dat we met belanghebbenden delen om inkomsten te genereren.'

'Juist...' zeg ik nog eens, in een poging hem ter zake te laten komen. Hoe Snoop precies werkt kan me niet schelen, en ik denk dat ik wel weet waar dit heen gaat. 'Wil je zeggen dat je die informatie hebt gebruikt om Eva's locatie te achterhalen?'

'Ja. Het is Elliot gelukt de backend te hacken en zo de gps-coördinaten van Eva's telefoon te krijgen.'

'Dit is de plek,' zegt Elliot, die een gps-kaart op het scherm laat verschijnen. Een rood vlaggetje geeft de locatie aan van de coördinaten die hij in de zoekbalk heeft getikt.

Zodra ik het vlaggetje zie, zakt de moed me in de schoenen, en ik voel mezelf koud worden van angst.

'Waar is het precies?' vraagt Topher, maar zijn stem klinkt ineens heel ver weg. Danny slaat een hand voor zijn mond, en ik weet dat net tot hem is doorgedrongen wat ik al wist.

Hoewel de pistes op Elliots kaart staan aangegeven, geldt dat niet voor de hoogtes, en zonder de vereenvoudigde driedimensionale weergave van de officiële pistekaart van het skioord is het niet zo makkelijk je een beeld te vormen van de ligging van de pieken en dalen. Eva's kleine stipje is heel dicht bij de piste La Sorcière. Zo dichtbij dat ze bijna op de piste zou kunnen zijn.

Dat is ze alleen niet. Want als je die afdaling hebt gedaan, zoals ik vele malen, weet je dat er naast La Sorcière een enorme afgrond ligt. Een steile helling die honderden, misschien wel duizenden meters omlaagloopt naar een diep, ontoegankelijk dal. In de verblindende sneeuw moet Eva op de een of andere manier precies hebben gedaan wat ik meteen al vreesde; ze is over de rand geskied.

'Als we deze coördinaten aan het reddingsteam kunnen doorgeven...' zegt Topher met het soort zorgeloze zelfvertrouwen dat alleen de CEO van een groot internationaal bedrijf kan opbrengen. Ik onderbreek hem.

'Sorry, Topher. Ik vind het heel erg voor je...'

'Wat bedoel je?'

'Dit...' Ik slik. Ik probeer een manier te vinden om het nieuws op een niet al te wrede manier te brengen. 'Dit punt is naast de piste.'

'Eva is een uitstekende skiër,' zegt Topher zelfverzekerd. 'Off-piste, zelfs in dit weer...'

'Nee, je begrijpt het niet. Ik heb het niet over een beetje losse sneeuw. Ik bedoel dat ze van de piste af is geskied. Over de rand. La Sorcière...' Ik slik. Er is geen aardige manier om dit te zeggen. 'Dat gedeelte van La Sorcière loopt langs een steile afgrond. Een heel steile.'

Topher kijkt me wezenloos aan, niet in staat of niet bereid te begrijpen wat ik hem probeer te vertellen.

'Hoe bedoel je?' vraagt hij uiteindelijk.

'Topher, als Eva echt is waar dat puntje staat, is ze dood.'

Ik betreur de directheid zodra de woorden uit mijn mond zijn gekomen, maar ze zijn gezegd en kunnen niet meer worden teruggenomen.

Tophers gezicht wordt wit. Dan wendt hij zich tot Elliot. 'Hoe nauwkeurig is deze plaatsbepaling?'

'Het gps is doorgaans tot op een meter of vijf accuraat,' zegt Elliot. Hij kijkt... God, ik weet het niet. Bijna onverstoord? Kan dat? Nee, toch? Niemand kan zo hardvochtig zijn. En zelfs als mensen dat wel zijn, dan proberen ze toch zeker te doen alsof ze zich zorgen maken? 'Maar er kan wel wat storing zijn, signalen die worden teruggekaatst en zo. Ik weet niet helemaal zeker hoe de bergen dat zouden beïnvloeden. Het zou kunnen dat haar telefoon in werkelijkheid een paar meter verderop ligt.'

'Dus, wat, tien meter? Dan zou ze op de piste kunnen zijn,' zegt Topher wanhopig. Maar kijkend naar de schaal van de kaart zien we allemaal dat dat niet kan. Zelfs als het vijftig meter was, zou ze nog niet op de piste zijn. 'Of... misschien is ze haar telefoon tijdens de afdaling verloren.'

'Dan zou hij op de piste moeten liggen,' zeg ik heel zachtjes.

'Misschien heeft ze hem wel over de rand gegooid, verdomme!' roept Topher.

Niemand reageert hierop. Het kan natuurlijk, maar de voor de hand liggende vraag is waaróm. En niemand kan zichzelf ertoe brengen het te zeggen, zelfs Elliot niet, die enkel met een hoofdknik aangeeft dat Tophers opmerking in essentie juist is. Het enige wat we hebben gelokaliseerd is Eva's telefoon. Het is alleen erg moeilijk om te verklaren hoe die daar zonder Eva terechtgekomen zou kunnen zijn.

'Shit,' zegt Topher. Hij loopt op de tast naar de voetsteun die ik heb gebruikt om mijn geblesseerde voet omhoog te houden en gaat zitten, alsof zijn benen hem niet meer overeind kunnen houden. 'Shit.'

'Als ze dood is,' zegt Elliot botweg, 'wat betekent dat dan voor Snoop? Is Eva's man nu automatisch aandeelhouder? Krijgt hij een stem in de buy-out?'

'Shit!' Topher kijkt wild uit zijn ogen, alsof hij niet kan geloven wat er gebeurd is. 'Arnaud? Ik... ik weet het niet! Jezus, Elliot, hoe kun je...'

Hij houdt op met praten, en ik kan de radertjes in zijn hoofd bijna horen kraken. Zelfs nu, ondanks zijn verdriet, is hij nog steeds net zozeer de oprichter van Snoop als een vriend van Eva, zo niet meer.

'Eh... Ja, ik herinner het me weer, toen we het bedrijf oprichtten is daar iets over geregeld. Het moest voorkomen dat het bedrijf zonder de toestemming van de oorspronkelijke aandeelhouders uit hun handen zou raken. Ik ben er vrij zeker van dat de aandeelhouders hun aandelen niet kunnen verkopen of weggeven. Ze kunnen ze alleen te koop aanbieden aan Eva en mij. Ik bedoel...'

Hij stopt. Slikt.

'Aan mij.'

LIZ

Snoop-ID: ANON101
Luistert naar: offline
Snoop-volgers: 0

Eva is dood.

Ik weet niet hoe dat bekend is geworden, maar zodra het gefluister begint, is het als vorst die over een raam kruipt. Algauw weet iedereen het. In de woonkamer staan Miranda en Tiger op gedempte toon met elkaar te praten.

'Ik weet het,' hoor ik Miranda sissen. 'We moeten nu wel een of andere mededeling bedenken voor wanneer we weer online zijn, Tiger. Je kunt zulk groot nieuws onmogelijk onder de pet houden, en als het uitlekt, zal het op de lange termijn nog nadeliger zijn.'

'Ik kan het nog steeds niet geloven.' Ani komt naast me zitten op de bank. Zelfs in het schemerige licht van de kachel en de kaarsen zie ik dat haar gezicht gezwollen en vlekkerig is. 'Heb je het gehoord?'

Ik knik. Ik vertrouw mijn stem niet. Ondanks alles, ondanks alles wat er is gebeurd en alle jaren die zijn verstreken sinds mijn vertrek bij Snoop, is het nog steeds een gevoelig onderwerp.

'Ik kan het gewoon niet geloven!' herhaalt Ani wanhopig. 'Mijn god, dit is toch vreselijk. Arme, arme Eva. Volgens Rik is het zelfs maar de vraag of ze haar lijk zullen kunnen bergen. O, en die arme Arnaud. Hij weet het nog niet eens. Hoe gaat hij het Radisson vertellen? Hoe leg je aan zo'n kind uit dat mama nooit meer thuiskomt?'

Radisson. De naam is als een messteek in mijn hart. Ik was bijna vergeten dat Eva in de jaren na onze samenwerking een kind heeft gekregen.

'Ik weet het niet,' zeg ik schor.

'Ik vraag me af wat dit betekent voor de buy-out,' zegt Carl somber aan de andere kant van de kamer.

Ani keert zich woedend tot hem. 'Carl! Hoe kun je daar nu aan denken?'

'Ik weet het.' Carl heft zijn handen op. 'Luister, ik zeg het niet uit eigenbelang. Ik ben niet degene die hier miljoenen dollars aan overhoudt. Het gaat mij om het behoud van het bedrijf, niet om het geld. Als hoofd van de juridische afdeling van Snoop zal ik hierover moeten nadenken. Snoop houdt niet opeens op te bestaan omdat Eva een ongeluk heeft gehad. Onze medewerkers gaan niet weg. Ik heb een plicht tegenover hen en het bedrijf. Ik zou hetzelfde zeggen als ik degene was die een afgrond in was geskied. Nou ja, ervan uitgaande dat ik dan nog kon praten.'

'Carl heeft gelijk.' Onverwachts verschijnt Rik achter ons. Hij doemt uit de duisternis op en legt een hand op de schouder van zijn collega. In het kaarslicht staat zijn gezicht bezorgd. 'Hoe cru hij het ook verwoordde. Eva's dood is een tragedie – daar bestaat geen twijfel over – maar, hoe kil het ook klinkt, dat heeft weinig met Snoop te maken. Het bedrijf is voor ons allemaal een aparte entiteit, zelfs voor Eva en Topher. Het overnamebod ligt nog steeds op tafel. De klok tikt door. We zullen met een antwoord moeten komen. Eva's dood verandert daar niets aan.'

'Nou... het verandert wel één ding, of niet?' zegt Carl. Er klinkt iets in zijn stem door wat me niet echt aanstaat, een soort grimmigheid.

Rik kijkt perplex. 'Sorry, ik weet niet waar je het over hebt. Eva's aandelen, bedoel je? Die gaan naar haar man, neem ik aan.'

'Dat is dus niet zo,' zegt Carl botweg.

'Wat? Ik begrijp niet wat je bedoelt. Zelfs als Eva geen testament heeft nagelaten, krijgt Arnaud nog steeds alles, en ik neem aan dat hij de buy-out zal accepteren, of niet?'

'Aandeelhoudersovereenkomst,' zegt Carl. Wanneer Rik nog steeds wezenloos kijkt, legt hij het uit. 'Toen het bedrijf werd opgericht bevatte het oorspronkelijke document een clausule waarin werd bepaald dat niemand zijn aandelen aan een buitenstaander kan doorgeven. Jij bent ook aandeelhouder, Rik. Wist je dit niet?'

'Wát?' zegt Rik, nu dringender. 'Nee, dat wist ik niet! Waarom zou iemand zoiets verzinnen?'

Carl haalt zijn schouders op. 'Dat is heel gebruikelijk. Sterker nog, het is een goede gewoonte. Daarmee voorkom je dat het bedrijf in handen van nitwits en idioten valt, en zo kunnen de oorspronkelijke oprichters niet gedwongen worden te vertrekken. Hun toestemming is altijd nodig. Topher en Eva hebben bewust voor die constructie gekozen om dat soort dingen te voorkomen. Je weet wel, stel dat iemand gaat scheiden en de helft van zijn vermogen moet opgeven, dan wil je niet dat de wraakzuchtige ex stemrecht krijgt.'

'Wat bedoel je daarmee?' vraagt Rik. Hij ziet er geschokt uit. 'Dat Eva's aandelen bij haar dood worden opgeheven?'

'Nee, ze blijven in het bedrijf. Maar Arnaud moet ze aan Topher verkopen.'

'Aan Tópher? Waarom niet aan ons allemaal?'

'Omdat deze overeenkomst dateert van voor de komst van Elliot en jou,' zegt Carl bruusk. 'Zo hebben ze het opgezet toen ze nog met zijn tweeën waren. Het is niet bijgewerkt nadat ze meer aandelen zijn gaan uitgeven.'

'Dus... Topher zal Arnaud moeten uitkopen?' vraagt Miranda. Met gefronste wenkbrauwen komt ze naast Rik zitten. 'Alleen, nou ja...' Ze zwijgt, waardoor er een korte, veelbetekenende stilte valt, en wisselt een blik met Rik.

'Alleen kan hij dat niet,' zegt Rik botweg. 'Hij heeft niet genoeg liquide middelen. Volgens mij is dat geen geheim, of wel? Dus wat gebeurt er dan?'

'Er is een verzekeringspolis die die kosten dekt. Tenminste, die zou er moeten zijn, ervan uitgaand dat ze de premie zijn blijven betalen. De aandelen zullen onafhankelijk moeten worden getaxeerd, en Arnaud zal het bedrag krijgen waarop de taxateurs uitkomen, stel ik me zo voor. Geen idee hoe ze de buy-out daarbij in overweging nemen. Dat moeten de verzekeraars maar beslissen.'

'Wacht eens even, dus wat je zegt is...' Rik kijkt als door de bliksem getroffen. 'Dat betekent...'

'Dat Topher nu zestig procent van de aandelen met stemrecht heeft. Ja, daar komt het wel zo'n beetje op neer,' bevestigt Carl.

Er heerst een doodse stilte in de kamer.

Miranda ziet er aangeslagen uit.

Rik draait zich om en loopt de deur uit.

ERIN

Snoop-ID: LITTLEMY
Luistert naar: offline
Snoop-volgers: 10

Het nieuws van Eva's dood is als een steen die in een vijver wordt gegooid. Nee, geen steen. Een rotsblok. Eerst is er de vreselijke, schokkende impact en dan de golven die door de oorspronkelijke ramp worden veroorzaakt en vervolgens terugkaatsen, op elkaar inwerken, elkaar vergroten en tenietdoen.

Terwijl Danny en ik in de stille, door kaarsen verlichte eetkamer soep aan de gasten serveren, kan ik het niet helpen naar hen te kijken, naar de manier waarop ze Eva's verdwijning op hun eigen manier proberen te bevatten.

Sommigen van hen zitten diep in de ontkenningsfase. Inigo bijvoorbeeld weigert het gps-bewijs te geloven. 'Ze kan nog steeds in St. Antoine zijn,' blijft hij herhalen. 'Gps zit er zo vaak naast. En zelfs als haar telefoon daar ligt, wat bewijst dat dan?'

Anderen lijken met stomheid geslagen. Tiger eet nauwelijks iets. Ze zit met haar hoofd gebogen over haar onaangeroerde soep en laat het geluid van de groep over zich heen komen, alsof de anderen er niet eens zijn.

Of ze zijn verdoofd. Ani lijkt zich maar half bewust van wat er aan de hand is. Ze verkruimelt haar brood en maakt onnozele opmerkingen tegen niemand in het bijzonder. Liz ziet er bleek en geschokt uit en zegt nauwelijks iets.

En sommigen van hen lijken onaangedaan. Elliot bijvoorbeeld eet zijn soep met een pokerface en veel smaak op, alsof er niets is gebeurd. Zijn gebrek aan reactie is bijna verontrustend. Wanneer Ani uitbarst: 'Elliot, laat het je dan helemaal koud?' kijkt hij oprecht verbaasd.

'Natuurlijk laat het me niet koud,' zegt hij. 'Maar ik moet toch eten?'

Degene naar wie mijn blik steeds weer terugkeert is Topher. Topher, die een partner heeft verloren en een bedrijf heeft gewonnen.

Want hij heeft nu de volledige controle over Snoop, dat lijkt vrij duidelijk. En ondanks zijn wilde blik van verdriet eerder in de keuken lijkt hij niet zo geschokt door het nieuws dat hij nu de meerderheidsaandeelhouder is van een miljardenbedrijf. Hij lijkt het juist opgevat te hebben alsof het er gewoon bij hoort, lijkt zich er bijna mee te voeden, alsof zijn persoonlijkheid is uitgedijd om het vacuüm op te vullen dat door Eva's afwezigheid is ontstaan. Terwijl ik de soepkommen opruim en de wijnglazen bijvul – wijn hoeft tenminste niet gekookt of gekoeld te worden – pakt hij zijn glas en drinkt het lachend leeg. Hij drinkt veel, slaat glas na glas achterover terwijl hij de stille Tiger trakteert op een of ander verhaal over wat Eva en hij allemaal hebben uitgespookt toen ze het bedrijf begonnen. En feit is dat ik het wel zie – ik zie de reden waarom ze deze man CEO hebben gemaakt. Ik zie het zelfvertrouwen dat hem ertoe heeft gebracht met een wild, onwaarschijnlijk idee een drukke markt op te gaan en een bedrijf op te bouwen dat nu miljarden waard is. Iets wat ik nooit eerder begreep – dat iemand het lef heeft dat te doen, en dat allemaal voor zijn dertigste verjaardag – is ineens duidelijk.

Rik daarentegen lijkt te zijn gekrompen. Hij ziet er verbijsterd uit, verward, als een man die alles kwijt is, wat in zekere zin ook zo is. Met Topher aan de leiding smelt die miljardenovername weg en blijft hij achter met... wat? Aandelen in een bedrijf dat hij vanonder de kont van de oprichter vandaan probeerde te verkopen? Een positie onder een leider die hij niet vertrouwt? Wanneer ze teruggaan naar Engeland zie ik hem niet veel langer overleven in zijn functie, beste vriend of geen beste vriend. Topher lijkt me niet het type man dat het soort coup dat Rik en Eva probeerden te plegen vergeet, laat staan vergeeft.

Wat indrukwekkender is, is dat Carl en Miranda, die makkelijk hun loyaliteit hadden kunnen verleggen zodra ze zagen uit welke hoek de wind nu waait, zich in plaats daarvan allebei om Rik hebben geschaard. Denken ze echt dat Snoop zonder Eva aan het roer ten ondergang gedoemd is? Hoe dan ook, ze staan niet aan Tophers kant, zoveel is duidelijk. In plaats daarvan zitten ze aan weerszijden van Rik, als schaakstukken die hun koning bewaken.

Het voelt alleen alsof de wedstrijd voorbij is. Ze hebben hun koningin verloren. Want weer is er een lege plek aan de tafel, een lege stoel. Deze keer niet die van Topher maar van Eva. Haar lege stoel is een constante pijnlijke herinnering aan wat er is gebeurd en laat niemand ook maar een seconde vergeten wat er is voorgevallen.

In het chalet is het nog steeds relatief warm, ondanks de stroomstoring en de temperatuurdaling buiten. Door de thermische isolatie en de driedubbele beglazing is de warmte van eerder op de dag nog voldoende om de temperatuur in de slaapkamers draaglijk te houden, terwijl de twee houtkachels beneden de woonkamer en de eetkamer behaaglijk verwarmen.

Toch deel ik voor het slapengaan extra dekens en dekbedden uit. Ik hobbel van deur naar deur, met een zaklamp onder mijn elleboog geklemd en mijn armen vol met het reservebeddengoed dat we voor noodgevallen bewaren en thermosflessen met warme chocolademelk.

Ik sta op het punt om op de voorlaatste deur te kloppen wanneer Danny, die met een stapel dekens achter me aan loopt, plotseling op waarschuwende toon zegt: 'Erin...'

Ik blijf staan. Het is Eva's deur.

Op de een of andere manier raakt het zien van zoiets eenvoudigs als een deur me als een stomp in mijn maag, een herinnering aan de realiteit van wat hier is gebeurd. Een lawine. Een sterfgeval. Zal Perce-Neige ooit herstellen van deze dubbele ramp? Het is moeilijk voor te stellen dat mensen dit soort nieuws in hun zondagskrant lezen en dan een vakantie boeken, maar goed, St. Antoine is niet het eerste skioord in de Alpen dat een tragedie in de vorm van een lawine heeft meegemaakt. Het gebeurt bijna elk jaar. Eerder in het seizoen hadden ze een stuk verderop ook zo'n lawine.

'Erin?' zegt Danny weer, en ik realiseer me dat ik stokstijf ben blijven staan, in gedachten verzonken.

'Sorry. Ik... ik lette niet op. Ik...'

'Gaat het?' vraagt Danny ongemakkelijk. 'Eigenlijk moet je zitten. Ik vind het maar niks dat je op die enkel rondloopt.'

'Het gaat prima,' zeg ik kortaf. De waarheid is dat mijn enkel pijn doet. Behoorlijk pijn. Danny heeft gelijk – ik zou er geen gewicht op moeten zetten. Ik kan het alleen niet verdragen om in mijn eentje in de duisternis van de personeelsvertrekken te zitten terwijl ik mijn enkel voel kloppen en denk aan wat er is gebeurd en gaat gebeuren. Ik kan beter werken; op de een of andere manier houden de eindeloze taken mijn gedachten op afstand. Bovendien is gastencontact niet Danny's sterkste kant. Ze hebben hem zijn tactloosheid in de nasleep van de lawine vergeven, althans dat hoop ik, maar we zitten nu weer stevig in onze rol. We zijn hier om beleefd en gastvrij te zijn, zelfs onder deze omstandigheden. Misschien vooral onder deze omstandigheden. Het voelt alsof alles afbrokkelt, en de rol die we toegewezen hebben gekregen is het enige waaraan we ons nog kunnen vastklampen. Danny en ik moeten de dienst blijven uitmaken. Als we dat gezag niet behouden, als we het Topher laten overnemen... Nou ja, ik wil er niet aan denken hoe de situatie dan zou kunnen uitpakken.

Er is nog maar één deur over, die van Topher. Ik houd mijn arm vol dekens een beetje hoger voordat ik aanklop.

Hij is dronken, zie ik zodra de deur opengaat. Hij heeft een fles in zijn hand en draagt een badjas die ondanks de kou openhangt tot aan zijn middel. En hij is niet alleen. Zonder licht van de plafonnière kan ik niet zien wie er binnen is, maar ik heb het akelige gevoel dat het misschien Ani is, die haar deur niet opende toen ik een paar minuten geleden aanklopte. Ik wil tegen haar zeggen dat de oplossing voor haar verdriet om Eva niet in Tophers bed ligt, maar dat kan ik niet doen. Het zijn mijn zaken niet. Ze is even oud als ik en ze is een gast, geen vriendin, dus ik heb het recht niet haar te vertellen wat ze moet doen, ook al vind ik dat ze een enorme fout begaat.

'Ellen,' zegt hij met dubbele tong. 'Hallo daar. Wat brengt jou op dit late uur naar mijn kamer? Het is een beetje laat om mensen in te stoppen.'

'Extra dekens,' zeg ik met mijn beste vrolijke glimlach. 'Voor het geval het vannacht kouder wordt. We kunnen niet hebben dat jullie onder mijn toezicht allemaal doodvriezen.'

'Ik zal je een geheim verklappen...' Topher buigt zich naar me toe, alsof hij me iets vertrouwelijks wil vertellen. Daarbij valt zijn badjas verder open en ik zie wat donkerblond borsthaar. 'De beste nooduitrusting is een naakte vrouw.'

Alsjeblieft zeg. Braak.

Ik voel mijn glimlach zuiniger worden.

'Ik ben bang dat dat geen deel uitmaakt van onze dienstverlening.'

'O, ik heb het zelf al geregeld,' zegt hij. Toch reikt hij een beetje wankelend op zijn benen naar de dekens die ik hem toesteek.

Ik sta op het punt me om te draaien en weg te lopen wanneer hij zomaar uit het niets zegt: 'Ken ik jou niet ergens van?'

'Dat denk ik niet,' zeg ik resoluut.

'Nee, ik ken je... Ik heb je al eens eerder gezien. Was je serveerster in Londen voordat je hier kwam wonen?'

'Helaas niet.'

'Jawel,' houdt hij vol, 'ik ken je. Dat dacht ik al toen ik je hier voor het eerst zag.'

'Vriend, je bent dronken. Ze zegt toch dat ze je niet kent?' komt Danny tussenbeide. Hij wringt zich langs mijn schouder en gaat voor me staan. Topher komt ook naar voren. In minder tijd dan het mij kost *o, shit* te denken verschijnt er een onheilspellende uitdrukking op zijn gezicht.

Danny balt zijn vuisten, de pezen in zijn nek staan strak, en een ogenblik blijven de mannen zo staan, borst aan borst. Ik voel mijn hart bonzen. Danny mag Topher niet slaan. Dan wordt hij ontslagen.

Maar Topher weet wanneer hij zich op glad ijs begeeft. Hij is degene die achteruitstapt, met een lach die nog net innemend is.

'Mijn fout. Vríénd.'

En dan sluit hij de deur. Danny en ik kijken elkaar aan, terwijl we ons afvragen hoelang dit nog kan doorgaan voordat het ijs barst.

LIZ

Snoop-ID: ANON101
Luistert naar: offline
Snoop-volgers: 1

Wanneer ik wakker word, is het écht koud. Dat is het eerste wat me opvalt. Het is een scherp contrast met gisteren, toen ik wakker werd met een droge mond en het gevoel dat ik de hele nacht in een kamer had geslapen waarin het een paar graden warmer was dan in mijn slaapkamer thuis.

Ik steek een hand uit en neem een slok van het water op mijn nachtkastje. Het is gekoeld, alsof het in een koelkast heeft gestaan.

Onder de extra dekens die Erin heeft gebracht voel ik me nog relatief comfortabel, maar ik zie ertegen op me aan te kleden. Uiteindelijk pak ik de badjas van het chalet die aan het voeteneinde van het bed ligt en stop hem onder de dekens om hem op te warmen voordat ik hem aandoe. Ik herinner me dat ik als kind hetzelfde deed met mijn schooluniform. Ik sliep op een slecht verbouwde zolder, en 's winters was het bijna alsof ik buiten sliep. Als ik 's ochtends uitademde hing er een witte wolk in de lucht. 's Nachts condenseerde het vocht tegen het schuine dak en bevroor het vervolgens, zodat ik wakker werd met bevroren stroompjes water op het plafond boven me. Zo erg is het hier niet. Om te beginnen ben ik in een luxe chalet, niet in een Victoriaans rijtjeshuis in Crawley. Toch is het qua temperatuur pijnlijk koud.

Ik pak mijn telefoon op en kijk naar het scherm. Het is twintig over zeven. Het apparaat is nog maar voor vijftien procent opgeladen. Ik heb nauwelijks tijd om me daar zorgen over te maken, want ik word afgeleid.

Ik heb een melding.

Ergens vannacht is het mijn telefoon gelukt verbinding met internet te krijgen. De ontvangst is nu weg, de balkjes zijn grijs geworden, maar die melding is er nog, wat bewijst dat er in elk geval heel even verbinding is geweest.

De tweede verrassing is dat het een melding is van Snoop. Ik krijg nooit meldingen van Snoop. Je krijgt alleen een melding wanneer je een nieuwe volger op je feed krijgt, en dat gebeurt mij nooit.

Alleen... nu wel. Op een bepaald moment vannacht heeft iemand me bespied. Ik weet niet eens hoe, want ik heb nergens naar geluisterd. Ik had geen idee dat dat kon. Hoewel, misschien is mijn stream op de een of andere manier gestart waar ik was gebleven zodra er weer wifi was, gewoon heel even?

Het besef geeft me een raar gevoel. Ik kan niet nagaan wie het was – je kunt alleen in realtime zien wie je bespiedt. Zodra ze uitloggen, wordt de verbinding verbroken en blijft alleen het nummer over. Dan zet ik de kwestie uit mijn hoofd. Naar alle waarschijnlijkheid was het een bot of een serverfout, of iemand die de Snoop-ID van iemand die ze eigenlijk wilden volgen verkeerd heeft ingetikt.

In de kamers beneden is het rustig maar een stuk warmer, en bij de houtkachel in de lobby wordt een stapeltje croissants warm gehouden die vast over zijn van gisteren. Boven de haard staan twee grote thermosflessen.

Ik pak een croissant en loop door naar de woonkamer om onder het eten mijn handen aan het vuur te warmen. Ik ga ervan uit dat ik alleen ben. Maar dan trekt iets mijn aandacht. Ik draai me om en zie Elliot gebogen over zijn laptop in een stoel zitten. De aanblik verrast me om twee redenen. Ten eerste staat zijn laptop aan en lijkt die te zijn aangesloten op elektriciteit. En ten tweede komt Elliot bijna nooit uit zijn kamer, behalve voor maaltijden. Toen ik bij Snoop werkte, verliet hij daarvoor niet eens zijn kantoor. Hij liet degene die stage bij hem liep eten voor hem halen.

Elke dag hetzelfde: zwarte koffie en drie croissants met bacon en kaas van Pret A Manger. Hij moet gebaald hebben toen de croissantverkoop werd beperkt tot het ontbijtmenu. Ik vraag me af wat hij toen heeft gedaan. Is hij iets anders gaan eten voor de lunch? Op een of andere manier kan ik me dat niet voorstellen. Misschien heeft hij de stagiair al om tien uur 's ochtends eropuit gestuurd om zijn lunch te halen.

Normaal gesproken praat ik niet met Elliot. Het is erg lastig een gesprek met hem te voeren, al is dat wellicht niet mijn schuld. Eva heeft me ooit verteld dat hij vrouwen verdeelt in vrouwen met wie hij graag naar bed wil en vrouwen die hem niet interesseren. Ik zit beslist in de laatste categorie. Toch verzamel ik nu moed.

'Hoi, Elliot.'

'Hallo, Liz.' Hij zegt het op een vlakke toon, maar ik ken hem goed genoeg om te weten dat dat geen graadmeter is voor zijn enthousiasme. Zo groet hij iedereen, zelfs Topher, die vermoedelijk zijn favoriete persoon op aarde is.

'Hoe kan het dat je laptop werkt?'

'Ik heb altijd een accu bij me.' Hij houdt hem omhoog, een lomp ding zo groot als een baksteen dat op de stroompoort van zijn computer is aangesloten. Natuurlijk. Echt iets voor Elliot om niets aan het toeval over te laten.

'Maar je hebt geen internet, toch?'

'Nee,' beaamt hij. 'Dat heb ik ook niet nodig om te kunnen programmeren.'

'Waar ben je mee bezig?'

'Met de Geosnoop-update.' Zijn normaal gesproken bleke gezicht krijgt een lichte kleur van opwinding, en hij begint vol vuur aan een lange uitleg die ik niet helemaal kan volgen over geotracking, advertentiepartners, informatieopslag, de Algemene verordening gegevensbescherming en de technische uitdagingen die je tegenkomt wanneer je moet zorgen dat al die onderdelen binnen de grenzen van de wet en de bestaande Snoop-interface blijven. Ik knik mee, meer interesse veinzend dan ik echt voel. Het enige waarin ik echt geïnteresseerd ben is dat hij die technologie heeft gebruikt om Eva te vinden. Op de een of andere manier grijpt het me aan dat haar eigen app reddingswerkers misschien naar haar lichaam zal leiden.

'Aha,' zeg ik uiteindelijk, wanneer Elliots spraakwaterval stopt. 'Dat klinkt... spannend.' Ik probeer mijn stem overtuigend te laten klinken, maar het lijkt Elliot niet echt iets te kunnen schelen. Hij geeft zelf ook amper uitdrukking aan zijn gevoelens.

'Als je het niet erg vindt, ga ik weer verder,' zegt hij abrupt, met de directheid die zo ongemakkelijk voelt.

'Sorry,' zeg ik. 'Ik dacht dat je misschien naar beneden was gekomen voor een praatje.'

'Ik ben naar beneden gekomen omdat het in mijn kamer te koud is om te typen,' zegt hij. Dan zet hij zijn koptelefoon op en ratelen zijn vingers weer over het toetsenbord.

Eigenlijk zou ik beledigd moeten zijn. Ik heb het gevoel dat ik dat hoor te zijn. Maar dat ben ik niet. Hij mag dan op het onbeleefde af direct zijn, op dit moment heeft dat iets geruststellends. Bij Elliot hoef je geen geheime codes te ontcijferen, zijn er geen verborgen betekenissen, niet de druk van verwachtingen. Als hij wil dat je iets weet, zegt hij het. Als hij wil dat er iets gebeurt ook. Juist op dit moment heeft dat iets troostends, in tegenstelling tot de schijn-en-bedrogwereld van Topher en Eva, waarin je nooit helemaal weet waar je aan toe bent. In de begintijd van Snoop deden ze me soms aan mijn ouders denken, zoals ze lief en aardig deden tegenover bezoekers en dan schreeuwden en dreigden zodra die waren vertrokken. Als Elliot vraagt: 'Heb je daar een probleem mee?' dan weet je dat hij oprecht een antwoord wil hebben. Wanneer mijn vader het zei, mocht je maar één antwoord geven: *nee, papa*. En dan ging je hem zo snel mogelijk uit de weg, voordat de klap kwam.

Ik staar in de vlammen van de houtkachel en knabbel aan de croissant. Ineens schrik ik van een geluid achter me. De croissant valt in een regen van kruimels op de vloer. Ik raap hem op, draai me om en zie Rik en Miranda de kamer in komen. Rik ziet eruit alsof hij niet heeft geslapen.

'Hoe gaat het met je?' vraagt hij abrupt aan me terwijl hij naast me komt zitten. Ik ben overdonderd en weet niet goed wat ik moet antwoorden. Het is de perfecte illustratie van het verschil tussen Rik en Elliot. Bij Elliot zou ik weten wat hij bedoelde – alleen zou Elliot het waarschijnlijk nooit vragen, omdat hij zou begrijpen wat een onmogelijke vraag het is. Maar als Rik het vraagt, wordt het een raadsel dat je moet ontcijferen. Wat bedoelt hij? Wil hij weten hoe ik me voel over Eva's dood? Hoe kan ik dat nou samenvatten in een simpel antwoord? Of is het gewoon die standaard betekenisloze vraag die mensen elkaar te pas en te onpas stellen, en wil hij alleen dat ik 'goed' zeg?

'Het... het gaat wel,' zeg ik voorzichtig. 'Alles bij elkaar genomen.'

'Echt?' Verrast kijkt Rik me aan. 'Dan sta je steviger in je schoenen dan ik.' Hij kijkt naar Elliot en dempt zijn stem, hoewel Elliot nog steeds zijn geluiddempende koptelefoon opheeft en ik betwijfel of hij iets kan horen. 'Dat je zoveel geld wordt voorgehouden en dan ineens wordt het je afgenomen...'

Opeens begrijp ik waar hij naartoe wil. Hij wil het over Topher hebben. Over wat deze machtsverschuiving betekent voor de buy-out.

'Ik... ik heb er nog niet echt over nagedacht,' zeg ik, en in zekere zin is dat ook zo. Ik zou liegen als ik beweerde dat ik me niet heb afgevraagd wat er zal gebeuren nu Topher de zeggenschap over het bedrijf heeft. Maar op de een of andere manier voelde het geld voor mij nooit heel echt. Ik heb nooit het gevoel gehad dat ik het had verdiend, dus ook niet dat me iets is afgenomen, alleen dat ik iets vreemds heb gedroomd en wakker ben geworden in de werkelijkheid. Alleen voelt deze werkelijkheid – de lawine, Eva's dood – ook niet echt. Het doet me eerder denken aan wakker worden uit een droom en merken dat je je in een al even surrealistische nachtmerrie bevindt.

'Had je geen plannen gemaakt? Erop gerekend dat je het geld zou krijgen?'

'Niet echt,' zeg ik langzaam. 'Om eerlijk te zijn had ik toch niet echt het idee dat dat zou gebeuren.'

'Jezus,' zegt Rik. Hij lijkt geïrriteerd. Ik denk dat ik iets verkeerds heb gezegd, alleen weet ik niet wat. Ik voel paniek opkomen. Het is hetzelfde gevoel dat ik altijd kreeg bij mijn vader. Dat ik het verkeerde zou doen of zeggen. Dat hij het dan op mijn moeder zou afreageren.

'Kun je ophouden met Moeder Teresa spelen, Liz? We zijn alles kwijt. Snap je dat niet?'

'W-we zijn toch niet alles kwijt? Ik bedoel, we hebben de aandelen nog.'

'De aandelen!' Rik lacht kort, blaffend. 'Liz, heb je geluisterd naar de winst- en verliescijfers die ik gisteren bekend heb gemaakt? Als Topher zo doorgaat, mogen we ons gelukkig prijzen als Snoop het einde van het jaar haalt. En zonder Eva om de investeerders rustig te houden wordt het alleen maar erger.'

'En de update dan?' zeg ik, hoewel ik weet dat ik zoek naar geruststelling. 'Elliots Geosnoop-ding. Is het hele punt daarvan niet Snoop winstgevender te maken?'

'Vanuit het oogpunt van de inkomsten hebben we die informatie al. Die hebben we al sinds de app-machtigingen vorig jaar zijn veranderd. Hoe Elliot het in de app integreert kan een verschil maken voor de gebruikerservaring, maar gebruikerstevredenheid is nooit ons probleem geweest. Het probleem is dat we er nooit in geslaagd zijn dat te gelde te maken. Vanuit het perspectief van de investeerders zal het lanceren van de Geosnoop-update geen verschil maken. Alle toegevoegde waarde is al aanwezig. En trouwens...' Hij kijkt over zijn schouder naar Elliot, die nog steeds zit te typen. 'Ik maak me zorgen om die update. Ik denk dat de mensen zich niet realiseren hoeveel informatie Snoop over hen verzamelt. Als deze update de mate van tracking zichtbaar maakt, zouden we wel eens te maken kunnen krijgen met een terugslag.'

'Een van de unique selling points van Snoop is altijd de luchtige toets geweest,' zegt Miranda, die met een kop koffie in haar hand vanuit de lobby binnenkomt. Ze neemt een slokje en trekt een gezicht. Ik denk dat ze reageert op de smaak van de koffie, hoewel het ook op het vooruitzicht van de update zou kunnen zijn. 'Mensen vinden het fijn dat je zo anoniem kunt zijn als je wilt. Deels daarom blijven celebrity's terugkomen. Ik weet niet hoeveel mensen in de smiezen hebben dat de app-machtigingen zijn veranderd en wat dat betekent, want aan de gebruikerskant is er niets veranderd. Maar bij deze update zal het verschil wel heel duidelijk worden. Gebruikers zullen zien hoeveel Snoop weet over waar ze zijn, en wanneer. Ik heb destijds tegen Topher en Elliot gezegd dat we daarmee een groot pr-risico lopen, maar ze zijn allebei zo gefocust op de coole technologische kant ervan...'

Ze houdt op met praten en kijkt weer naar Elliot. Die zit nog steeds met zijn koptelefoon op te typen.

'Ach, laat ook maar zitten. Dit is waarschijnlijk niet de juiste tijd of plek om deze discussie te voeren. Het is te... snel.' Ze gaat naast Rik en mij zitten en neemt nog een slok koffie. Dan zet ze het kopje aan de kant. 'Hoe gaat het met je?' vraagt ze aan me. Ik kan amper voorkomen dat ik met mijn ogen rol. Het lijkt wel of iedereen die vraag stelt, terwijl ze eigenlijk alleen maar willen weten wat ik denk.

Ik word gered door Elliot, die onverwacht opstaat, zijn laptop dichtklapt en zijn koptelefoon afzet. Hij ziet er... gespannen uit. En dat is ongewoon. Hij toont niet zo makkelijk emoties.

'Alles goed, Elliot?' vraagt Miranda opgewekt. Ik kan zien dat ze zich afvraagt hoeveel Elliot van ons gesprek heeft opgevangen. 'Erin heeft koffie in de lobby neergezet, als je wat wilt,' voegt ze eraan toe. Hij negeert de opmerking.

'Weet je waar Toph is? Ik moet hem spreken.'

'Volgens mij is hij nog op zijn kamer,' zegt Rik. Hij fronst zijn wenkbrauwen. Ik kan me voorstellen dat hij ons gesprek nog eens in gedachten nagaat in een poging uit te zoeken of hij iets belastends heeft gezegd en wat Elliot misschien gaat doorbrieven aan Topher. 'Wacht even,' voegt hij eraan toe, wanneer Elliot vastberaden naar de trap loopt. 'Ik zou niet naar boven gaan, volgens mij heeft hij... gezelschap.'

Het is te laat. Of Elliot heeft het niet gehoord, of het kan hem niet schelen. Hij reageert niet op Riks waarschuwing. Het laatste wat we van hem horen is zijn zware tred op de wenteltrap terwijl hij zich naar de slaapkamers begeeft.

ERIN

Snoop-ID: LITTLEMY
Luistert naar: offline
Snoop-volgers: 10

'O, hoi, Erin.'

Ik zet net nog een thermoskan koffie neer wanneer Ani glimlachend de eetkamer binnenkomt. Ze ziet eruit alsof ze niet veel geslapen heeft. *Ik hoop dat je weet wat je doet,* wil ik tegen haar zeggen, maar dat doe ik niet.

'Goedemorgen, Ani. Kan ik koffie voor je inschenken? De espressomachine werkt niet, maar Danny heeft een ketel op de houtkachel gezet, dus we hebben hete cafetièrekoffie.'

'Ja, graag,' zegt Ani. 'Zou je Topher ook een kop koffie kunnen brengen?'

'Tuurlijk.'

'O, ik bedoel, tenzij... Hoe gaat het met je enkel?' voegt ze eraan toe, van haar stuk gebracht omdat ze zo makkelijk weer in de gast-bediendemodus is geschoten. 'Ik kan de koffie wel naar boven brengen als jij niet...'

Ze houdt op met praten. Iedereen is uit zijn doen door de merkwaardige situatie waarin we ons bevinden. Zijn we medeoverlevenden of nog steeds vakantiegangers en personeel? Ik weet het zelf niet, maar ik weet wel dat het voor iedereen makkelijker zal zijn als we ons aan de normale protocollen houden. Iemand moet de leiding hebben, en eerlijk gezegd heb ik liever dat ik die iemand ben dan Topher.

'Veel beter,' lieg ik. 'De trap is geen probleem voor me.'

‘Eigenlijk zou je niet moeten traplopen,’ zegt Ani, die een besluit heeft genomen. ‘Ik breng hem zijn koffie wel.’

‘Weet je het zeker?’

‘Heel zeker. Ik neem er ook gelijk een voor Elliot mee. Hij heeft het daarboven vast ijskoud.’

Ze schenkt drie kopjes in en draagt ze voorzichtig de wenteltrap op naar de slaapkamers.

Tegen tien uur ’s ochtends is iedereen wakker. Danny en ik besluiten alle gasten naar de lobby te roepen voor een bijeenkomst. Er is niet echt nieuws, en het weer is nog steeds zo onvoorspelbaar dat er geen helikopter op ons smalle stukje berghelling kan landen, maar het lokale radionieuws meldt dat reddingswerkers nog steeds zoeken naar slachtoffers en dat het elektriciteitsbedrijf werkt aan het herstel van de stroomvoorziening in de afgelegen gehuchten. Zo te horen zijn wij niet de enigen die zonder elektriciteit zitten. In feite zijn we aanzienlijk beter af dan sommige andere dorpelingen. Maar het voelt als een goed idee om iedereen op het hart te drukken dat er vooruitgang wordt geboekt en dat we genoeg voedsel en water hebben totdat ze ofwel het kabelspoor herstellen ofwel ons per helikopter hier weghalen.

We moeten ook de olifant in de kamer bespreken: Eva’s dood. Hoewel iedereen op de hoogte lijkt van het gerucht en Elliots conclusies, heeft Danny noch ik de kwestie formeel besproken. Ik heb het uitgesteld omdat ik de realiteit van de gebeurtenissen nog steeds niet kan bevatten. Maar het wordt tijd om een mededeling te doen, om duidelijk te maken dat we ons best doen contact te leggen met de autoriteiten en hen attent te maken op wat er is gebeurd, en ook dat we alle valse hoop moeten laten varen dat ze elk moment strompelend aan de horizon kan verschijnen.

Danny slaat op de gong in de lobby en het oorverdovende crescendo galmt rond de dakspanten. Wanneer iedereen uiteindelijk bijeen is tik ik met een lepel tegen een koffiekopje en wacht tot het stil wordt.

‘Hoi, eh, hoi iedereen. Sorry dat ik jullie uit jullie kamers heb geroepen, maar Danny en ik willen jullie een update geven over onze situatie. Danny is vanochtend naar de twee dichtstbijzijnde chalets gegaan, die helaas – of misschien wel gelukkig voor de bewoners – onbezet lijken. Hoewel een ervan zwaar beschadigd is, ziet het er niet naar uit dat er op het moment van de lawine iemand binnen was. Het andere chalet lag niet in de baan van de lawine en is dus intact, maar ook daar is niemand thuis. We hoopten iemand te vinden met een portofoon of een satelliettelefoon, en wat dat betreft ziet het er tot nog toe niet goed uit. Er is nog een chalet op deze hoogte, maar dat ligt een kleine vijf kilometer verderop, dus Danny wacht tot het weer opklaart voordat hij eropuit gaat om dat te checken.'

'Is het jullie nog gelukt contact te krijgen met de reddingsbrigade?' vraagt Rik.

'Ja en nee,' zeg ik. 'Zoals je weet, heeft Inigo gisteren contact gehad en hun over onze situatie verteld. De stroomstoring lijkt de resterende mobiele telefoonontvangst te hebben weggevaagd. Maar het belangrijkste is dat ze weten dat we hier zijn. Door wat Inigo zei weten we dat we op hun lijst staan. We moeten gewoon geduld hebben, terwijl zij de meer kritische reddingsacties uitvoeren.'

'Weten ze wel van Eva?' De vraag komt van Tiger, die nog heser klinkt dan gewoonlijk, alsof ze een heftige emotie onderdrukt. Terwijl ik naar woorden zoek om te antwoorden, valt er een stilte in de kamer.

'Inigo heeft hun verteld dat ze vermist wordt, ja. Maar ze hebben niet de laatste informatie. Toch...'

Ik stop en slik. Ik wist dat dit moeilijk zou zijn, maar het is nog moeilijker dan ik dacht. Ik zie Liz' ogen, glanzend van verdriet, terwijl ze me van de andere kant van de kamer aankijkt. En Tophers gekwelde gezicht, Ani die haar ogen met een hand bedekt om de plotselinge tranen te verhullen die Tigers vraag heeft opgeroepen. Ik haal even diep adem, ga op de armleuning van een stoel zitten om het gewicht van mijn enkel te halen en geef mezelf de tijd om de juiste woorden te vinden. Wat ik ze wil proberen te vertellen is dat, zelfs als we Elliots informatie aan het reddingsteam kunnen geven, het niet zal helpen. Eva is al dood, en nu ligt ze waarschijnlijk ook nog eens onder duizenden tonnen sneeuw. Er is geen kans dat ze er levend onder vandaan komt; het is niet eens zeker of ze haar lichaam wel zullen kunnen bergen. Op sommige van de hoge passen smelt de sneeuw nooit, zelfs niet in de zomer. Als Eva op de bodem van een van de steile ravijnen onder de sneeuw bedolven ligt, nou, dan houdt het op. Er zijn niet genoeg middelen en geld in de wereld om haar lichaam daaruit te halen.

'Ze bevindt zich op een plek die...' Ik val stil en slik weer, maar voordat ik de woorden kan vinden om verder te gaan, onderbreekt Carl me.

'Hoe weten we zeker dat ze daar is?' Zijn gezicht staat strijdlustig. 'Ik bedoel, de telefoonontvangst hier is waardeloos. Hoe weet Elliot dat die coördinaten kloppen?'

Ik kijk zoekend rond naar Elliot. Waar is hij?

'Ik heb begrepen dat gps niet afhankelijk is van telefoonontvangst,' antwoord ik hakkelend, en ondertussen zoek ik nog steeds wanhopig de kamer af naar zijn gezicht. Ik wil dat hij me te hulp schiet met de technologische details van hoe Snoop aan zijn geotracking-informatie komt. Dit gaat me boven de pet. 'De locatie moet natuurlijk worden doorgegeven, dat kan niet zonder een vorm van informatie-uitwisseling, maar gps-coördinaten zelf zijn qua accuraatheid niet afhankelijk van mobiele zendmasten, dat gaat via... een satelliet, volgens mij. Klopt dat, Elliot?' Ik zie hem nergens. 'Waar is Elliot?'

De anderen kijken nu ook rond en vragen zich hetzelfde af.

'De laatste keer dat ik hem zag, was hij in zijn kamer,' zegt Ani met gefronst voorhoofd. 'Hij was ergens mee bezig. Waarschijnlijk heeft hij de gong niet gehoord omdat hij zijn koptelefoon opheeft. Ik ga hem wel halen.'

Ze draait zich om en rent lichtvoetig de wenteltrap op. We horen haar voetstappen in de gang in de richting van Elliots kamer gaan en er klinkt een klop-klop-klop op zijn deur.

Geen reactie. Ani klopt nog eens, harder nu, en roept dan: 'Elliot?'

Even is het stil. Ik stel me voor dat ze behoedzaam de deur opent en voorzichtig naar voren loopt om Elliot op zijn schouder te tikken... maar mijn mentale beeld spat uiteen door een kreet. En niet zomaar een kreet van verrassing. Dit is een luide paniekkreet.

Met mijn gewonde enkel ren ik niet als eerste naar de trap. Topher, Rik, Danny en Miranda zijn me voor, en Liz en Carl dringen zich halverwege langs me heen. Tegen de tijd dat ik op de eerste verdieping aankom, hoor ik Ani 'O god, hij is dood, hij is dood!' snikken en Topher bruusk en ongeduldig 'Hou op met die hysterie' zeggen.

Wanneer ik eindelijk het einde van de gang bereik en me Elliots kamer in wurm, ziet alles er volkomen normaal uit, op twee dingen na.

Elliot zit voorovergezakt aan het bureautje bij het raam. Zijn gezicht ligt in een plas zwarte koffie, gemorst uit zijn omgevallen kopje.

Op een handdoek op de vloer naast zijn bureau ligt zijn laptop, die aan diggelen is geslagen.

LIZ

Snoop-ID: ANON101
Luistert naar: offline
Snoop-volgers: 1

Elliot is dood. Dat kun je zien zonder hem aan te raken, gewoon aan de onnatuurlijke manier waarop hij in elkaar gezakt is, met een arm die slap afhangt en gemorste koffie rond zijn gezicht en in zijn ogen.

Maar dat is het niet alleen. Het wordt ook duidelijk door wat er met zijn laptop is gebeurd. Elliot zou nog liever doodgaan dan dat hij die computer door iemand zou laten aanraken.

Het apparaat is... gesloopt lijkt niet het juiste woord. Het is vernietigd. Het toetsenbord is eraf gerukt, waardoor het inwendige zichtbaar is. Het scherm is gebarsten en een donkere vlek verspreidt zich over het lcd. En ten slotte is de harde schijf eruit getrokken, opengebroken en onherkenbaar verbogen en verwrongen.

'Wat...' Tophers gezicht is bleek en grimmig. Hij ziet er banger uit dan ik hem ooit heb gezien. 'Wat is er gebeurd? O mijn god, o god, o jezus. Hij wilde me iets vertellen en ik heb niet... Ik wilde niet... O god.'

Hij strompelt de kamer uit. Hij ziet eruit alsof hij moet overgeven.

Ani lijkt volledig met stomheid geslagen door de ontdekking. Ze staat daar maar, met haar mond open, terwijl tranen geruisloos over haar gezicht stromen, totdat Tiger haar bij een arm pakt en wegleidt.

Erin neemt het woord. 'Iedereen hier weg.'

'Wat?' zegt Carl dommig. Hij ziet eruit als een bokser die te veel klappen tegen zijn hoofd heeft gehad.

'Eruit. De kamer uit. Dit is een plaats delict.'

Ze loopt naar Elliot, houdt twee vingers tegen zijn hals, trekt Elliots oogleden omhoog en schudt dan heel licht haar hoofd naar Danny.

'Waar wachten jullie op?' zegt Danny tegen de rest van de groep in de kamer. Hij klinkt bijna boos. 'Hoorden jullie niet wat ze zei? Eruit.'

We gaan naar buiten. Erin haalt een loper uit haar zak en doet de deur achter ons op slot. Hoewel haar gezicht naar buiten toe rustig is, denk ik dat ze haar paniek probeert te onderdrukken.

'Inigo,' zegt ze, 'ik weet dat ik je dit niet hoef te vertellen, maar blijf alsjeblieft je telefoon checken op ontvangst. Het is absoluut noodzakelijk dat we nu de politie te pakken krijgen.'

'Ja, natuurlijk.' Inigo ziet er al net zo verbijsterd uit als Carl. 'Dat ga ik nu meteen doen. Ik heb mijn telefoon beneden laten liggen.'

'Wat kunnen we doen?' vraagt Miranda wezenloos aan Erin. 'Wat kunnen we doen?'

'Niets,' zegt Erin. Haar gezicht staat nu grimmig. 'We kunnen niets doen. We moeten proberen ons hoofd koel te houden totdat de reddingswerkers komen.'

ERIN

Snoop-ID: LITTLEMY
Luistert naar: offline
Snoop-volgers: 10

In de keuken staat Danny met zijn rug tegen de deur, alsof hij met zijn gewicht de realiteit van wat we achter ons hebben gelaten kan buitensluiten. Met een blik vol afgrijzen staart hij me aan.

'Shit,' zegt hij, en ik kan niets bedenken om te zeggen. Want wat valt er verder nog te zeggen? Dit is... dit is erg. Dit is meer dan erg. En ik snap er niets van.

'Danny, wat is er in godsnaam aan de hand?'

'Ik heb geen flauw idee. Zou hij zelfmoord hebben gepleegd?'

'Misschien.' Ik realiseer me hoe weinig we weten over deze mensen, over hen allemaal. Elliot had immers best onder hoge druk gestaan kunnen hebben; dat zouden Danny en ik nooit geweten hebben. Maar dat is het nou juist – we weten het niet. We hebben geen idee wat er hier gebeurt.

Ik leg mijn handen tegen mijn slapen, alsof ik met de druk van vlees op bot kan voorkomen dat ik ga flippen. O god, ik heb het gevoel dat alles uit elkaar valt.

'Hij was niet gewond,' zeg ik in een poging het te doorgronden. 'Ik bedoel, ik kon geen fysieke verwondingen zien, het leek er niet op dat iemand hem heeft aangevallen. En dat betekent... dat hij iets heeft ingenomen, veronderstel ik. Wat denk jij?'

'Drugs? Iets wat je kunt inspuiten? Pillen?'

'Ik weet het niet. Ik weet het niet. Allemachtig. Danny, wat moeten we doen?' De realiteit – als je het zo zou kunnen noemen –

van onze hachelijke situatie dringt tot me door. We zitten hier vast – heel erg vast, in mijn geval, met mijn verstuikte enkel – in een chalet met een groep mensen die we nauwelijks kennen, van wie er twee in de afgelopen vierentwintig uur zijn overleden. Eva – Eva's dood was een tragisch ongeluk. Een van die afschuwelijke bliksemschichten die zelfs op de meest rustige plekken kunnen inslaan. Maar Elliot – zijn dood kan beslist niets anders zijn dan moord of zelfmoord. Een hersenaneurysma, een zware beroerte, een hartaanval – alle drie genoeg om op slag dood te zijn. Dat verklaart alleen niet de kapotgeslagen computer.

'Was hij echt dood?' vraagt Danny.

'Absoluut.' Wanneer ik eraan denk kan ik een rilling niet onderdrukken.

'Weet je het zeker?' Danny klampt zich aan een strohalm vast, ik denk dat hij dat wel weet, en toch moet hij het vragen. 'Weet je het absoluut zeker, Erin?'

'Danny, ik heb misschien mijn studie geneeskunde niet afgemaakt, maar ik heb genoeg dode lichamen gezien om ze te herkennen. Geloof me, hij is dood. Verwijde pupillen, geen hartslag, de hele mikmak.' Ik zeg niets over de plas urine onder de stoel. Dat hoeft Danny niet te weten.

'Maar hoe dan?' Danny ziet eruit alsof hij elk moment kan gaan overgeven. 'Hoe zou iemand het gedaan kunnen hebben, als het zo is gebeurd? Zat er iets in zijn koffie?'

'Misschien, dat weet ik niet.'

'Moeten we dat niet... je weet wel, checken?'

'Dat wéét ik niet,' zeg ik nog eens, deze keer nadrukkelijker. Mijn hoofd tolt, zo hard probeer ik de juiste aanpak te bedenken. 'De politie zal willen... Ik bedoel, we moeten de plaats delict niet verstoren. Maar misschien, als we wisten hoe hij...'

Ik kijk naar de loper in mijn hand en neem een besluit. 'We gaan kijken. We raken niets aan, we kijken alleen.'

Danny knikt, en samen lopen we stilletjes de diensttrap op naar de eerste verdieping in een poging de anderen niet te laten merken dat we naar Elliots kamer gaan.

We praten niet over onze beslissing om bij elkaar te blijven, maar ik weet dat we allebei hetzelfde denken. Als Elliot geen zelfmoord heeft gepleegd, is iemand in die groep een moordenaar.

En dat is een heel griezelig idee. Zou een van die gladde rijke hipsters beneden echt iemand hebben vermoord? Ik probeer me de zachtaardige Tiger voor te stellen met haar slanke handen om Elliots hals, of Topher die hem met een lege fles whisky de hersens inslaat, en ineens voel ik me misselijk.

De loper knarst in het sleutelgat van Elliots afgesloten deur. Dan draait hij rond en lopen Danny en ik op onze tenen de kamer in. Het is er ijskoud en het ruikt naar gemorste koffie en iets anders, iets scherpers: de stank van urine, die ik herken uit mijn dagen in het ziekenhuis.

Danny is bij de deur blijven staan, alsof hij zich er niet toe kan zetten dichter bij Elliots lichaam te komen. Het is dus duidelijk aan mij. Ik slik. Heel voorzichtig, om niets te verstoren, loop ik naar het bureau toe. Elliot ligt nog in dezelfde ingezakte, onnatuurlijke houding, met zijn gezicht in de plas koude zwarte koffie. Ik heb hem al een beetje bewogen om hem te controleren op tekenen van leven, maar ik wil de plaats delict niet verder verstoren. Zonder hem aan te raken of iets anders te doen buig ik me naar voren en probeer ik in het lege, omgevallen kopje te turen. Dat is lastig. Zonder hem te bewegen is de hoek helemaal verkeerd. Ik loop naar de andere kant van het bureau, en daar zie ik het ineens.

Shit. Danny had gelijk.

'Er zit iets in het kopje,' zeg ik tegen Danny, die zo ver mogelijk uit de buurt blijft. 'Iets wits.'

'Suiker?'

'Nee, zeker niet. Het is... krijtachtig.'

'Shit.'

Ik kom overeind, en Danny en ik kijken elkaar aan in een poging te begrijpen wat dat betekent. Zijn zwarte ogen staan heel, heel erg bezorgd.

'Ik denk dat dit zelfmoord uitsluit,' zeg ik met grote tegenzin. Ik houd mijn stem gedempt, want ik wil niet dat iemand anders dan Danny weet dat ik hier ben.

'Denk je?' Danny ziet eruit alsof hij naarstig zoekt naar een alternatief. Ik kan het hem niet kwalijk nemen. 'Wat nou als hij er moeite mee had om pillen door te slikken. Denk je niet dat hij ze dan zou verpulveren?'

Ik schud mijn hoofd. 'Je hebt hem niet zien eten, Danny.' Ik denk aan Elliot tijdens het eten, aan hoe hij zijn reebout met geconcentreerde gretigheid in zijn mond lepelde en grote happen bijna zonder te kauwen doorslikte. 'Het zijn niet alleen de pillen. Kijk naar de computer.'

'Wat bedoel je? Die heeft hij toch zelf kapot kunnen slaan?'

Ik schud mijn hoofd en wijs naar de brokstukken, verspreid over een van de dikke pluizige witte badhanddoeken van het chalet.

'Iemand heeft het apparaat in een handdoek gewikkeld voordat hij of zij het vernielde. Dat betekent dat die persoon niet gehoord wilde worden. Als Elliot zijn eigen laptop in een vlaag van frustratie kapot had geslagen, zou hij niet de moeite hebben genomen het geluid te dempen. En als hij iets probeerde te verbergen, zou hij de harde schijf opnieuw geformatteerd hebben. Waarom zou hij het risico nemen zijn computer te vernielen als je gewoon alle data kunt herschrijven? Nee, dit is gedaan door iemand die niet kon inloggen. Iemand die het zich niet kon veroorloven gehoord te worden.'

We staan allebei te kijken naar het verbrijzelde scherm en de brokstukken van de harde schijf. Danny zegt niets. Ik weet niet of hij wel iets kan zeggen.

Dan komt er iets anders in me op. 'Waren het zíjn pillen, denk je? Slikte hij medicijnen?'

'Dat moeten we de anderen vragen.' Danny kijkt alsof hij dat vooruitzicht net zo prettig vindt als een slakkenklysma. 'Jezus. Hoe moeten we dat gesprek aanpakken?'

Hoe bespreken we dit überhaupt? *Hé, jongens, hoor eens: de kans is groot dat een van jullie collega's een moordenaar is.*

Maar waarom? Waarom zou iemand Elliot willen vermoorden? Om zijn aandelen? Zijn steun voor Topher? Zou het kunnen dat iemand probeert de steun aan Topher te ondermijnen nu Eva dood is?

Niets van dat alles verklaart de vernietiging van Elliots laptop. Ik kom steeds weer terug bij die computer. Die boosaardige, efficiënte, heimelijke daad van vernietiging. Dat kan geen ongeluk zijn geweest. En ik geloof geen seconde dat Elliot het zelf heeft gedaan.

Er is maar één aannemelijke reden voor deze actie – om iets op de computer zelf te verbergen. Iets wat Elliot wist. Iets wat hem zijn leven heeft gekost.

Ik denk aan Tophers gekwelde weeklacht toen we Elliots lichaam vonden: *O god, o jezus. Hij wilde me iets vertellen...*

Ik slik.

'Danny, wat nou als Eva's dood geen ongeluk was?'

LIZ

Snoop-ID: ANON101
Luistert naar: offline
Snoop-volgers: 1

We zitten met zijn allen rond de houtkachel in de woonkamer bij elkaar. Behalve dan dat we niet met zijn allen zijn. Dat is het probleem.

Nu zijn we met z'n tienen.

Nu zijn we met z'n negenen.

Nu zijn we met z'n achten.

De woorden dreunen door mijn hoofd, een soort gruwelijke aftelling die stap voor stap dichter bij de nul komt.

Ik heb het gevoel dat ik moet overgeven.

'Was het...' zegt Tiger. Haar stem klinkt gebroken en rauw, alsof ze heeft gehuild. 'Was het... zelfmoord?'

'Nee!' Tophers antwoord komt snel als een geweerschot. Hij staat op en begint te ijsberen. 'Nee, verdomme. Elliot? Echt niet.'

'Wat dan?' Rik staat ook op en gaat tegenover Topher staan alsof hij hem zo een dreun gaat verkopen. 'Wat bedoel je dan?'

Topher kijkt hem aan. Volgens mij begrijpt hij Riks vraag echt niet.

'Gebruik je hersens, Toph. Als het geen zelfmoord is...' Riks stem heeft iets scherps wat ik nog niet eerder heb gehoord. Hij klinkt... gevaarlijk. 'Dan is het moord. Bedoel je dat soms, Topher? Hè?'

Tophers mond valt open. Dan gaat hij abrupt zitten. Hij ziet eruit alsof hij geen adem krijgt, bijna alsof Rik hem echt heeft geslagen.

'God, je hebt gelijk. O mijn god.' Zijn gezicht is asgrauw. 'Elliot,' zegt hij gebroken. En dan begint hij te huilen.

Het is een vreselijk gezicht. Niemand van ons weet wat te doen. Rik kijkt naar Miranda. Haar gezicht staat verbijsterd. Carl steekt zijn handen omhoog in een afwijzend gebaar, alsof hij wil zeggen: *nou moet je niet naar mij kijken, kerel.* Inigo's gezichtsuitdrukking is er een van pure paniek.

Tiger staat op. Ze gaat naast Topher zitten en legt haar hand op zijn arm.

'Topher,' zegt ze. Haar stem is zacht. 'We voelen allemaal het verlies, maar voor jou moet het onvoorstelbaar groot zijn, meer nog dan voor wie van ons ook. Dit, boven op Eva's dood...'

Ze valt stil. Zelfs Tiger kan hier geen draai aan geven van *wat gebeurt, dat gebeurt.*

'Waarom?' Tophers mond is vertrokken in een grimas. Tranen lopen over zijn wangen. Hij ziet er zo anders uit dan de gepolijste man van de wereld die ik vroeger kende dat ik niet weet of ik het wel kan verdragen. 'Waarom zou iemand hem dit aandoen? Waarom zouden ze Elliot iets willen aandoen?'

Dat is natuurlijk de hamvraag.

We kijken allemaal naar elkaar. Niemand weet goed wat te zeggen.

'Kom op.' Tiger neemt Topher zachtjes bij de hand en leidt hem de kamer uit. 'Kom, dan gaan we je gezicht even afspoelen.'

Zodra ze weg zijn gaat er een zucht van losgelaten spanning door de kamer.

'Jezus,' zegt Carl korzelig.

'Hij heeft wel gelijk,' zegt Rik. 'Waarom zou iemand Elliot iets willen aandoen? Ik bedoel: Eva, oké. Maar Elliot? Het is gewoon niet logisch. Ik weet dat Topher het niet wil horen, maar misschien heeft hij wel zelfmoord gepleegd, hoe ongemakkelijk het voor ons ook is om dat onder ogen te zien. Ik bedoel, Eva's verdwijning en daarbovenop de schok van de lawine... Hij was nogal een...' Hij valt stil. Volgens mij probeert hij te bedenken hoe hij het kan verwoorden zonder aanstoot te geven. 'Hij was een nogal grillige persoonlijkheid.'

'Dat is vergezocht en dus nogal beledigend, Rik,' zegt Miranda vermoeid. 'Ja, hij had zijn eigenaardigheden. Die hebben we allemaal. Maar om daaruit te...'

'Nee,' zegt Rik defensief, 'dat bedoelde ik niet. Jezus, ik mócht hem. We zaten bij elkaar op school! Ik zeg alleen... Luister, hij was moeilijk te doorzien. Stille wateren hebben diepe gronden en zo. Onder het oppervlak had er best veel aan de hand kunnen zijn.'

'En wat bedoel je ermee dat je kunt begrijpen dat iemand Eva iets zou willen aandoen?' vraagt Carl ineens. Riks gezicht vertrekt. Hij weet dat hij een fout heeft gemaakt, niet één, maar twee keer.

'Dat bedoelde ik ook niet. O, verdomme, ik zeg het allemaal verkeerd.'

'Wat bedoelde je dan?' vraagt Inigo. Zijn stem klinkt verbitterd, bijna beschuldigend. Zijn interruptie is zo niets voor hem dat we ons allemaal omdraaien en hem aanstaren.

Rik krijgt een kleur. 'Het enige wat ik bedoelde,' begint hij voorzichtig. Ik merk dat hij zijn woorden nu zorgvuldig kiest. 'Het enige wat ik bedoelde is dat door Eva's dood... dingen zijn veranderd.'

'Welke dingen?'

Rik wil het niet uitleggen. Dat zie ik duidelijk.

Carl zegt het voor hem.

'Door Eva's dood heeft Topher nu de macht over Snoop. Dat bedoel je toch?'

Rik kan zichzelf er niet toe zetten het uit te spreken, maar hij knikt een keer kort met zijn hoofd.

Een ogenblik lang valt er een geschokte stilte, terwijl wat hij bedoelt tot iedereen doordringt.

Hoewel Rik de eerste twee puzzelstukjes in elkaar heeft gepast, wil niemand verdergaan. Ze kunnen het patroon dat zich vormt al zien.

Verschillende mensen hier hebben een krachtig financieel motief voor Eva's dood. Met name Topher en Elliot. Plus iedereen die om persoonlijke redenen tegen de buy-out is.

Wat betekent...

Het betekent...

Ik voel het bloed naar mijn gezicht stijgen. Ineens kan ik hier niet meer mee doorgaan, kan ik hier niet meer blijven zitten met al die dreigende gedachten in mijn hoofd. Ik moet hier weg. Ontsnappen.

Ik sta op en ren de kamer uit.

ERIN

Snoop-ID: LITTLEMY
Luistert naar: offline
Snoop-volgers: 10

Danny en ik staan nog buiten Elliots kamer wanneer ik rennende voetstappen hoor. Ik draai me om en zie Liz de gang door snellen. Even denk ik dat ze naar ons toe komt rennen en raak ik gespannen. Ik zet me schrap voor wat er is gebeurd, wat dat ook mag zijn, maar ze stopt halverwege de gang, opent haar slaapkamerdeur en slaat die achter zich dicht. Ik hoor de sleutel in het slot knarsen, en dan niets meer.

'Jemig,' zegt Danny. Hij kijkt verbaasd. 'Wat heeft zij nou?'

'Moet je dat nog vragen?' fluister ik. Hoewel de deuren hier dik zijn, kun je de geluiden in huis horen als het stil is in je kamer.

'Denk je dat ze het heeft gehoord?' Danny dempt zijn stem ook. 'Je weet wel. Wat we zonet zeiden.' Hij herhaalt het niet, maar wat ik zei vlak voordat Liz op ons af gestormd kwam hangt nog steeds tussen ons in. *Stel dat Eva's dood geen ongeluk was.*

'Ik weet het niet,' zeg ik zacht. 'Laten we hier weggaan. We kunnen hier niet praten.'

Terwijl we door de gang lopen op weg naar het personeelsgedeelte van het gebouw, waar Danny en ik onze eigen kamers hebben, draait mijn brein op volle toeren om de mogelijke scenario's op een rijtje te zetten. Pas wanneer we veilig in mijn slaapkamer zijn, met de deur achter ons dicht, durf ik het hardop te zeggen.

'Wat ik net zei...'

'Over Eva's dood?' Danny kijkt bezorgd maar ook sceptisch.

'Ja, waarom denk je dat? Elliot, oké. Dat stinkt. Maar Eva? Ze skiede in een sneeuwstorm een zwarte piste af en schoot over de rand. Ik zie niet hoe iemand daar schuld aan kan hebben.'

'Luister,' zeg ik. Ik praat heel zacht, ook al zitten we achter twee deuren. Op de een of andere manier heb ik het gevoel dat ik mijn verdenkingen moet uitspreken, alsof het gevaarlijk kan zijn het er niet over te hebben. Want als ik gelijk heb, is het Elliots stilzwijgen dat hem het leven heeft gekost. 'Ik denk dat we het belangrijkste over het hoofd zien. Wie Elliot ook heeft vermoord...'

'Áls hij is vermoord,' onderbreekt Danny me.

'Als hij is vermoord,' zeg ik hem ongeduldig na, terwijl ik zijn woorden wegwuif alsof het irritante vliegen zijn. 'Het punt is: als hij is vermoord, heeft degene die hem heeft vermoord niet alleen hém uit de weg geruimd, maar ook zijn laptop. Waarom zou iemand dat doen? Het is echt een hele klus om een harde schijf te vernietigen. Dat kost tijd, en de moordenaar moet het risico hebben genomen dat iemand zijn of haar afwezigheid zou opmerken of zou horen dat de laptop werd vernield.'

'Dus... je zegt... dat hij is vermoord vanwege iets op zijn laptop?'

'Ja, vanwege iets wat hij wist. Het moet iets zijn wat hij uit zijn computergegevens kon opmaken.'

'Iets over Snoop?'

'Misschien. Zoiets. Kijk naar de timing. Elliot programmeert die geotracking-update of hoe ze het ook noemen. Dan realiseert hij zich dat de informatie die hij heeft hem naar Eva kan leiden. Zoveel weten we. Stel nou dat hij vanaf dat punt is teruggegaan? Stel dat hij heeft gekeken naar haar bewegingen voordat ze omkwam? Stel dat er iets vreemds aan de hand was, bijvoorbeeld dat ze misschien niet over de rand is geskied maar is gestopt om een praatje met iemand te maken en is geduwd?'

'Kolere.' Danny's gezicht staat verslagen. 'Je denkt... dat iemand in die groep Eva uit de weg heeft geruimd en vervolgens Elliot heeft vermoord om zijn of haar sporen uit te wissen?'

'Ik wil het niet geloven, maar... ik heb geen andere logische verklaring.' De woorden alleen al uitspreken maakt me misselijk. 'Er is nog een mogelijkheid, al weet ik niet of die veel beter is.'

'En dat is?'

‘Elliot is de enige van de groep zonder alibi voor de dag dat Eva stierf. Hij werd verondersteld hier te zijn om te werken aan zijn programma, maar dat kan niemand bevestigen. Het zou kunnen dat hij iets te maken heeft met haar dood. Misschien... misschien kon hij niet meer leven met die wetenschap.’

‘Zeg je dat hij uit schuldgevoel zelfmoord heeft gepleegd?’

‘Ik zeg dat het zou kunnen.’

‘Oké, goed. Maar zelfs als hij Eva heeft vermoord om Topher te helpen en zijn geweten hem parten speelde, waarom zou hij zijn harde schijf dan vernietigen? Als hij toch dood is, wat zou hem het bewijsmateriaal dan kunnen schelen?’

Ik slik. Dat is de reden waarom deze mogelijkheid niet echt geruststellender is dan de andere.

‘Omdat wat er op die harde schijf stond iemand anders verdacht maakt. Iemand die hij wilde beschermen.’

‘Asjemenou.’ Uitgesproken met Danny’s diepe, nuchtere stem zou dat grappig moeten klinken, maar dat is het allesbehalve. Ik heb eerder de neiging om over te geven dan om te lachen.

‘Dus je denkt dat ik gelijk heb?’

‘Ik denk...’ Ik kan de radertjes in Danny’s hoofd bijna zien draaien terwijl hij de gaten in de logica van mijn redenering probeert te vinden. Dat mislukt. Hij trekt zijn bandana geïrriteerd van zijn hoofd en wrijft ermee over zijn gezicht. ‘Verdomme. Ik weet het echt niet. Maar het zou kunnen, en dat is natuurlijk doodeng. Wat nu? We moeten het iemand vertellen, of niet?’

‘Aan wie zouden we het moeten vertellen? En dan nog, wat kan die op het moment doen?’ Ik gebaar naar het raam, waar de venijnige wind de sneeuw tegen de ruiten jaagt, alsof er een zandstorm woedt. Niemand kan daarin naar buiten gaan, laat staan met een helikopter vliegen. Je zou wel gek zijn het te proberen.

‘Shít!’ brult Danny. Hij staat op en wrijft hardhandig over zijn korte haar, alsof hij de oplossing uit zijn hoofd kan trekken.

‘Sst!’ zeg ik paniekerig. ‘Zachtjes! Anders horen ze het.’

‘Maar we moeten het ze vertellen!’ zegt hij. ‘Ik bedoel, wat is het alternatief? Dat we onze mond houden en ze door een of andere moordzuchtige gek een voor een van kant laten maken?’

‘We kunnen het ze niet vertellen!’ schreeuw ik fluisterend. ‘Ben je gek geworden? Dan weet degene die dit op zijn geweten heeft toch ook dat we hem of haar doorhebben?'

'En wat als we het niet doen?' Danny pakt me bij mijn armen, en heel even denk ik dat hij me door elkaar gaat schudden alsof ik een hysterische vrouw in een oude film ben. Ondanks de hachelijke situatie waarin we ons bevinden voel ik de wanhopige drang om te lachen. Maar hij schudt me niet door elkaar, hij staart me alleen aan met donkere, wijd opengesperde ogen en lijkt net zo bang als ik. Op de een of andere manier doet het me goed mijn eigen angst weerspiegeld te zien, te beseffen dat Danny net zo doodsbenauwd is als ik en dat we hier samen in zitten. Ik haal diep en bevend adem. Danny zegt zachtjes: 'Erin, ik doe het net zo in mijn broek als jij. Maar ik kan niet naar beneden gaan en me normaal gedragen als ik denk dat een van die klotehipsters misschien wel een moordenaar is. Moet je mij zien.' Hij steekt een trillende hand op. 'Ik tril verdomme als een gek. Degene die hierachter zit komt er heus wel achter dat we iets weten, en als we niemand vertellen wat we weten, loopt het met ons mogelijk net zo af als met Elliot. Voor onze eigen veiligheid kunnen we het beter niet geheim houden.'

Daarmee legt hij me het zwijgen op. Er zit een vreselijke logica in die woorden.

'Trouwens,' voegt hij eraan toe, 'ik vind dat we de anderen de kans moeten geven zichzelf te beschermen. Stel dat ze iets weten zonder dat ze zich daar bewust van zijn? Stel dat zij de volgende zijn die koffie met een extraatje drinken?'

Ik slik. Ik kan eigenlijk niet anders dan hem gelijk geven. Zo gesteld is het moeilijk te rechtvaardigen dat we de zeven onschuldige mensen in het chalet niet waarschuwen, zelfs als het betekent dat we de moordenaar daarmee waarschuwen.

Moordenaar. Het woord, dat onuitgesproken in mijn mond ligt, voelt onwerkelijk aan. Gebeurt dit echt? Gaan we dit echt doen?

'Goed,' zeg ik uiteindelijk. Ik kijk uit het raam naar de storm. Bij de gedachte aan de komende bijeenkomst draait mijn maag zich om. 'Goed... misschien heb je gelijk. Dus... hoe vertellen we het ze? En vooral, wat vertellen we ze?'

'De waarheid,' zegt Danny. De uitdrukking op zijn gezicht is nu grimmig en vastbesloten. 'We zeggen dat we denken dat Eva's dood misschien toch geen ongeluk was en dat Elliot misschien vermoord is om wat hij Topher wilde vertellen. We zeggen dat ze altijd met zijn tweeën moeten blijven, dat ze hun eigen drinken moeten pakken en dat ze niets anders moeten eten dan wat jij en ik serveren. Wij zijn de enigen hier die niet verdacht zijn. We kenden geen van hen voordat ze hier kwamen. We waren niet op die berg. We hebben geen enkele connectie met die groep.'

Ik knik. Alleen – en ik kan mezelf er niet toe brengen het tegen Danny te zeggen, niet nu – het probleem is dat dat in mijn geval niet helemaal waar is.

LIZ

Snoop-ID: ANON101
Luistert naar: offline
Snoop-volgers: 1

Ik zit in mijn kamer met mijn hoofd in mijn handen en probeer de realiteit buiten te sluiten wanneer de gong in de lobby wordt geluid.

Geschrokken hef ik mijn hoofd op.

Voorzichtig open ik de deur van mijn kamer. Erins stem klinkt door het trapgat.

'... jullie allemaal even naar de lobby kunnen komen. Dit zal niet lang duren. Daarna serveren we de lunch.'

Ik ben er niet klaar voor de anderen onder ogen te komen. Maar wat daar beneden ook aan de hand is, ik moet het weten. Misschien heeft de politie contact gezocht. Misschien staan we op het punt om met een helikopter hier weggehaald te worden.

Ik haal diep adem en buig en strek mijn vingers. Dan duw ik de deur verder open en ga naar beneden.

De anderen wachten allemaal in de lobby, bij elkaar gekropen rond de houtkachel. Het is nu merkbaar kouder geworden. De warmte van de centrale verwarming van gisteren is weggetrokken, en nu zorgen alleen de twee kachels beneden ervoor dat de boel hier niet langzaam bevriest.

Erin staat op de een na laatste tree van de wenteltrap. Haar gezicht is lijkbleek en haar litteken ziet er schokkender uit dan ooit, een blauwgrijze streep op haar bleke huid. Danny staat als een luitenant schuin voor haar in de lobby. Ik moet me langs hen heen wurmen om op de begane grond te komen. Er liggen plassen water op de houten vloer bij de verbogen voordeur, waar de gesmolten sneeuw naar binnen sijpelt en de waslaag bederft.

Wanneer we ons allemaal onder aan de trap hebben verzameld en verwachtingsvol omhoogkijken, schraapt Erin haar keel.

'Goed, is iedereen er?' Ze telt de hoofden en ik realiseer me met een rilling dat ze denkt aan onze afgebroken bijeenkomst van vanochtend, die eindigde met het besef dat Elliot er niet bij was. Ik proef bloed en besef dat ik weer op mijn nagelriem bijt. *Vies kind.* Ik krimp ineen en steek mijn handen in mijn zakken.

'We serveren de lunch zo in de woonkamer, als jullie dat niet erg vinden. In de eetkamer begint het behoorlijk koud te worden. Het is een salade – geen stevige lunch helaas, maar zonder elektriciteit heeft Danny weinig keus, en nu de koelkast niet meer werkt moeten de verse groenten op.'

Topher moppert binnensmonds en Miranda werpt hem een boze blik toe. Alle anderen knikken. We weten dat we niet mogen klagen.

'Maar... de ware reden waarom we jullie hebben gevraagd hier te komen...' Erin maakt haar zin niet af. Ze ziet er een beetje misselijk uit, alsof ze zich oppept om iets te zeggen wat ze liever niet wil zeggen. Plotseling wil ik me het liefst afsluiten voor wat er komen gaat. 'Danny en ik, we...'

Ze kijkt opzij naar Danny. Hij kijkt terug. Ik weet niet of zijn blik bemoedigend of ongeduldig is, maar hij lijkt Erin aan te sporen.

'We hebben wat zorgen,' zegt ze uiteindelijk haastig, 'over hoe Elliot is gestorven. We zijn er vrij zeker van dat hij... dat hij is vergiftigd.'

Iedereen hapt naar adem. Ook al dachten ze dat zelf ook al, het heeft iets afschuwelijks het hardop uitgesproken te horen.

'Er zitten resten van fijngestampte pillen in zijn koffie,' zegt Erin. 'Het kan natuurlijk dat hij opzettelijk een overdosis heeft genomen, maar door die gesaboteerde laptop is het mogelijk...'

Danny mompelt iets. Zijn stem is zo zacht dat ik het niet kan horen, maar Erin slaakt een zucht. Ze balt haar vuisten langs haar zijden.

'... en misschien zelfs wel waarschijnlijk dat Elliot is vermoord.

En als je van daaruit terug redeneert, kan het zijn dat Eva ook is vermoord en dat Elliot is vermoord om wat hij wist.'

Weer wordt er naar adem gehapt, al klinkt het niet echt als verbazing. Het laat alleen maar zien wat de meesten hier al vermoedden. Het is eerder ontzetting; dit zijn geen paranoïde angsten meer, het is een mogelijke realiteit.

'Danny en ik hebben lang getwijfeld of we dit moeten vertellen,' vervolgt Erin, 'omdat het uiteindelijk niet meer is dan speculatie. We hebben geen enkel bewijs voor onze vermoedens. Het is nog steeds mogelijk dat Eva's dood een ongeluk was en dat Elliot zelfmoord heeft gepleegd of onbedoeld een overdosis heeft genomen. Feit blijft dat er twee doden zijn gevallen, en dat is... nou ja, "zorgwekkend" dekt de lading niet echt. Dus ook al hopen we dat dit overk...'

Ze valt stil. Ik realiseer me dat ze het woord 'overkill' wilde gebruiken maar zich heeft bedacht.

'Ook al hopen we dat we overbezorgd reageren,' herformuleert ze, 'toch willen we jullie aansporen voorzorgsmaatregelen te nemen. Als je iets weet wat je in gevaar kan brengen, kom het Danny en mij dan zo snel mogelijk vertellen. Blijf te allen tijde met zijn tweeën of in een groep. Ook wanneer je gaat slapen. Schenk je eigen drinken in en laat dat niet zomaar ergens staan. Neem alleen eten aan van Danny of mij. Je hoeft niet paranoïde te zijn, maar...'

Carl onderbreekt haar. Zijn korte lach klinkt als de blaf van een hond.

'We hoeven niet paranoïde te zijn? Meen je dat nou?'

'Ik besef dat dit allemaal...' begint Erin. Weer kapt hij haar af.

'Je vertelt ons dat er een moordzuchtige maniak rondloopt, en de oplossing is dat we onze eigen koffie inschenken?'

'Het is een advies,' zegt Erin. Haar stem klinkt heel kalm. 'Ik vertel gewoon feitelijk waar het op staat. Of je het eens bent met mijn conclusies en mijn advies wil opvolgen, is aan jou.'

'Wat een klerezooi,' zegt Carl boos. 'Ik zou jullie moeten aanklagen. We betalen ons blauw om in een waardeloos krot te verblijven met een psychopaat die...'

'Hé,' onderbreekt Danny hem. Hij stapt naar voren, zodat hun gezichten elkaar bijna raken. 'Zo is het genoeg, vriend. Erin en ik zijn niet verantwoordelijk voor een of andere psychotische gek die júllie hebben meegenomen van het vliegveld.'

'Beschuldig je de werknemers van Snoop hiervan?' Carl schreeuwt nu praktisch. Danny en hij ballen hun vuisten. 'Want dat is laster en dan sleep ik je voor het gerecht.'

'Ik beschuldig de werknemers van Snoop nergens van,' snauwt Danny. 'Ik wil alleen maar zeggen dat we hier honderden vakantiegangers hebben ontvangen en pas toen jullie hier verschenen...'

'Hé.' Erin stapt naar voren. Ze spreekt hen allebei aan, maar ze pakt Danny's arm vast en schudt die zachtjes. 'Hé, hier schieten we niks mee op.'

'Carl.' Tiger legt haar hand op Carls schouder. 'Kom op. Erin heeft gelijk. Het is volkomen begrijpelijk dat je boos bent, maar je moet die energie naar een positievere plek geleiden. Erin en Danny hebben hier geen schuld aan. Ze proberen te helpen. Kom op. Diep ademhalen.'

Carl mompelt nog steeds van alles terwijl hij naar de andere kant van de kamer beent. Hij zakt neer op de bank, met zijn armen over elkaar, maar ik zie aan zijn gezicht dat hij weet dat Tiger gelijk heeft.

'Inigo,' zegt Erin nu, 'heb je nog succes gehad met de mobiele ontvangst?'

Inigo schudt zijn hoofd. 'Nee, sorry. En mijn telefoon is nog maar voor twaalf procent opgeladen, dus ik probeer hem alleen af en toe aan te zetten om het te checken.'

'Iemand anders?' vraagt Erin. Er klinkt een zweem van wanhoop in haar stem door. Iedereen in de lobby schudt zijn hoofd. Van de meeste telefoons is de batterij nu vast al leeg. Zelf heb ik mijn telefoon uitgezet zodra die de vier procent bereikte.

'En wat zeiden ze toen je met ze sprak?' vraagt Erin, die zich weer tot Inigo wendt.

Hij fronst zijn wenkbrauwen. 'Hoe bedoel je?'

'Ik bedoel, hebben ze een tijdschema gegeven? Hadden ze enig idee hoe ze ons wilden bereiken? Ik weet dat ze op dat moment niet de volledige omvang van de situatie kenden, maar ze zijn zich ervan bewust dat er iemand wordt vermist, toch? Je zou denken dat we dan best hoog op de prioriteitenlijst zouden staan.'

'Ik...' Inigo fronst zijn voorhoofd, alsof hij het zich probeert te herinneren. 'Ja, ik bedoel, ik heb hun verteld dat Eva vermist was en dat we gevangenzaten in ons chalet aan het eind van de kabeltrein. En ik zei... Ik heb hun verteld over je enkel. Ze stelden wat vragen over proviand en zeiden toen dat ze zo snel mogelijk naar ons toe zouden komen.'

'Dat was het? Helemaal niets over wanneer ongeveer?'

'N-nee...' Inigo klinkt onzeker. 'De ontvangst was erg slecht. Ik probeer het me te herinneren. Volgens mij zeiden ze daar niets over.'

'Oké,' zegt Erin. Er klinkt een lichte frustratie door in haar stem die ze met haar kalme beleefdheid niet helemaal kan maskeren. 'Dat is begrijpelijk. Nou, dan wachten we rustig af. Goed, dat was het, mensen. Als jullie naar de woonkamer willen gaan, serveren Danny en ik daar zo dadelijk de lunch.'

De groep gaat uiteen. Carl is nog steeds boos aan het mompelen. Tiger probeert hem te kalmeren. Miranda en Rik zijn de laatsten die de lobby verlaten. Ik loop pal voor ze en hoor ze zacht met elkaar praten terwijl we langzaam achter elkaar aan de woonkamer in gaan.

'Denk je dat Inigo echt de politie heeft gebeld?' zegt Rik. Zijn stem is amper luider dan gemompel.

'Hoe bedoel je?' reageert Miranda verrast.

'Nou ja... Ik bedoel... Erin leek zich behoorlijk zorgen te maken dat we nog niets hebben gehoord. Ik snap haar wel. Je zou verwachten dat ze inmiddels wel íémand hiernaartoe hadden gestuurd, of niet? Al was het maar een verkenner.'

'We hebben het gehoord, Rik. We hebben gehoord dat hij ze belde.'

'We hebben zijn kant van het gesprek gehoord, ja. Hoe weten we dat hij daadwerkelijk heeft gebeld? Het is best verdacht dat het hem wél lukte ontvangst te krijgen en de rest van ons niet. Hoe kon dat?'

Miranda reageert er niet op. Wel merk ik dat ze, wanneer we allemaal samen in de woonkamer zitten, het verst van Inigo vandaan gaat zitten en zijn blik mijdt.

ERIN

Snoop-ID: LITTLEMY
Luistert naar: offline
Snoop-volgers: 10

'Verdorie.' Ik sta in de keuken toe te kijken terwijl Danny de laatste hand legt aan grote schalen met salade. Hij heeft geweldig werk verricht met eten uit blik en potjes, maar wat niet kan worden verhuld is dat het brood oudbakken is en de sla betere tijden heeft gekend. Na vierentwintig uur zonder elektriciteit zijn de gekoelde etenswaren niet bepaald vers meer.

'Hoe bedoel je, verdorie?' Danny kijkt niet op. Hij verkruimelt walnoten over een grote schaal met partjes rijpe peer en licht overrijpe Bleu d'Auvergne-kaas.

'Ik heb... ik heb het gevoel dat dat niet zo goed ging.'

Danny proeft de dressing en haalt dan zijn schouders op. 'Ik weet niet. Je hebt ze iets verteld wat ze niet wilden horen. Wat had je dan verwacht? Dat ze zouden applaudisseren?'

Ik haal mijn schouders op. Ik weet niet wat ik moet zeggen.

Uiteindelijk is Danny klaar. We pakken elk een paar schalen en lopen ermee naar de woonkamer. Wanneer ik achter Danny aan door de lege lobby strompel, zie ik de croissantkruimels van eerder die dag op de dikke schapenvacht op de vloer liggen. Zonder elektriciteit voor de stofzuiger kan ik daar niet veel aan doen. Maar in mijn huidige stemming voelt het als een teken dat alles rafelranden krijgt, uit elkaar valt, terwijl Danny en ik wanhopig proberen de boel bij elkaar te houden.

In de woonkamer is de stilte oorverdovend. Er klinkt geen

knusse achtergrondmuziek meer om de spanningen in de groep te maskeren, alleen het zachte geruis van de houtkachel en het tikken van de sneeuw tegen het raam. Rik en Miranda zitten bij elkaar, met de armen tegen elkaar aan. Ze lijken alle schijn te hebben laten varen dat ze geen stel zijn. Wanneer ik dichterbij kom zie ik dat hun handen verstrengeld op Miranda's schoot liggen.

Tiger zit nog steeds zacht met Carl te praten, alsof ze hem kan kalmeren.

Liz zit ongemakkelijk op het puntje van haar stoel. Ze heeft haar vingers in haar mond en bijt op haar nagels. Zodra ik de kamer binnenkom laat ze haar hand zakken en buigt ze nerveus haar vingers, waarbij ze haar knokkels laat knakken. Het geluid klinkt hard in de stille kamer en Ani, die tussen Liz en Topher in zit, trekt onwillekeurig een grimas.

Alleen Inigo zit alleen, en als ik hem de laatste schaal salade aanbied, wuift hij die weg.

'Nee, bedankt, ik heb geen trek.'

'Je moet eten, Inigo,' zeg ik, maar de uitdrukking op zijn gezicht baart me meer zorgen dan zijn gebrek aan eetlust. Het laatste wat we nodig hebben is dat iemand wegzakt in een depressie.

'Ik heb geen trek.' Hij zegt het nu nadrukkelijker, en ik hef een hand op.

'Oké, oké. Ik wil niemand iets opdringen. Ik laat hem hier achter, goed? Als je echt niet wilt, kun je hem gewoon laten staan.'

Ik sta op het punt terug naar de keuken te gaan wanneer ik ineens zijn stem hoor, heel zacht.

'Ik heb het gevoel dat iedereen mij de schuld geeft.'

'Jou de schuld geeft?' zeg ik verrast. 'Waarom zouden ze, in vredesnaam?'

'Vanwege wat je eerder zei, over geen contact kunnen krijgen met de politie. Ik heb ze wel gehoord.' Hij dempt zijn stem tot een fluistering en ik moet me dichter naar hem toebuigen om te horen wat hij zegt. 'Ik hoorde Rik en Miranda zeggen...' Hij stopt en slikt manmoedig, en ik zie tranen in zijn ogen staan. 'Volgens mij denken ze dat ik het heb verzonnen. Dat ik niet met de politie heb gepraat, of dat ik de urgentie van de situatie niet genoeg heb benadrukt. Maar waarom?' Hij kijkt op en zijn buitengewoon blauwe ogen staan vol tranen. 'Waarom zou ik dat doen? Tenzij ik... tenzij ik haar heb v-ver...'

Hij kan het niet zeggen. *Tenzij ik haar heb vermoord.*

'Ik hield van haar,' zegt hij, en zijn stem breekt bij de laatste lettergreep. 'Dat is wat geen van hen begrijpt. Ik hield van haar.'

O shit. Ik herinner me de geruchten van de eerste ochtend, dat Inigo laat naar bed was gegaan en Topher lijzig zei: *Niet weer, hè? Eva zou beter moeten weten.*

'Ik hield van haar!' zegt Inigo nogmaals, en ik wil tegen hem zeggen dat hij zijn mond moet houden. Want hij lijkt te geloven dat deze bekentenis hem zal vrijpleiten, maar als ze iets zal doen, is het eerder het tegenovergestelde. Je moet namelijk een behoorlijk krachtig motief hebben om iemand te vermoorden – en een van die motieven is geld, dat is het motief waarvan we allemaal dachten dat het hieraan ten grondslag lag. Inigo heeft geen financieel motief om Eva te vermoorden. Alleen Topher en Elliot zitten in dat kamp, voor zover we weten. Maar het andere motief dat mensen aanzet tot moord is liefde. En Inigo heeft zichzelf net naar voren geschoven als de enige kandidaat in die categorie.

'Dat geloof ik graag,' zeg ik rustig. Ik kijk naar hem terwijl hij opstaat en de kamer uit loopt, niet meer in staat om zich in het bijzijn van zijn collega's te vermannen.

In de keuken zak ik op mijn stoel neer, leg mijn pijnlijke voet op Danny's geïmproviseerde voetsteun en wacht tot hij door de dienstdeur binnenkomt.

'Wat was dat met Inigo?' vraagt hij.

Ik leg het uit.

'Godsamme.' Hij haalt een hand over zijn haar. 'De idioot. Eva die Inigo neukt en Topher die van bil gaat met Ani – hebben ze nog nooit van #MeToo gehoord? Je kunt geen seks meer hebben met je werknemers. Dat deugt niet.'

'Nu heeft hij wel een motief, hè?' zeg ik met tegenzin.

Danny haalt zijn schouders op. 'Ik weet het niet. Ik bedoel, we kunnen waarschijnlijk voor iedereen wel een motief bedenken, mocht dat nodig zijn. Miranda zou zelf wel eens verliefd kunnen zijn op Inigo. Rik is misschien een enorme misogyn die het verschrikkelijk vindt een vrouwelijke baas te hebben. Wie weet. Als het moest, zou ik voor ieder van hen wel wat kunnen verzinnen.

Ik denk eerder dat we naar de alibi's moeten kijken. Misschien kunnen we dan een paar van hen uitsluiten.'

'Niet voor Elliots dood. Dat kan iedereen gedaan hebben. We waren allemaal hier. Iedereen liep de woonkamer in en uit.'

'Ani heeft hem de kop koffie gebracht. En we weten allemaal dat ze een oogje heeft op Topher.'

'Ze heeft hem een kop koffie gebracht. We weten niet of het de kop is die hem heeft gedood. Je moet behoorlijk dom zijn om hardop te verkondigen dat je koffie gaat brengen naar iemand die je wilt vergiftigen.'

'Het kan dubbele bluf zijn,' zegt Danny een beetje zwakjes, al weet ik dat hij alleen advocaat van de duivel speelt. 'Maar goed, het uitzoeken van de alibi's voor Elliots dood wordt lastig, dat snap ik. Hoe zit het met Eva? Als we aanvaarden dat Elliot is vermoord omdat hij iets wist over wat er met Eva is gebeurd...'

'Nou...' Ik probeer terug te denken, me te herinneren wat iedereen zei over waar ze waren toen we spraken over Eva's verdwijning. 'Ani en Carl zagen Eva veilig en wel halverwege La Sorcière. Dus als iemand haar heeft vermoord, moet die persoon vóór Ani en Carl op de berg zijn geweest. En om Eva halverwege die afdaling te onderscheppen, moet diegene een goede skiër zijn. Ja, toch?'

'Jaaaa...' echoot Danny, lichtelijk twijfelend. 'Hoewel... als puntje bij paaltje komt, Carl heeft nooit gezegd dat hij haar heeft gezien. Dat hebben we alleen gehoord van Ani.'

'Oké, maar ze heeft Eva gezien. Dat moet wel. En dat was voordat Elliot met zijn gps-informatie kwam. Anders kon Ani toch niet weten dat Eva La Sorcière af was geskied? Als ze loog, zou ze hebben gezegd dat Eva Blanche-Neige af was geskied. Dat was aannemelijker geweest, en de logische keuze als je iemand op een dwaalspoor wilde brengen.'

'Oké, daar kan ik me iets bij voorstellen. Dus Ani en Carl gaan vrijuit. Bedoel je dat?'

'Ja, en Liz ook, want die was al met de skilift naar beneden gegaan. Ze vertrok voordat Eva boven aankwam. We moeten kijken naar de mensen die vóór Eva boven aan de piste stonden. Dat zijn dus Topher, Rik, Tiger, Inigo en Miranda.'

'Miranda niet,' zegt Danny onverwacht.

Ik frons mijn wenkbrauwen. 'Hoezo niet?'

'Als we accepteren dat Ani Eva heeft gezien, dan is Eva ongeveer halverwege La Sorcière vermoord. En dat betekent dat we op zoek zijn naar iemand die goed genoeg kan skiën om die piste af te gaan.'

Ik knik langzaam. Hij heeft gelijk. Dat betekent... dat het in dat geval om een vrij kleine groep mensen gaat. Tiger. Inigo. Misschien Rik, hoewel ik daar niet zeker van ben. Hij kan goed skiën, maar in dit geval moet je niet gewoon goed zijn, je moet uitstekend kunnen skiën. En Topher.

We komen steeds weer terug bij Topher. En dat is niet verwonderlijk, want Topher heeft het sterkste motief van allemaal. En nu heeft hij ook nog de kans gehad het te doen.

'Bovenaan zijn ze toch uit elkaar gegaan?' zeg ik hardop nadenkend. 'Toen de pisteurs Blanche-Neige afsloten? Een deel van hen is met de skilift naar beneden gegaan en het andere deel is toch gaan skiën. De mensen die met de skilift naar beneden zijn gegaan, kunnen er niets mee te maken hebben gehad. Wie waren dat?'

'Volgens mij hebben ze dat nooit gezegd.' Danny fronst nu zijn voorhoofd. 'Ik weet dat Topher en Inigo omlaag zijn geskied, maar van de anderen weet ik het niet zeker. Wil je dat ik het ga vragen?'

Ik knik een beetje aarzelend. Eigenlijk zou ik zelf naar ze toe moeten gaan. Danny's manier van doen tegenover de groep wordt steeds bruusker. Eerder vandaag raakte hij bijna slaags met Carl en dat is... nou ja, het is gewoon ondenkbaar. Het laatste wat we kunnen gebruiken is een gevecht, boven op dit kruitvat van verdriet en spanning. Maar mijn enkel doet pijn. Heel erg. En ik kan mezelf er niet toe brengen er nu gewicht op te zetten.

Wanneer de deur achter Danny dichtzwaait, tast ik in mijn zak naar de doordrukstrip met ibuprofen en tel de uren die zijn verstreken sinds ik mijn laatste dosis heb gehad. Drie. Eigenlijk zou ik nog een uur moeten wachten. In plaats daarvan druk ik snel twee tabletten uit het folie, voordat Danny terugkomt, en slik ze door.

Terwijl ik ze wegspoel met een slok koude thee zwaait de deur open.

'Topher, Inigo, Tiger en Rik zijn Blanche-Neige af geskied,' zegt Danny. 'De anderen zijn met de skilift naar beneden gegaan en zijn daar Liz tegengekomen, die al beneden stond te wachten.'

'Oké. Nou... als iemand was achtergebleven, zou die weer naar het begin van de piste kunnen zijn geklommen en in plaats daarvan La Sorcière zijn afgedaald. Maar dan had diegene wel snel moeten zijn. Heel snel. Eva was een snelle skiër en toen Ani haar zag was ze al halverwege de piste. Dan had die persoon niet veel tijd om haar te onderscheppen voordat ze beneden aankwam.'

'Tenzij... tenzij...' zegt Danny. Hij praat langzaam. Ik zie hem bijna bedenken wat de mogelijkheden zijn. 'Wat nou als ze is gevallen? Wat als die persoon haar heeft ingehaald en ze zich pijn had gedaan of zo, hij of zij hulp aanbood met haar bindingen en in plaats daarvan...'

Ik knik. Wat hij zegt zou beslist kunnen zijn gebeurd. Als dit een opportunistische actie was en niet gepland... Maar dan valt me een bezwaar in tegen dat scenario, een groot bezwaar.

'Er is geen afgrond naast het onderste gedeelte van de piste,' zeg ik. 'Ze kan daar niet over de rand zijn geduwd.'

'Nee, maar als ze op de een of andere manier uitgeschakeld was, had die persoon haar kunnen vermoorden en haar lichaam tussen de bomen kunnen achterlaten. Elliot zei zelf dat hij niet wist wat voor effect de bergen op het gps-signaal hadden. Misschien is dat juist wat hij had ontdekt – dat ze helemaal niet in het dal ligt. Dat iemand haar op de piste heeft vermoord.'

'Misschien...' Maar door Danny's opmerking bedenk ik ineens iets. 'Wacht even, daar is nog iets mis mee.'

'Wat dan? Ik dacht dat we het aardig goed deden.'

'Het vormt een logisch geheel, op één ding na. Hoe wist de moordenaar dat Eva La Sorcière af skiede? We praten alsof diegene haar opzettelijk achterna is gegaan in de hoop haar in te halen, maar niemand zag haar vertrekken. Niemand wist dat ze die afdaling deed.'

'Verdomme, je hebt gelijk.' Danny fronst zijn donkere wenkbrauwen weer. 'Hoe wist diegene dat hij of zij achter haar aan moest gaan?'

'De enige...' Al nadenkend tel ik een en een bij elkaar op. 'De enige die wist dat ze die afdaling deed, was Ani. Wat nou als zij iemand heeft verteld wat ze zag?'

'Als ze het iemand heeft verteld...' zegt Danny langzaam, maar wanneer hij zijn zin afmaakt, is het niet wat ik had verwacht dat hij zou zeggen. 'Als ze het iemand heeft verteld, zou ze wel eens in groot gevaar kunnen zijn. We moeten uitzoeken wie ze het verteld heeft. En snel ook.'

LIZ

Snoop-ID: ANON101
Luistert naar: offline
Snoop-volgers: 1

'Verdomme.'

Topher is in mijn kamer. Tópher is in mijn kamer. Hij beent heen en weer, heen en weer, tussen mij en de deur in. Hij ziet er radeloos uit. Ik weet niet wat ik moet doen. Mijn kamer is altijd mijn toevluchtsoord geweest, de enige plek waar ik de deur kon dichtdoen en alle anderen kon buitensluiten – de geur van bier, het geluid van mijn moeders snikken, de brullende stem van mijn vader. *Ga naar je kamer, Elizabeth*. Hij bedoelde het als een straf. In plaats daarvan was het een ontsnapping.

Nu is iemand mijn kamer binnengedrongen en is mijn ontsnappingsroute afgesneden.

'Verdomme, Liz, dit is een nachtmerrie. Ze kijken allemaal naar mij. Ze denken allemaal dat ik het heb gedaan!'

'Topher...'

Ik probeer te bedenken wat Tiger in deze situatie zou doen. Zou ze haar hand op zijn arm leggen? Hem een knuffel geven? Dat laatste maakt me een beetje misselijk, maar ik zou het eerste kunnen proberen.

Wat onhandig steek ik mijn hand naar hem uit. Topher blijft ijsberen. Hij loopt me gewoon straal voorbij, alsof ik een taxi aanroep en hij een chauffeur met een passagier is. Ik weet niet eens of hij het wel ziet. Ik begin op mijn nagelriemen te bijten en stop dan mijn hand in mijn zak om mezelf tegen te houden.

'God, ik denk dat ik gek word. O jezus, Eva. Eva!'

Topher blijft staan en zakt op mijn bed neer. Hij legt zijn gezicht in zijn handen en begint tot mijn afgrijzen te snikken.

Nu blijft hij tenminste op één plek. Ik steek mijn hand weer uit en probeer me te herinneren hoe Tiger Carl kalmeerde. Ik laat mijn hand op zijn schouder vallen.

Dan ontsnapt er een rauwe snik aan zijn keel, bijna alsof hij gaat overgeven, en ik trek snel mijn hand weg.

'Topher,' fluister ik. 'Ik zal...' Ik kijk de kamer rond, op zoek naar inspiratie. Mijn oog valt op het lege waterglas bij mijn bed. 'Ik zal een glas water voor je halen.'

Ik weet niet of hij me hoort wanneer ik op mijn tenen de gang in loop. Ik doe de deur dicht en leun er hijgend tegenaan.

O god, hier ben ik absoluut niet goed in.

Ik ben goed in archiveren, in aantekeningen maken, in zorgen dat alles klopt. Ik ben goed in het aan elkaar knopen van losse eindjes en alles netjes houden. Ik ben taakgericht, tijdbewust en gericht op details. En ik kan mezelf heel goed onzichtbaar maken.

Kortom, ik was een perfecte PA. Maar hier ben ik niet voor in de wieg gelegd.

ERIN

Snoop-ID: LITTLEMY
Luistert naar: offline
Snoop-volgers: 10

Eigenlijk zouden Danny en ik na de lunch de afwas moeten doen, wat zonder vaatwasser geen pretje is. Het enige warme water komt nu uit ketels die we op de houtkachel aan de kook brengen, en het is een fulltime taak aan het worden om voor genoeg schoon serviesgoed te zorgen om maaltijden te kunnen serveren. Het vette serviesgoed van de lunch staat hoog opgestapeld op de afdruipplaat en het bestek ligt te weken in lauw water dat snel afkoelt. Maar hoe belangrijk het ook is de gasten te voeden, het is belangrijker ze in leven te houden, en geen van ons beiden wil de ander alleen laten. Wanneer ik voorstel met Ani te gaan praten, is er dan ook geen discussie over wie gaat en wie blijft. Dat we haar met zijn tweeën zullen aanspreken staat buiten kijf. Het enige waarover we twijfelen is waar en hoe.

'Nu,' zegt Danny resoluut. 'Als ze de moordenaar heeft verteld waar Eva was, is het slechts een kwestie van tijd tot hij of zij erachter komt. En als dat gebeurt...' Zijn stem sterft weg.

Ik slik. Ik weet dat hij gelijk heeft.

'Maar wat als ze bij een van de anderen is?' vraag ik. 'Wat is ons excuus om alleen met haar te praten?'

Danny schudt zijn hoofd. 'Nee, we praten met haar waar iedereen bij is. Het is beter om het op tafel te krijgen. Als iedereen de waarheid kent is dat alleen maar goed. De moordenaar kan ons niet allemaal vermoorden.'

Hij zegt het bijna nonchalant, en iets in mij wil hysterisch lachen. Hoe is het zover gekomen dat we het over moord hebben alsof het een gezelschapsspel is? Maar hij heeft gelijk. Het heeft geen zin om wat Ani te zeggen heeft geheim te houden. Hoe meer mensen de waarheid kennen, hoe beter.

We hoeven niet veel moeite te doen om haar te vinden. We lopen de keuken uit en de kille eetkamer door, en daar is ze, voor de houtkachel in de lobby, waar ze zit te kaarten met Carl, Rik en Miranda. Ze heeft haar grote bril op haar voorhoofd geduwd en staart naar de kaarten in haar hand.

'*Three of a kind*,' zegt Carl zelfvoldaan. Hij legt drie koningen neer.

'Hoi,' zegt Danny een beetje bruusk, terwijl hij voor de groep gaat staan. 'Kunnen we even praten?'

'Tuurlijk,' zegt Miranda met een zucht, en ze maakt een stapeltje van haar kaarten. 'Carl hakt ons toch in de pan, dus kom ons alsjeblieft redden van een nieuwe nederlaag.' Ze haalt een hand door haar lange donkere haar en trekt dan een gezicht. Ik weet hoe ze zich voelt. Geen warm water betekent niet douchen, en iedereen ziet er een beetje verwelkt en groezelig uit, ook Danny en ik. 'Is er nieuws?'

Bij de hoop op haar gezicht voel ik me even schuldig, omdat ik me realiseer hoe onze resolute binnenkomst eruit moet hebben gezien.

Ik schud mijn hoofd. 'Nee, sorry. Nog steeds niets.'

'Verdomme,' zegt Rik. 'Nog niks? Wordt dit niet een beetje... zorgwekkend?'

'Ik had gehoopt dat ze intussen wel hier zouden zijn, moet ik toegeven.'

Ik kijk uit de hoge ramen van de dubbelhoge lobby. Hoewel het halverwege de middag is, is de lucht door de wervelende sneeuw zo donker dat het lijkt te schemeren. Ik kan de lichten van St. Antoine le Lac beneden niet zien, laat staan de verre bergketens. Dan komt de gedachte bij me op dat ze in le Lac misschien ook wel zonder stroom zitten. De batterijen in Danny's radio zijn leeg, dus we hebben geen idee wat er daar beneden gebeurt. Het kan veel erger zijn dan we ons voorstellen.

'De lawine is nu meer dan vierentwintig uur geleden,' gaat

Rik door. 'Had er inmiddels niet iemand contact met ons moeten zoeken?'

'Ik weet het niet,' zeg ik. Bij zijn bezorgdheid voel ik me steeds ongemakkelijker. Misschien heeft hij gelijk. Misschien is er iets mis. 'Ze hebben het erg druk, denk ik.'

'Wat bedoel je, Rik?' zegt Carl op scherpe toon, kijkend naar zijn collega. 'Als je iets duidelijk wilt maken, zeg het dan.'

Rik wisselt een blik met Miranda en zegt dan bijna met tegenzin: 'Luister, dit is geen beschuldiging, denk dat vooral niet. Ik zeg alleen maar dat het... nou ja, dat het jammer is dat niemand anders met de politie heeft kunnen praten, alleen Inigo.'

'Hoe bedoel je?' zegt Carl verbaasd.

'Ik zeg alleen dat het fijn zou zijn om bevestigd te krijgen wat er gebeurd is. We hebben alleen zijn kant van het gesprek gehoord. En het lijkt een beetje... vreemd dat hij de enige is die wat ontvangst kon krijgen.'

'Wou je beweren dat hij ze niet heeft gebeld?' Carl trekt zijn wenkbrauwen tot aan zijn geschoren haarlijn op.

Rik zegt niets; hij haalt alleen zijn schouders op op een manier die als ja of nee kan worden uitgelegd, maar effectief functioneert als erkenning van de mogelijkheid.

'Shit,' zegt Carl. Hij ademt het uit als een soort gebed. 'Shiiiiit.'

Danny werpt me een geschrokken, bezorgde blik toe, en ik realiseer me dat ik hem niet heb verteld over mijn gesprek met Inigo en Riks vermoedens, misschien omdat ik nooit echt heb geloofd dat ze kloppen. Nu voel ik me akelig naïef. Stel dat Rik gelijk heeft? Stel dat er niemand komt?

'Waar wilden jullie met ons over praten?' vraagt Miranda, waarmee ze ons terugbrengt naar onze oorspronkelijke missie.

Met moeite richt ik mijn gedachten weer op onze opdracht. 'O. Ja. Nou, eigenlijk wilden we Ani spreken. We willen even snel iets vragen.'

'O?' Ani kijkt op uit haar kaarten. 'Ja! Ik bedoel, prima. Kan ik jullie ergens mee helpen?'

'Wil je een beetje privacy?' vraagt Carl, die al half opstaat.

Danny schudt zijn hoofd. 'Blijf maar. We kunnen beter al onze kaarten op tafel leggen, als je begrijpt wat ik bedoel.'

Carl denkt er een seconde over na, ziet dan de juistheid in van wat Danny zegt, knikt kort en gaat weer zitten.

'Ani,' zeg ik, en ik probeer te bedenken hoe ik dit moet zeggen zodat het duidelijk is wat ik bedoel zonder dat het tot onnodige paniek leidt.

'Je zag Eva La Sorcière af skiën terwijl je met de lift naar boven ging, klopt dat?'

'Ja,' zegt Ani. 'Zeker weten. Dat heb ik toch al gezegd?'

'Ja, maar wat ik zou willen weten is of je dat toen tegen iemand anders hebt gezegd.'

'O...' Ze fronst nadenkend haar voorhoofd. 'Dat weet ik niet meer. Misschien heb ik iets tegen Carl gezegd, zo van: *O, kijk, daar is Eva*. Weet jij het nog, Carl?'

'Om eerlijk te zijn: nee,' zegt Carl ronduit. 'Volgens mij zei je niets, al kan ik dat niet met mijn hand op mijn hart zweren.'

'O!' zegt Ani ineens. Ze krijgt een kleur en ziet eruit als een kind dat blij is dat ze op het antwoord is gekomen waar je om vroeg. Ik realiseer me met een schok dat Ani denkt dat we haar testen, haar verhaal checken, en dat ze blij is dat ze het kan bevestigen. 'Wacht, ik heb het wél tegen iemand gezegd. We stapten boven uit de lift, Topher had het over afdalen en Inigo zei dat we dat niet konden doen, omdat we op Eva moesten wachten. En ik zei: "Jeetje, heeft ze dat niet tegen jullie gezegd? Ze is al weg. Ik zag haar de zwarte piste af skiën." Ik weet niet zeker of Topher me heeft gehoord, maar Inigo beslist wel. Hij kan het beamen.'

Hij kan het beamen.

Ze kijkt met grote, stralende ogen naar me op. Bij haar vertrouwen krijg ik een brok in mijn keel.

Maar Carl... Carl kijkt haar met een soort afgrijzen aan. Ik weet dat hij dezelfde optelsom heeft gemaakt die Danny en ik al eerder hebben gemaakt.

'Natuurlijk gaat hij het niet beamen,' zegt hij abrupt. 'Snap je dat niet?'

'Wat moet ik snappen?' vraagt Ani. Ze kijkt verrast, alsof we haar haar gouden ster hebben afgenomen. Ze begrijpt niet waarom Carl niet blij voor haar is, blij dat haar verhaal kan worden bevestigd.

'Inigo wist het,' zegt Carl. 'Hij wist waar ze aan het skiën was. Eva. Je hebt hem verteld hoe hij haar kon vinden.'

'O mijn god,' zegt Ani, en de kleur trekt uit haar gezicht, waardoor haar doorschijnende huid lijkbleek wordt en het blauw van haar aderen zichtbaar is bij haar slapen. 'O mijn god, je zegt... je zegt...'

'Ik zeg dat iemand die piste is afgedaald en Eva heeft vermoord. Dus de vraag is: wie wist dat ze daar was?'

'Niet Inigo!' zegt Ani. Haar stem is een schreeuw van smart. 'Niet Inigo, nee, hij was... Eva en hij...'

Ze stopt, met haar hand over haar mond, alsof ze te veel heeft gezegd.

'Eva neukte hem,' zegt Carl bot. 'Kom op, meid, dat weten we allemaal. Je hoeft geen Sherlock Holmes te zijn om dat in te zien. Maar iemand neuken is geen alibi, dat weet je.'

'Nee!' Ani staat op. De kleur is terug in haar gezicht en ze ziet er roze en woedend uit. 'Nee, dit pik ik niet! Eva's dood – dat was een ongeluk. En Elliot... Ik kan gewoon... Nee! Ik wil niet... Ik kán niet zo denken. Ik kan het niet!'

Ze laat de kaarten uit haar hand vallen en stormt de kamer uit.

LIZ

Snoop-ID: ANON101
Luistert naar: offline
Snoop-volgers: 1

Ik sta buiten mijn slaapkamer, met mijn rug tegen de deur gedrukt, wanneer ik iemand de trap op hoor komen. Ik kan eerst niet zien wie het is. Met de lichten uit is het te donker in de gang. Maar wanneer ze dichterbij komt, zie ik dat het Ani is. Ze ziet eruit alsof ze heeft gehuild.

Ik sta op het punt weer mijn kamer in te duiken, tot ik besef dat dat niet gaat. Topher is daarbinnen. Ik kan nergens heen. Ani loopt naar me toe. Ik zal iets tegen haar moeten zeggen.

'Alles goed met je?' vraag ik.

'Ze... ze zeggen vreselijke dingen,' zegt ze. 'Over Inigo. Ik geloof het niet, Liz. Ik wil het niet geloven!'

'Wat zeggen ze dan?' Ik heb een koud gevoel in mijn buik.

'Dat hij...' Ze slikt en dwingt zichzelf door te gaan. 'Dat hij Eva heeft vermoord. Dat hij de politie niet heeft gebeld.'

'Heeft hij de politie niet gebeld? Bedoel je dat er niemand komt?'

'Maar hij heeft wel gebeld!' jammert Ani. 'Dat hebben we zelf gezien! Het is gemeen om dat te zeggen en hem niet de kans geven zich te verdedigen. Ik heb twee jaar lang met hem samengewerkt, verdorie. Ik ken hem.' Ze loopt langs me heen en bonkt op zijn deur.

Carl is Ani achterna gekomen op de trap. De anderen volgen. Ik zie Rik, Danny met een zaklamp, Miranda en als laatste Erin, die nog steeds mank loopt.

'Ani, wacht,' zegt Carl. Net wanneer hij het zegt, gaat mijn slaapkamerdeur zo plotseling open dat ik bijna achteroverval, omdat ik er nog steeds tegenaan leun. Topher loopt de gang in. Al is zijn gezicht nog vlekkerig, hij huilt nu niet meer.

'Wat is er aan de hand?' vraagt hij kortaf.

'Inigo!' Ani bonkt nog steeds op zijn deur. Geen reactie. 'Waar is hij?'

'O god,' zegt Rik. Hij kijkt naar Miranda en dan naar Erin. 'Jullie denken toch niet...'

'O nee, nee,' zegt Danny snel. 'Niet nog een lijk. Niet zolang ik het hier voor het zeggen heb.' Hij duwt Ani met een elleboog opzij, haalt een loper uit zijn zak en opent de deur. Dan schijnt hij met de zaklamp in de kamer.

Er is niemand.

Over zijn schouder zie ik Carls rondslingerende spullen en Inigo's stretcher, met de dekens netjes gladgestreken en ingestopt.

Midden op het kussen ligt een opgevouwen papiertje.

Niemand lijkt te weten wat te doen, maar dan hobbelt Erin langs Danny de kamer in om het te pakken.

'Het is een briefje,' zegt ze, en ze leest het snel door bij het licht van de zaklamp. Dan krijgt ze een wezenloze uitdrukking op haar gezicht. 'O... shit.'

Het is de eerste keer dat ik haar in ons bijzijn een krachtterm hoor gebruiken. Danny is al een paar keer geflipt, maar Erin is altijd volkomen professioneel gebleven. Nu is haar gezicht krijtwit. Ze kijkt naar Danny en zegt geluidloos iets wat ik niet kan ontcijferen.

'Wat staat erin?' vraagt Topher gebiedend. Afgezien van een lichte heesheid in zijn stem zou je nooit geweten hebben dat hij een paar minuten geleden nog zat te huilen in mijn kamer. 'Ik heb het recht dat te weten. Ik ben nog steeds de CEO van dit bedrijf.'

Hij rukt het briefje uit Erins hand. Ze verzet zich niet. Hij leest het hardop voor.

'Lieve iedereen, ik heb een vreselijke fout begaan. Ik ben weggegaan om te proberen die recht te zetten. Kom alsjeblieft niet achter me aan. Inigo.'

'O shit,' zegt Miranda Erin na. 'De idioot.' Ze staat in de deuropening. Nu draait ze zich om en kijkt uit het hoge raam aan het einde van de gang, het raam waar Inigo voor stond toen hij probeerde ontvangst te krijgen. Het is nu bijna helemaal donker. De sneeuwvlokken tikken tegen de ruit alsof ze naar binnen willen. Ik ril onwillekeurig bij de aanblik. 'Ik bedoel, kijk eens naar buiten. Dat overleeft hij niet.'

'Wat betekent het eigenlijk?' vraagt Erin. Ze ziet er verbijsterd uit. 'Het briefje, bedoel ik. Zegt hij dat hij de politie níét heeft gebeld maar ze nu is gaan halen? Of dat hij achter Eva aan is gegaan?'

'Wie het weet mag het zeggen,' zegt Carl bruusk. 'De eikel. Is hij eigenlijk al weg?'

'Goede vraag,' zegt Danny. 'Ik zal het checken.' Hij draait zich om en loopt snel met de zaklamp door de gang. De schaduwen sluiten ons in wanneer hij uit het zicht verdwijnt. We horen zijn voetstappen op de wenteltrap en dan de klap van de deur naar de gang waar de skikasten staan. Wanneer hij terugkomt, loopt hij langzamer, en zijn gezicht staat strak. 'Ja, hij is ervandoor,' zegt hij zodra hij bijna bij ons is. 'Zijn ski's en jack zijn weg.'

'Shit,' zegt Carl boos. 'Verdomde idioot. Wanneer is hij weggegaan? Wie heeft hem het laatst gezien?'

Iedereen haalt de schouders op.

'Ik heb hem bij de lunch gezien,' zegt Miranda, en een paar anderen knikken.

'Ik heb hem ook bij de lunch gezien,' zegt Erin zwaarmoedig. 'Hij was... Hij heeft niet gegeten. Hij was er niet goed aan toe. Hij is weggelopen, ik nam aan dat hij naar zijn kamer ging, maar hij zou ook naar de skikasten gegaan kunnen zijn. Heeft iemand hem na de lunch nog gezien?'

Iedereen schudt zijn hoofd. Dan fronst Erin haar wenkbrauwen.

'En Tiger?'

We kijken allemaal naar elkaar, en ik zie aan de anderen dat ze even ontzet zijn als ik. Waar is Tiger?

Zonder iets te zeggen loopt Danny in de richting van haar kamer. We volgen hem allemaal, als een kudde bange schapen.

Bij de deur aangekomen klopt hij aan. Niets. Ik voel de spanning oplopen.

'Bekijk het maar,' zegt Danny ruw, en hij steekt zijn loper in het slot. De deur zwaait open. Iedereen loopt naar binnen en verdringt elkaar om iets te zien. Ik sta achteraan en mijn zicht wordt belemmerd door Tophers brede schouders.

'Tiger?' zegt Ani angstig.

En dan hoor ik een slaperige stem zeggen: 'Hé, wat is er?'

Er wordt hoorbaar uitgeademd, met een mengeling van opluchting en ergernis.

'Jezus, Tiger,' zegt Miranda. Haar accent is meestal bekakt en lijzig, maar nu klinkt ze scherp en geïrriteerd. 'Wat doe je ons aan! Heb je niet gehoord wat Erin zei? We moeten bij elkaar blijven!'

'Ik heb mijn deur op slot gedaan,' zegt Tiger. Haar normaal gesproken kalme stem klinkt iets minder sereen dan normaal. 'Wat is er aan de hand?'

'Inigo is weg,' zegt Miranda. Tot mijn verbazing lijkt er op dat moment iets in haar gepolijste façade te barsten, en ze begint te huilen.

ERIN

Snoop-ID: LITTLEMY
Luistert naar: offline
Snoop-volgers: 10

We gaan allemaal heel vroeg naar bed, uitgeput door de afschuwelijke gebeurtenissen van die dag. Sommigen uit de groep vormen paren, en ze verzekeren zich ervan dat iedereen weet met wie ze zijn. Miranda en Rik doen niet meer alsof. Sinds Miranda's breakdown eerder vandaag in Tigers kamer zijn ze onafscheidelijk. Nu zegt Rik botweg: 'Ik slaap vanavond in Miranda's kamer', en de anderen vertonen niet eens een zweem van verrassing.

Wat misschien nog wel verrassender is, is dat Tiger en Ani zich aan elkaar koppelen, waardoor Carl en Topher als twee single mannen overblijven. Ik had gedacht dat Ani en Topher ook een paar zouden vormen, maar sinds Elliots dood is er iets veranderd tussen hen. Wat ik niet kan achterhalen is wie als eerste een stap terug heeft gezet. Elliot stierf nadat hij had geprobeerd Topher iets te vertellen maar Topher hem daar niet de kans toe gaf. Je hoeft geen genie te zijn om te bedenken dat Topher misschien een reden had waarom hij niet wilde dat Elliot zijn verdenkingen uitte.

Aan de andere kant is de reden dat Elliot niet met Topher kon praten dat Topher in bed lag met Ani. Het zou geen verrassing zijn als Topher haar dat ergens kwalijk neemt, hoe irrationeel het ook is. En Ani is ontegenzeggelijk degene die die kop koffie naar boven heeft gebracht. Of tenminste, een kop koffie, verbeter ik mezelf. Hoewel Topher degene was die haar had gevraagd dat te doen, te oordelen naar wat ze in de keuken tegen me zei. Ervan uitgaande dat ze de waarheid sprak. Jezus. Ik ga in een cirkeltje rond.

Miranda is degene die de vraag stelt die we allemaal over het hoofd hebben gezien.

'En Liz dan?'

Er valt een ongemakkelijke stilte, omdat we allemaal beseffen dat iedereen Liz weer is vergeten. Alle ogen zijn op haar gericht. Ze lijkt in zichzelf weg te kruipen en slaat haar armen om zich heen alsof ze zich zo kan beschermen tegen onze blikken.

'Wil je een kamer met Tiger en mij delen?' vraagt Ani opgewekt.

Liz schudt haar hoofd. 'Nee, bedankt. Ik red me wel in mijn eentje.'

'Nee, Liz,' zegt Miranda een beetje bezorgd. 'Dat vind ik echt geen goed idee. Erin heeft gelijk. We moeten bij elkaar blijven.'

'Echt,' zegt Liz. Haar gezicht heeft iets koppigs, bijna obstinaats. 'Ik hou er niet van een kamer te delen. Ik doe de deur wel op slot.'

'Even voor de duidelijkheid, Erin en ik hebben allebei een loper,' zegt Danny botweg. 'We kunnen overal binnenkomen. Ik zeg niet dat we je 's nachts koud komen maken, maar deze deuren zijn niet bepaald Fort Knox, als je begrijpt wat ik bedoel.'

'Dan zet ik wel een stoel onder de deurknop,' zegt Liz. Ze slaat haar armen over elkaar. Ik wissel een blik met Danny en haal mijn schouders op. We kunnen haar niet dwingen ons advies op te volgen.

'Oké,' zegt Danny uiteindelijk. 'Je moet het zelf weten. Het is jouw begrafenis.'

Pas nadat hij de woorden heeft uitgesproken realiseert hij zich hoe ze klinken.

LIZ

Snoop-ID: ANONIOI
Luistert naar: offline
Snoop-volgers: 1

Ik weet wat ze denken wanneer we langzaam naar onze slaapkamers lopen. Ze denken dat ik gek ben. Misschien hebben ze gelijk. Als ik de deur achter me sluit en op slot draai, vraag ik me af of het een slecht en gevaarlijk idee is mezelf het buitenbeentje te maken. Stel dat het iemand op ideeën brengt?

Maar ik kan hun niet uitleggen dat ik er niet aan moet denken een kamer te delen met Tiger en Ani. Het is al erg genoeg om overdag met al die gezichten uit het verleden te worstelen, gevangen in een nachtmerrie met mensen die ik nauwelijks ken.

Ik heb mijn schuilplaats nodig. Ik moet de deur achter me kunnen sluiten. Het idee de nacht door te brengen op een matras op de vloer van Tigers slaapkamer, luisterend naar haar zachte ademhaling en Ani die in haar slaap woelt, doet me huiveren.

Ik duw een stoel onder de klink van de deur en ga dan volledig gekleed in bed liggen. Het is te koud om me om te kleden. Daar lig ik dan, met mijn ogen dicht, en ik probeer mijn stijve spieren te ontspannen. Net wanneer ik tegen mezelf zeg dat het veilig is om in te dommelen, hoor ik een geluid bij de deur. Ik hef mijn hoofd. Onmiddellijk bonkt mijn hart in mijn keel.

'Wie is daar?' Mijn stem trilt van de adrenaline.

'Ik ben het. Ani.' Ik kan haar gefluister door het dikke hout amper horen.

'Wacht even.' Ik zwaai mijn benen uit bed, loop naar de deur en trek de stoel weg. Dan doe ik voorzichtig open.

Ani staat buiten. Ze is gekleed in een dikke roze trui die bijna tot aan haar knieën komt. Haar ogen zijn enorm in het donker.

'Ani, wat doe je? Je bezorgde me bijna een hartaanval.'

'Sorry,' fluistert ze. 'Ik kon niet slapen. Ik bleef me zorgen maken om jou, en ik vind dat Erin gelijk heeft. We moeten bij elkaar blijven. Kom alsjeblieft bij Tiger en mij slapen.'

'Nee, echt, ik red me wel,' zeg ik. Ani staat daar handenwringend in de donkere gang. Ze kijkt me aan op een manier die ik niet prettig vind. Haar ogen zijn heel groot en ze ziet er bezorgd uit. 'Ik red me wel,' zeg ik nogmaals, nu wat nadrukkelijker. 'Ga maar. Tiger vraagt zich vast af waar je bent.'

'Tiger slaapt al,' zegt ze met een bibberig lachje. 'Helemaal onder zeil, en ze snurkt ook nog. Ik weet niet hoe ze het doet. Ze is zo zen. En ik bleef maar aan dingen denken, bleef malen.'

'Ik denk dat ze een pilletje heeft ingenomen,' zeg ik. 'Daar had ze het bij het ontbijt over. Maar waar lag je dan aan te denken?'

'O... niets.' Weer dat bibberige lachje, alleen zie ik nu iets in haar ogen. Die staan smekend en bezorgd.

Ik krijg ineens een akelig voorgevoel. 'Ani, weet je misschien iets wat je aan niemand hebt verteld?'

Ze schudt haar hoofd, maar het is geen resoluut hoofdschudden, meer een bezorgd *ik weet het niet*.

'Luister goed,' zeg ik. Mijn stem is een dringend gefluister. Ook al is het niets voor mij om zo doortastend te zijn, ik ben erg bezorgd. 'Je hebt gehoord wat Erin zei: als je iets weet, vertel het dan aan iemand. Geheimen bewaren is op dit moment het gevaarlijkste wat je kunt doen. Heb je iets gezien? Toen Elliot naar Tophers kamer kwam? Weet je iets over Inigo?'

'Nee,' zegt ze, en haar stem stokt. 'Ik heb gewoon... Ik blijf het gevoel houden dat er iets mis is... iets wat ik zag... Ik kan er gewoon niet de vinger op leggen.'

O god. Mijn maag kolkt van onbehagen. Ik heb het vreselijke gevoel dat wat Ani zich niet kan herinneren wel eens heel belangrijk zou kunnen zijn. Het zou de aanwijzing kunnen zijn die aantoont wie de moordenaar is, datgene waardoor hij of zij wordt ontmaskerd.

'Ani, vertel het me,' smeek ik. 'Hou dit niet voor jezelf.'

We kijken elkaar in de ogen, en in de hare zie ik iets. Iets wat ze weet. Plotseling ben ik heel erg bang.

'Ani, alsjeblieft,' zeg ik. Ik smeek, dat weet ik, en het kan me niet schelen. Maar ze schudt haar hoofd, met ogen zo groot en bang als ik me voel.

'Ik kan het niet,' fluistert ze. 'Ik moet... ik moet nadenken.'

Dan verdwijnt ze in het donker en laat ze me in de gang achter. Met nog steeds dat akelige voorgevoel kijk ik hoe de deur van Tigers kamer zacht achter haar dichtgaat. Ik wacht, voor alle zekerheid, en hoor dan de klik wanneer ze de sleutel omdraait in het slot. Daarna ga ik mijn kamer weer in. Ik kan niets anders doen.

ERIN

Snoop-ID: LITTLEMY
Luistert naar: offline
Snoop-volgers: 10

'Shit.' Danny ligt op een matras die hij naar mijn kamer heeft gesleept, met zijn handen op zijn gezicht. 'Waarom zei ik dat tegen Liz over haar begrafenis? Ik ben zo tactloos! Hun vrienden zijn net overleden en nu denken ze natuurlijk dat het me niets kan schelen.'

'Echt, Danny, dat is wel het laatste waar ze zich druk om maken.'

Ik ben zo moe dat mijn ogen aanvoelen alsof er zand in zit, en ik weet zeker dat dat ook voor Danny geldt. Maar ik weet ook dat ik de slaap niet zal kunnen vatten. Niets voelt goed. Danny's aanwezigheid, geruststellend als die is, is te vreemd. In de kamer is het te koud. De situatie is te nijpend. En ik ben bang dat als ik in slaap val, ik weer zal dromen over graven in de sneeuw, en dat ik Danny dan wakker zal maken en hij vragen zal stellen die ik niet kan beantwoorden.

Maar ik ben vooral ongelooflijk bang.

Het helpt niet dat mijn voet weer pijn doet. Heel veel pijn. Ik maak me zorgen dat er misschien toch iets gebroken is.

'Er had allang iemand moeten komen,' zegt Danny in de stilte, en ik weet waar hij het over heeft.

'We weten niet of Inigo heeft gebeld.'

'Wat bedoelde hij dan met dat hij een grote fout heeft begaan?'

'Ik weet het niet, maar het is niet logisch, Danny. Waarom zou hij in vredesnaam níét bellen? De enige reden zou zijn dat hij Eva heeft vermoord, en als dat het geval is zijn we hier veiliger zonder hem, toch?'

'Misschien is hij inderdaad de dader. Misschien probeert hij een voorsprong te krijgen op de politie. We weten het niet.'

Danny's opmerking brengt me even van mijn à propos; ik kan echt niet bedenken wat ik moet zeggen. Feit is dat ik gewoon niet geloof dat Inigo een moordenaar is. Hij leek zachtaardig en wanhopig, en oprecht verdrietig over Eva. Maar dan denk ik aan alle krantenartikelen die ik ooit heb gelezen over 'aardige mannen' die hun kinderen, hun partner of een volslagen vreemde hebben vermoord. Wat Danny eigenlijk zegt is dat deze mensen vreemden voor ons zijn. Wat voor vreemde intimiteit de situatie ook heeft gecreëerd, het is een illusie. We kennen Inigo nog geen drie dagen, net als de rest van hen.

Er valt nog een lange stilte, en een tijdlang denk ik dat Danny misschien is ingedommeld. Dan slaakt hij een diepe zucht.

'Shit, wat moeten we nu doen, Erin?'

'Ik wéét het niet.' Die vier woorden omvatten alle wanhoop die ik sinds Eva's verdwijning heb opgebouwd. Wat een vreselijke toestand. Eerst Eva, toen Elliot, nu Inigo. Onze gasten verdwijnen een voor een, als in een slechte horrorfilm. 'Als Inigo echt hulp is gaan halen...'

'Dat geloof ik niet,' zegt Danny op besliste toon. 'Als hij de politie heeft gebeld zoals hij beweerde, hoeft hij ze niet te gaan halen. En als hij ze niet heeft gebeld, waarom zou hij dan nu ineens de held gaan uithangen? Dat is niet logisch. Hij is niet naar de politie gegaan. Hij heeft de benen genomen, en dit is zijn manier om het te verdoezelen.'

De moed zakt me in de schoenen, maar ik kan de logica van wat hij zegt niet ontkennen. Of Inigo nou is verdwenen of niet, feit is dat het niets verandert aan onze hachelijke situatie. We zitten hier vast en kunnen onmogelijk weten of het Inigo zal lukken hulp te vinden – of zelfs maar of hij dat zal proberen. Je kunt er alle ingewikkelde analyses van de wereld op loslaten, het verandert niets. Het enige wat we kunnen doen is blijven zitten waar we zitten en wachten. Dan komt er ineens een idee bij me op.

'Wacht, we kunnen één ding doen.'

'En dat is?'

'Jij zou naar Haut Montagne kunnen lopen om alarm te slaan.'

Er valt een lange stilte. Dan zegt Danny botweg: 'Nee.'

'Ik weet dat het gevaarlijk is, maar ik kan het niet doen vanwege mijn enk...'

'Wat kan mij dat gevaar schelen,' onderbreekt Danny me. 'Maar je hebt gelijk; jij kunt niet weg hier, en ik laat je niet achter met een stel psychopaten.'

'We weten niet of we een psychopaat in ons midden hebben. Als het waar is dat Inigo...'

'Ik laat je niet in de steek,' zegt Danny, en iets in zijn toon maakt me heel duidelijk dat dit zijn laatste woord over het onderwerp is. Ik hoor dekens ritselen wanneer hij zich met een ruk omdraait in bed. 'Punt uit. Ga nu maar slapen.'

Het duurt heel lang voordat dat lukt.

LIZ

Snoop-ID: ANON101
Luistert naar: offline
Snoop-volgers: 1

Ik ga terug naar bed. Ik ben zo gespannen dat ik denk dat ik niet kan slapen, maar als ik uiteindelijk toch wegzak, is het in de diepe, droomloze slaap van volledige uitputting. Wanneer ik wakker word is het bitter koud, en hoewel mijn kleren verkreukeld en zweterig aanvoelen, ben ik blij dat ik ze niet heb uitgetrokken. Anders zou opstaan te moeilijk zijn geweest. Zelfs met mijn kleren aan is het te koud om uit bed te komen, en daarom sluit ik mijn ogen en blijf gewoon liggen. De batterij van mijn telefoon is helemaal leeg, dus ik heb geen idee hoe laat het is.

Opeens verscheurt een gil de stilte. Het is een lange, luide, aanhoudende gil.

Met bonzend hart schiet ik overeind. Dan zwaai ik mijn benen uit bed en ga staan. Dat doe ik veel te snel. Ik voel het bloed uit mijn hoofd wegtrekken en dan tintelend terugstromen. Mijn hart bonkt van de adrenaline.

In de gang hoor ik deuren slaan. Stemmen roepen in paniek.

'Het komt uit Tigers kamer,' hoor ik iemand schreeuwen.

Met trillende handen tast ik rond naar mijn bril, die ik snel opzet. Het is zo koud dat mijn adem een witte wolk is terwijl ik de deur van het slot haal.

In de gang staan Rik, Miranda, Topher en Carl bij de deur van Tigers kamer. Miranda draagt een muts en handschoenen.

'Doe open,' schreeuwt Topher. 'Wat is er aan de hand? Ani? Tiger? Doe de deur open!'

Het gegil is verflauwd tot een zacht gesnik. Het is onmogelijk te zeggen wie er huilt.

Ik hoor rennende voetstappen en dan komt Danny, de kok, de hoek van de gang om, gekleed in een joggingbroek en een verkreukeld T-shirt.

'Wat is dat voor een geschreeuw, verdomme!'

'We hoorden iemand gillen,' zegt Rik bondig. 'Het kwam uit de kamer van Tiger en Ani. Ze doen de deur niet open.'

'Aan de kant,' zegt Danny, die in zijn zak naar zijn loper tast. Zijn hand komt er leeg uit. 'Shit, hij moet nog in de zak van mijn andere broek zitten. Hé!' Hij bonkt op de deur. 'Doe open! Anders kunnen we jullie niet helpen.'

Er klinkt een klik. De deur zwaait open.

Met zoveel mensen voor me zie ik niet wie het is. Maar dan hoor ik Miranda's geschrokken stem.

'Tiger! Wat is er in vredesnaam aan de hand?'

Tiger snikt zo hartverscheurend dat ze de woorden nauwelijks uit haar mond krijgt.

'Ani, o god, help me a-alsjeblieft. Ani. Volgens mij is ze d-dood.'

ERIN

Snoop-ID: LITTLEMY
Luistert naar: offline
Snoop-volgers: 10

Ik doe er lang over om door de gang te hobbelen. Mijn enkel is in de loop van de nacht opgezwollen en het doet behoorlijk pijn om er gewicht op te zetten. Als ik de hoek om ga, zwelt het geluid van stemmen aan tot een paniekerig rumoer.

'Wat is er aan de hand?' vraag ik, maar niemand luistert. Ze staan om Tiger en Ani's deur gedromd. Tiger zit op haar hurken in de gang hysterisch te snikken, met haar armen om haar hoofd geslagen. Liz staat naast haar, met een doodsbange blik in haar ogen. Af en toe legt ze voorzichtig een hand op Tigers haar, alsof het elk moment vlam kan vatten.

'Wat is er aan de hand?' vraag ik nogmaals, en deze keer duikt Danny uit Tigers kamer op. Zijn gezicht is grauw.

'Verdomme,' zegt hij. 'Het is Ani.'

'Hè? Wat is er met haar?' Ik voel angst in me oprijzen.

'Ik bedoel: ik ben er vrij zeker van dat ze dood is.'

O mijn god. Met een knoop in mijn maag van afgrijzen wurm ik mezelf langs de anderen de kamer in.

Ani ligt op een matras op de vloer, met haar gezicht omlaag. Wanneer ik aan haar schouder trek om haar om te draaien komt haar hele lijf mee, als een etalagepop, haar gewrichten op slot door rigor mortis. Ik hoef niet aan haar koude, wasachtige gezicht te voelen om te weten dat ze dood is.

Plotseling kunnen mijn benen mijn gewicht niet meer dragen

en ik wankel naar Tigers bed, dat nog warm en omgewoeld is. De kamer wordt wazig, scherp en weer wazig. Ik steek mijn hoofd tussen mijn knieën in een poging me te vermannen.

'Dat kan Inigo niet gedaan hebben,' zegt Danny schor. Instemmend schud ik mijn hoofd. Zoveel is wel duidelijk. Mijn god, in welke levende nachtmerrie zijn we in vredesnaam beland?

'En toen waren we nog met z'n zessen,' zegt een stemmetje uit de deuropening. Ik kijk op en zie Liz staan, die met een wit gezicht vol afschuw naar Ani's liggende gestalte kijkt.

'Wat?' vraagt Danny. Hij lijkt verward, alsof hij haar niet goed heeft verstaan.

'Niets,' zegt Liz. Ze lacht beverig en beschroomd. Het klinkt alsof ze op het punt staat hysterisch te worden. Ik weet hoe ze zich voelt. Dan draait ze zich om en loopt weg. Ik hoor haar deur dichtslaan en het slot knarsen. Ik neem het haar niet kwalijk. Ik zou hetzelfde willen doen. Maar dat gaat niet. Ik moet...

Ik sta op, ga naar het lichaam toe en draai het weer heel voorzichtig om. Deze keer dwing ik mezelf naar Ani's dode gezicht te kijken.

Ze ziet er bijna uit alsof ze in haar slaap is gestorven. Bijna. Maar niet helemaal. Er zit wat bloed op haar lip, waar ze op haar tong moet hebben gebeten. En in haar gezicht zie ik een paar piepkleine rode stipjes. Ik weet wat het zijn, of beter gezegd, ik weet wat ze betekenen, maar ik moet een paar minuten mijn geheugen pijnigen tot mijn brein met de medische term komt. Petechiën. Niet dat eerstejaars geneeskundestudenten veel moordgevallen onder ogen krijgen, maar ik heb genoeg foto's in leerboeken gezien om ze te herkennen.

Er zijn geen sporen in haar hals of andere zichtbare wonden, behalve het bloed op haar lip. Als ik me buig om haar voorzichtig terug te laten zakken in de positie waarin ik haar heb gevonden, met het gezicht naar beneden, zie ik dat het kussen ook is bevlekt. Er klinkt een regel uit een sprookje in mijn hoofd: *Lippen zo rood als bloed, een huid zo wit als sneeuw.*

'Ik denk dat ze versmoord is,' zeg ik zacht tegen Danny. 'De dader heeft haar gezicht in het kussen geduwd of iets op haar gezicht gedrukt en haar daarna omgedraaid. Voor zover ik kan zien heeft ze amper blauwe plekken, dus waarschijnlijk sliep ze en heeft ze zich niet verzet.'

'Verdomme.' Danny's gezicht vertrekt van afgrijzen. Hij ziet er opeens tientallen jaren ouder uit dan zijn vijfentwintig jaar. 'Je wilt toch niet zeggen... Tiger?'

Ik schud mijn hoofd, al bedoel ik daar geen nee mee. Ik heb gewoon geen idee wat ik moet zeggen. Ik kan niet geloven dat de zachtaardige Tiger, die zo zen is, dit gedaan heeft. Aan de andere kant: de deur was op slot. Zou iemand binnen hebben kunnen komen om Ani in haar slaap te smoren zonder dat Tiger wakker werd? Ik denk terug aan haar door yoga gespierde lijf, die slanke, sterke handen. De wereld lijkt te kantelen en te draaien om haar as.

In de gang staan de anderen te wachten, bleek en bezorgd. Tiger is stil maar zit nog steeds gehurkt tegen de muur, met Miranda's beschermende arm om haar schouder. Liz houdt zich nog steeds schuil in haar kamer. Carl en Rik staan met grimmige gezichten aan weerszijden van de deur, als schildwachten. Topher loopt te ijsberen; hij ziet eruit als een man die bezeten is door demonen. De uitdrukking op zijn gezicht beangstigt me.

'Verdomme,' snauwt hij wanneer Danny en ik de kamer verlaten en de deur achter ons dichtdoen.

'Hé, zo kan-ie wel weer, vriend.' Danny heft zijn handen, maar ik sus hem. Vijf van deze mensen zijn bang en in de rouw. Een van hen... Nee, zo moet ik niet denken. Het is te surrealistisch, te verschrikkelijk.

'Kom naar de woonkamer,' zeg ik. 'Ik denk dat we allemaal toe zijn aan een borrel.'

Hoewel het nog maar negen uur 's ochtends is, schenk ik beneden voor ons allemaal een flink glas whisky in. Iedereen drinkt het geluidloos op, behalve Tiger, die op de bank ligt te bibberen in een toestand die ik alleen maar een bijna-catatonische shock kan noemen.

'Goed,' zegt Rik terwijl hij zijn glas neerzet. 'Wat is er gebeurd?'

'Een momentje,' zegt Miranda. 'Waar is Liz?'

Ik voel paniek opkomen, gevolgd door een golf van rationaliteit. Het is onmogelijk dat iemand Liz heeft vermoord terwijl we allemaal in de gang stonden.

'Volgens mij is ze in haar kamer,' zeg ik. 'Ik ga haar wel halen.'

'Niet in je eentje,' gromt Danny, en hij volgt me als een waakhond de trap op. Met veel pijn hobbel ik de gang door om op Liz' deur te kloppen.

'Wie is daar?' hoor ik haar zeggen. Ze klinkt net zo bang als ik me voel.

'Ik ben het. Erin,' zeg ik. 'En Danny. We... we moeten hierover praten, Liz. Over wat er is gebeurd. We moeten proberen te bedenken wat we nu gaan doen. Kun je komen?'

Er klinkt een schrapend geluid en dan gaat de deur heel langzaam open, totdat Liz met een bleek gezicht en holle ogen in de deuropening staat. Ze ziet er doodsbenauwd uit, alsof niets ter wereld haar zo tegenstaat als naar beneden gaan en haar medegasten onder ogen komen. En ik kan het haar niet kwalijk nemen. Ik voel hetzelfde. Maar het moet.

Tegen de tijd dat we beneden zijn, heeft Miranda nieuwe houtblokken op het vuur gelegd en heeft Rik voor iedereen nog eens met heel gulle hand whisky ingeschonken. Ik wil zeggen dat het me niet verstandig lijkt om in deze situatie nog meer alcohol te schenken, maar omdat ik zelf de eerste borrel heb aangeboden, ben ik niet degene die bezwaar kan maken.

'Maar wat is er nou gebeurd?' zegt Rik weer, terwijl hij Liz een glas aanreikt. Zijn stem wankelt op het randje van agressie, al denk ik dat het eigenlijk angst is. 'Je maakt mij niet wijs dat ze in haar slaap is overleden.'

'Dat is ze ook niet,' zeg ik heel zacht. Meteen vallen ze allemaal stil. 'Ze heeft iets wat petechiale bloedingen heet. Weten jullie wat dat betekent?'

Iedereen in de kring schudt het hoofd, behalve Carl, die knikt. 'Kleine rode stipjes, toch? Ja, ik kijk CSI. Lach me maar uit.'

'Precies. Kleine rode stippen waar bloedvaten in de huid zijn geknapt. Het betekent meestal dat degene is gestorven aan een of andere vorm van verstikking – wurging of verhanging. Aangezien haar hals geen sporen vertoont, denk ik dat Ani waarschijnlijk in haar slaap is versmoord.'

'O nee.' Een lange kreun van Miranda. Ze slaat haar handen voor haar gezicht.

'Ze wist iets.' Het is Liz. Ze praat erg zacht en ik moet de anderen het zwijgen opleggen om haar te kunnen verstaan. 'Ze kwam gisteravond naar mijn kamer en probeerde me over te halen bij Tiger en haar op de kamer te komen slapen. Toen ik vroeg waarom ze nog wakker was, zei ze dat ze ergens mee zat, met iets wat ze had gezien. Ik smeekte haar het me te vertellen...' Haar stem breekt, en ze houdt op met praten. Zoveel heb ik haar nog nooit achter elkaar horen zeggen, en ze lijkt ineen te krimpen wanneer alle ogen op haar worden gericht.

'Verdomme.' Danny klinkt boos en staat op, alsof hij zijn gevoelens niet kan bedwingen. 'Wat heeft Erin nou gezegd? Als je iets weet, moet je het aan iemand vertellen.'

'Dat weet ik ook wel!' zegt Liz, haar stem als een snik. 'Ik heb haar gesmeekt iets te zeggen, echt waar, maar ze zei dat ze het niet zeker wist...'

'Tiger.' Miranda schudt Tiger nu zachtjes door elkaar. 'Tiger, heeft Ani gisteravond nog iets tegen je gezegd voordat ze in slaap viel?'

'Ik sliep.' Tigers stem is gebroken en erg hees. Het is moeilijk te verstaan wat ze zegt, zo moeizaam komen de woorden uit haar mond. Wat ik opvang is: 'Het spijt me heel erg... in slaap... slaappil genomen...'

'Wacht, slik je slaappillen?' vraag ik. Ik kijk naar Danny, die een wenkbrauw optrekt, en ik weet dat we allebei denken aan de fijngestampte pillen in Elliots koffie.

Er ontsnapt een rauwe snik aan Tigers keel. 'Normaal gesproken niet, maar sinds ik hier ben kan ik niet slapen. Al vanaf dag één niet. Eva zei dat het door de hoogte komt. Ze heeft me wat van haar pillen gegeven.'

'Dat is zo,' zegt Miranda. Ze kijkt de kring rond op zoek naar steun. 'Na het ontbijt die eerste ochtend. Ik herinner me het gesprek. Rik, jij hebt het toch ook gehoord?'

'Sorry,' zegt Rik, die zijn schouders ophaalt. Hij klinkt defensief. 'Je hebt vast gelijk, maar ik weet het niet meer.'

'Iedereen was er,' houdt Miranda vol. 'Het was vlak voor de presentatie. Eva zei tegen Tiger: "Je ziet eruit alsof je niet hebt geslapen", en Tiger zei: "Dat heb ik ook niet." Toen zei Eva: "Het komt door de hoogte. Herinner me eraan dat ik je wat van mijn slaappillen geef." Carl was erbij, en Liz. En Topher.'

'Ik weet het ook niet meer. Ik was vast met mijn hoofd bij de presentatie,' zegt Topher nogal bruusk. 'Wat probeer je te zeggen?'

Hij ziet er geërgerd uit, alsof hij denkt dat Miranda hem iets in de schoenen probeert te schuiven. Maar ik weet waarom Miranda dit doet. Ze weet dat Tiger de hoofdverdachte is wat Ani's dood betreft. Tiger was in de kamer toen Ani werd gesmoord en is erdoorheen geslapen. Wat vrij onwaarschijnlijk is, tenzij je weet dat ze slaappillen had ingenomen. Miranda probeert aan te tonen dat iedereen dat wist. Dat iedereen misbruik kan hebben gemaakt van Tigers gedrogeerde toestand om naar binnen te sluipen en Ani te vermoorden terwijl Tiger sliep. Dat bewonder ik in haar, in zekere zin. Ze steunt haar collega, ondanks behoorlijk akelig bewijs.

Maar we zitten nog steeds met de kwestie van de afgesloten deur.

'Wie was er als eerste bij Ani's kamer?' vraag ik.

'Ik,' zegt Topher. Hij staat tegen de schoorsteenmantel geleund. Nu slaat hij zijn armen over elkaar. 'Die zat op slot. Dat heb jij gezien.' Hij knikt naar Danny, die schokschoudert ter bevestiging.

'Ik heb de deur geprobeerd, ja. Hij zat op slot.'

'Hoe kan iemand binnengekomen zijn?' vraagt Topher. 'Met een loper? Hoeveel van die dingen zijn er?'

'Slechts twee,' zeg ik. Ik houd de mijne omhoog. 'Ik heb die van mij de hele nacht bij me gehad. Dat weet ik zeker. Danny?'

Danny fronst zijn wenkbrauwen en klopt op zijn zakken. 'Ik dacht dat die van mij hierin zat. Dit waren de kleren die ik gisteren droeg. Ik dacht... Wacht even.'

Zonder te wachten tot iemand anders hem vergezelt springt hij op en beent hij de kamer uit.

'Danny!' schreeuw ik achter hem aan.

Hij roept: 'Ik ben zo terug.'

Er valt een lange stilte. Ik merk dat mijn hart ongemakkelijk snel klopt, ook al weet ik dat het irrationeel is. Iedereen is hierbinnen. Ik kijk nu naar ze. Maar dit begint te voelen als *Heer der vliegen*.

Wanneer Danny terugkomt, staat zijn gezicht heel ernstig, en de blik die hij me toewerpt zegt me dat hij iets moet vertellen waar hij heel erg tegen opziet.

'Het heeft geen zin er doekjes om te winden,' zegt hij. 'Mijn loper is weg. Iemand heeft hem gejat.'

'Shit,' zegt Rik. Het woord klinkt als een pistoolschot in de daaropvolgende stilte. 'Shít. Je zegt dus dat iemand nu toegang heeft tot elke kamer hier? Dat we onze deuren niet echt kunnen afsluiten?'

'Daar komt het wel op neer, ja,' zegt Danny grimmig.

'Wat ben jij een onverantwoordelijke klootzak,' bijt Topher hem toe. 'Je hebt een zorgplicht tegenover ons en...'

Danny staat op, zodat hij op dezelfde hoogte is als Topher, en gaat bijna in de gevechtshouding staan.

'Wil je niet zo'n toon tegen me aanslaan, vriend.'

'Dit komt je wel verdomd goed uit, hè? Als het hiervoor iemand was gelukt in een van de kamers te komen, waren Erin en jij de hoofdverdachten, en nu heb je bedacht...'

'Ik heb niets bedacht,' snauwt Danny terug. 'En betrek Erin en mij er niet bij. Wij hebben niets gedaan. We hebben nooit problemen gehad, totdat jullie verschenen en elkaar koud begonnen te maken. We weten niet wie jullie zijn. Dus het feit dat een van jouw medewerkers mijn loper heeft gejat...'

'Daar zeg je zo wat,' onderbreekt Topher hem boos. 'Wie is Erin precies? Want ze lijkt een beetje overgekwalificeerd voor een gastvrouw in een chalet, als je het mij vraagt. Petrificale, of wat het ook was – is dat een onderdeel van de training voor chaletwerk?'

Shit. Ik wist dat dit zou komen. Ik zucht en sta ook op, met het meeste gewicht op mijn goede been.

'Nee. Nee, dat is het niet. De waarheid is...' Ik kijk naar Danny en vraag me af wat ik kan doen. 'De waarheid is dat ik geneeskunde heb gestudeerd voordat ik hierheen kwam. Ik ben gestopt, maar daardoor weet ik wat petechiën zijn.'

'En dat is nog niet alles, hè?' jut Topher de boel op. 'Het zit me sinds mijn aankomst hier al dwars. Ik ken jou. Dat weet ik zeker.'

Shit. Shít.

Het heeft geen zin er nog langer omheen te draaien.

‘Ja, je kent me waarschijnlijk wel. Mijn achternaam is FitzClarence. Mijn vrienden noemen me allemaal Erin, maar dat is mijn tweede naam.’

‘Ik wist het!’ Topher klinkt triomfantelijk. ‘Ik wist dat ik je kende. Dorothea FitzClarence. Ik zat op school met je broer, Alex, degene die...’

Hij maakt zijn zin niet af, en ik knik, met tegenzin, want ik kan niets anders doen.

‘Wat?’ zegt Danny. Hij lijkt als door de bliksem getroffen. ‘Erin, wat is dit voor onzin? Dorothea... Wat?’

‘Mag ik je voorstellen,’ zegt Topher heel boosaardig, ‘aan Lady Dorothea de Plessis FitzClarence, de jongste dochter van de markies van Cardale.’

LIZ

Snoop-ID: ANON101
Luistert naar: offline
Snoop-volgers: 1

Wanneer ik naar de fronsende gezichten in de kring kijk, is wel duidelijk dat ik niet de enige ben die er niets van begrijpt. Erin ziet er verslagen uit. Topher lijkt in zijn nopjes. Maar verder lijkt iedereen net zo verbijsterd als ik. Wat is dit? Wat heeft dit te maken met Ani's dood?

Er is geen tijd om daarachter te komen. Danny draait zich zo abrupt om dat hij een stoel omverstoot. Die klettert op de grond en neemt een whiskyglas mee, dat in scherven valt.

'Danny,' zegt Erin wanhopig.

'Vuile leugenaar,' bijt hij haar over zijn schouder toe. Dan verlaat hij de kamer.

Erin werpt Topher een woedende blik toe. 'Je wordt bedankt,' zegt ze, en dan is ze weg, achter Danny aan.

'Ha,' zegt Topher, die in een leunstoel gaat zitten. Zijn gezicht staat grimmig tevreden.

'Topher,' zegt Miranda, verbijsterd, 'waar ging dat in vredesnaam over? Ani is dood. Ben je dat soms vergeten?'

'Nee,' zegt Topher defensief, al denk ik dat hij het wel was vergeten, voor een minuut of twee. 'Nee, helemaal niet. Het is erg kwetsend om dat te insinueren, Miranda. Ik had er gewoon genoeg van dat die klotekok ons loopt te beschuldigen. Wij zijn hier niet de enigen die iets te verbergen hebben.'

'Spreek voor jezelf, Topher!' sputtert Carl. 'Ik heb niets te verbergen! Wat maakt het nou uit dat Erin wat bekakter is dan ze zich voordoet?'

'Omdat zij hier ook bij betrokken is,' sist Topher boos. 'Ik heb genoeg van het arrogante gedrag van die twee.'

'Ik herinner me Alex FitzClarence nog wel,' zegt Rik langzaam. 'Hij zat een paar jaar onder ons. Is hij niet... is hij niet een paar jaar geleden overleden?'

'Klopt,' zegt Topher. 'Het was een heel goeie jongen. Dat was mijn punt niet. Mijn punt is gewoon dat Erin hier meer in verwikkeld is dan ze laat merken. En wat er met Alex is gebeurd...' Hij valt stil. Plotseling verandert zijn gezichtsuitdrukking en grijpt hij Riks arm beet, zo hard dat Riks gezicht vertrekt. Hij ziet eruit alsof hij een heel duur kerstcadeau heeft gekregen. 'Wacht eens even. Alex is omgekomen in een lawine. Met zijn beste vriend.'

'Meen je dat?' Rik lijkt op zijn hoede.

'Ik herinner me dat ik erover heb gelezen in de alumni-nieuwsbrief. Alex FitzClarence stierf in een lawine in de Alpen, met zijn beste vriend Will Hamilton. De enige overlevende was Wills vriendin... Erin FitzClarence.'

'Topher.' Miranda ziet er nu net zo gealarmeerd uit als Rik. 'Topher, wat bedoel je?'

'Dat dit dus niet de eerste keer is dat onze kleine Erin betrokken is bij een fataal skiongeluk.'

ERIN

Snoop-ID: LITTLEMY
Luistert naar: offline
Snoop-volgers: 10

'Danny!' Hij reageert niet, maar ik weet dat hij daarbinnen is. 'Danny, alsjeblieft, het spijt me. Ik kan het uitleggen.' Voor misschien wel de twintigste of dertigste keer bonk ik op zijn deur, nu zonder veel hoop. Het is wel duidelijk dat hij niet wil opendoen.

Ineens doet hij dat wel.

'Je kunt maar beter een goed excuus hebben,' zegt hij, en bij het zien van zijn gezicht huiver ik, zo boos staat het.

'Danny, het spijt me,' zeg ik nog eens wanhopig.

'Je zei dat je het kan uitleggen.' Met amper bedwongen woede slaat hij zijn armen over elkaar. 'Toe dan. Leg uit. Leg uit waarom je tegen me hebt gelogen.'

'Ik heb niet tegen je gelogen...'

Hij wil de deur in mijn gezicht dichtgooien.

'Hé!' roep ik. Instinctief zet ik mijn voet tussen de deur, waarbij ik mijn slechte enkel vergeet. De deur stoot ertegenaan en ik schreeuw het uit van de pijn. Danny slaat zijn hand voor zijn mond.

'Shit, Erin, het spijt me, het spijt me echt. Niks aan de hand!' brult hij, want hij weet dat de anderen waarschijnlijk in paniek opspringen, beducht als ze zijn op het worstcasescenario. 'Erin is in orde, ze heeft net een deur tegen haar enkel gekregen.'

'Ik ben in orde,' roep ik schor, en ik knipper de tranen van pijn weg die in mijn ogen zijn gesprongen. Of ze geloven ons of ze kunnen niets horen door de personeelsdeur; wat de reden ook is, er komt niemand aanrennen.

Hoe dan ook, iets heeft de impasse tussen ons verbroken, want Danny doet de deur verder open en maakt een hoofdgebaar naar zijn bed.

'Je kunt beter binnenkomen. Ga zitten.'

Ik hobbel gedwee naar binnen en ga zitten.

Er valt een lange stilte.

'En?' zegt Danny uiteindelijk. Hoewel hij met zijn hele lijf tegenstand uitstraalt, krijg ik ten minste de kans het uit te leggen.

'Je hebt gelijk,' zeg ik. 'Ook al heb ik niet tegen je gelogen, ik heb je ook niet echt de waarheid verteld.'

'Ik dacht dat we vrienden waren,' zegt Danny, en hoewel de woede wegtrekt uit zijn vriendelijke, verkreukelde gezicht, is wat overblijft erger – verbijstering en gekwetstheid. 'Ik dacht dat jij en ik aan dezelfde kant stonden.'

'Dat stonden we ook. Dat staan we,' zeg ik wanhopig. 'Dit verandert niets. Alles wat ik je verteld heb – over mij, dat ik met mijn studie ben gestopt – het is allemaal waar. Ik heb je alleen niet verteld waarom.'

'Waarom dan?' vraagt Danny. Hij slaat zijn armen over elkaar en leunt met zijn rug tegen de ladekast. Zijn lichaamstaal straalt uit dat het niet makkelijk zal worden. Ik zit in een gat en moet me eruit graven.

Ik slik. Ik heb hier nog nooit met niemand over gepraat. Niet sinds de nachtmerrieachtige dagen en weken na het ongeluk. Toch ben ik Danny de waarheid verschuldigd.

'Het is waar dat mijn vader een markies is,' zeg ik. 'Maar echt, Danny, dat klinkt veel grootser dan het is. Hij woont niet in een kasteel. Mijn familie is niet echt rijk. Oké, Alex heeft op kostschool gezeten, maar ik ging gewoon naar de plaatselijke middelbare school omdat mijn ouders niet twee keer het schoolgeld konden betalen. Ik ben niet anders dan jij.'

Daarop werpt hij me een blik toe, alsof hij denkt: *maak dat de kat wijs*. Ik huiver, want ik weet dat hij gelijk heeft. Danny is opgegroeid in een socialewoningbouwwijk aan de rand van Portsmouth, als enig kind van een alleenstaande moeder die jarenlang de eindjes aan elkaar moest knopen. Hij heeft zichzelf opgewerkt, zonder hulp van anderen. Hoe sterk het fortuin van de familie FitzClarence ook is afgenomen, onze opvoeding was anders. Dat is gewoon zo. Het is behoorlijk beledigend om te doen alsof het niet zo is.

'Oké, sorry, dat... dat was tactloos. Zo bedoelde ik het niet. Ik probeer uit te leggen...'

Ik leg mijn hoofd in mijn handen. Dit is wel het laatste wat ik kan gebruiken. Danny was de enige die aan mijn kant stond, de enige die ik dacht te kunnen vertrouwen. Heb ik dat dankzij Topher echt allemaal verpest?

'Toen ik negentien was,' begin ik opnieuw, deze keer langzamer, 'ging ik op skivakantie met mijn vriend Will en mijn broer Alex, Wills beste vriend. We waren offpiste aan het skiën, heel dom. We werden gegrepen door een...' Ik slik. Ik weet niet hoe ik hierover moet praten, hoe ik de verschrikking van wat er is gebeurd kan uitleggen. Woorden zijn niet genoeg. 'We werden gegrepen door een lawine,' zeg ik uiteindelijk, het woord eruit persend. 'Die hadden we zelf veroorzaakt. We hadden alle drie een lawinepakket bij ons, alleen slaagde Alex er niet in het zijne te activeren. Dat lukte Will wel, maar het heeft hem niet gered. Hij zat te diep onder de sneeuw en ik kon hem niet snel genoeg uitgraven. Ik ben de enige die het heeft overleefd.'

Ik stop. Ik kan niet verder praten. Ik kan die afgrijselijke uren op de berg niet beschrijven, waarin ik snikkend met verdoofde, bloedende handen door de samengepakte sneeuw heen bij Will probeerde te komen, die met zijn hoofd omlaag vastzat onder honderd kilo sneeuw en ijs. Ik groef en huilde, huilde en groef, met behulp van alles wat ik kon vinden in mijn rugzak – mijn skipas, mijn waterfles, alles wat kon dienen als een geïmproviseerd pikhouweel, want stokken en ski's had ik allang niet meer. Die waren een heel stuk hoger op de helling door de lawine meegesleurd.

Het was te laat. Dat wist ik wel. Ik wist het al voordat ik begon te graven, denk ik. En toen de uren verstreken terwijl de sneeuw in onbeweeglijke stilte om me heen lag, vond ik op de een of andere manier de kracht om het te accepteren. Toch bleef ik graven. Niet alleen voor Will, maar voor mijn eigen overleving. Want Will had het gps-locatiebaken in zijn rugzak. En als ik dat niet activeerde, zou ik samen met hem sterven.

Uiteindelijk heeft een reddingsteam ons gevonden. Of beter gezegd, ze hebben mij gevonden. Tegen de tijd dat ze aankwamen was ik onderkoeld en hield ik Wills dode lijf in mijn armen. Alex werd pas de volgende lente teruggevonden.

'Ik... ik kon niet teruggaan,' zeg ik heel zacht. 'Begrijp je dat? Ik kon niet teruggaan naar mijn oude leven. Het was volkomen betekenisloos. Ik ging naar huis om Will te begraven, en toen keerde ik terug naar de bergen. Eerst omdat ik het niet kon verdragen zonder Alex te vertrekken, en daarna omdat...'

Ik maak mijn zin niet af. Feit is dat ik niet weet waarom ik ben gebleven. Alleen dat ik het niet kon verdragen thuis te zijn, met het medelijden van al mijn vrienden dat me verstikte, en het afschuwelijke, hartverscheurende verdriet van mijn ouders. Het was uit een soort boetedoening dat ik bleef, omgeven door de vreselijke, grimmige schoonheid van de Alpen, om mezelf te blijven dwingen naar de bergen te kijken die Will en Alex hadden gedood.

'Daarom ga je niet offpiste skiën,' zegt Danny schor. Hij kijkt nu heel anders naar me. De woede is verdwenen. Er is alleen nog... medelijden over. Het doet pijn om dat op zijn gezicht te zien, en ik wend me knikkend af.

'Ja, daarom. Ik hou nog steeds van skiën. Dat is pervers, ik weet het. Mijn ouders denken dat ik gek ben. Mijn vader noemde me een masochist toen ik deze baan aannam. Ik kan mezelf er gewoon niet toe brengen de bergen te verlaten, en je kunt hier niet het hele jaar door wonen zonder te skiën. Maar ik denk niet dat ik ooit nog offpiste ga.'

'Shit, Erin. Waarom heb je me dat niet verteld?' vraagt Danny, al zegt hij het niet alsof hij een antwoord verwacht. Ik denk dat hij het wel weet; het is niet zo dat ik het hem niet *wílde* vertellen, ik kon het gewoon niet verdragen het te zeggen. Ik kon het niet verdragen om ook in zijn ogen een slachtoffer te worden.

Er valt een stilte, en dan slaat hij zijn armen om me heen. Ik laat mijn gezicht tegen zijn warme, gespierde schouder rusten, sluit mijn ogen en adem zijn fijne Danny-geur in. Ik voel mijn tranen in zijn versleten, zachte trui sijpelen.

'Je bent dus een kakker,' zegt hij met een bassende grinnik.

Ik lach bibberig terug, hef mijn hoofd en veeg met mijn mouw de tranen van mijn neus. 'Je hoort daar beneden te zijn, bij die gasten, niet hier in de bediendenvertrekken, bij het gepeupel.'

'Helemaal niet.' Ik zeg het nadrukkelijker dan ik van plan was, en Danny lacht weer, maar ik ben serieus. 'Nee, ik meen het, Danny, ik hoor niet meer bij hen. Ik weet niet eens of dat wel ooit zo is geweest. Waar zij voor staan...'

Ik denk aan Topher en zijn luxe luizenleventje – dat hij alles op een presenteerblaadje aangereikt heeft gekregen, nooit voor iets heeft hoeven knokken, nooit door een baas is gekleineerd, nooit het vuile ondergoed van vreemden heeft hoeven oppakken of een van de ontelbare vernederende, saaie klusjes heeft hoeven doen die de rest van ons voor lief neemt.

Ze zijn arrogant, realiseer ik me. Misschien Liz en Carl niet zozeer, maar wel allemaal tot op zekere hoogte. Ze worden beschermd door de magie van hun aandelen, hun status en hun intellectueel eigendom. Ze denken dat het leven hen niet kan raken, net als ik vroeger dacht.

Alleen heeft het hen nu wel geraakt. Nu heeft het leven hen bij de keel. En het zal niet loslaten.

LIZ

Snoop-ID: ANON101
Luistert naar: offline
Snoop-volgers: 1

'Wou je beweren dat Erin hierachter zit?' Miranda's gezicht staat sceptisch. Ze slaat haar armen over elkaar en kijkt Topher met half dichtgeknepen donkere ogen aan. Hij heeft een defensieve uitdrukking op zijn gezicht.

'Nee. Nee, dat zei ik niet. Ik zei gewoon...'

'Je suggereert het wel,' zegt Miranda. Ik realiseer me iets: Miranda mag Topher niet. Ik weet niet waarom het me nu pas opvalt – misschien omdat ze zo formeel en beleefd is. Nu neemt ze niet meer de moeite haar mening onder stoelen of banken te steken.

'Ik zeg alleen: één keer is pech, twee keer is wel heel erg toevallig. Hoeveel skisterfgevallen kan één iemand meemaken?'

'Waarom komen we niet meteen ter zake?' zegt Miranda vinnig. 'We weten allemaal waarom jij andere mensen verdacht wil maken.'

'Wat wil je daarmee zeggen?' vraagt Topher, en zijn stem klinkt ineens gevaarlijk.

'Ik zeg niet zomaar iets,' zegt Miranda. Ze komt naar hem toe. Zelfs zonder hakken aan is ze bijna net zo lang als hij. 'Ik noem de feiten. Vóór Eva's dood hadden de meeste aanwezigen in deze kamer wel eens veel geld kunnen krijgen. Maar heel weinigen van ons hadden een motief om haar uit de weg te willen ruimen. Jij was een van die weinigen.'

Rik en Carl wisselen een ongemakkelijke blik. Geen van beiden komt tussenbeide om Topher te verdedigen.

'Ten eerste is dat laster, verdomme, en ten tweede heb je het wel over mijn beste vriendin,' begint Topher woedend. Dan heft Tiger haar hoofd en zegt iets. Het is bijna onhoorbaar schor, maar alle hoofden draaien naar haar toe, en Topher stopt halverwege zijn zin.

'Wat zei je?' Miranda draait zich met een ruk naar haar toe. Met moeite komt Tiger overeind en ze veegt haar haar van haar voorhoofd. Haar gezicht is vlekkerig rood en wit.

'Ze zei iets,' herhaalt ze, haar stem nog hees van de tranen.

'Wie?' Rik loopt naar haar toe en knielt naast haar neer. Zijn gezicht staat dringend en hij grijpt Tiger bij haar arm. Dat lijkt hij harder te doen dan hij van plan was, want ze krimpt een beetje ineen. 'Wie zei wat?'

'Ani, gisteravond. Ik herinner het me net. Ze zei iets. Ze probeerde me wakker te maken, ik was alleen...' Ze slikt om een snik binnen te houden. 'Ze zei: "Ik heb haar niet gezien." Had ik maar goed wakker kunnen worden. Als ik die slaappil niet had genomen...' Ze breekt haar zin af. Twee enorme tranen rollen over haar gezicht.

'Tiger,' zegt Miranda ongemakkelijk. Ze hurkt naast Rik neer. 'Tiger, weet je het zeker? Eerder zei je dat je niet wakker werd.'

'Ik weet het, ik weet dat ik dat zei, maar dat klopt niet, ik herinner het me nu. Ik herinner me dat ze me door elkaar schudde. Ik herinner me de woorden.'

Miranda werpt Rik een vragende blik toe, en hij haalt even zijn schouders op.

'Kijk eens aan,' zegt Topher. Ik hoor een vleugje triomf in zijn stem. 'Tjonge jonge. Ik heb háár niet gezien. Wie heeft er nu een reden om met modder te gaan gooien, mejuffrouw Khan? Dat klinkt immers alsof de helft van ons hier is uitgesloten, of niet?'

'Wat niet?' zegt een diepe stem uit de richting van de lobby.

We kijken allemaal om. Danny en Erin staan in de deuropening, zij aan zij. Erin ziet eruit alsof ze heeft gehuild. Ik weet niet of ze het helemaal hebben goedgemaakt, maar het lijkt erop dat ze hun geschil genoeg hebben bijgelegd om een verenigd front te vormen. Topher kijkt een beetje geërgerd.

‘Tiger beweert...’ begint Miranda.

‘Hoezo bewéér ik iets?’ onderbreekt Tiger haar met een boze snik. ‘Ik heb haar gehoord, dat weet ik zeker. Ani probeerde me gisteravond iets te vertellen. Ze schudde mijn schouder en zei: “Ik heb haar niet gezien.” Ik kon alleen niet goed wakker worden. Maar het klopt, het klopt met wat Liz zei, dat Ani iets probeerde uit te zoeken, iets waar ze niet zeker van was.’

‘“Ik heb haar niet gezien”,’ herhaalt Erin langzaam. ‘Weet je het zeker, Tiger?’

‘Ja,’ zegt Tiger, deze keer nadrukkelijker. ‘Ja, ik lag net op de bank en probeerde terug te denken aan gisteravond, te bedenken of ik iets had gehoord, en ineens herinnerde ik me dat Ani naar me toe kwam en mijn schouder schudde. Het was net een flashback.’

‘Dat betekent dus dat we op zoek zijn naar een vrouw,’ zegt Topher zelfvoldaan. ‘Ja, toch? Háár, zei Tiger. Ani probeerde iets uit te zoeken over een van de vrouwen in de groep.’

Hij staart naar Miranda.

‘Niet noodzakelijkerwijs...’ zegt Danny langzaam. Hij fronst zijn wenkbrauwen en krabt nadenkend op zijn hoofd. ‘Misschien had ze het niet over de moordenaar. Ani was de enige die Eva op de helling heeft gezien. Ja, toch? Carl was de enige andere persoon in de skilift, en hij heeft haar niet gezien. Dat klopt toch?’

‘Ja,’ zegt Carl kortaf. ‘Maar wat wil je daarmee zeggen?’

‘Wat ik wil zeggen is, stel dat Ani besefte dat ze zich had vergist? Stel dat Eva toch niet die piste is afgedaald?’

‘Dat heeft ze wel gedaan,’ zegt Miranda geërgerd. ‘Elliots geotracking bewijst dat.’

‘Het bewijst dat haar telefoon daar is,’ zegt Danny. ‘Het enige bewijs dat we ooit hebben gehad dat Eva met haar telefoon op die piste was, was Ani’s waarneming. Stel nou dat ze zich realiseerde dat ze het mis had? Stel dat... Wat denken jullie hiervan: stel dat Eva haar eigen dood in scène heeft gezet?’

Bij die laatste suggestie trekt een opgewonden rimpeling door de kring. Gezichten fleuren op. Iedereen wil het geloven. Danny’s suggestie is een scenario waarbij geen moordenaar nodig is, en we zouden allemaal heel graag willen dat dat waar is.

Er is alleen één probleem, of eigenlijk twee. Het is een scenario dat de dood van Elliot of Ani niet verklaart. Het houdt nog geen minuut stand. Dat zouden ze beseffen als ze erover nadachten. Maar ik zie wel dat ze níét nadenken.

Ook al krijg ik een knoop in mijn maag wanneer ik in een groep iets moet zeggen, ik moet het doen. Ik kan het niet níét doen.

'Eva was op die helling,' zeg ik aarzelend. 'Ik heb haar ook gezien.'

Alle ogen in de kamer richten zich op mij. Het voelt alsof ze zich in me boren. Mijn wangen worden rood. Ik wil door de grond zakken.

'Wat zei je?' Het is Miranda; ze klinkt bijna beschuldigend.

'Ik zei: ik heb Eva ook gezien. Ik zat in de skilift op weg naar beneden en zag haar ook skiën. Hoger op de piste dan Ani, maar ik zag haar. Ze was op La Sorcière. Ani heeft zich niet vergist. Ze moet het over iets anders hebben gehad.'

'En het is niet bij je opgekomen dat eerder te melden?'

'Ik heb niet... Het leek niet...' Mijn stem sterft weg.

'Niet íéts anders. Íémand anders,' zegt Danny kortaf. Even is het stil. Iedereen laat zijn blik door de kamer gaan, van de ene persoon naar de andere. We realiseren ons allemaal hetzelfde. Als Tiger gelijk heeft, zijn er maar weinig mensen over wie Ani het had kunnen hebben. Topher slaat zijn armen over elkaar. *Jij bent aan zet*, lijkt hij met zijn gezichtsuitdrukking tegen Miranda te zeggen.

'Tiger, weet je het zeker?' vraagt Miranda. Nu klinkt er wanhoop in haar stem door. 'Weet je absoluut zeker dat Ani háár zei?'

'Ik weet het zeker,' zegt Tiger koppig.

Er valt een heel lange stilte. Miranda staat op en loopt de kamer uit.

'Het kan me niet schelen,' snauwt ze over haar schouder terwijl ze wegloopt. 'Het kan me niet schelen wat Ani heeft gezegd. Er is één persoon in deze kamer die een motief had voor Eva's dood. Eén persoon. Doe niet langer alsof dat niet zo is!'

En dan is er niets dan stilte en het getik van haar hakken op de wenteltrap terwijl ze naar haar kamer snelt.

Na haar vertrek valt er een uiterst ongemakkelijke stilte.

Topher leunt tegen de schoorsteenmantel, boos en rood aangelopen. Rik ziet eruit als een man die doormidden is gescheurd. Tiger zit in elkaar gezakt, met haar hand voor haar gezicht. Erin en Danny zien er heel ongemakkelijk uit. Carl verbreekt de stilte.

'Ze heeft gelijk, of niet soms?'

Zijn stem lijkt een soort betovering te verbreken. Topher gaat rechtop staan en draait zich om naar de deur.

'Ik ben er klaar mee,' zegt hij. 'Ik doe niet meer mee.'

'Wat bedoel je?' Rik draait zich om en staart hem verbaasd aan. 'Waar doe je niet meer aan mee?'

'Hieraan. Ik blijf niet langer als een kikker in deze verdomde snelkookpan zitten. Ik heb Eva niet vermoord, wat Miranda en Carl ook denken, en ik heb zeker niet mijn beste vriend of onze PA vermoord. En ik blijf hier ook niet rondhangen om dat te bewijzen door het volgende slachtoffer van een moordenaar te worden. Ik ben hier weg. Ik ga langlaufen naar St. Antoine le Lac.'

'Je bent gek,' zegt Rik meteen. 'De piste is aan flarden, er liggen overal bomen en rotsblokken. En kijk eens naar het weer, in godsnaam! Je zult doodvriezen.'

Topher haalt zijn schouders op.

Er valt een korte stilte.

'Je bent gek,' herhaalt Rik wanhopig. En dan zegt hij: 'Ik ga met je mee.'

ERIN

Snoop-ID: LITTLEMY
Luistert naar: offline
Snoop-volgers: 10

Het is bijna middag en de groep heeft het afgelopen uur of meer gediscussieerd over Tophers beslissing en of het al dan niet een dom idee is. Topher zelf is resoluut zijn spullen aan het pakken. Tot dusver heeft hij een lawinepakket, water, een zaklamp, wat energierepen en een touw. Hij is op zoek naar een spade, al weet ik niet hoe hij zich voorstelt die te gebruiken. Als er nog een lawine komt, zal een spade in zijn rugzak hem niet redden. Maar als het hem niet lukt om voor het vallen van de avond St. Antoine te bereiken, zal hij een of andere schuilplaats nodig hebben, dus misschien is het toch niet zo'n slecht idee. Er zijn slechtere overlevingstactieken dan een sneeuwschuilplaats maken.

Bovenal lijkt hij vast van plan hier weg te komen, hoe dom of riskant het plan ook is. Miranda's opmerking heeft iets losgemaakt wat de anderen eerder weigerden onder ogen te zien, namelijk dat Topher degene is die het meest heeft geprofiteerd van Eva's dood. Hij heeft alles gekregen wat hij wilde – de volledige zeggenschap over Snoop. Rik en Liz daarentegen zullen miljoenen ponden verliezen als de buy-out niet doorgaat, en ik kan me niet voorstellen dat Miranda en Carl na deze vakantie hun baan zullen behouden. Wat de feiten ook zijn, het is moeilijk te geloven dat ze voor Topher kunnen blijven werken nadat ze hun baas in feite van moord hebben beschuldigd. Bij sommige dingen is er gewoon geen weg terug.

Ik begrijp dus wel waarom hij het gevoel heeft dat hij hier niet kan blijven. Inigo vond immers ook dat hij geen keus had, dat hij moest vertrekken toen de groep zich tegen hem keerde. Wat nog verrassender is, is dat Rik ook per se lijkt te willen gaan, al weet ik eerlijk gezegd niet wat Topher daarvan vindt. Hij heeft geprobeerd het Rik uit zijn hoofd te praten, maar het is moeilijk te ontkennen dat twee mensen meer kans maken dan één. Het terrein daarbuiten is gevaarlijk, en als je in je eentje een enkel verstuikt ben je zonder mobiele telefoon zo goed als dood. Met zijn tweeën heb je ten minste een kans om hulp te halen.

Om kwart over twaalf staan Rik en Topher in de lobby naar de gedetailleerde kaart van het skioord te kijken die we aan een van de muren hebben geprikt en bespreken ze mogelijke routes. Ineens komt Tiger de wenteltrap af. Ze draagt haar snowboarduitrusting en ziet er vastberaden uit.

'Ik ga ook met jullie mee,' zegt ze plompverloren.

Topher fronst zijn wenkbrauwen. 'Tiger...'

'Nee, probeer me niet tegen te houden. Ik ben net zo'n goede snowboarder als jij en beter dan Rik.' Ze zegt het zonder valse bescheidenheid. 'En ik kan hier niet blijven na wat...' Ze slikt en probeert het nog eens. 'Na wat er is gebeurd...'

Ze kan haar zin niet afmaken. Ik zie dat ze onder haar oversized jack haar kleine handen tot vuisten heeft gebald.

Rik en Topher kijken elkaar aan, en ik weet niet wat ze denken. Tiger is nog steeds degene die de beste kans had om Ani te vermoorden; dat is onbetwistbaar. Ze zaten samen opgesloten in een kamer, en een van hen werd niet meer wakker. Maar ze was ook behoorlijk resoluut over Ani's laatste woorden, woorden die de verdenking afleiden van Topher, wat vreemd gedrag lijkt voor een moordenaar. Daarnaast zijn Rik en Topher twee grote potige kerels, die ieder waarschijnlijk bijna twee keer zoveel wegen als Tiger in haar eentje. Als Tiger de moordenaar is, lijkt het onwaarschijnlijk dat ze een van hen zou kunnen overmeesteren, laat staan allebei. Aan de andere kant – en ik kan bijna zien dat Rik en Topher tot dezelfde conclusie komen – als een van hén de moordenaar is, is het dan niet beter om een derde persoon als getuige te hebben?

Weer treft me hoe surreëel die redenering is. Ik onderdruk een korte, hysterische lach en sla dan mijn hand voor mijn mond.

'Wat zei je?' vraagt Rik, die zich met een gefronst voorhoofd naar me toe draait. Ik schud mijn hoofd. Hoewel mijn ogen tranen kan ik niet zeggen waarom.

'Niets, sorry. Let maar niet op mij.'

Topher neemt een besluit. 'Goed dan. Je mag mee,' zegt hij bruusk tegen Tiger.

'Rik.' We draaien ons allemaal om naar de stem die van boven klinkt en zien Miranda de wenteltrap afkomen. Haar gezicht is bleek en ze ziet er vastberaden uit. Riks gezicht betrekt. Hij weet wat er gaat komen en schudt zijn hoofd al.

'Rik, dit kun je niet doen,' zegt Miranda. Haar broze stem lijkt te breken. Ze pakt hem bij zijn arm en klemt haar vingers om de mouw van zijn jack. 'Dit is het domste wat je kunt doen.'

'Miranda, het spijt me,' zegt Rik. Zijn diepe stem klinkt heel zacht. Hij probeert dit tussen hen tweeën te houden. Dat gaat alleen niet, met ons zo dichtbij. 'Ik wil niet weg, maar we kunnen hier ook niet blijven om een voor een te worden vermoord. Ik vind dat Topher gelijk heeft. We moeten naar de politie.'

'Niet met hem.' Hoewel ze fluistert, is de akoestiek in deze ruimte uitstekend. Ik kan haar horen, dus ik ben er vrij zeker van dat Topher dat ook kan. 'Alsjeblieft, alsjeblieft, ik smeek het je. Ga niet met hem mee. Ik ben bang dat je dan niet zult terugkomen.'

'Mir...'

'We gaan samen. Ik trek mijn ski's aan...'

'Je kunt niet goed genoeg skiën,' fluistert hij terug. 'Alsjeblieft, liefste, geloof me, ik zou het doen als het kon, maar het is gewoon te...'

'Ik blijf hier niet zonder jou.'

'Hé, hoe zit het met dat andere chalet?' We draaien ons allemaal om en zien Carl in de deuropening van de woonkamer staan, met zijn handen in zijn zakken. Miranda, die van haar à propos is gebracht, fronst haar wenkbrauwen.

'Welk andere chalet?'

'Die kok, Danny, zou toch eerder naar een ander chalet toe gaan? Voordat dit alles begon.'

Ik knik. 'Klopt. Chalet Haut Montagne. Het is een chalet van een grote keten. De kans is veel groter dat dat bezet is dan de twee dichtstbijzijnde, maar het is een hele tocht, een goede vijf, zes kilometer omhoog in de vallei. Daarom heeft Danny die tot het laatste bewaard.'

'Zie je wel?' zegt Carl triomfantelijk. 'Vijf tot zes kilometer, dat is niks. Dat zou je in een ochtend kunnen lopen.'

'Ik zou het niet niks noemen,' zeg ik voorzichtig. 'Om te beginnen loop je die afstand niet gewoon, want je moet sneeuwschoenen aan, en dat is een heel andere vaardigheid. En dan heb je nog de lawine, om nog maar te zwijgen van de sneeuw van afgelopen week die is blijven liggen... Ik zou zeggen dat je minstens drie uur onderweg bent. Misschien meer, als je het nog nooit hebt gedaan.'

'Ik denk dat het een betere gok is dan het dorp,' zegt Carl ronduit. 'Ik bedoel, hoe ver is dat? Vijfentwintig kilometer? En zo steil omlaag als wat. Als je een ski verliest op dat keienveld ben je de lul.'

'Ik ga geen ski verliezen,' snauwt Topher. 'Om te beginnen ben ik een snowboarder, geen skiër. Ten tweede ben ik best goed. En hoe dan ook, wat gebeurt er als we bij het chalet aankomen en het gesloten blijkt te zijn? Dan zijn we terug bij af. We weten dat er in het dorp in elk geval mensen zijn die ons kunnen helpen. Nee, ik heb mijn keuze gemaakt en ik blijf erbij.'

Zijn irritatie slaat niet over op Carl, die alleen zijn schouders ophaalt. 'Misschien is het geen keuze.'

Er valt een lange, verbaasde stilte.

'Hoe bedoel je?' vraagt Rik uiteindelijk.

'Ik bedoel dat het geen of/of-situatie is. De drie beste skiërs, dat zijn jullie, Topher, Rik en Tiger, proberen het dorp te bereiken en daar alarm te slaan. De rest van ons gaat proberen het chalet te bereiken. De groep die het lukt zijn doel te bereiken, stuurt een team om de andere groep te redden.'

Het... het is eigenlijk geen slecht plan. Ik zie dat Topher en Rik naar elkaar kijken, erover nadenken en tot dezelfde conclusie komen. Uiteindelijk knikt Topher, alsof Carl hem om toestemming heeft gevraagd, al denk ik niet dat dat zo is. We zijn het stadium dat Topher dat soort gezag had allang voorbij.

'Ja, oké,' zegt hij een beetje chagrijnig, om aan te geven dat hij het onvermijdelijke aanvaardt.

'Miranda?' zegt Rik. Een beetje bedroefd haalt ze haar schouders op.

'Nou... ja. Als jij me niet wilt meenemen is het beter dan hier te blijven zitten.'

'Liz?' zegt Carl. 'Wat vind jij ervan?'

Een ogenblik lang knippert Liz alleen met haar ogen, alsof ze ervan schrok dat ze bij haar naam werd genoemd. Even doet ze helemaal niets, als een bang dier dat verstart in het koplamplicht van Carls aandacht.

Dan breekt er een miniem glimlachje op haar gezicht door en knikt ze beverig en onzeker met haar hoofd.

Voor het eerst in een paar dagen voel ik een sprankje hoop in mijn borst.

Misschien komt het goed.

Misschien komt het echt allemaal goed.

LIZ

Snoop-ID: ANON101
Luistert naar: offline
Snoop-volgers: 1

Na zoveel dagen alleen maar reageren op gebeurtenissen voelt het goed om een plan te hebben. Boven in mijn kamer worstel ik me in mijn vaalblauwe skioverall en trek ik skisokken en handschoenen aan. Mijn helm en skibril liggen in de kastengang. Die trek ik aan zodra we klaar zijn om naar buiten te gaan. Een blik uit het raam zegt me dat een zonnebril niet nodig is. Het is middag, maar bijna donker. De zon komt nauwelijks door de wolken heen en de wind huilt als een dier dat naar binnen wil.

Wanneer ik ben aangekleed, voel ik me voor het eerst in een paar dagen warm en buiten adem. Het is vreemd om het weer te warm te hebben na de toenemende kou in het chalet. Ik laat me even op het bed zakken om op adem te komen.

Nu het bijna voorbij is, kan ik terugblikken op de levende nachtmerrie van de afgelopen dagen. Hoe is het zover gekomen? Hoe? Hoe ik ook had verwacht dat deze week zou verlopen, ik had me niet het horrorscenario voorgesteld dat zich heeft ontvouwd.

In mijn gedachten vink ik ze af, een macaber schoolappèl.

Eva: dood.

Elliot: dood.

Inigo: verdwenen, en Joost mag weten wat er met hem is gebeurd. Heeft hij St. Antoine kunnen bereiken? Of ligt hij verstijfd door onderkoeling in een of andere afgelegen hut, ver van de piste?

Ani: dood.

We zijn nog maar met zijn zessen. Ik, Rik, Miranda, Carl, Tiger en Topher.

Topher. Op de een of andere manier komt het altijd weer terug bij hem. Want wat Miranda zei is waar. Hoe ze het feit ook proberen te negeren, Topher had een heel sterk motief voor Eva's dood. In feite had hij het beste motief van ons allemaal.

Eigenlijk zou die gedachte me in mijn hart moeten raken. Topher, die mij aannam uit een groep slimme, slanke afgestudeerden en me mijn eerste kans gaf. Topher, die voor me opkwam, me steunde, zorgde dat ik de aandelen kreeg die sindsdien als een molensteen om mijn nek hangen. Topher, de reden waarom ik hier ben.

En misschien is het vanwege dat laatste, maar mijn hart is er niet door geraakt. Ik voel niets. Helemaal niets.

Want Topher is de reden dat ik hierin verzeild ben geraakt, in iets wat ik nooit wilde en waar ik nooit om heb gevraagd. Topher en Eva die me alle kanten op schoven, me als een schaakstuk manipuleerden in hun strijd om de macht over Snoop.

Ik weet wat Topher dacht toen hij me die aandelen gaf. Hij dacht dat hij twee procent van het bedrijf overdroeg aan iemand die hij onder de duim kon houden. Ik was zijn verzekeringspolis voor het geval Eva en Rik ooit tegen hem zouden samenspannen. Een manier om de weegschaal in zijn voordeel te laten doorslaan.

Topher dacht dat ik als was in zijn handen zou zijn. Zacht. Kneedbaar. Buigzaam. Dat dacht hij vanwege het type mens dat hij zag: iemand die volgzaam en stil was, slecht gekleed en dodelijk verlegen.

In Tophers wereld zijn mensen harde, gepolijste schelpen, met een glanzende buitenkant die de onvolkomenheden en angsten binnenin moet verhullen.

Topher heeft alleen een fout gemaakt. Hij heeft niet begrepen dat het bij sommige mensen andersom is. Maar Eva... Volgens mij begreep Eva dat wel. En misschien is dat wel wat haar uiteindelijk het leven heeft gekost.

ERIN

Snoop-ID: LITTLEMY
Luistert naar: offline
Snoop-volgers: 10

Het is één uur. Iedereen behalve Liz heeft zich met skiuitrusting en al verzameld in de lobby. Tophers groepje heeft snowboards, ski's en stokken vast. Miranda en Carl zijn uitgerust met elk een paar sneeuwschoenen. En mijn hart bonkt. Het bonkt omdat... dit het misschien wel is. Misschien is deze lange nachtmerrie eindelijk voorbij. Eén groep zal toch wel succesvol zijn?

'Wat is Liz in vredesnaam aan het doen?' vraagt Miranda geïrriteerd. Ze is gespannen sinds Rik haar heeft verteld dat ze niet met hem mee kan naar het dorp. Het is een verstandig idee dat twee groepen eropuit gaan, en dat weet ze, maar ze wil toch liever bij Rik zijn. Ik zie hoe haar blik steeds weer naar hem glijdt.

'Ik ben hier,' zegt een schuchtere stem boven aan de trap. We kijken allemaal omhoog en zien Liz boven aan de wenteltrap staan. Ze draagt de grote blauwe skioverall die ze op de eerste dag aanhad en houdt haar skistokken in één hand vast. Op haar hoofd heeft ze een ijsmuts met een pompon, en haar bril is beslagen. Ze ziet er warm en bezweet uit, maar net als de rest van ons ook opgelucht dat ze eindelijk iets kan doen.

Ze komt de trap af, en dan gebeurt het. Iets – een skistok? een loshangend riempje? – blijft achter de spijlen van de trap steken en ze struikelt. Haar in sokken gestoken voeten glijden weg op de trap. Met één hand grijpt ze naar de leuning, maar met wanten aan heeft ze geen grip, en de plasticachtige stof glijdt zonder houvast te vinden over het gladde metaal.

Terwijl we hulpeloos toekijken, tuimelt Liz met een reeks misselijkmakende dreunen van de wenteltrap af. Dan landt ze onderaan, onheilspellend stil.

LIZ

Snoop-ID: ANON101
Luistert naar: offline
Snoop-volgers: 1

Ik krijg geen lucht.

Daar lig ik dan, terwijl de paniek door mijn lijf giert en ik probeer adem te halen. Dat lukt niet. Ik hoor mezelf raar naar adem snakken, als een vis die op het droge is gegooid.

'Liz!' Het is Erin. Ze komt naar me toe gehobbeld. Haar gezicht is bleek. Ze hurkt naast me neer. 'Liz! O god, gaat het?'

Ik kan niet antwoorden. Ik krijg niet genoeg adem om een woord uit te brengen. Ik maak een beweging, half knikkend, half schuddend met mijn hoofd. Gaat het wel? Ik weet het niet.

'Verdomme.' Carl valt op zijn knieën naast me neer. 'Liz?' Hij wendt zich tot de anderen. 'Nou, ze leeft gelukkig nog. Kun je praten, Liz?' Hij zegt het heel luid, alsof ik hardhorend ben.

'Ik denk dat ze gewoon moeite heeft om op adem te komen,' zegt Erin. Ze streelt mijn voorhoofd. Ik weersta de neiging om mijn hoofd weg te trekken. Ik weet sowieso niet of ik dat wel kan. 'Het geeft niet. Verzet je er niet tegen. Probeer gewoon langzaam te ademen. Ik tel met je mee. Een, twee, drie, vier, vijf... en in. En nu een, twee, drie, vier, vijf, en uit.'

Door Erins tellen, langzaam en ritmisch, lukt het me om adem te halen. En dan nog een keer. Uiteindelijk ga ik trillerig zitten.

'Gaat het?' vraagt Erin opnieuw. 'Het je pijn?'

'Mijn knie,' lukt het me uit te brengen. Ik trek de broekspijp van mijn overall omhoog maar was vergeten dat ik er een legging onder aanheb. Hoewel je niets kunt zien, voelt mijn knie warm aan. Wanneer Erin er zachtjes in knijpt, schiet de pijn door mijn been omhoog en krimp ik ineen.

'Shit,' zegt Rik beverig. 'Heel even dacht ik...' Hij stopt. Hij hoeft het niet hardop te zeggen. Ik weet precies wat hij dacht. Ik dacht het ook een ogenblik lang. Eventjes waren we bijna met zijn vijven.

Erin helpt me opstaan. Ik merk dat ik bibber.

'Kun je lopen?' vraagt Erin. Ik knik en hobbel een paar stappen. Achter me staat Carls gezicht grimmig.

'Nou, zo kun je geen zes kilometer door de sneeuw afleggen, of wel soms?' zegt hij. Het is geen vraag.

'We gaan dus met z'n tweeën?' vraagt Miranda. Nu kijkt Rik op zijn beurt bezorgd. Ik weet wat hij denkt. Drie mensen zouden samen veilig moeten zijn. Maar als Carl de moordenaar is, stuurt hij Miranda alleen de sneeuw in met een maniak.

'Ik weet niet...' begint hij.

Erin onderbreekt hem. 'Danny gaat wel mee.'

ERIN

Snoop-ID: LITTLEMY
Luistert naar: offline
Snoop-volgers: 10

'Danny gaat wel mee.'

De woorden zijn mijn mond al uit voordat ik tijd heb om erover na te denken. Maar zodra ik ze heb uitgesproken, weet ik dat het logisch is. Het gaat er niet alleen om of het verstandig is twee mensen samen de sneeuw in te sturen. Danny weet de weg. Carl en Miranda niet.

'Wat?' De stem komt van achter me. Ik draai me om en zie Danny daar staan, met een woedende schittering in zijn ogen. 'Erin, kunnen we even praten?' zegt hij gebiedend. 'In de keuken?'

Na een blik op Liz, die lijkbleek is en eruitziet alsof ze elk moment kan flauwvallen, loop ik achter hem aan. Zodra de klapdeur achter ons dichtzwaait, ontploft Danny.

'Ben je gek geworden? Wat hadden we nou afgesproken? Ik laat je hier niet achter met een gebroken enkel en een psychopaat die vrij rondloopt.'

'Ik bedoelde niet dat jij alleen moest gaan,' zeg ik, en ik probeer mijn stem gedempt te houden. Het voelt raar om onze verdenkingen zo uit te spreken, binnen gehoorsafstand van de groep. 'Ik bedoelde dat jullie met zijn drieën moeten gaan. Dat ligt toch voor de hand, of niet? Ik snap niet dat we daar niet eerder aan hebben gedacht. Carl en Miranda hebben geen idee waar ze naartoe moeten, zelfs niet met een kaart. De routes zijn weggevaagd door de lawine. De kans bestaat dat ze afdwalen naar het bos en verdwalen. Jij weet waar het chalet is. Jij spreekt Frans. En je weet hoe je moet lopen op sneeuwschoenen. Het is volkomen logisch. Ze maken een veel grotere kans het chalet te bereiken en weer terug te komen als jij meegaat. Ik zou me ernstig zorgen maken als ze alleen vertrokken.'

'Hm.' Danny lijkt erdoor overdonderd. Hij ziet de logica van mijn redenering wel in. 'Dus... dan blijf jij hier alleen met die Liz achter?'

'Ja. Ik bedoel, denk er eens over na, Danny. Met die pijnlijke knie gaat ze nergens naartoe, want ze is net zo kreupel als ik. En het is nooit een realistisch idee geweest dat zij de moordenaar is. Ze kan niet skiën, we weten dat ze in de skilift zat toen Eva stierf, en van iedereen hier heeft zij een van de sterkste motieven om Eva níét dood te willen. Wie weet wat er bij een buy-out met alle anderen zou zijn gebeurd. Ze zouden waarschijnlijk hun baan kwijt zijn geraakt. Liz heeft geen baan te verliezen, en ze stond op het punt een paar miljoen pond te krijgen als de deal doorging. Dat is een vrij sterk tegenargument.'

'Ja... Dat is waar...' zegt Danny langzaam.

'Alsjeblieft,' zeg ik. Ik leg mijn hand op zijn arm. 'Danny, alsjeblíéft. Breng Miranda en Carl naar dat chalet en laat de politie weten wat er aan de hand is. Je moet er toch niet aan denken dat er nog een dode valt, en ik vertrouw Carl en Miranda niet met zijn tweeën.'

Danny neemt een beslissing. 'Oké,' zegt hij. 'Je hebt vast gelijk. Ik ga mijn spullen halen. Maar je sluit alles af zodra we weg zijn en doet voor niemand open, behalve voor mij of de politie. Beloof je dat? Of Topher nu terugkomt met een zielig verhaal over Rik die hem in de sneeuw heeft achtergelaten, of als Tiger aanklopt omdat er een binding defect is – je laat ze niet binnen. Niemand van hen. En Joost mag weten wat er met Inigo is gebeurd, maar het idee dat hij misschien wel buiten in de sneeuw rondsluipt en wacht tot iedereen vertrekt staat me niet aan.'

Zijn woorden zijn als een plens koud water in mijn gezicht. Inigo. We hadden aangenomen – ik had aangenomen – dat Inigo niet meer in beeld was. Stel dat hij hier inderdaad nog rondsluipt?

Ik krijg een onbehaaglijk gevoel in mijn buik, maar ik steek mijn kin omhoog. 'We redden ons wel. Zelfs als er iemand komt opdagen – wat ik betwijfel – dan zijn Liz en ik met zijn tweeën binnen en staat die persoon alleen buiten, vernikkelend van de kou.'

'Tja,' zegt Danny somber. 'Hou je daaraan, oké? Ik ken jou. Als er iemand voor de deur staat die beweert dat hij vijftien kilometer door de sneeuw is gekropen, met bevroren vingers en tenen, dan doe jij de deur open. Omdat je een softie bent. Ga alsjeblieft niet Moeder Teresa uithangen. Zet jezelf op de eerste plaats.'

Ondanks het feit dat ik niets heb misdaan voel ik een scherp schuldgevoel, want Danny heeft gelijk. Dat is precies wat ik zou doen. Ik probeer me voor te stellen dat ik in het warme, droge chalet zit terwijl Inigo, Topher of zelfs een volslagen vreemde langzaam voor de voordeur sterft, smekend om binnengelaten te worden. Dat zie ik gewoon niet gebeuren. Ik zou inderdaad breken. Ik zou hem binnenlaten. Dat weet ik gewoon.

'We redden ons wel,' zeg ik nog eens, al klinkt mijn stem iets minder overtuigend, zelfs in mijn eigen oren. 'Ga, en kom zo snel mogelijk terug.'

LIZ

Snoop-ID: ANON101
Luistert naar: offline
Snoop-volgers: 1

Nadat de anderen zijn vertrokken, sluit Erin de voordeur af met sloten en grendels. Helaas sluit hij niet zoals het zou moeten. De deur is verbogen door de lawine, zodat het onderste slot niet goed vastzit en gesmolten sneeuw door de spleet sijpelt, maar het slot aan de bovenkant werkt wel. Dan controleert ze de skiingang, waar nog steeds een enorme berg sneeuw tegenaan ligt, en de deur die voorheen naar het zwembad leidde.

'Alles veilig en wel,' meldt ze wanneer ze weer de lobby in loopt. Haar glimlach is stralend en een beetje gemaakt. De stilte heeft nu iets beklemmends en lijkt als een gewicht op ons te drukken. 'Hoe voel je je?'

'Eh... Wel goed, denk ik.' Ik wrijf over mijn achterhoofd, waarmee ik tegen de trapleuning ben geklapt, en raak door de gewatteerde skibroek heen voorzichtig mijn knie aan. Ik heb hem verdraaid, al is het niet zo erg als ik had gevreesd. Nu de eerste schok voorbij is kan ik er wat gewicht op zetten. 'Nog wel een beetje wiebelig. Ik denk dat het vooral door de schrik kwam.'

'Mooi stel zijn we,' zegt Erin. Ze grijnst naar me, waardoor het litteken op haar wang verdraait. 'Ik met mijn enkel, jij met je knie. Stelletje invaliden.'

'Ja, hè?' Ik probeer te lachen, maar het klinkt niet helemaal zoals het hoort.

'Ik denk dat Danny's groepje er ongeveer zes uur over zal doen om Haut Montagne te bereiken en terug te komen. En wie weet hoe het Topher en de zijnen zal vergaan. Ik heb geen idee hoe de piste erbij ligt. Als die slecht begaanbaar is, zouden ze er wel eens dagen over kunnen doen.'

Ik knik. Het is geen pretje om op skischoenen door sneeuw te banjeren die tot aan je middel reikt. Dat weet ik.

'Dus ik denk dat we minstens zes uur hebben voordat we ons zorgen moeten gaan maken,' zegt Erin. 'De vraag is, hoe gaan we de tijd doden?'

ERIN

Snoop-ID: LITTLEMY
Luistert naar: offline
Snoop-volgers: 10

Het is na drieën. Nadat de anderen vertrokken waren, hebben Liz en ik karig geluncht met lauwwarme soep uit blik. Het brood was bijna niet te eten, zo oudbakken was het, maar door het in de soep te dopen werd het zacht genoeg om op te kauwen. En sindsdien zitten we te kaarten. In het chalet is het griezelig stil. Ik heb me nooit eerder gerealiseerd hoe verstikkend stilte kan zijn, misschien omdat het in Perce-Neige zo zelden stil is. Het chalet is altijd gevuld met het geluid van de voetstappen van gasten, spelende kinderen in de schoolvakanties, het gekletter van ski's en kookgeluiden van Danny in de keuken. Toen Topher en de anderen hier waren, klonk er constant muziek die iemand afspeelde, en later het geroezemoes van gesprekken. Zelfs op wisseldagen is er het lawaai van de stofzuiger en Danny's radio.

Nu is er geen muziek. De batterij van onze telefoons is allang leeg. De tv en radio werken niet zonder elektriciteit om ze te voeden. Het enige wat we horen is het knappen van de houtblokken in de kachel. Zelfs het getik van de sneeuw buiten is vrijwel geluidloos achter de driedubbele beglazing.

Om de paar minuten kijk ik uit het raam om het weer te checken. Het is... niet geweldig. Het heeft geen zin om er doekjes om te winden. Het is niet zo erg als gisteren. De wind is tenminste gaan liggen. Toch sneeuwt het nog steeds, en er zijn wolken van de berg omlaaggekomen die het chalet nu omhullen met een dikke grijze mist, zodat het zicht nog maar een paar meter is. Ik ben heel erg opgelucht dat Danny bij Miranda en Carl is en weet waar hij naartoe moet. Wel begin ik me af te vragen of hij naar Haut Montagne en terug zal kunnen komen voordat de avond valt. Misschien zitten Liz en ik hier vannacht wel alleen vast. Bij die gedachte voel ik me niet helemaal op mijn gemak.

Alsof ze mijn onbehagen aanvoelt buigt Liz zenuwachtig haar vingers – *knak, knak, knak*. Het geluid is als geweerschoten in de stilte en gaat me door merg en been.

'Hoe ben je eigenlijk bij Snoop terechtgekomen?' vraag ik net iets te hard, om het geluid te overstemmen. Liz verschuift op haar stoel. Ik weet niet of haar knie haar pijn doet of dat ze zich ongemakkelijk voelt bij de vraag.

'Ik heb gewoon gesolliciteerd. Destijds waren ze nog een start-up, met alleen Topher, Eva, Elliot en Rik. Ik was hun eerste... secretaresse, denk ik dat je het zou kunnen noemen. PA misschien. In die tijd hadden ze nog niet van die rare functietitels.'

Ze valt weer stil, alsof de ongewoon lange uitlating haar heeft uitgeput. Ik sta op het punt nog een vraag te stellen, wanneer ze tot mijn verbazing weer iets zegt.

'Ik mis het. Ik mis ze. Het was leuk... voor een tijdje.'

'Waarom ben je weggegaan?' vraag ik, maar dan gaan de luiken weer dicht. Haar gezicht wordt uitdrukkingsloos en onleesbaar.

'Gewoon,' zegt ze, terwijl ze omlaagkijkt naar haar kaarten. 'Ik wilde iets anders.'

In stilte trek ik een kaart en leg een koning neer. Met gefronste wenkbrauwen pakt Liz hem op. Ik heb iets verkeerds gezegd, al weet ik niet wat. Ik denk aan Danny's opmerking over de incestueuze aard van het personeel van Snoop, Eva die met Inigo naar bed ging, Topher met Ani. Hebben ze soms niet van #MeToo gehoord? Zou er iets zijn voorgevallen tussen Liz en Topher? Iets waarvoor ze op de vlucht is? Maar nee, ik denk niet dat dat het is. Van alle mensen in het bedrijf lijkt Liz eigenlijk het beste met Topher te kunnen opschieten. En ondanks al zijn tekortkomingen lijkt Topher niet het type man dat een werknemer onder druk zet om seks met hem te hebben. Wat er ook tussen Ani en hem speelde, ik kreeg de indruk dat het met wederzijdse instemming gebeurde.

Maar Ani is nu dood...

De woorden zijn een fluistering in mijn oor, een ongemakkelijke herinnering aan het feit dat Liz en ik niet alleen zijn in dit chalet. Boven ons liggen twee lijken. En ergens daarbuiten, op de bevroren piek, ligt een derde, Eva, en misschien een vierde, want wie weet wat er met Inigo is gebeurd nadat hij ervandoor is gegaan in de sneeuw. Het voelt alsof de dood zich om ons heen sluit. Het voelt alsof Liz en ik de volgende kunnen zijn.

Maar nee. Ik verman mezelf. Dit is morbide. Belachelijk.

'Jouw beurt,' zegt Liz.

Ik kijk omlaag en besef dat ik geen idee heb wanneer zij haar kaart heeft gelegd. Ik pak een willekeurige kaart van de trekstapel en gooi die weg zonder echt na te denken over mijn strategie.

'Ik heb gewonnen,' zegt Liz, en ze legt een rij van vier schoppen en drie koningen neer.

Ik forceer een glimlach. 'Goed gedaan.'

Liz schudt de kaarten en deelt weer. Ik pak mijn kaarten. Het zijn goede. Meteen al three of a kind. Maar ik kan mijn gedachten niet bij het spel houden.

'Eva's dood...' zeg ik voorzichtig. Liz kijkt op. Ze draagt nog steeds haar oversized blauwe skioverall en dat kan ik haar niet kwalijk nemen. Zelfs met de houtkachel aan is het nu pijnlijk koud in het chalet. Ik kan mijn adem zien wanneer ik iets zeg. 'Dat... Het moet nogal een schok zijn geweest. Ik neem aan dat de buy-out nu niet doorgaat? Hoe voelde het om al dat geld te hebben en het dan weer kwijt te raken?' Ik verwacht half een opmerking van Liz dat het me niets aangaat – en dat is ook zo, het gaat me niets aan. Maar we zijn het stadium van gast en gastvrouw allang voorbij, en dat weten we allebei.

'Het voelde... vreemd...' zegt Liz langzaam. Het licht van het vuur wordt weerkaatst door haar bril, waardoor haar gezichtsuitdrukking nog moeilijker te lezen is dan gewoonlijk, maar ik zie haar voorhoofd rimpelen in een frons.

'Heb je een hekel aan Topher?' vraag ik. 'Omdat hij de verkoop heeft tegengehouden? Ik denk dat ik dat wel zou hebben.'

Liz schudt haar hoofd. 'Ik heb het geld nooit echt gewild, om eerlijk te zijn. Het heeft nooit als *mijn* geld gevoeld. Het was zo belachelijk veel, en waar had ik het aan verdiend?'

'Aan op het juiste moment op de juiste plek zijn, neem ik aan?' zeg ik met een lach. Liz lacht niet mee. Ze schudt haar hoofd weer, al weet ik niet wat ze precies ontkent. Maar ik kan haar geen ongelijk geven. Waar we ook met zijn allen zijn terechtgekomen, het is beslist niet de juiste plek.

Er valt weer een stilte. Ik kijk op mijn horloge. Tien voor vier. God, kan deze dag nog langzamer verstrijken? Plotseling kan ik niet meer blijven zitten. Ik sta op, zet voorzichtig gewicht op mijn gezwollen enkel en loop naar het brede raam met uitzicht op de vallei.

Buiten is het nu bijna helemaal donker, maar in het chalet is het ook donker, dus ik hoef mijn ogen niet af te schermen met mijn handen wanneer ik naar het sneeuwlandschap buiten kijk. Ik vraag me af waar Danny en de anderen zijn. Hebben ze Haut Montagne al bereikt? En hoe zit het met Tophers groepje? Ik wou, sterker dan ik ooit iets heb gewild, dat ik een telefoon had met maar één balkje ontvangst. Of een portofoon. Of wat dan ook, íéts om te communiceren met de buitenwereld.

'Vier azen,' zegt Liz over mijn schouder. Ik slaak een zucht en draai me weer om naar de donker wordende kamer.

LIZ

Snoop-ID: ANON101
Luistert naar: offline
Snoop-volgers: 1

Het is twee voor vier. We zijn bezig aan ons – ik weet het niet, twintigste potje rummy? Ik heb ze niet geteld. Gedachten schieten als ratten door mijn hoofd. Vragen als: Wat gaat er gebeuren? Wanneer komen ze? Wat gebeurt er wanneer de politie hier is?

Erin kijkt omhoog naar de klok op de schoorsteenmantel boven de kachel. Ik merk dat ze net zo nerveus is als ik.

'Nog één potje,' zegt ze, 'en dan ga ik iets bedenken voor het avondeten. Ze zouden er nu wel moeten zijn.'

Als ze het gehaald hebben.

De woorden blijven onuitgesproken in de lucht hangen terwijl Erin begint te delen.

'Topher zei dat je in een lawine terecht bent gekomen. Hoe was dat?' vraag ik, meer om de onuitgesproken twijfels te verdrijven dan dat ik het echt wil weten.

Erin kijkt op. Ik heb haar overvallen, en een ogenblik lang ziet ze er weerloos en heel kwetsbaar uit, alsof ik haar een klap in het gezicht heb gegeven. Even heb ik er spijt van dat ik het heb gevraagd. Dan vermant ze zich. Ze deelt de laatste paar kaarten voordat ze iets zegt.

'Ja. Drie jaar geleden. Het was...' Ze stopt en pakt haar kaarten op. 'Het is het ergste wat me ooit is overkomen.'

'Wat akelig voor je,' zeg ik. Dan komt er iets in me op. 'Zelfs met dit weekend meegeteld?'

Ze lacht er even om, een beverige, vreugdeloze lach, en knikt. 'Ja, hoe ongelooflijk het ook klinkt. Zelfs met dit weekend meegeteld. Ik kan niet uitleggen hoe afschuwelijk het was. Het lawaai, de schok, het gevoel van machteloosheid...' Ze aarzelt, alsof het haar moeite kost de woorden te vinden. 'Ik dacht... ik dacht dat dit het erger zou maken, weet je wel? Opnieuw verstrikt raken in hetzelfde horrorscenario. Maar hoe vreemd het ook is, ik denk dat ik... had verwacht dat het zou gebeuren. Alsof ik die keer aan de berg was ontsnapt en hij me zou komen halen.'

Ze staart de duisternis in. Omdat ze tegenover me zit, zou het moeten voelen alsof ze naar mij staart, maar ik heb het merkwaardige gevoel dat dat niet zo is, dat ze dwars door me heen kijkt, alsof ik er niet ben. Het geeft me een vreemd gevoel. Alsof ik al verdwenen ben.

'Heb je... heb je toen...' Ik kan het niet zeggen. Ik raak alleen mijn gezicht aan met mijn vingers.

Ze knikt. 'Ja. Bij de val heb ik mijn gezicht ergens aan opengehaald, waarschijnlijk aan een van mijn ski's.'

'Ben je daarom gestopt met je studie?' vraag ik.

Ze knikt heel langzaam. 'Ja. Ik kan niet echt uitleggen waarom, zelfs nu niet. Ik had gewoon het gevoel dat ik een ander mens was geworden. Snap je wat ik bedoel?'

Ik knik ook, want ik weet precies wat ze bedoelt. Ik krijg de indruk dat ze misschien wel voor de eerste keer hierover praat.

'Ik moest hem uitgraven.' Haar stem is nauwelijks meer dan een fluistering. Ik moet moeite doen om haar te horen. 'Ik had geen gps-locatiebaken bij me. Ik moest mijn vriend uitgraven om zijn locatiebaken te activeren, terwijl ik wist dat hij al dood was.'

Ze kijkt omlaag en pakt de eerste kaart van de trekstapel, allemaal op de automatische piloot.

Opeens wil ik hier niet meer over praten. Ik wou dat ik het haar niet had gevraagd. Ik heb immers mijn eigen geheimen, mijn eigen onderwerpen waarover ik niet wil praten. Stel dat Erin mij op haar beurt naar mijn verleden vraagt? Stel dat ze Snoop weer ter sprake brengt? Weer vraagt waarom ik ben weggegaan? Stel dat ze vraagt naar de vrienden die ik niet heb, de schoolkameraden die me veertien jaar lang hebben gepest, naar de familie waarmee ik heb gebroken?

Ik hoor mijn vader weer met dubbele tong praten, mijn moeder snikken... Ik proef bloed. Ik zit weer op mijn nagelriemen te bijten. Snel steek ik mijn handen in de zakken van mijn overall.

Maar Erin vraagt niets. Ze lijkt in een andere wereld te verkeren, ergens heel ver weg. Als ze weer begint te praten heeft haar stem iets vreemds. Wat ze zegt klinkt als een bekentenis.

'Het was mijn schuld, zie je,' zegt ze. Ze pakt haar kaarten op. Haar handen trillen licht. 'Ik stelde voor dat we offpiste gingen skiën. Ik was degene die dat wilde. Ik heb ze vermoord.' Ze slikt. 'Daar verander je door.'

Ze kijkt naar me op, alsof ze verwacht dat ik het begrijp. Ik heb de eigenaardige neiging haar hand te pakken en haar te vertellen dat ik weet hoe ze zich voelt.

Maar dat zou gek zijn, dus ik doe het niet. In plaats daarvan kijk ik naar mijn eigen kaarten. Ik pak een harten drie en gooi een boer weg.

'Jouw beurt,' zeg ik.

ERIN

Snoop-ID: LITTLEMY
Luistert naar: offline
Snoop-volgers: 10

Ik weet niet waarom ik dat over mijn verleden aan Liz heb verteld. Het was heel merkwaardig. Ik heb nog nooit met iemand over die tijd gepraat – niet met mijn ouders, niet met Wills ouders. Zelfs de lijkschouwer en het reddingsteam wilden alleen maar de naakte feiten horen en niet wat het voor mij betekende.

Het is niet zo dat ik de kans niet heb gehad. Mijn moeder wilde dat ik naar een therapeut ging, en vrienden belden me om te zeggen dat ik altijd kon bellen als ik erover wilde praten. Maar ik wilde niet praten. Ik wilde die persoon niet zijn. Het onderwerp van medelijden. Een slachtoffer.

Ik weet in zekere zin hoe Topher en de anderen zich moeten voelen. Zo heb ik me ook gevoeld. Ik heb ook nog nooit aan iemand verteld dat ik na de lawine, in de minuten en uren dat ik naar Will en Alex zocht, niet vooral paniek en angst voelde, maar ongeloof, dat dit míj, of beter óns, was overkomen. Die persoon was ik niet. Ik was niet iemand die dat soort vreselijke ongelukken overkwam. Dat gebeurde met andere mensen, andere families. Mij kon niets raken, ik ging door het leven alsof ik gezegend was, afgeschermd door de geborgenheid van mijn familie, mijn knappe uiterlijk en het geluk dat ik Wills liefde had gevonden.

Want ja, dat was geluk. Dat allemaal. En ik wist het. Maar het was ook hoe het hoorde te zijn. Ik had recht op geluk.

En ineens was dat geluk gekeerd.

Na het ongeluk merkte ik dat ik het niet kon verdragen bij mensen te zijn die nog steeds in die eeuwige gouden zon liepen, terwijl ik op een plek verbleef die zwart was van schuldgevoel en verdriet. Ik kon er niet tegen het medelijden in hun ogen te zien.

Het is nu bijna helemaal donker in de woonkamer, en wanneer ik naar de klok op de schoorsteenmantel loop zie ik dat het al bijna zes uur is. Danny en de anderen hadden zo'n twee uur geleden bij Haut Montagne aan moeten komen. Misschien zijn ze op de terugweg. Misschien hebben ze contact kunnen leggen met de politie en is er een helikopter onderweg.

Dat kan. Het is niet zeker, maar het kan.

Het kan evengoed zo zijn dat de weg bedolven is en ze nog steeds over ijzig puin sjokken, of dat Haut Montagne gesloten is en ze niemand hebben aangetroffen.

God, ik word nog gek als ik me voor blijf stellen wat er allemaal kan zijn gebeurd.

Ik weet niet waarom, maar nu Danny en de anderen weg zijn heb ik het gevoel dat de atmosfeer in het chalet Liz en mij insluit. Ik voel het gewicht van de sneeuw op het dak en tegen de muren drukken, ik voel de tonnen sneeuw die nog steeds op de berghelling rusten, wachtend op nog een trigger. Ik voel de duisternis door de kamers en de gangen sijpelen.

Ik weet hoe het voelt om op het randje te balanceren van wat je kunt verdragen, want ik ben er al eens overheen gegaan toen ik bijna bevroren op een koude berghelling zat met het lijk van mijn geliefde in mijn armen, niet wetend of er hulp zou komen. Ik ben erdoorheen gekomen en heb het overleefd. Ik ben teruggekomen. Terug naar de veiligheid. Terug naar de normaliteit.

Toch zijn er momenten dat ik het gevoel heb dat ik weer over die lijn wordt getrokken naar een plek waar niets meer van belang is, waar elke hartslag je dichter bij de rand brengt. Dan denk ik dat ik weer in de afgrond zal vallen en mezelf deze keer niet kan redden.

Als ik mijn ogen sluit zie ik zijn gezicht, Wills gezicht, koud en wit als marmer, en vredig, zo vreselijk vredig.

'Erin.' De stem komt van heel ver weg. Ik schud mijn hoofd.

'Érin.'

Ik open mijn ogen. Liz staat voor me; ze ziet er bezorgd uit.

'Erin, gaat het? Zullen we iets gaan eten?'

Ik dwing mezelf te glimlachen. 'Ja, natuurlijk. Kom mee naar de keuken, dan zullen we eens kijken wat we kunnen vinden.'

Ik ga voorop, en Liz volgt me de kille, donkere keuken in. Ze kijkt verwonderd om zich heen wanneer we binnenkomen, alsof het een soort tovergrot is in plaats van een gewone professionele keuken.

'Ik heb hier een b-blik cassoulet,' zeg ik, terwijl ik in het schemerlicht het etiket probeer te lezen. Bij het vuur vandaan is het extreem koud, en ik klapper bijna met mijn tanden. 'Ik denk tenminste dat het c-cassoulet is, het kan ook *confit de canard* zijn. Moeilijk te zien. Is dat goed?'

'Tuurlijk,' zegt Liz. Ze kijkt nog steeds naar me alsof ze zich zorgen maakt. 'Gaat het, Erin?'

'Ja hoor, ik ben gewoon... Ik maak me zorgen om D-Danny. Ik hoop almaar dat we iets zullen horen.'

Liz knikt, en ik realiseer me dat ze vast net zo bezorgd is als ik. Ze verhult het gewoon beter achter die kalme, onverstoorbare buitenkant. Ik vraag me af wat ze denkt. Wanneer de inhoud van het blik (het was inderdaad cassoulet) in een pan is geschonken en op de houtkachel in de woonkamer staat op te warmen, durf ik haar de vraag te stellen waarover ik heb nagedacht, maar die ik niet echt durfde te vragen.

'Liz, wat denk jij dat er gebeurd is? Met Eva, bedoel ik.'

Haar gezicht vertrekt en ik besef dat zij het ondenkbare net zo diep heeft weggestopt als ik.

'Ik weet het niet. Ik heb almaar zitten denken. Ik kan gewoon... Ik kan niet geloven dat er iets van waar is. Het lijkt niet echt. Ik blijf me afvragen of Eva niet gewoon een ongeluk heeft gehad. Maar hoe zit het dan met Elliot en Ani?'

Precies.

'Wat denk je dat Ani bedoelde?' vraag ik terwijl ik langzaam in de bonen roer. Ik voel de hitte van het vuur op mijn gezicht en de kou van de kamer op mijn rug. 'Toen ze "ze was er niet" zei.' Of was het 'ik heb haar niet gezien'? Ik kan het me niet meer herinneren, en dat zit me dwars. Ik hoor het geritsel van waterdichte stof wanneer Liz haar schouders ophaalt.

'Ik weet het niet. Ik blijf erover doormalen. Eerst dacht ik dat ze het over Eva had, maar dat is niet logisch. Ze was er, op de helling. Ik heb haar ook gezien.'

'Misschien bedoelde ze iemand boven aan de piste?' Het kost me nu moeite me de exacte bewoording te herinneren. Verdomme. Dit kan belangrijk zijn, en ik kan het me niet herinneren. 'Ik vraag me af... Ontbrak er misschien al iemand toen ze boven aankwam, iemand anders dan Eva? Iemand die al achter haar aan was geskied?'

'Maar wie?' vraagt Liz. 'Boven waren niet zoveel vrouwen over. Ik was al met de skilift naar beneden gegaan. De twee vrouwen die nog boven waren, waren Tiger – en in dat geval lijkt het me erg vreemd dat ze zou melden wat Ani zei – en Miranda. Die had geen kans om achter Eva aan te gaan. Ze is samen met Ani met de skilift naar beneden gegaan.'

'Misschien niet.' Mijn hart begint te bonken. 'Misschien is dat wat Ani zich herinnerde. Dat Miranda níét in de lift zat. Je kunt immers makkelijk in de war raken – boven lopen mensen door elkaar, ze gaan naar de ene skilift, die zit vol, dan gaan ze naar een andere. Misschien was dat het wat Ani zich realiseerde, dat Miranda niet in de lift was gestapt?'

'Wat bedoel je?' Liz lijkt zich ongemakkelijk te voelen. Ze fronst haar wenkbrauwen achter de dikke bril, en in het donker hoor ik het *knak, knak, knak* van haar knokkels wanneer ze nerveus haar vingers buigt.

'Misschien kan ze beter skiën dan ze zegt. Het is vrij makkelijk te doen alsof je slechter bent dan je werkelijk bent. Misschien is ze weggeglipt toen iedereen in de lift stapte en is ze in plaats van met de lift naar beneden te gaan achter Eva aan La Sorcière af geskied.'

'Ik... Dat kan...' zegt Liz langzaam. Ze ziet er verontrust uit.

Ik ben net de cassoulet in twee kommen aan het scheppen wanneer ik me iets anders realiseer. Als het waar is, als wat ik denk juist is, heb ik Danny op pad gestuurd met een moordenaar. Mijn hart krimpt ineen, alsof iemand het in een bankschroef heeft gestopt.

Want ja, het is waar dat Danny en Carl samen zijn terwijl zij in haar eentje is. Maar het pad naar de Haut Montagne loopt langs een paar behoorlijk gevaarlijke stukken. Hoe moeilijk is het te wachten tot iemand dicht langs de rand loopt en hem dan een duwtje te geven?

Ik heb hier geen bewijs van, breng ik mezelf wanhopig in herinnering. Het is een theorie, meer niet. Het is alleen een theorie.

Maar mijn keel zit dicht, ik heb een knoop in mijn maag en voel me misselijk. Ineens kan ik het niet meer opbrengen de snel afkoelende brij van bonen en vlees die voor me staat op te eten. Ik voel me misselijk bij de gedachte aan wat ik misschien wel heb gedaan.

Want ik heb tegen hem gezegd dat hij moest gaan. Vanuit mijn instinct dingen te regelen, mijn zekerheid dat ik weet wat het beste is voor anderen, heb ik tegen Danny gezegd dat hij alleen met Miranda en Carl de sneeuw in moest gaan.

Is het echt zo?

Heb ik weer een vriend de dood in gestuurd?

LIZ

Snoop-ID: ANON101
Luistert naar: offline
Snoop-volgers: 1

Erin raakt haar avondeten nauwelijks aan. In een halfuur tijd is haar houding van professioneel en vriendelijk naar iets heel anders gegaan. Ik begrijp er niets van. Wanneer ik haar ernaar vraag, mompelt ze alleen dat ze zich zorgen maakt om Danny, maar ik weet niet of dat wel helemaal waar is.

Behalve mijn eigen portie eet ik ook het grootste deel van die van Erin op. Dan sta ik op en loop op de tast naar de keuken om de kommen onder de koude kraan af te spoelen. Het heeft geen zin ze af te wassen. Dat stadium zijn we voorbij. Dit begint te voelen als overleven. Maar wanneer ik de kraan opendraai, gebeurt er niets. Ik probeer de andere. Nog steeds niets.

Ik loop terug naar de woonkamer, waar Erin voorovergebogen in het vuur staart. Ik ga naast haar zitten, waarbij ik voorzichtig mijn knie buig. Die voelt een stuk beter dan voorheen.

'We hebben een probleem,' zeg ik.

Ze kijkt op, alsof ze schrikt van het geluid van mijn stem.

'Wat? Wat zei je?'

'We hebben een probleem,' herhaal ik. 'Er komt geen water uit de kraan. Ik denk dat de leidingen bevroren zijn.'

'Verdomme.' Ze sluit haar ogen en wrijft over haar gezicht alsof ze zichzelf probeert te wekken uit een nachtmerrie, en in zekere zin doet ze dat ook, denk ik. 'Tja, we kunnen er niets aan doen, behalve rustig blijven. Danny en de anderen zullen er nu wel zijn. We moeten het gewoon zien te redden tot de ochtend. Als we voor die tijd tenminste niet doodvriezen.'

Ik schrik van haar woorden, temeer omdat ik me realiseer dat ik het zelfs in mijn skipak ondraaglijk koud heb. In de keuken was mijn adem een witte wolk. Boven is het vast onder nul.

'Misschien... kunnen we beter hier beneden slapen?' vraag ik.

'Ik denk het wel. Ja, dat lijkt me verstandig.'

Ik neem een beslissing. 'Ik ga mijn beddengoed halen.'

Erin knikt. 'Ik zal twee banken opmaken als bed. Ze zijn uitklapbaar.'

Ik ben bijna de kamer uit wanneer ze zegt: 'Liz?'

Ik kijk verwachtingsvol om. 'Ja?'

'Liz, ik wilde alleen even zeggen – bedankt. Bedankt dat je hier bij me bent gebleven. En het spijt me dat het zo is gelopen.'

'Het geeft niet,' zeg ik. Op de een of andere manier zijn de woorden moeilijk uit te spreken. Er zit iets in mijn keel, een onverwachte brok. 'Het geeft niet. Het is niet jouw schuld.'

Dan draai ik me om en hobbel naar de wenteltrap in de lobby, voordat ze de tranen in mijn ogen ziet.

ERIN

Snoop-ID: LITTLEMY
Luistert naar: offline
Snoop-volgers: 10

Wanneer ik Liz' voetstappen in de gang hoor wegsterven, laat ik me onderuitzakken op de bank en haal ik een hand over mijn gezicht. *Het spijt me.* Ik weet niet wat me bezielde dat te zeggen, behalve dan dat Liz degene is met wie ik het meeste medelijden heb. Ik weet niet eens precies waarom – misschien omdat het vanaf het begin duidelijk was dat ze hier niet wil zijn. Hoe vreselijk dit weekend ook voor Topher en Eva is gebleken, zij hebben het in zekere zin over zichzelf afgeroepen. Zij hebben ervoor gekozen hiernaartoe te komen, met hun geld te zwaaien, mensen als kleine schaakstukken rond te schuiven in hun strijd om de zeggenschap over Snoop.

Maar Liz – Liz is gewoon een pion, net als ik, gevangen in iets waar ze nooit om heeft gevraagd, wat ze nooit heeft gewild.

En toch heeft ze niet één keer geklaagd. Waar Topher heeft gemopperd over het slechte eten, Carl met zijn voeten heeft gestampt, gebruld en gedreigd met juridische stappen, Rik tekeer is gegaan over gezondheid, veiligheid en *corporate responsibility*, en Miranda beschuldigingen heeft geuit, heeft Liz gewoon doorgeploeterd en het allemaal geslikt, al weet ik zeker dat ze achter haar gereserveerde buitenkant net zo bang is als iedereen.

Mijn enkel klopt wanneer ik mezelf dwing op te staan. Ik leg de kussens van de bank opzij, klaar om het matras dat in het frame verborgen zit eruit te trekken. Ik pak het laatste kussen en zie er ineens iets onder liggen, precies waar Liz en ik hebben gezeten. Het schittert in het licht van het vuur, en heel even denk ik dat het een broche of een ander soort sieraad is. Zodra ik het opraap besef ik echter dat het een sleutel is. Een heel bekende.

Het is een loper.

Automatisch voel ik in de achterzak van mijn spijkerbroek, ervan uitgaand dat hij eruit moet zijn gegleden toen ik ging zitten, maar de mijne zit er nog, hard en geruststellend tegen mijn bil.

Alleen... het is allesbehalve geruststellend.

Want als mijn sleutel in mijn zak zit betekent het... O god, het betekent... dat dit Danny's sleutel is.

Danny's sleutel, die gestolen is.

De sleutel die door de moordenaar is gejat.

Ik blijf daar heel lang staan, volkomen verstijfd. Ik kijk omlaag naar de sleutel in mijn handpalm en probeer mijn hersens zover te krijgen dat ze dit doorgronden. Op de een of andere manier heeft iemand deze sleutel te pakken gekregen, waarschijnlijk tijdens de consternatie toen iedereen Tigers kamer binnen probeerde te komen nadat Inigo was verdwenen. Het is niet moeilijk voor te stellen dat iemand hem stiekem uit het slot heeft gehaald terwijl we allemaal afgeleid waren omdat we wilden checken of alles goed was met Tiger. Degene die hem heeft meegenomen, heeft hem gebruikt om midden in de nacht die kamer in te komen en Ani te vermoorden. En daarna is hij op een gegeven moment uit de zak van de moordenaar gegleden en tussen de bankkussens terechtgekomen, vermoedelijk vanochtend, toen we allemaal werden afgeleid door de discussie over naar het dorp skiën of niet.

De enige vraag is wie hem heeft gejat. Wie zat er vanochtend op die plek op de bank? Want dat kan ik me niet meer herinneren.

Ik sluit mijn ogen en probeer het tafereel voor ogen te krijgen. Tiger die snikkend op de bank ligt, Miranda die haar probeert te troosten, Rik die glazen whisky uitdeelt... Ik moet alle personages een voor een in de kamer plaatsen om dit te kunnen reconstrueren.

Danny en ik stonden. Dat weet ik nog goed. Topher... Topher leunde tegen de schoorsteenmantel. Miranda zat geknield op de vloer bij de salontafel. Liz zat in een van de leunstoelen bij het vuur. Rik en Carl... die zaten op een bank, maar welke? Ik knijp mijn ogen harder dicht en zie ineens het beeld van Rik die zich vooroverbuigt en het whiskyglas aan de andere kant van de tafel volschenkt. Het was de andere bank, die onder het raam. En dat betekent... Ik doe mijn ogen open.

Het betekent dat Tiger op de bank lag waar ik de sleutel heb gevonden, met haar heup op de spleet tussen de kussens. Het zou volkomen logisch zijn – de sleutel kan heel makkelijk uit haar zak zijn gegleden terwijl ze daar lag te huilen. Alleen... het is helemaal niet logisch. Tiger is de enige die geen sleutel nodig had om Ani te vermoorden. Ze was al in de kamer. En als ze een alibi wilde hebben, had ze gewoon kunnen zeggen dat ze was vergeten de deur op slot te doen.

Behalve Tiger heeft niemand anders op die plek gezeten nadat de sleutel werd vermist, behalve ik...

... en Liz.

Als gehypnotiseerd gaat mijn blik naar boven, naar het plafond, waar Liz een verdieping hoger door haar kamer loopt om dekbedden en kussens te pakken. Ik hoor het zachte gekraak van de vloerbalken en daarna het geluid van haar deur die dichtgaat.

Ik hoor *ssj ssj* terwijl er een dekbed over de vloer van de gang sleept.

Daarna hoor ik het aarzelende geluid van haar voeten op de wenteltrap. Deze keer loopt ze voorzichtig, want ze wil niet nog eens uitglijden.

Dan verschijnt ze in de deuropening van de woonkamer, met haar armen vol beddengoed. Haar gezicht is onleesbaar in het halfdonker en het licht van het vuur weerkaatst flakkerend in de glazen van haar grote uilenbril. Plotseling herinner ik me die eerste dag, toen ze me deed denken aan een uil, gevangen in de koplampen van een aankomende auto.

Ze ziet er nog steeds uit als een uil, maar ineens is de gelijkenis heel anders. Ik ril bij de gedachte dat ik het al die tijd goed had – en tegelijk ook heel, heel erg mis.

Het zit namelijk zo. We denken dat we uilen kennen. Het zijn de zachte, vriendelijke, met de ogen knipperende wezens uit kinderrijmpjes en -verhalen. Ze mogen dan wel wijs zijn, maar ze zijn ook traag en makkelijk in verwarring te brengen.

Het probleem is dat niets daarvan waar is. Uilen zijn niet traag. Ze zijn snel, bliksemsnel. En ze zijn niet verward. Wanneer ze in hun element zijn, in het donker, zijn het snelle, genadeloze jagers.

Uilen zijn roofvogels.

Dát was wat ik zag in Liz, meteen al op die eerste dag. Ik was gewoon te verblind door mijn eigen vooroordelen om het te erkennen.

In het donker zijn uilen niet de prooi, maar de jager. En op dit moment is het donker.

'Hoi,' zegt Liz, en ze glimlacht, een onleesbare glimlach achter die lege, flakkerende glazen. 'Alles goed met je?'

LIZ

Snoop-ID: ANON101
Luistert naar: offline
Snoop-volgers: 1

Wanneer ik met mijn armen vol dekbedden en kussens weer beneden kom staat Erin midden in de kamer, met één hand op het frame van de bedbank, alsof er net een gedachte bij haar is opgekomen.

'Hoi,' zeg ik. Ik gooi het beddengoed in de leunstoel. Omdat ze zich nog steeds niet verroert, voeg ik eraan toe: 'Alles goed met je?' Ik weet niet waarom ik dat zeg, behalve dan dat ze er echt vreemd uitziet. 'Krijg je de slaapbank niet uitgeklapt?'

'Wat?' Ze lijkt zichzelf wakker te schudden. Dan glimlacht ze en lacht ze even. 'Nee, sorry. Ik stond alleen even te denken. Ik... ik dacht aan Danny. Ze moeten er nu toch wel zijn. Ik vroeg me af of we vanavond nog iets van ze zullen horen.'

Ik kijk naar de klok op de schoorsteenmantel. Hoewel het nu zo donker is dat de wijzers bijna niet meer zichtbaar zijn, denk ik te kunnen zien dat het bijna acht uur is.

'Dat denk ik wel. Hoelang zei je dat ze erover zouden doen om er te komen?'

'Ongeveer drie uur, dacht ik. Misschien langer, omdat Miranda en Carl nog nooit op sneeuwschoenen hebben gelopen. Ze zijn net na één uur vertrokken. Zelfs als je rekening houdt met rusten en zo, zouden ze nu ruimschoots bij Haut Montagne moeten zijn. Misschien zijn ze zelfs al op de terugweg, hoewel ik niet weet of ze in het donker op pad zullen gaan met hun sneeuwschoenen.'

Ze geeft het metalen frame een ruk. Knarsend ontvouwt de slaapbank zich.

'Ik hoop dat je gelijk hebt.' Ik leg mijn kussens op de matras en help Erin daarna de kussens van de andere bank te halen en het bed uit te klappen. 'Dat we nu zonder water zitten voelt als de laatste druppel.'

'We zullen sneeuw moeten smelten,' zegt Erin. In het schemerige licht ziet haar gezicht er wit en gespannen uit, al is dat niet echt verrassend. 'Niet te geloven dat de lawine nog maar twee dagen geleden naar beneden raasde. Het voelt als een eeuwigheid.'

'Twee dagen?' Heel even geloof ik haar niet. Dan reken ik terug en besef ik dat ze gelijk heeft. Twee dagen en vier uur. Het lijkt een mensenleven geleden. Net als zij heb ik het gevoel dat we hier al een eeuwigheid vastzitten. En nu is het bijna voorbij. Het vreemde is dat ik niet zeker weet of ik wel klaar ben om de realiteit weer onder ogen te zien. Het begint me net te dagen dat wat aanvoelde als gevangenschap misschien wel een soort idyllische rust is. Perce-Neige is een plaats delict. En wij zijn verdachten. Zodra we teruggaan naar de echte wereld, zullen we geconfronteerd worden met de felle schijnwerpers van de publiciteit. Een politieonderzoek, verslaggevers, nieuwsberichten. Interviews. Ik zie de krantenkoppen al voor me: CHALET VAN DE DOOD.

Er zal van alles boven water komen.

Nu is het mijn beurt om stokstijf in de duisternis te staren. Ondertussen denk ik na.

'Ik ga mijn beddengoed halen,' zegt Erin in de stilte. 'Kun je nog een houtblok in de kachel doen?'

'Tuurlijk,' zeg ik, en ik dwing mezelf terug te keren naar het hier en nu. Ik kijk naar haar terwijl ze een zaklamp pakt en naar de lobby loopt. De smalle lichtbundel beweegt wanneer ze de trap op loopt. Elke keer dat ze de leuning vastpakt hoor ik een *klik*, doordat iets hards, misschien een ring, het metaal raakt.

Klik. Klik. Klik.

Ik hoor weer mijn moeders ademloze, nerveuze *O, Liz, je weet dat papa dat niet leuk vindt...*

Tik. Tik. Tik. Verdwijnend in de duisternis.

Misschien is het de gedachte aan de politie en alles wat in duigen zal vallen, maar ineens, ik weet niet waarom, klinkt het als een klok die tikkend aftelt naar nul.

ERIN

Snoop-ID: LITTLEMY
Luistert naar: offline
Snoop-volgers: 10

Met bonkend hart loop ik door de gang naar de personeelsvertrekken, waar ik mijn slaapkamer in ga. Het is pikdonker in de kamer, het enige licht komt van de zaklamp. Omdat ik niet het risico wil lopen dat de batterijen leeg raken, zet ik hem uit. In de duisternis laat ik me op het bed zakken. Ik moet nadenken.

Ik heb mijn hand als een vuist om de loper geklemd, die hard tegen mijn handpalm drukt als een fysieke herinnering aan de waanzin van de hele situatie. Nu ik hier zit en wanhopig probeer dit raadsel te begrijpen, merk ik dat ik hem zo stevig vasthoud dat ik de deuken in mijn huid voel wanneer ik mezelf dwing mijn hand te openen.

Wat betekent het? Wat betékent het?

Als Liz die loper heeft gejat... is zij dan de moordenaar? Maar hóé?

Ik denk terug, beleef in mijn gedachten opnieuw de commotie in de gang toen Danny de deur van Tigers kamer openmaakte. Liz was erbij, dat weet ik zeker. Wat ik me ook herinner is dat zij achterbleef terwijl de anderen de kamer in stormden. Ik dacht dat het kwam door haar natuurlijke terughoudendheid. Het leek echt bij haar te passen, vergeleken met de manier waarop de rest zich naar voren drong om te zien wat er aan de hand was. Nu zet ik daar echter mijn vraagtekens bij. Bleef ze achter zodat ze ongezien de loper in haar zak kon steken?

Maar waarom? Dat begrijp ik niet. Liz kan Eva niet hebben vermoord. Nog afgezien van een motief is ze samen met Ani en Carl een van de weinigen uit de groep die daar geen enkele gelegenheid toe heeft gehad. Ze zat in de skilift naar de basis van Blanche-Neige toen Eva op La Sorcière werd gezien.

Maar de loper. De loper die hard en gekarteld is en onweerlegbaar in mijn hand ligt, alsof hij me niet toestaat dit bewijsstuk te vergeten.

Hoe zit het met de loper?

Ik wrijf over mijn gezicht en voel het glimmende littekenweefsel, de altijd aanwezige herinnering aan wat ik heb gedaan, de prijs die ik heb betaald omdat ik te zeker van mezelf was. Ineens dringt het tot me door dat ik hier al behoorlijk lang zit. Ik weet niet hoelang, maar wel een hele poos. Te lang. Verdacht lang. Ik moet naar beneden, anders zal Liz weten dat er iets mis is.

Ik klik de zaklamp weer aan en pak een arm vol beddengoed. Met de zaklamp tussen mijn tanden, zodat hij op de stapel kussens rust, open ik met mijn vrije hand de deur.

Liz staat vlak voor mijn deur, bijna neus aan neus met mij. Het licht van de zaklamp wordt weerkaatst door haar bril.

Ik slaak een kreet. De zaklamp rolt van het bovenste kussen, valt op de vloer en gaat uit.

Mijn hart klopt als een drilboor in mijn borst.

'Jezus,' lukt het me uit te brengen. Mijn stem trilt. 'Liz, je laat me schrikken.'

Ik leg het beddengoed met bevende handen op de grond en tast rond naar de zaklamp.

'Sorry,' zegt ze. Ze klinkt alsof ze glimlacht, maar in het donker kan ik dat niet met zekerheid zeggen. Haar stem heeft iets heel vlaks, iets wat moeilijk te duiden is. 'Het duurde zo lang. Ik begon me zorgen te maken.'

'Ik...' O shit, wat kan ik zeggen? Wat voor excuus kan ik geven? 'Ik trok alleen even een ander shirt aan.'

Wát? Waarom heb ik dat in vredesnaam gezegd? Ze kan zo zien dat ik dezelfde kleren draag als voorheen. Wat een domme leugen.

Ik voel me misselijk van de zenuwen. Ik ben vreselijk slecht in liegen. Zelfs op school kon ik nooit hypocriet *O, wat zie je er mooi uit! Zelf zie ik er niet uit!* zeggen, zoals de andere meiden. Ik kan alleen huichelen wanneer ik in de personeelsmodus zit. Dan ben ik beleefd en opgewekt tegen iedereen, hoe ik me ook voel. Niet omdat ik onze gasten zo aardig vind, maar omdat zij de gasten zijn en ik personeel. Het is mijn werk.

Die gedachte kalmeert me.

Het is mijn werk. Ik kan dit. Liz is een gast, en het is mijn werk om hartelijk tegen haar te doen. Ik moet die gedachte alleen nog even kanaliseren.

Ik klik de zaklamp aan en dwing mezelf te glimlachen.

'Zullen we naar beneden gaan? Het is hier echt ijskoud.'

Liz knikt en draait zich om naar de trap.

LIZ

Snoop-ID: ANON101
Luistert naar: offline
Snoop-volgers: 1

Er is iets aan de hand met Erin. Ik weet alleen niet wat. Ze zei dat ze zich zorgen maakt om Danny, maar als dat het geval is, weet ik niet waarom ze opeens zo bang is. Tot een uur of twee geleden was ze best opgewekt. Toen raakte ze nerveus en gespannen.

Hoewel we al een uur of meer in het donker liggen, slaapt ze niet. Dat weet ik niet alleen omdat ze niet snurkt, maar ook omdat ik vanuit een ooghoek zie dat haar ogen nog open zijn. Wanneer ze knippert, weerspiegelen ze het licht van het smeulende vuur in de kachel. Ze ligt daar in de duisternis stilletjes naar mij te kijken. Ze denkt ergens aan. Ik weet alleen niet waaraan.

Waar denkt ze aan?

Ik knijp mijn ogen dicht in een poging er zo normaal mogelijk uit te zien.

Een paar minuten later hoor ik het gekraak van matrasveren. Erin zwaait voorzichtig haar benen uit bed.

'Waar ga je heen?' vraag ik.

Ze schrikt op als een crimineel die op heterdaad betrapt wordt en grijpt naar haar hart.

'Jezus! Je laat me schrikken, Liz.'

'Sorry.' Verder zeg ik niets. Uit ervaring weet ik dat mensen nerveus worden als je stil blijft. Dan gaan ze praten. Ze vullen de stilte met hun eigen gepraat. Zo kom je veel te weten. En ja hoor, na een korte stilte geeft Erin antwoord op mijn vraag, zonder dat ik hem opnieuw hoef te stellen.

'Ik wilde je niet wakker maken. Ik kon niet slapen. Ik ga naar het t-toilet.' Ze bibbert. Ik hoor haar tanden klapperen. Het is nu heel erg koud in de kamer. Het vuur is niet meer dan gloeiende as.

'Oké.' Ik rol me om en trek de dekens tot aan mijn kin op. 'Vergeet niet dat de leidingen bevroren zijn.'

'Dat w-weet ik.' Ze opent de kachel om er nog een houtblok in te leggen. 'Ik ga naar een van de badkamers boven. Volgens mij hebben we de twee toiletten beneden al doorgespoeld.'

Ik zeg niets. Ik kijk alleen naar haar terwijl ze haar jas strakker om zich heen wikkelt en naar de trap strompelt. Dan draai ik me om en tast in mijn zak naar de loper.

Die is verdwenen.

ERIN

Snoop-ID: LITTLEMY
Luistert naar: offline
Snoop-volgers: 10

Verdomme. Met bonkend hart loop ik op mijn tenen de trap op. Ik weet niet waar die leugen over de toiletten vandaan kwam, maar ik ben nog nooit zo blij geweest met bevroren leidingen. Ze hebben me precies gegeven wat ik nodig heb – een excuus om naar boven te gaan.

Ik heb geen idee hoe het nou precies zit met die loper. Heeft Liz hem gepikt? Ik durf het niet te vragen. Misschien heeft iemand anders op die bank gezeten, toen ik er niet bij was. Of misschien heeft Liz de loper gevonden en opgeraapt maar was ze te bang om het iemand te vertellen, voor het geval ze haar dan zouden verdenken. Er kunnen tien onschuldige verklaringen zijn. Of er kan er een zijn, een heel bezwarende.

Hoe dan ook, ik kon geen seconde langer in de duisternis liggen luisteren naar haar zachte, regelmatige ademhaling. Ik moest iets doen. Uiteindelijk onderdrukte mijn onderbewustzijn mijn tollende gedachten door mijn aandacht te richten op iets wat ik totaal vergeten was.

Elliots oplaadblok. De gigantische externe accu die hij gebruikte om zijn laptop van stroom te voorzien, voordat hij stierf en zijn computer werd vernietigd. Als ik bij die accu kan komen en mijn lege telefoon erop kan aansluiten, kan ik misschien verbinding krijgen. Het is het proberen waard. Het is ook niet iets waar Liz bezwaar tegen kan maken.

En toch wil ik het haar niet vertellen, om redenen waar ik liever niet over nadenk.

Waarom niet? fluisteren mijn gedachten op de maat van mijn voetstappen wanneer ik op mijn tenen door de gang loop. *Waarom niet?*

Omdat ik haar niet vertrouw.

Waarom niet?

Omdat... Ik slik en hoor de droge klik van mijn kaak in de griezelige stilte op de bovenverdieping. Omdat ik diep vanbinnen denk dat ze Eva heeft kunnen vermoorden. Ik weet niet hoe, maar mijn angst van de afgelopen twee uur heeft me iets getoond wat ik vóór vanavond niet zou hebben geloofd: dat Liz het in zich heeft om iemand te doden. Het komt niet alleen door de loper, al is dat zorgwekkend genoeg. De paniek die ik voelde toen ik de deur van mijn kamer opende en haar daar zag staan, wezenloos glimlachend naar mij, met haar gezicht verborgen achter die zilverige brillenglazen... Die paniek had iets dieps en waarachtigs. Het vertelde me iets wat ik nog niet eerder tegenover mezelf had toegegeven: dat ik bang ben voor Liz. Ze mag dan vriendelijk en stil zijn, en bijna pijnlijk gereserveerd, maar achter die vriendelijkheid zit volgens mij een harde binnenkant, en ja, ik denk dat ze iemand zou kunnen vermoorden. Dat geloof ik zoals ik het nooit van Inigo of zelfs Topher heb geloofd, ondanks al het bewijs dat zich opstapelde in hun nadeel.

Ik geloof dat van alle gasten hier Liz degene is die iemand in koelen bloede zou kunnen doden en dat voor ons allemaal zou kunnen verbergen. Niemand let op haar, en voor een moordenaar is dat een soort superkracht.

Ik ben bijna bij Elliots deur. Ik loop nu zo stil mogelijk, want ik weet dat voetstappen op de eerste verdieping in de kamer beneden te horen zijn. Ik haal de lopers uit mijn zak en kies er een uit. Nadat ik hem zachtjes in het slot heb gestoken, draai ik hem om en open heel stilletjes Elliots deur.

Hij kraakt een beetje en ik houd mijn adem in, in de hoop dat Liz het niet hoort. Maar van beneden klinkt er geen geluid. Als ze naar boven zou komen, zou ik geen excuus hebben voor mijn aanwezigheid aan deze kant van het gebouw. De normale gang van zaken zou zijn dat ik naar het personeelstoilet ga, aan de andere kant van het chalet. Of, als ik geen zin had zo ver te lopen, naar een van de gastenkamers dichter bij de trap. Niet naar die van Elliot. Niet naar een kamer met een...

De geur overvalt me zodra ik de deur open. Het is een geur die ik me herinner uit het academisch ziekenhuis.

Er ligt een lijk in deze kamer. Onder de stank van urine en de huiselijke geur van gemorste koffie gaat de geur van de dood schuil. Geen stank, daar is het te koud voor in de kamer, maar wel onmiskenbaar. Een riekende, dierlijke geur.

Er is geen denken aan dat je deze kamer voor wat dan ook zou binnengaan als je de keus had.

Ik moet kokhalzen van de geur, maar ik onderdruk de neiging en loop voorzichtig door de kamer naar de andere kant van Elliots bureau. En daar is de oplader. Het apparaat ligt als een baksteen op de vloer, met een rood ledlichtje dat de duisternis doorboort. Mijn hart bonst van opluchting. Bijna tegelijkertijd merk ik twee dingen op. Het eerste is dat er een telefoon in het oplaadblok gestoken is, dat die aan staat en volledig opgeladen is. Elliot heeft zijn telefoon opgeladen. Uiteraard.

Het tweede dat ik zie is dat hij een Samsung heeft, terwijl ik een iPhone heb. Mijn telefoon zit in mijn zak, maar ik kan zijn oplader niet gebruiken.

Ik kan mezelf wel voor het hoofd slaan. Ik had eerst mijn eigen oplader moeten ophalen. Wat ongelooflijk stom van me. Heb ik daar nog tijd voor? Normaal gesproken zou ik in minder dan een minuut naar de andere kant van de gang kunnen rennen, de deur van mijn kamer kunnen opengooien en mijn oplader van het nachtkastje kunnen grissen. Maar ik kan nu niet rennen. Ik kan geen deuren opengooien. Ik kan het me niet veroorloven geluid te maken.

Ik neem een beslissing. Ik zal eerst Elliots telefoon proberen. Vanaf het vergrendelscherm kun je noodnummers bellen. Ik heb alleen geen idee of 112 of 17 ertussen zitten.

Ik pak het apparaat en het scherm licht op, maar tot mijn teleurstelling zie ik dat er nog steeds geen ontvangst is, alleen een x bij de grijze balkjes. Ik kan niemand bellen.

Wel staan er een heleboel app-meldingen op het vergrendelscherm, en met een sprankje hoop scrol ik omlaag om te zien of de telefoon de afgelopen vierentwintig uur überhaupt bereik heeft gehad. Als er ook maar zo nu en dan even ontvangst is geweest, kan dat genoeg zijn. En als ik in de telefoon kan komen zou ik een sms kunnen sturen, die in de outbox blijft zitten totdat de telefoon bereik heeft. Ik zou niets hoeven te doen. Alleen wachten totdat het bericht is verzonden.

En daar is het. Een WhatsApp-bericht van zes uur geleden. En daaronder een melding van Snoop. *Anon101 is geoclose,* wat dat ook mag betekenen. Geoclose? Ik heb nog nooit zo'n melding gehad op mijn Snoop-account.

Maar ik heb nu geen tijd om me daar druk om te maken. De vraag is hoe ik in de telefoon kom. Ik heb drie pogingen voordat hij op slot gaat, en dan heb ik geen andere keuze dan naar mijn kamer te gaan om mijn oplader te halen en te wachten terwijl mijn eigen telefoon wordt opgeladen, wat zo lang zal duren dat Liz zich zal afvragen waar ik blijf.

Ik pijnig mijn hersens in een poging me te herinneren of Kate me ooit Elliots geboortedatum heeft verteld, en zo ja, of ik het jaar moet proberen of de dag en de maand. Wanneer ik het inlogscherm tevoorschijn haal, zakt de moed me in de schoenen. Het is geen keypad maar een duimscanner.

Mijn maag krimpt ineen van teleurstelling. Dan besef ik wat dit betekent, en er trekt een misselijkmakend gevoel van afschuw door me heen wanneer het me begint te dagen wat ik nu moet doen. O god. Kan ik het? En als ik het kan, wat voor mens ben ik dan?

Ik dwing mezelf te kijken naar de gedaante aan de overkant van het bureau die ik eerder probeerde te negeren en laat mijn blik er snel overheen gaan: Elliot. Elliots lijk.

Zijn hand ligt uitgestrekt op het bureau, en ik voel mijn wangen warm, dan koud en dan weer warm worden van een soort diepe, doordringende schaamte over wat ik op het punt sta te doen. Maar ik moet in die telefoon zien te komen.

Ik sta op, haal de oplader uit de telefoon en zet een stap dichter naar de plek toe waar Elliot over het bureau gezakt zit. Dan nog een. En dan sta ik bij zijn bureau en reik ik naar zijn hand, zijn koude, stevige hand.

Die is een beetje klam, al is dat vooral te wijten aan de kou in de kamer. Zijn arm is verrassend zwaar wanneer ik hem beweeg, maar de rigor mortis is weggetrokken. Zonder al te veel moeite strek ik zijn vingers en neem ik zijn lange, benige duim tussen de mijne. Hij voelt koel en stevig aan, als een stuk vlees.

'Het spijt me,' fluister ik hem toe. 'Het spijt me echt.'

Dan druk ik het bovenste deel van zijn duim tegen het inlogscherm.

Een minuut lang gebeurt er niets, en ik voel een scherpe steek van teleurstelling. Zou de telefoon het op een of andere manier doorhebben? Werkt de scanner met lichaamswarmte? Registreert hij dat dit een dode man is, geen levende eigenaar?

Er is maar één manier om daarachter te komen. Met een nog akeliger gevoel leg ik de telefoon neer en wrijf ik het koude, klamme topje van Elliots duim ruw tussen mijn handpalmen in een poging een beetje van mijn eigen lichaamswarmte in Elliots huid te krijgen.

Het is verrassend moeilijk. Mijn handen zijn ook koud en een hele poos voel ik alleen de diepe kou van dood vlees tegen mijn huid. Maar ik ga door en probeer zijn duim met mijn adem te verwarmen. Uiteindelijk lijkt er een merkbaar temperatuurverschil te zijn. Voordat zijn huid kan afkoelen pak ik de telefoon op en druk hem snel tegen de duim aan. Ik houd mijn adem in.

En dan licht het schermpje op, met het felroze startscherm van de Snoop-app. Ik zit in Elliots telefoon.

Ik sta op het punt Snoop weg te drukken en naar de sms-app te gaan, wanneer ik iets vreemds aan Elliots Snoop-app zie.

Hij wordt gevolgd door 1,2 miljoen mensen, wat niet zo verwonderlijk is. Hij staat bekend als een van de medeoprichters van het bedrijf en zijn Snoop-ID is openbaar.

Het vreemde is dat hij zelf slechts twee mensen volgt. Een van hen is Topher; ik herinner me zijn avatar en ID van toen ik hem zelf volgde, xTopher en een foto van hem terwijl hij een lepel op zijn neus laat balanceren, met een klein vinkje om te laten zien dat hij geverifieerd is. *Bespiedt xTopher sinds 3 jaar* staat er naast zijn naam. Maar ook dat is niet zo vreemd.

Het vreemde is dat de andere persoon die hij volgt een volkomen anonieme gebruiker is, Anon101. Anon heeft geen foto, en als ik op de lege ruimte klik waar gewoonlijk de avatar staat om bij het profiel van deze gebruiker te komen, staat er ook niets in de bio. *Ga weg* is het enige wat hij of zij bij 'over' heeft neergezet, wat misschien verklaart waarom de gebruiker één volger heeft, meer niet.

Maar onder 'locatie' staat wél iets. Een reeks gps-coördinaten en een klein logo met 'bèta' tussen haakjes.

Dit moet de update zijn waaraan Elliot werkte voordat hij stierf, de Geosnoop-update waarover Topher en hij zo opgewonden waren, waarmee ze Eva konden opsporen. Maar wie is Anon101 en waarom volgt Elliot hem of haar? Is Anon Eva? Nee, dat is belachelijk, niet met één volger. En trouwens, ik heb Eva bespied. Al weet ik niet meer wat haar ID was, ik herinner me haar avatar nog wel: een sneeuwluipaard met een Ray-Banzonnebril.

Ik klik terug naar het vorige scherm.

Bespiedt Anon101 sinds 2 dagen staat er naast de naam. Elliot is Anon101 dus gaan volgen vlak voor hij stierf.

Ik voel een siddering in mijn buik terwijl mijn duim boven het Geosnoop(bèta)-tabblad bovenaan in het menu zweeft. Ineens herinner ik me die melding op het startscherm, de melding die ik zo achteloos terzijde heb geschoven. *Anon101 is geoclose.*

Ik druk op het Geosnoop-tabblad.

In jouw buurt: staat bovenaan. Daaronder staat een lijst van slechts twee personen:

Littlemy

Anon101

Ik ben Littlemy. En dat betekent dat Anon101... Liz moet zijn.

LIZ

Snoop-ID: ANON101
Luistert naar: offline
Snoop-volgers: 1

Er is iets mis. Erin is niet teruggekomen van haar bezoek aan het toilet. Ze is al lang weg, maar daar komt nog bij dat ik helemaal niets hoor. Geen deuren die opengaan. Geen voetstappen op de trap. Geen geluid van een toilet dat wordt doorgetrokken. Is er iets gebeurd? Is ze in slaap gevallen?

Ik bijt op mijn lip en probeer te bedenken wat ik moet doen. De vorige keer ben ik achter haar aan gegaan. Ik maakte me zorgen toen ze er zo lang over deed haar beddengoed op te halen. Nu vraag ik me af of dat wel een goed idee was. Door de paniek op haar gezicht nadat ze de slaapkamerdeur had geopend en me daar zag staan, op het punt aan te kloppen, kreeg ik het idee dat ik beter beneden had kunnen blijven. En nu vraag ik me af of haar manier van doen op dat moment is veranderd. Misschien is ze wel bang voor me. Misschien denkt ze dat ik een stalker ben.

Mensen hebben de gewoonte me te ontwijken. Dat heb ik in de loop der jaren gemerkt. Het begon met de meisjes op school. Eerst waren ze vriendelijk en probeerde ik zelf ook toenadering te zoeken, maar daarna werden ze langzaamaan koeler, om redenen waarop ik nooit mijn vinger kon leggen. Dus deed ik beter mijn best. Maar hoe meer ik het probeerde, hoe killer ze leken te reageren, totdat uiteindelijk alles wat ik deed ertoe leek te leiden dat ze een grotere hekel aan me kregen.

Op de basisschool waren de andere meisjes niet subtiel. *Ga weg, Liz, je bent raar.* Ik hoorde het steeds weer. Toen we ouder werden, deden de meisjes in mijn klas alsof ze vriendelijker waren, maar eigenlijk dachten ze hetzelfde, ondanks hun 'o, sorry, we houden deze stoel voor iemand anders vrij' of 'sorry, Liz, mijn moeder zegt dat ik drie meisjes op mijn slaapfeestje mag hebben, meer niet'.

De meisjes waren erg. De jongens waren erger. En Kevin was het ergst van allemaal.

Zelfs bij zijn naam huiver ik al.

Ik vond Kevin leuk. Ik dacht dat hij mij misschien ook wel leuk vond. Hij had acne, zijn adem rook een beetje muf en hij was niet bepaald knap. Hij leek niet zo onbereikbaar als sommige andere jongens. Ik leende een boek uit de bibliotheek over hoe je kon zorgen dat jongens je leuk gingen vinden, maar het was verwarrend en tegenstrijdig. *Lach om zijn grappen* stond er. Dat deed ik ook. En dan keek Kevin me aan alsof ik gek was en vroeg: 'Wat lach je nou?'

Geef hem iets waardoor hij aan je denkt. Ik gaf hem een paar wanten die ik had gebreid. Ik liet ze in zijn locker achter, maar hij heeft ze nooit gedragen. Later vond ik ze bij de verloren voorwerpen.

Zorg dat je elkaar 'toevallig' treft. Ik ben hem gevolgd. Ik zorgde dat ik tegen de lockers geleund stond wanneer hij uit de jongenstoiletten kwam. Ik wachtte bij zijn bushalte. Op een dag volgde ik hem naar huis.

Het was november en bijna avond. Ik dacht dat hij me niet had opgemerkt, maar dat had hij wel. We hadden ruim drie kilometer gelopen toen hij zich tegen me keerde. 'Wat wil je, weirdo?' zei hij. Zijn stem sloeg over en brak bij het laatste woord. Alleen zéí hij het niet; hij kwam vlak voor me staan en schreeuwde het in mijn gezicht. Ik rook zijn muffe adem en voelde onder het schreeuwen zijn spuug op mijn huid.

Het was donker. Het was gaan regenen. We waren in een verlaten deel van het park. Een klein deel van me wilde hem doden. Maar dat deed ik niet. In plaats daarvan deinsde ik achteruit en kromp ineen bij zijn woede. Toen hij me een duw gaf en schreeuwde: 'Ben je wanhopig of zo, idioot?' nam ik de benen. Ik huilde en trilde.

Tegen de tijd dat ik bij Snoop werd aangenomen had ik mijn lesje wel geleerd. Ik bemoeide me met niemand. Ik probeerde geen vrienden te maken. Ik vertrouwde niemand.

Maar Erin... Op een of andere manier leek Erin anders. Ze was zo vriendelijk bij onze aankomst. Ik herinner me haar medeleven toen ik om advies vroeg over de dresscode, haar vriendelijkheid toen ze me die eerste dag op sleeptouw nam naar de skilift. Ze leek me echt aardig te vinden. Nu ben ik daar niet meer zo zeker van. Wat nou als ze al die tijd heeft gedaan alsof?

Ik wil naar boven gaan en haar vragen wat ze van me vindt, of ze bang voor me is, wat ze daarboven in het donker doet. Maar ik weet niet hoe ze dat zou vinden. Misschien kan ik zeggen dat ik me zorgen om haar maakte. Er zijn tenslotte drie mensen gestorven. Dat is wat een goede vriendin zou doen. Een oogje in het zeil houden. Controleren of alles goed met haar is.

Maar zou zij het zo zien? Als ik dat doe, zou ze dan weten dat ik het als vriendin doe? Of zou ze me weer die blik toewerpen, die paniekerige, angstige blik die ik in Kevins ogen zag toen hij zich tegen me keerde? De blik die ik in Erins ogen zag nadat ze laatst de deur had geopend. De blik die *weirdo* zegt. De blik die *ik ben bang* zegt.

Tien minuten later aarzel ik nog steeds. Uiteindelijk kan ik de stilte niet langer verdragen. Ik moet weten wat ze aan het doen is.

Ik zwaai mijn benen uit bed en sta op. Ik heb mijn skipak nog aan, dus ik heb het niet zo koud. Mijn knie doet nog steeds pijn, maar ik kan er nu mijn volle gewicht op zetten. Ik ben echt blij dat ik niet ben meegegaan naar het andere chalet. Ik bedoel, ik ben niet opzettelijk van de trap gevallen, dat zou een heel dom idee zijn geweest, want het had mijn dood kunnen worden. Maar het heeft goed uitgepakt.

Toch ga ik voorzichtig de trap op, met mijn hand om de leuning. Het hout is glad onder mijn sokken en de treden zelf zijn moeilijk te zien in de duisternis, en ik wil zeker niet nog een keer vallen.

Boven aan de trap blijf ik even staan om met ingehouden adem te luisteren. Waar is ze? In de personeelsvertrekken? Ik sta op het punt naar links te gaan om te zien of ze in dat deel van de gang is, wanneer ik een geluid hoor. Het is een heel zacht geluid, dat uit de tegenovergestelde richting komt, uit de richting van de gang waar de kamers van Miranda, Elliot en mezelf zijn. Wat zou ze daar doen?

Voordat ik het kan onderzoeken, hoor ik nog een geluid uit dezelfde richting, deze keer onmiskenbaar. Het is het geluid van een toilet dat wordt doorgespoeld. De deur van Miranda's kamer gaat open en Erin komt naar buiten. Deze keer lijkt ze niet zo verbaasd om me te zien. In plaats daarvan glimlacht ze.

'Hoi, Liz.' Ze klinkt een beetje ademloos. 'Sorry, maakte je je zorgen?'

'Een beetje.' Met gefronste wenkbrauwen kijk ik haar aan. 'Wat deed je in Miranda's kamer?'

'Ik had het personeelstoilet al doorgespoeld. Ik dacht niet dat Miranda het erg zou vinden, en het was het dichtstbij. Eh, Liz, even een waarschuwing.' Al is het moeilijk te zeggen in de duisternis, ze lijkt licht te blozen. 'Sorry, dit is misschien te veel informatie, maar ik had een beetje last van mijn maag. Ik denk dat ik de cassoulet misschien niet goed heb verhit. Daarom was ik... Nou ja, daarom duurde het wat langer.'

'O!' Ik weet niet goed hoe ik moet reageren. Moet ik lachen? Nee, dat zou vreemd lijken. Ik plooi mijn gezicht tot wat hopelijk een medelevende glimlach is. Dan maak ik me zorgen dat die er misschien uitziet als een gewone glimlach, dus ik frons in plaats daarvan mijn voorhoofd. 'O, jeetje, arme jij.'

'Waarschijnlijk wil je dat helemaal niet weten, maar ik dacht dat ik je beter kon waarschuwen voor het geval dat... Nou ja, ik bedoel, we hebben hetzelfde gegeten...'

'O, met mij is niets aan de hand,' zeg ik haastig. Dat is ook zo. Ik heb nog geen kramp gevoeld. Maar goed, ik heb altijd een prima spijsvertering gehad.

'O, mooi,' zegt ze. Ik zie opluchting op haar gezicht. 'Ik zou het vervelend vinden om je ook nog eens voedselvergiftiging te bezorgen, boven op al het andere.' Ze lacht bibberig en zegt dan: 'Nou, zullen we?'

Ik weet even niet wat ze bedoelt, maar als ze naar de trap knikt dringt het tot me door.

'Tuurlijk,' zeg ik. Ineens houdt iets me tegen. 'Weet je, ga jij maar naar beneden. Ik ga ook even naar het toilet.'

Ze knikt en begint de wenteltrap af te strompelen. Ik kijk haar even na en loop dan de gang door naar mijn eigen kamer. Ik draai de deur van het slot, glip naar binnen en ga naar de inbouwkast in de hoek van mijn kamer. De deur staat op een kier, zoals ik hem heb achtergelaten. Maar is het mijn verbeelding of staat hij iets verder open dan voorheen?

Een tijdlang blijf ik stokstijf staan kijken naar de deur. Hij staat op een kier van zo'n vijf centimeter. Dat lijkt veel. Het lijkt een grotere kier dan eerder. Ik kan het alleen niet met zekerheid zeggen.

Ik neem een beslissing. Ik open de deur, trek mijn koffer eruit en rits de voering open. Platgedrukt tegen de onderkant van de koffer, achter de zijdeachtige voering en een stuk karton, zou een scharlakenrood ski-jack moeten zitten. Het is te donker om het echt te kunnen zien, en ik heb de zaklamp beneden laten liggen, maar als ik mijn vingers door de smalle opening steek, voel ik dat het er zit. De donzige zachtheid is geruststellend. Ik slaak een zucht van verlichting en leun achteruit.

Dan rits ik de bekleding dicht en stop de koffer weer in de kast. Ik sta moeizaam op en loop naar de badkamer. Nu ik toch hier ben, kan ik mijn verhaal net zo goed overtuigend maken.

Pas wanneer ik me half uit mijn skipak heb gewurmd valt me iets in, iets waardoor ik ter plekke verstijf.

Die koffer lag boven op de stapel, boven op mijn kleine reistas op wieltjes.

Ik heb ze andersom achtergelaten, dat weet ik absoluut zeker.

Er is iemand in mijn kast geweest.

Erin? Of iemand anders?

Mijn hart bonkt.

Langzaam, heel langzaam, trek ik de rits van mijn overall omhoog. Ondertussen denk ik diep na en probeer ik te bedenken wat ik moet doen.

Dan spoel ik het toilet door en loop ik naar beneden om erachter te komen hoeveel Erin weet.

ERIN

Snoop-ID: LITTLEMY
Luistert naar: offline
Snoop-volgers: 10

Boven hoor ik dat Liz' toilet wordt doorgespoeld, en ik kruip onder het dekbed in de hoop dat ik kan doen alsof ik slaap wanneer ze terugkomt. Mijn hersens maken overuren in een poging te achterhalen wat er gebeurd kan zijn.

Godzijdank hoorde ik haar de trap op komen, zodat ik Elliots kamer uit kon glippen en twee deuren verder Miranda's kamer in. Als ze me uit Elliots kamer had zien komen, had ik moeten uitleggen wat ik daar deed. En feit is dat ik daar veel te bang voor ben.

Wat betekent dit allemaal? Is Liz de moordenaar? Maar hóé dan? Nog afgezien van een motief heeft ze een ijzersterk alibi. Ze zat in de skilift op weg naar het dal toen Eva werd vermoord.

Behalve...

Behalve dat niemand haar echt in de gondel heeft zien stappen.

Ik probeer terug te denken aan de laatste afdaling, zoals iedereen die heeft beschreven. Eva was op weg naar boven in de Reine-lift. Carl was onderaan gevallen bij het instappen, en Ani hielp hem. Verder stond iedereen boven aan de blauwe piste, Blanche-Neige, dicht tegen elkaar aan in de gierende wind te wachten op Eva, Carl en Ani.

Vervolgens weigerde Liz te skiën en probeerde Topher haar door intimidatie te dwingen het toch te doen.

Iedereen was het erover eens wat daarna gebeurde; Liz rukte

haar ski's los en liep de helling weer op naar de lift om daarmee naar beneden te gaan, terug naar het chalet.

Maar wat nou als ze dat niet heeft gedaan? Stel dat ze door het gebouwtje waarin de lift zit heen naar de andere kant is gelopen, naar de zwarte piste, La Sorcière. En dat ze vervolgens boven aan de piste, bij het steilste deel, heeft staan wachten.

Ik probeer me voor te stellen hoe Liz Eva naar zich toe heeft kunnen lokken. Misschien deed ze wel alsof ze machteloos naar de zwarte piste was gegleden, richting het steile gedeelte. Misschien deed ze alsof ze een probleem had met een schoen of ski. Hoe dan ook, ze moet naar Eva hebben geroepen en haar, toen Eva heel dichtbij en niet op haar hoede was, over de rand hebben geduwd.

Dat moet het riskantste zijn geweest. Niet het risico gezien te worden, daar was het zicht te slecht voor, en het liftgebouw stond tussen hen en de skiërs in die op Blanche-Neige stonden. Nee, het risico dat het haar niet zou lukken Eva over de rand te duwen. Als Eva zichzelf had kunnen redden, of erger nog, als ze Liz had vastgegrepen en haar over de rand had meegetrokken, was alles voorbij geweest. Maar het lukte. Het moet gelukt zijn. En nu moest Liz zichzelf alleen nog een alibi geven – door te zorgen dat Eva veilig en wel werd gezien nádat Liz zogenaamd met de lift naar beneden was gegaan.

Ik herinner me dat enorme, volumineuze skipak, hoe Liz al zweette toen ze bij het basisstation van de skilift stond te wachten. Ik herinner me zelfs dat ik dacht dat ze duidelijk te veel lagen aanhad en me afvroeg waarom, op zo'n mooie dag. Nu weet ik waarom. Het was helemaal niet uit onervarenheid. Het was gepland.

Het was vast niet moeilijk een tweede ski-jack onder de overall aan te hebben. Het zou seconden gekost hebben om de baggy blauwe overall open te ritsen, het scharlakenrode ski-jack dat eronder zat uit te trekken en het over de overall heen weer aan te trekken. Met haar helm, bril en donkergekleurde skibroek zou iedereen die haar op een afstand zag het als vanzelfsprekend beschouwen dat ze Eva was.

En dus daalde ze La Sorcière af en bleef ze halverwege staan om er zeker van te zijn dat ten minste één persoon – kleine trouwe Ani, ver boven haar in de skilift – in staat zou zijn om haar verhaal te ondersteunen.

Ik denk aan wat Ani tegen Tiger had gezegd, haar laatste verbaasde woorden: *ik heb haar niet gezien.*

We dachten allemaal dat ze het over Eva had.

Maar wat als... wat als ze het over Liz had? Liz, die verondersteld werd in de skilift te zitten die de berg afging, op hetzelfde moment dat Ani naar boven kwam. Stel dat Ani zich had gerealiseerd dat Liz hen onderweg naar beneden niet was gepasseerd? Dat ze de lift helemaal niet had genomen?

Het is plausibel. Het is allemaal akelig plausibel. En ze zou er heel waarschijnlijk mee zijn weggekomen, ware het niet dat één ding haar tegenwerkte: Elliots Geosnoop-app, die heimelijk gegevens verzamelde over iedereen in de groep.

Want Elliot was niet dom. Zodra hij erachter kwam dat Eva dood was, heeft hij vast naar de bewegingen gekeken van iedereen die die dag op de berg was. Hij moet geweten hebben dat de persoon die La Sorcière af skiede niet Eva was, maar Anon101. Alleen was hij, zelfs met alle informatie waarover hij beschikte, er niet zeker van wie Anon101 was.

Dus volgde hij Anon via Snoop en zocht hij het uit door middel van een eliminatieproces. Hij werd vermoord voordat hij zijn verdenkingen kon delen met Topher.

Die theorie verklaart bijna alles. Het verklaart waarom Elliot moest sterven, waarom zijn laptop, met alle Geosnoop-gegevens, is vernield. Het verklaart waarom Ani is vermoord.

Er is maar één ding dat er niet door wordt verklaard: waaróm.

Waarom Eva überhaupt is vermoord.

Want Liz heeft nog steeds geen motief.

Dan herinner ik me Danny's woorden. *Ik weet het niet. Ik bedoel, we kunnen waarschijnlijk voor iedereen wel een motief bedenken, mocht dat nodig zijn.*

Hij heeft gelijk. Het alibi is de sleutel, niet het motief. En ik heb net Liz' alibi aan stukken geslagen. Er is maar één probleem. Als ik gelijk heb, ben ik de volgende die dood moet.

Ik zit alleen met een moordenaar in een afgelegen chalet en ik kan niets doen.

LIZ

Snoop-ID: ANON101
Luistert naar: offline
Snoop-volgers: 1

Wie heeft mijn koffer verplaatst?

De vraag knaagt aan me als een rat terwijl ik langzaam weer naar beneden loop. Als ik de woonkamer binnenkom zie ik dat Erin weggekropen onder het dekbed ligt. Haar ogen zijn gesloten en ze ademt zacht en ritmisch. Maar ik heb het idee – en ik weet niet of ik nu paranoïde ben – dat de manier waarop ze ligt iets gemaakts heeft. Ziet iemand die slaapt er echt zo beheerst uit?

'Erin,' fluister ik heel zacht. Al verroert ze zich en bewegen haar oogleden even, ze lijkt niet wakker te worden.

Ik ga op de slaapbank naast haar zitten en probeer na te denken.

Ik weet het honderd procent zeker van de koffer. Dat denk ik tenminste. Maar ik heb sinds zondag niet meer in die kast gekeken. Iedereen kan mijn koffer wel hebben verplaatst. En zelfs als iemand hem verplaatst heeft, betekent dat nog niet dat ze achter de voering hebben gekeken. Elliot had het kunnen doen om informatie te verzamelen voordat hij met zijn verdenkingen naar Topher ging. Het kan zelfs iets volkomen onschuldigs zijn geweest.

Ik zou Erin kunnen doden. Daar gaat het niet om. Ik zou een kussen op haar gezicht kunnen drukken, net als bij Ani, maar het probleem is: als ik haar vermoord, zal iedereen weten dat ik het heb gedaan. Er is hier verder niemand in de wijde omtrek. Ik zou geen mens kunnen wijsmaken dat een onbekende indringer heeft ingebroken en haar in haar slaap heeft gesmoord.

Ik heb Elliot en Ani vermoord omdat het moest. Ik heb snel gehandeld, op het moment dat het nodig was, door te werken met wat voorhanden was. Bij Elliot waren dat Eva's slaappillen, fijngestampt in een kop zwarte koffie. Hij vermoedde niets toen ik aanbood nog een kop koffie voor hem te halen. Ik denk dat dat het enige was wat ik ooit voor hem heb betekend: iemand die koffie haalde.

Bij Ani was het haar eigen kussen, op haar neus en mond gedrukt. Ze stierf rustig, haar verzet gedempt door het dikke dekbed dat om haar heen zat gewikkeld. Ik voelde... Nou ja, ik zou willen zeggen dat ik me schuldig voelde over hen beiden, maar feit is dat dat niet echt zo is. Elliot had het aan zichzelf te wijten, met zijn gespioneer. Ik had wel medelijden met Ani. Ze was gewoon op het verkeerde moment op de verkeerde plek. Wat ik in haar ogen zag toen ze die avond verstard voor mijn deur stond, was het plotselinge besef van wat ze had gezien. Van wat ze níét had gezien. De lege glazen gondels van de skilift die terugkeerden naar het basisstation, terwijl ik in een daarvan had moeten zitten.

Ze besefte wat het betekende. Dat zag ik meteen, vanaf het moment dat we elkaar in de ogen keken en de hare zich plotseling vulden met paniek. Ze haastte zich terug naar haar kamer en draaide de deur achter zich op slot. Ze voelde zich waarschijnlijk veilig. Ze wist niet dat ik een loper had.

Maar ik voel me niet schuldig, zelfs niet over Ani, want het is niet mijn schuld, niets van dit alles. Ik was ook op het verkeerde moment op de verkeerde plek. Ik heb hier nooit om gevraagd. Ik raakte verstrikt in iets wat ik niet kon helpen, verstrikt in het persoonlijke machtsspel van Topher en Eva. En dan niet eens als een van de grote spelers, maar als een pion die Eva tegen Topher kon inzetten wanneer de tijd daar rijp voor was, door mijn verleden tegen me te gebruiken.

Want het zit zo: ik ben echt een goed mens. Dit heb ik nooit gewild. Ik wil beslist niet iemand doden als dat niet hoeft. Als Erin niet in die koffer heeft gekeken, als ze dit alles niet heeft doorgrond, wil ik haar niets aandoen.

Ik hoef niet snel te handelen. Ik heb tijd om erover na te denken. Voor de ochtend kan hier toch geen hulp komen. Ik kan de tijd nemen om uit te zoeken of ze iets weet, en zo ja, wat ik eraan kan doen. Het zou een ongeluk moeten zijn of lijken. Nog een val van de trap, misschien? Een koolmonoxidelek in de kachel? Al weet ik niet hoe ik dat zou moeten regelen.

Langzaam doe ik mijn bril af en ga liggen, maar ik sluit mijn ogen niet. Ik ga met mijn gezicht naar Erin toe liggen en kijk naar haar, kijk naar hoe ze slaapt.

ERIN

Snoop-ID: LITTLEMY
Luistert naar: offline
Snoop-volgers: 10

Liz houdt me in de gaten. Ik durf mijn ogen niet te openen, maar onder het mom van woelen in mijn slaap beweeg ik mijn hoofd en knipper een beetje met mijn ogen. Ik zie haar daar liggen. Zonder te knipperen staart ze de duisternis in.

Met haar bril af ziet ze er heel anders uit. Het uilige, ondoordringbare uiterlijk is verdwenen en ze ziet er jonger uit, maar tegelijkertijd heeft haar uitdrukkingsloze, onwrikbare blik iets veel verontrustenders. Wanneer ik mijn ogen sluit en met een gemaakt snurkje weer rustig ga liggen, voel ik dat haar blik zich in me boort.

Ik ben duizelig van angst. Wat moet ik doen?

Ik probeer mezelf te dwingen langzaam te ademen, dit helder te overdenken. Ben ik in gevaar? In onmiddellijk gevaar? Ik weet het niet. Als ik gelijk heb, heeft Liz drie mensen gedood. Ik denk alleen niet dat ze voor haar plezier moordt. Ik heb nog steeds geen idee waarom Eva moest sterven, maar Ani en Elliot werden pas gedood toen ze concrete informatie hadden die Liz' schuld bewees. Als ik mijn verdenkingen tot de ochtend voor me kan houden, komt het misschien wel goed met me.

Ik knijp mijn ogen dicht en denk aan Elliots telefoon, die aangesloten is op de accu boven. De sms die ik naar Danny heb gestuurd wacht in de outbox op een beetje bereik. *SOS, stuur alsjeblieft hulp. LIZ!* Een bericht dat ik met trillende vingers heb getikt, in een poging de balans te vinden tussen een bericht dat Danny begrijpt, een bericht dat kan fungeren als aanwijzing als mij iets overkomt, en een bericht dat ik op een geloofwaardige manier kan goedpraten als Liz er op de een of andere manier op stuit.

Ik denk niet dat ze toegang heeft tot Elliots telefoon, maar ik weet het niet zeker. Dat is het probleem – ik weet niets. Ze was daarboven iets aan het doen toen ze beweerde naar het toilet te gaan. Ze was veel te lang in haar kamer. Ik hoorde haar rondlopen, deuren openen en sluiten. Ze liep het toilet in en spoelde het meteen door, zelfs zonder de deur te sluiten voor zover ik kon horen, laat staan dat ze op het toilet heeft gezeten.

Ze weet iets. Ze vermoedt iets. Ik weet alleen niet wat. Het enige wat ik weet is dat Ani in haar slaap is vermoord, en daarom durf ik niet in te dommelen.

LIZ

Snoop-ID: ANON101
Luistert naar: offline
Snoop-volgers: 1

Erin weet het.

Ik was er eerst niet zeker van, maar nu de tijd zich uitstrekt in een eindeloze nacht, weet ik het zeker.

Want ze slaapt niet, weet ik inmiddels, ze doet alsof. Ze ligt daar gewoon met haar ogen dicht en af en toe, als ze denkt dat ik niet kijk, opent ze die tot spleetjes om te kijken of ik nog wakker ben. Ik zie maanlicht glinsteren tussen haar wimpers, en dan knijpt ze ze weer dicht en snurkt wat.

Het is zo oneerlijk. Zo verdomd oneerlijk!

Ik heb hier niet om gevraagd. Ik heb dit nooit gewild. Ik wilde alleen maar met rust gelaten worden.

Dat is het enige wat ik ooit heb gewild. Het is het enige wat ik wilde van de meisjes op school, met hun gevit, hun pesterijen en hun bemoeizucht.

Het is het enige wat ik wilde op de universiteit, met mensen die me op mijn nek zaten om lid te worden van verenigingen en naar eerstejaarsdiners te gaan.

Het is het enige wat ik wilde bij Snoop. En in het begin deden ze dat ook. Ze lieten me met rust, en weet je? Dat was prima!

En toen was het dat opeens niet meer. Het viel allemaal in duigen. Daarom haat ik ze zo.

Ik haat Topher omdat hij me hierin heeft meegesleept, omdat hij me met die aandelen heeft opgezadeld die als een molensteen om mijn nek hangen.

Ik haat Eva omdat ze zich ermee blééf bemoeien, terwijl ze het gewoon had moeten laten rusten. Ik haatte haar 'alles goed met je?' en 'kan ik iets voor je doen?' en 'we zorgen dat het goed komt, Liz, dat zweer ik je'.

Ik haat Elliot om zijn gespioneer, en omdat hij veel te slim was.

Ik haat Rik omdat... gewoon, omdat hij een van hen is. Vanwege zijn houding dat hij overal recht op heeft. Omdat hij zo gladjes is. Omdat hij met haaien zwemt en nooit gewond raakt, want hij is een van hen. Omdat hij een man is, op een dure kostschool heeft gezeten en zo ontzettend charmant is.

En nu haat ik Erin ook.

Zoals ze daar ligt, met haar nepsnurkjes en haar halve glimlach, terwijl ze al die tijd een en een bij elkaar optelde...

Het is alleen te laat. Wat kan ik doen? Had ik het maar eerder geweten. Ik heb nog acht van Eva's slaappillen in mijn zak. Die had ik in de cassoulet kunnen doen, al zou dat niet makkelijk zijn geweest. Ik had onze borden kunnen verwisselen zodra Erin even niet keek. Nu is het te laat. Het is trouwens best mogelijk dat ze al haar twijfels had over de cassoulet. Misschien heeft ze overgegeven in het toilet, toen ze er zo lang over deed en met dat doorzichtige verhaaltje over voedselvergiftiging kwam. Misschien heeft ze een vinger in haar keel gestoken.

Zou ik een inbraak in scène kunnen zetten? Misschien kan ik doen alsof Inigo is teruggekomen om ons te grazen te nemen. Dat zou kunnen werken. Alleen niet als Inigo zelf een alibi heeft. En het probleem is dat áls Inigo een alibi heeft en Erin me niet verdenkt, ik mezelf voor niets zou blootgeven. Dan zou ik mijn eigen glazen ingooien.

Ik moet heel erg voorzichtig zijn. Ik kan me geen fout veroorloven.

Toch moet ik het weten. Ik moet weten wat zij weet.

'Erin,' fluister ik heel zacht. Het is muisstil, maar het is niet helemaal de stilte van iemand die diep in slaap is. Het is meer de stilte van iemand die iets overdenkt.

Eindelijk klinkt er een zucht en zegt Erin: 'Ja?'

'Ben je nog wakker?'

'Ik kan niet slapen. Ik denk steeds aan de anderen en vraag me af waar ze zijn.'

Dat zou waar kunnen zijn. Maar dan denk ik aan de spleetjes tussen haar oogleden die schitterden in het donker. Volgens mij is het niet waar. Ik denk niet dat dat haar wakker houdt. Ik speel het spelletje mee.

'Maak je je zorgen om Danny?'

Nog een lange stilte. Ik denk dat ze probeert te bedenken wat ze moet zeggen. Ze probeert te bedenken of ze moet doen alsof ze iemand anders verdenkt.

'Een beetje,' zegt ze uiteindelijk. 'Ik hoopte dat hij vanavond terug zou zijn.'

Ik sta op het punt iets anders te zeggen, ik weet niet precies wat – waarschijnlijk iets nietszeggends over Danny, dat hij vast in orde is.

Op dat moment klinkt er in de stilte echter een dubbele pieptoon. Heel flauw, komend van boven, maar volkomen onmiskenbaar.

Het is een geluid waarvan mijn hart op tilt slaat, nog voordat het tot me doordringt wat het is.

Het is het geluid van een sms-bericht dat binnenkomt.

ERIN

Snoop-ID: LITTLEMY
Luistert naar: offline
Snoop-volgers: 10

Ik zie meteen dat Liz het gehoord heeft. Haar hele lichaam wordt star en alert. Met gespitste oren komt ze steunend op een elleboog overeind.

Shit.

'Wat was dat?' vraagt ze.

Mijn hart gaat tekeer. Ik weet verdomd goed wat het was. Het was Danny die reageerde op Elliots sms. Dat moet wel. Elliots telefoon is de enige in het chalet die nog is opgeladen. Er moet even ontvangst zijn geweest, net als die keer dat de melding van Snoop kon binnenkomen.

Maar ik houd mijn gezichtsuitdrukking neutraal. 'Ik heb geen idee. Het klonk als een telefoon. Dat kan alleen niet.'

Liz staart me aan alsof ze probeert te achterhalen wat er in me omgaat. O god, ze weet het. Ze weet het beslist. Ze wil er alleen honderd procent zeker van zijn dat haar verdenking klopt. Ik moet heel, heel voorzichtig zijn.

'Het klonk alsof het van boven kwam,' zegt Liz. Ze pakt haar bril en zwaait een been uit bed.

'Ja...' Ik zeg het langzaam terwijl mijn gedachten rondrazen. Ik moet haar koste wat kost uit Elliots kamer houden. Als ze dat bericht ziet, ben ik de klos. Ze verdenkt me toch al. Het zou heel lastig zijn dat bericht te verklaren. 'Ja, dat denk ik ook.'

Zou ze me kunnen vermoorden? Ik weet het niet. Haar knie is

al net zo slecht als mijn enkel. Zou ze sneller kunnen lopen dan ik wanneer ik een poging zou doen om weg te komen? Ik probeer een plan te bedenken. Zou ik haar op de een of andere manier naar buiten kunnen lokken? De deur op slot kunnen doen? Dan denk ik aan wat Danny zei voordat hij wegging, dat Inigo zou kunnen terugkomen en smeken om binnengelaten te worden, en ik weet dat hij gelijk heeft. Ik zou nooit kunnen toekijken terwijl een ander mens doodvriest. Dat kan ik gewoon niet. Zelfs niet bij Liz.

Maar ze mag die sms niet lezen.

Ik probeer me te herinneren wat ik op Elliots vergrendelscherm zag voordat ik de meldingen wiste. Bij sommige mensen zijn sms'jes in hun geheel te zien. Bij anderen zie je alleen de ID van de afzender of gewoon *Je hebt een sms-bericht*. Wat is het geval bij Elliot? Waarom heb ik dat niet gecheckt voordat ik de telefoon ontgrendelde en zijn meldingen wiste? Maar goed, dat doet er natuurlijk niet toe als Liz op het idee komt de telefoon met behulp van Elliots duim te ontgrendelen, zoals ik heb gedaan.

'Het klonk alsof het uit Miranda's kamer kwam,' zeg ik langzaam, terwijl ik probeer te bedenken hoe ik haar op een dwaalspoor kan brengen.

'Denk je?' vraagt Liz. Haar gezicht staat sceptisch. 'Het leek eerder uit de kamer van Elliot te komen. Het zou echt iets voor hem zijn om een oplaadaccu te hebben die superlang werkt.'

Mijn maag draait zich om. Natuurlijk. Natuurlijk heeft ze gelijk. Ze kent deze mensen. Ik realiseer me dat ik in de knel zit. Ik kan nu niet meer zeggen dat we ons moeten opsplitsen en dat ik Elliots kamer ga controleren, terwijl ik net heb gezegd dat ik denk dat het geluid uit Miranda's kamer kwam. Ik zal akkoord moeten gaan met haar suggestie.

'Moeten we het gaan checken?' Ik probeer weifelend te kijken. 'Het lijkt een beetje respectloos. Misschien kunnen we beter eerst de andere kamers uitsluiten?'

Liz zwaait haar andere been uit bed. Ze ziet er vastberaden uit.

'Ik denk dat het belangrijker is dat we bij de telefoon komen zolang die nog ontvangst heeft,' zegt ze verstandig. Ik kan niets verzinnen om haar tegen te spreken, want het is zo. Ze heeft gelijk. Dat is precies wat ik ook zou zeggen als ik die verdomde sms niet had verstuurd. 'Ik begrijp het wel als je niet mee wilt komen,' voegt ze eraan toe.

Ik aarzel. Het is verleidelijk. Maar ik kan haar niet alleen naar boven laten gaan. Dat zou nog erger zijn. Er is misschien een manier om vóór haar bij de telefoon te komen, om Danny's antwoord te wissen.

'Natuurlijk,' zeg ik in plaats daarvan, alsof ik mezelf dwing iets te doen wat nodig is. 'Natuurlijk, je hebt gelijk, ik was gewoon een beetje overgevoelig. Het is belangrijker iets van ons te laten horen. Hoe dan ook, de deur zal op slot zijn. Je zult mijn loper nodig hebben.'

'Natuurlijk,' zegt ze op haar beurt, en heel even, een fractie van een seconde, dwaalt haar hand af naar haar zak, waar de vermiste loper verborgen moet hebben gezeten. Het is een volkomen onbewust gebaar, dat ik zou hebben gemist als ik niet elke beweging volgde die ze maakt. Ze houdt zich in voordat haar hand in de zak verdwijnt, zodat het net lijkt alsof ze haar skipak verschikt. Maar ik weet wat ze dacht.

Terwijl we de trap op lopen, heb ik een scherp déjà-vugevoel, door alle keren dat we bij daglicht of in het donker de trap op zijn gegaan naar een of andere vreselijke ontdekking. Alleen weet ik deze keer wat we boven zullen aantreffen en ben ik degene die bang is ontmaskerd te worden.

Mijn hart gaat tekeer zodra we Elliots deur naderen, en wanneer ik in mijn zak naar de loper tast, merk ik dat mijn hand trilt.

'Gaat het?' vraagt Liz. Ze heeft haar bril weer opgezet en de glazen glinsteren in de duisternis. 'Je hoeft niet naar binnen te gaan als je dat niet wilt.'

'Het gaat wel,' zeg ik met opeengeklemde tanden. 'Ik heb het gewoon koud.'

Dan draai ik de sleutel om in het slot en zijn we in Elliots kamer. Op de een of andere manier is de doodsgeur nog sterker dan voorheen, hoewel ik weet dat dat niet het geval kan zijn, niet in die paar uur sinds ik hier voor het laatst was.

Liz kokhalst en slaat haar hand voor haar mond, waarmee ze mij voorziet van een excuus.

Het accublok ligt naast het bureau, niet te zien vanaf de deur. Als ik haar zover kan krijgen dat zij zich richt op de andere kant van de kamer...

'Het stinkt hier behoorlijk,' zeg ik. 'Als jij aan de bedkant van de kamer wilt kijken, neem ik de bureaukant wel.'

Ze knikt en loopt naar de andere kant van de kamer. Ik begin laden open te trekken om te doen alsof ik een telefoon zoek waarvan ik heel goed weet dat hij net uit het zicht ligt. Ineens hoor ik iets.

En dan...

'Erin.'

Ik kijk op, naar het bed, maar daar is ze niet. Ze staat achter me. En ze heeft de telefoon gevonden.

Mijn hart begint zo luid te kloppen dat ik zeker weet dat Liz het kan horen.

Rennen, rennen, rennen, schreeuwt een stem in mijn oor. Dat doe ik alleen niet. Ik houd me heel stil. Misschien kan ik me hier nog steeds uit praten. Wat staat er? Wat stáát er?

Ik wou dat ik het vergrendelscherm kon zien, maar dat gaat niet. Liz heeft de telefoon in haar hand en houdt het scherm naar zich toe, zodat ik alleen het licht van de telefoon zie dat door haar bril wordt weerkaatst.

'Dat geluid...' zegt ze heel langzaam. Ze kijkt me aan, met een fronsrimpel tussen de glazen van haar bril. 'Het was een sms-bericht. Gericht aan jou.'

LIZ

Snoop-ID: ANON101
Luistert naar: offline
Snoop-volgers: 1

Ik staar naar het scherm en dan naar Erins uitdrukkingsloze gezicht.

Dit kan niet kloppen. Of wel?

Berichten: staat er op het vergrendelscherm, en dan is er een klein voorvertoningsvenster met de eerste regel van het bericht. *Verdomme. Erin ben jij dat?*

Erin kijkt me aan als een konijn in een strik.

Elliots telefoon heeft een duimscanner. Het maakt wat ik nu moet doen heel makkelijk.

Ik steek een hand uit en pak zijn koude, zware hand.

'Nee!' piept Erin, en ze reikt naar de telefoon, maar het is te laat. Ik ben binnen.

SOS, lees ik, en ik voel woede in me opkomen, waardoor mijn wangen warm worden. *Stuur alsjeblieft hulp. LIZ!*

Ik staar naar Erin, kijk haar recht in de ogen en voel mijn mond openvallen van geschoktheid en verraad.

Dat kreng. Dat verdomde kreng.

ERIN

Snoop-ID: LITTLEMY
Luistert naar: offline
Snoop-volgers: 10

Ik zie Liz' gezicht veranderen terwijl ze leest en weet meteen dat ik me hier niet uit zal kunnen praten.

Haar gezicht wordt bleek en ze blijft heel stil, al denk ik niet dat het van angst is. Ik denk... ik denk dat het door iets anders komt. Ik denk dat het wel eens woede kan zijn.

'Je begrijpt het niet,' zeg ik zwakjes, maar mijn stem is schor en ik weet dat het geen zin heeft. Ik snap niet dat ik die tekst ooit voor meerdere uitleg vatbaar vond. Nu ik Liz' gezicht zie, begrijp ik dat zij het maar op één manier kan opvatten.

'Je weet het,' zegt ze, en haar stem klinkt akelig kalm. Ik wil dat ze schreeuwt en krijst. Alles zou beter zijn dan deze ijzige kilte.

Maar haar woorden brengen ook een soort opluchting, want nu hoef ik niet langer te doen alsof. Ik kan stoppen met deze vreselijke dans van *weet ze dat ik weet dat zij het weet* en gewoon de waarheid onder ogen zien.

'Ja, ik weet het,' zeg ik rustig. En dan doe ik een stap achteruit, laat me op Elliots bed zakken en wrijf over mijn gezicht. Deels omdat mijn enkel ontzettend zeer doet en ik me misselijk voel van de pijn, en deels omdat mijn benen zo hard trillen dat ik niet meer kan blijven staan.

Ze staat naar me te kijken, met een gezicht dat wezenloos en onleesbaar is achter die enorme bril. Het licht van Elliots telefoon, dat van onderen omhoogschijnt, geeft haar gezicht een griezelige gloed. Achter haar hangt Elliot, de man die ze heeft vermoord, over zijn bureau – een beangstigend nabije herinnering aan wat ze heeft gedaan om haar geheim te beschermen. Het geheim dat ik nu ken. O god, wat heb ik gedaan? Danny, waar ben je?

'Jezus, wat stinkt hij,' zegt ze uiteindelijk, en haar gezicht vertrekt. Ze knakt haar vingers, *knak*, *knak*, *knak*, maar het klinkt niet meer nerveus. Het klinkt als iemand die zich opmaakt voor een gevecht. 'Laten we hier weggaan. Kom mee naar beneden, dan kunnen we dit doorpraten.'

Als in een droom – of eerder een nachtmerrie – volg ik haar de kamer uit.

Ze houdt de telefoon als een kaars voor zich uit om de gang te verlichten, en wanneer we boven aan de trap staan zegt ze: 'Na jou.'

Ik aarzel.

Ik wil haar niet boos maken, maar tegelijkertijd ga ik niet met haar achter me die gladde, gevaarlijke trap af naar beneden. Dat vertik ik.

Liz ziet me aarzelen en lacht vreugdeloos.

'Oké, ik kan het je niet kwalijk nemen. Ik ga wel eerst. Blijf wel een stap achter me, oké? Ik wil ook niet dat jij míj van de trap af duwt.'

Ik knik. Ik vind het niet erg om afstand te houden. Het zou bijna net zo makkelijk voor haar zijn om mij pootje te lichten als voor mij om haar een schop in haar rug te geven.

God, dit is surrealistisch.

Ik kijk naar haar terwijl ze voorzichtig de trap af loopt, met haar hand om de leuning geklemd en de telefoon die als een zwak dwaallicht de weg wijst.

Beneden aangekomen loopt ze door naar de woonkamer en legt nog een houtblok in de kachel, waardoor die opvlamt en de kamer verlicht met zijn gloed. Nu ze met haar rug naar me toe staat haast ik me met versnelde hartslag naar beneden, totdat ik op vaste grond sta. Dan komt ze overeind en sluit ze het glazen deurtje van de kachel.

Ik ben alleen met een moordenaar. Ik ben alleen met een móórdenaar. Zal het misschien echt gaan voelen als ik die woorden in mezelf blijf herhalen?

LIZ

Snoop-ID: ANON101
Luistert naar: offline
Snoop-volgelingen: 1

In zekere zin is het een opluchting dat ik nu weet waar ik aan toe ben. Ik wist dat er iets mis was, en ik heb er een hekel aan om tussen de regels door te moeten lezen, mezelf in twijfel te trekken en een frons of een wezenloze blik te moeten ontleden, of een stilte die al dan niet iets betekent.

Nu weten we allebei waar we staan. Maar behalve een opluchting is het ook een probleem. Omdat ik Erin aardig vond. Nee, dat is niet waar. Ik moet niet de verleden tijd gebruiken. Nog niet.

Ik vind haar aardig, echt heel aardig. Ik wil dit niet doen. Maar het was heel dom van haar om die sms te versturen, en nu heb ik geen keus. Ze dwingt me ertoe, echt waar. Als dit iemands schuld is, is het wel háár schuld.

Het gevoel van onrechtvaardigheid begint weer te broeien. Dit is zo oneerlijk.

'Ik heb dit nooit gewild, weet je,' zeg ik tegen haar terwijl ze op een van de stoelen neerzakt en in de vlammen staart. Ze zit te trillen. Ik weet niet of het door de kou of de schok komt.

'Wat?'

Ze kijkt op en ik voel woede in me opborrelen. Dan onderdruk ik het gevoel. Heeft ze wel gehoord wat ik zei?

'Ik zei: ik heb dit nooit gewild.' Ik laat me in de leunstoel tegenover haar zakken. Ik staar in het vuur en voel de hitte op mijn gezicht. 'Als ik het had kunnen voorkomen, had ik nooit iemand van hen gedood. Ik ben hier net zozeer een slachtoffer als zij.'

Ze knippert met haar ogen, en heel even lijkt ze iets te gaan zeggen. Dan bedenkt ze zich blijkbaar.

'Vertel eens,' zegt ze in plaats daarvan. En dat doe ik.

ERIN

Snoop-ID: LITTLEMY
Luistert naar: offline
Snoop-volgers: 10

Ik ben in gedachten verzonken terwijl Liz tegenover me zit en het duurt even voordat ik besef dat ze tegen me praat. Wat ze zegt klinkt niet logisch – iets over dat zij in dit alles het echte slachtoffer is.

Ik kijk op, mijn blik kruist de hare en ik word overweldigd door de drang haar te slaan en door elkaar te schudden, te schreeuwen: *Jij? Meen je dat nou? En Eva dan? Elliot? Ani, die nooit een vlieg kwaad heeft gedaan?*

Maar dat doe ik niet.

Want ineens weet ik wat ik wél moet doen.

Ik moet haar paaien. Ik moet haar net zolang aan de praat houden totdat Danny terugkomt met versterking. Hij heeft het sms-bericht gezien. Hij weet wat het betekent. Hij zal doen wat hij kan om me te helpen. Ik weet niet hoe laat het is, maar het moet ver na middernacht zijn. Als ik Liz lang genoeg aan de praat kan houden, overleef ik dit misschien. Dan kan ik misschien zelfs gerechtigheid krijgen voor alle mensen die ze heeft vermoord.

Want ik ben een overlever. Dat weet Liz niet van me. Ze ziet een softe, chique meid met dezelfde achtergrond als Topher en Eva, iemand die nooit heeft hoeven werken voor de kost, nooit heeft hoeven sappelen om te overleven. Maar dat is niet zo. Niet in mijn geval. Ondanks mijn familienaam ben ik niet opgegroeid in een rijk gezin, niet zoals Topher en Eva. Ik heb altijd geweten dat ik tweederangs ben en voor mezelf moet vechten. Ik weet hoe het is om voor de kost andermans rotzooi op te ruimen.

Maar nog belangrijker dan dat is iets wat Liz nooit zal begrijpen, en ook nooit zou kunnen begrijpen tenzij ze in mijn schoenen had gestaan; ik heb de dood al een keer in de ogen gekeken en ik heb hem afgewezen.

Dat kan ik weer doen.

'Vertel eens,' zeg ik. De adem stokt in mijn keel, en mijn stem trilt van de moeite die het me kost rustig te klinken terwijl ik dat absoluut niet ben. Liz lijkt het niet te merken. Ze glimlacht. Het is ongelooflijk, onvoorstelbaar, maar ze glimlacht.

En dan begint ze te praten.

LIZ

Snoop-ID: ANON101
Luistert naar: offline
Snoop-volgers: 1

'Je weet niet hoe het was toen ik bij Snoop begon,' zeg ik. Het is makkelijker niet naar Erin te kijken nu ik haar dit vertel, dus ik kijk weer weg, in het vuur, terugdenkend aan die eerste dag. Dat ik de kantoordeur opende en ze allemaal ontspannen zag zitten, lachend, plagend, zo moeiteloos, en verschrikkelijk cool. 'Het was alsof ik een andere wereld binnenstapte. Als iets van de tv, waar de mensen chic, mooi en geestig zijn. Ze waren net een andere soort, en ik wilde dolgraag zijn zoals zij. Op school... op school was het afschuwelijk. Ik kan het niet uitleggen. Ik wist dat ik anders was dan de andere meisjes in mijn klas, ik wist dat ze me allemaal uitlachten. Maar op een of andere manier dacht ik dat het anders zou zijn wanneer mijn ware leven begon. Ik dacht dat ik misschien gewoon een lelijk eendje was.'

Ik slik. Het is vreemd om dat allemaal te zeggen, om geheimen te onthullen die ik drie jaar heb meegedragen.

'Toen ik bij Snoop kwam, besefte ik dat dat niet waar was. Ik zou niet van de ene op de andere dag op magische wijze in een zwaan veranderen. Eva en Topher, en zelfs Elliot en Rik op een bepaalde manier, waren vanaf de dag dat ze geboren werden anders en bijzonder en mooi. Dat was ik niet. Ik zou nooit een zwaan worden. Dat moest ik accepteren. Feit is dat ik goed was in mijn werk. Echt goed. En Snoop deed het goed. Ik gaf om het bedrijf, om hen. Dus toen Snoop vlak voor de lancering moeite had om geld bij elkaar te krijgen, bood ik Topher en Eva het geld van mijn oma aan. Ik herinner me nog de geschokte uitdrukking op hun gezicht bij mijn suggestie.' Ik moet lachen, want ik zie Tophers gezicht weer voor me toen ik tijdens die vergadering mijn mond opendeed en hem een oplossing voor hun financiële problemen in de schoot wierp. 'Volgens mij beseften ze op dat moment dat ze me hadden onderschat, dat het meisje dat de koffie bracht en de notulen maakte een echt mens was, iemand die een winst- en verliesoverzicht kon begrijpen en doorhad wanneer het bedrijf in de problemen zat. Het was alsof ze me voor het eerst pas echt zagen. Eva bood aan het geld met rente terug te betalen, en tegen een goed tarief ook. Tegen de tijd dat alles was terugbetaald zou ik bijna anderhalf keer het bedrag hebben. En Topher... Topher nam me mee naar zijn kantoor en zei tegen me dat ik om aandelen moest vragen, dat ik daarop moest aandringen tot ik ze kreeg.

Ik wist dat het een risico was. Rik legde het heel duidelijk uit; ik zou mijn geld lange tijd niet meer terugzien, en als het bedrijf ten onder ging, zou ik alles verliezen. Maar Topher... je weet niet hoe hij is. Hij is heel charismatisch. Hij geeft je het gevoel dat je belangrijk bent, dat hij voor je zal zorgen, dat je geld niet in veiliger handen kan zijn. Dus daar ben ik uiteindelijk voor gegaan. Ik dacht toen dat Topher genereus was. Ik dacht dat hij het beste met me voorhad.' Ik staar in de vlammen en voel het felle licht in mijn netvlies branden, alsof het de herinneringen die ik al jaren met me meedraag kan wegbranden. 'Indertijd wist ik niet wat ik nu weet – dat hij had gezien hoe het bij een eventueel meningsverschil zou lopen en vermoedde dat ik iemand was die hij bij een breuk onder druk kon zetten.'

Ik zwijg. Plotseling valt dit me heel zwaar, en dat had ik niet verwacht. Het is goed om het er allemaal uit te gooien. Op een bepaalde manier kan Erin goed luisteren, en het voelt een beetje als het opensnijden van een steenpuist, het naar buiten laten van al het vergif dat sinds die avond door is blijven etteren. Maar het doet ook pijn. En als ik de pijn probeer weg te slikken, is mijn keel droog. Het brengt me op een idee.

'Zal ik wat thee zetten?' vraag ik.

'Wat?' zegt Erin. Er klinkt ongeloof in haar stem door. Ik kan het haar niet helemaal kwalijk nemen. In deze situatie moet de vraag nogal surrealistisch overkomen.

'Thee,' zeg ik. 'Ik weet niet hoe het met jou zit, maar ik heb dorst.'

'Thee?' echoot Erin, als iemand die een vreemde taal spreekt, en dan lacht ze bibberig. 'Thee... zou geweldig zijn. Het is precies wat ik nu nodig heb.'

We staan op en hobbelen samen de keuken in, waar ik twee kopjes vind. Erin pakt de ketel en een doos theezakjes.

'Ik ben bang dat er geen melk is,' zegt ze terwijl ze de ketel onder de kraan zet. 'Die is gisteren zuur geworden.'

We staan allebei te wachten tot de ketel zich vult, maar er komt geen water uit de kraan. Dan weet ik het weer. En ik zie aan Erins gezicht dat zij het zich ook herinnert.

'De leidingen,' zegt ze onnodig.

Ik knik. 'Moeten we wat sneeuw gaan halen?'

'Eh... ja?' antwoordt Erin. Ik hoor aan de aarzeling in haar stem dat ze eigenlijk niet naar buiten wil. Ik kan haar geen ongelijk geven. Ik wil ook niet echt naar buiten. We weten allebei dat, als de een het chalet uit gaat, de ander de kans heeft om die persoon buiten te sluiten. Dan zouden we hoogstwaarschijnlijk doodvriezen. Maar de sneeuw ligt opgestapeld tegen de voordeur, dus als we dit goed aanpakken hoeven we geen van beiden naar buiten.

'Als jij de voordeur opent,' zeg ik, 'en daar met de ketel gaat staan, kan ik stukjes van de sneeuwhoop bij de deur afbikken.'

Ze knikt, en ik zie aan haar gezicht dat ze blij is dat ik de gevaarlijkste rol op me wil nemen. De sneeuw ligt zo hoog dat je over de sneeuwbank moet klimmen om het huis uit te komen, dus het is vrij onwaarschijnlijk dat iemand je zomaar de deur uit kan duwen. Toch kan dat nog steeds.

'Bedankt,' zegt ze, en we gaan samen de lobby in, waar Erin de verbogen voordeur opent. Ik begin met een lepel in de aangestampte sneeuw te graven, waarbij ik klonten afbik die ik in de ketel doe die Erin naar me uitsteekt. Uiteindelijk bibberen we allebei van de kou maar is de ketel vol. We sluiten de deur en gaan terug naar de woonkamer en het laaiende vuur. Erin zet de ketel op de rand van de houtkachel en we warmen allebei onze handen bij het glas.

'Waar waren we gebleven?' vraagt ze, terwijl de ketel sist. 'De aandelen?' Haar woorden brengen me met een schok terug naar de realiteit. Ik betast het lege pakje slaappillen in mijn zak en denk na over wat ik moet doen.

ERIN

Snoop-ID: LITTLEMY
Luistert naar: offline
Snoop-volgers: 10

Door het pakken van de ketel, het halen van de sneeuw, alle kleine alledaagse praktische zaken rondom het theezetten heb ik onze situatie een ogenblik lang kunnen vergeten. Maar wanneer de stilte zich om ons heen sluit voel ik mijn angst als een gewicht op mijn nek drukken. Liz is stil, haar gezicht uitdrukkingsloos en onleesbaar, haar handen uitgestoken naar het vuur, en op de een of andere manier is haar stilte beangstigender dan welke woorden ook. Ik probeer te bedenken wat er in haar omgaat. Is ze een uitweg uit de situatie aan het verzinnen? Of denkt ze gewoon na over wat ze heeft gedaan?

De ketel sist zachtjes. Liz zit daar maar te staren. Haar ene hand warmt ze nog steeds aan het vuur, de andere zit in haar zak. En opeens kan ik er niet meer tegen.

'Waar waren we gebleven?' flap ik eruit.

Liz' ogen richten zich op mij. Ze kijkt me aan op een manier die ik niet prettig vind en laat een stukje plastic in haar zak knerpen. Het geluid klinkt hard in de stilte. Ik denk dat ik ga schreeuwen als ze blijft zwijgen.

Dan slikt ze en pakt ze de draad van haar verhaal weer op.

'De aandelen. Ja. Dus daar ben ik dan, tweeëntwintig jaar, aandeelhouder bij die veelbelovende app, en Topher en Eva beginnen me wat meer als mens te behandelen nu ik heb geïnvesteerd in het bedrijf. Ik bedoel, ik heb twee procent, zelfs bij Elliot en

Rik valt mijn deel in het niet. Maar ik ben een aandeelhouder. En op een avond, een paar dagen nadat we de papieren hebben getekend, is er een feestje in een flitsende Londense bar. Ik kan me niet herinneren waarvoor, volgens mij hadden ze hun zinnen gezet op een partnerschap met een of ander streamingbedrijf, een soort tegenprestatie.'

Ze valt weer stil. Er komt iets aan, voel ik. Hoewel ik niet precies weet wat, lijkt het alsof Liz zich opmaakt voor iets, alsof ze zich dwingt een deel van het verhaal te vertellen dat ze eigenlijk niet onder woorden wil brengen.

'Ze hadden een discussie over de vraag of ik zou meegaan. Ik herinner me dat Rik zei: "Denk je dat dit het beeld is dat we willen uitstralen?" Hij wist natuurlijk niet dat ik luisterde. Ze waren in Eva's kantoor en ik luisterde mee via de intercom. Eva zei: "In godsnaam, Rik, het is geen hogere wiskunde, ik kan haar toonbaar maken. En op papier is ze nu een van ons, dankzij Toph, dus dan kan ze er maar beter ook zo uitzien." Na een korte stilte zei ze: "Bovendien houdt Norland van haar type. Hij heeft ze graag jong." Ik wist dus wat er gaande was toen Eva me voor het feest naar haar huis liet komen en me een jurk aanbood, omdat ze wist dat ik op mijn uitgaven moest letten nadat ik al mijn geld in Snoop had gestoken. Zoals ze het zei klonk het volkomen redelijk, aardig zelfs, maar ik wist natuurlijk hoe het echt zat.

Nou, je hebt Eva gezien. Je weet hoe ze is. Er zijn waarschijnlijk niet meer dan drie vrouwen in Londen die zich in haar spijkerbroek kunnen wurmen. Toch vonden we op de een of andere manier iets. Eva maakte mijn gezicht op, en toen we bij de bar aankwamen en werden voorgesteld aan de leidinggevenden van het andere bedrijf... Ik weet het niet. Ik begon me een echte Snooper te voelen. Eva stelde me niet voor als haar PA, maar als Liz, een minderheidsaandeelhouder, en ze praatten respectvol met me. Naarmate de avond vorderde begon ik echt te geloven dat dit het was, het leven waarop ik had gewacht. Hoewel ik normaal gesproken niet veel drink, dronk ik die avond wel. Veel. Een hoop cocktails en...'

Ze maakt haar zin niet af. De ketel sist en borrelt. Ze pakt hem bij het handvat op, vult de twee kopjes en laat er dan een theezakje in vallen.

Ik neem het kopje dat ze me aanreikt en kijk er stiekem in. Ik wil haar argwaan niet aanwakkeren, maar gezien de manier waarop Elliot is gestorven zou het dom van me zijn het niet te controleren. Hoewel de gesmolten sneeuw een beetje troebel is en de thee het hete water kleurt, kan ik nog steeds de bodem van het kopje zien. Daar is beslist niets te zien. Geen pillen in elk geval.

'En?' vraag ik heel voorzichtig. Wanneer ze wegkijkt, zeg ik: 'Sorry, ik wil niet nieuwsgierig zijn. Als dit te pijnlijk is...'

'Nee,' zegt ze haastig. 'Het geeft niet, echt niet. Ik... Op een vreemde manier helpt het om erover te praten. Ik heb er alleen al zo lang niet meer aan gedacht. We werden allemaal heel erg dronken. En uiteindelijk – ik weet niet meer hoe – gingen Eva en ik mee... met een van de leidinggevenden uit de bar. We waren met zijn drieën. Topher zou ook komen, dat weet ik nog, want hij zat in de taxi, maar op het laatste moment bedacht hij zich en vroeg de chauffeur hem af te zetten. We kwamen aan bij een huis in Pimlico, en mijn god, wat was dat prachtig. Het was een schitterend gebouw in Georgian stijl, vele verdiepingen hoog, met helemaal bovenaan een balkon met uitzicht op de rivier...' Ze staart nu langs me heen, alsof ze naar iets kijkt wat ik niet kan zien. 'Hij nam ons mee naar boven en we gingen het balkon op. Hij gaf ons champagne, we kletsten een tijdje en toen excuseerde Eva zich om naar het toilet te gaan.'

Ze stopt met praten. Niet omdat ze niet verder kan, denk ik, maar omdat ze overdenkt wat ze moet zeggen, en hóé ze het moet zeggen.

'Hij probeerde me aan te randen,' zegt ze uiteindelijk botweg. 'Hij stak zijn handen in mijn topje, ik probeerde hem weg te duwen en ik... ik...' Ze slaat haar handen voor haar gezicht. 'Ik heb hem een duw gegeven. Een flinke duw. Ik heb hem van het balkon af geduwd.'

'O mijn god,' zeg ik. Wat ik ook had verwacht, niet dit. 'Liz, wat vind ik dat erg voor je. Ik...'

De implicaties zoemen door mijn hoofd terwijl ik mijn hopeloos ontoereikende pogingen tot medeleven stamel.

Ze heeft een man vermoord.

Maar het was zelfverdediging.

Liz praat nog steeds. Ze negeert me. Haastig praat ze door, alsof ze dit deel van het verhaal achter de rug wil hebben.

'Ik stortte in bij het besef wat ik had gedaan. En Eva... Ze was geweldig. Ze kwam aangerend, en toen ze zag wat er was gebeurd stelde ze geen vragen, ze zorgde gewoon dat we daar allebei wegkwamen. In de kranten werd het beschreven als een tragisch ongeluk. Hij had drugs en alcohol in zijn lichaam. Mensen namen gewoon aan dat hij was gevallen, vermoed ik, of dat hij was gesprongen. Niemand heeft ooit gezegd dat Eva en ik er zelfs maar waren geweest. Dat laat maar weer eens zien wat je met geld en invloed kunt bereiken.'

Daarop kijkt ze weg. Ze buigt haar hoofd over haar thee, zodat haar bril beslaat van de damp.

'Daarna kon ik niet blijven,' zegt ze heel zacht. 'Ik ben bij Snoop weggegaan en heb nooit meer omgekeken. Ik ben ergens anders gaan werken, bij een callcenter voor banken. Mijn tijd bij Snoop was als een afschuwelijke nachtmerrie die voorbij was. Tot de buy-out op tafel kwam en ik er weer aan mijn haren werd bijgesleept.'

'Ik vind het zo erg voor je,' zeg ik nog eens, en dat is zo. Ik vind het echt erg. Ik vind het erg dat het arme kind een wereld in is gesleurd die ze niet begreep.

Toch snap ik het nog steeds niet helemaal. Ze werd aangerand. Ze probeerde weg te komen bij een aanrander. En zelfs als Liz er niet op vertrouwde dat de rechtbank dat zou geloven, en ik snap wel waarom ze dat niet deed, waarom moest Eva dan sterven? Ze heeft het ongeluk geheimgehouden.

Ineens, in een vreselijke, verblindende flits, snap ik het.

Topher was degene die Liz die aandelen gaf, met de stilzwijgende afspraak dat ze hem zou steunen als het ooit tot een confrontatie zoals deze zou komen. Ze was hem alles verschuldigd.

Maar Eva... Eva wist iets over Liz wat haar kon ruïneren. Ze zou op zijn minst verwikkeld raken in een smerige openbare rechtszaak, en ik weet genoeg over Liz om te weten dat dat een marteling voor haar zou zijn. In het ergste geval zou ze veroordeeld worden wegens doodslag en de gevangenis in gaan.

Of Eva het nu heeft uitgesproken of niet, zij was degene die heeft verhuld wat er is gebeurd. Dat bewijs had zij in handen.

En dat heeft ze vast al die jaren als een zwaard van Damocles boven Liz' hoofd gehouden.

Geen wonder dat Liz nooit de moed vond om te zeggen hoe ze van plan was te stemmen.

Ze kon voor het verraad van haar mentor stemmen, de man die haar aannam, voor haar opkwam en haar die aandelen bezorgde.

Of ze kon tegen de persoon stemmen die haar leven in handen had. De persoon die kon zorgen dat ze zou wegkwijnen in de gevangenis.

Zodra dat tot me doordringt, voel ik een steek van medelijden met Liz.

Ik denk aan die arme jonge meid, net van de universiteit, zwemmend in wateren die veel te vreemd en gevaarlijk voor haar waren om te navigeren. Want Liz was niet het slachtoffer van één vreselijke situatie, maar van twee. Eva had haar uit een nachtmerrie gered, alleen om een andere van eigen makelij te creëren – de chantage van een jonge vrouw die ze had beloofd te helpen.

Natuurlijk deed Liz wat haar het verstandigst leek. Ze zei tegen Eva dat ze met haar mee zou stemmen. Maar de volgende keer dan? En de keer daarna? Hoe kon ze leven met de wetenschap dat Eva haar met dit geheim kon chanteren wanneer ze iets nodig had wat Liz haar niet wilde geven?

Nee. Ze moest zichzelf voor altijd veiligstellen. Ze moest zich ontdoen van de persoon die dit alles was begonnen, de enige persoon die haar geheim kende.

Ze moest Eva doden.

LIZ

Snoop-ID: ANON101
Luistert naar: offline
Snoop-volgers: 1

'Zo zit het dus,' zeg ik uiteindelijk. Ik zet mijn theekopje aan mijn lippen en doe alsof ik er gretig van drink.

Erin staart me aan. Ik heb geen idee wat er in haar omgaat. Ze lijkt een beetje ontzet, maar dat kan natuurlijk ook medeleven zijn om wat ik heb meegemaakt. Gelooft ze me? Ik weet het niet.

Lust je je thee niet? wil ik vragen, maar dat doe ik niet. Het zou verdacht klinken. In plaats daarvan zet ik mijn kopje weer aan mijn lippen in de hoop de boodschap door onderbewuste suggestie over te brengen. Tot mijn genoegen werkt het. Erin pakt het kopje. Ik zie de spieren in haar keel bewegen wanneer ze slikt.

'Dus je had geen keus,' zegt ze flauwtjes. Ik probeer mijn gezicht te plooien in de uitdrukking die ze volgens mij verwacht te zien. Een soort van... gepijnigde spijt. En dat is ook zo. Ik heb wel spijt. Vooral van die nacht.

'Ik heb dit allemaal niet gewild,' zeg ik. 'Ik heb het gevoel dat ik iets verschrikkelijks in ben gesleurd.'

Erin schudt haar hoofd, maar daar maak ik niet meteen uit op dat ze me niet gelooft. Eerder dat ze alles veroordeelt wat ons tot hier heeft gebracht. Ze staart omlaag in haar kopje. Ik kan haar gezicht niet goed zien. Dat stoort me. Dan neemt ze nog een slok thee en kan ik me wat ontspannen.

Om niet verdacht te lijken zet ik mijn eigen kopje ook aan mijn lippen. Ik pas wel op dat ik niet echt iets van de thee doorslik.

'Ik ben erachter wat je hebt gedaan,' zegt Erin, die het kopje op haar knieën zet en haar handen eromheen legt. Vanwaar ik zit kan ik zien dat het halfleeg is, en ik begin me zelfverzekerder te voelen. 'Het was heel slim. Je had een ski-jack zoals dat van Eva. Je trof haar boven bij de lift...'

Ze valt stil, en ik weet wel waarom. Ze wil niet beschrijven wat ik heb gedaan, alsof ik me dan beledigd zou voelen. Maar het is oké. Ik moet leven met wat er is gebeurd. Het heeft geen zin het niet onder ogen te zien.

Ik stond boven bij de lift te wachten toen Eva uitstapte, vlak bij de barrière waar ik eerder die dag had gedaan alsof ik de controle verloor en bijna over de rand was geskied. Natuurlijk verloor ik de controle niet. Het was een opzettelijke glijpartij om mezelf de kans te geven de rand daarboven te bekijken. Ik wilde zien of die zo dichtbij was als ik me herinnerde, en of het net sinds mijn laatste bezoek twee jaar daarvoor was verhoogd.

Er was niets veranderd. Het was perfect.

De ironie wil dat ik een heel goede skiër ben. Toch waren Topher, Rik en de anderen maar wat bereid te geloven dat een meisje van een middelbare school in Crawley het ene uiteinde van een skistok niet van het andere kon onderscheiden. Als ze ooit de moeite hadden genomen het me te vragen, zou ik ze verteld hebben dat ik van skiën houd, al sinds de eerste keer dat ik op schoolreis ging, op mijn vijftiende. Hoewel ik nooit eerder een voet op een skipiste had gezet, herinner ik me dat de leraar bewonderend zei: 'Je bent een natuurtalent, Liz!' En dat was ik ook. In het algemeen ben ik niet sportief. Ik ben niet goed in sporten waarbij teamwork of rondjes rennen komt kijken. Ik had er een hekel aan om rood en zweterig te worden, terwijl alles schommelde onder een plakkerig T-shirt en meisjes tegen me schreeuwden dat ik de bal moest doorspelen, nee, niet op die manier, o, kom op, Liz! Totdat ik wilde wegrennen en me voor hen allemaal wilde verstoppen.

Skiën was anders. Skiën doe je alleen, en er komt strategie bij kijken. Je moet je hoofd erbij houden en in een fractie van een seconde beslissingen nemen die je leven kunnen redden of je met honderd kilometer per uur van een steile helling af doen schieten.

Ik vond het geweldig.

Het lukte me in mijn eindexamenjaar terug te gaan, en twee keer tijdens mijn vervolgstudie. Ik koos de allergoedkoopste reizen die ik kon vinden: met de bus naar Bulgarije, waar ik verbleef in een betonnen monoliet uit het Sovjettijdperk, met Ryanair naar Roemenië en een Airbnb-verblijf waar het bij de ventilatieroosters naar ham rook. Maar het was het waard. Het was de moeite waard om heel zuinig aan te doen en lange nachten door te brengen op de stoel van een goedkope toerbus die midden in de nacht over de Duitse Autobahn scheurde.

Het bedrijf organiseerde een skitrip toen ik bij Snoop werkte, om investeerders het hof te maken. Natuurlijk nodigden ze mij niet uit. Sinds ik bij Snoop ben weggegaan, sinds ik mijn eigen geld verdien, ben ik elk jaar teruggegaan naar de Alpen, soms twee keer. En ik ben een heel goede skiër geworden. Niet zo goed als Eva, die al sinds haar kleutertijd elk jaar skiet, maar wel bijna. En ik ben twee keer naar St. Antoine geweest. Ik ken La Sorcière heel goed.

Toen ze uit de lift stapte, stond ik bij het net. Ik riep naar haar, deed alsof ik een of ander probleem had. Ze skiede naar me toe, en ik wachtte tot ze vlak bij me was en zich vooroverboog om naar de binding van mijn skischoen te kijken. Op dat moment duwde ik haar over de lage barrière.

Het net raakte haar in haar knieholten. Ze viel om als een kegel op een bowlingbaan en landde in de dikke ongerepte sneeuw, precies op de rand van de afgrond. Haar ski's maaiden door de lucht. Even dacht ik dat het niet was gelukt. Ik dacht dat ze op de smalle sneeuwrichel zou blijven liggen, terug naar het net zou kruipen en me zou vragen wat me in godsnaam bezielde.

Maar toen klonk er een bijna onhoorbaar geluid, als een zucht. De sneeuwrichel begon te verschuiven en te kantelen, en bovenaan verscheen een scheur. Heel even zag ik Eva verstard van afschuw naar me opkijken. Ze stak haar armen uit alsof ik haar zou redden. Toen bezweek de hele richel en was ze weg.

Ik wachtte even, ritste mijn overall open en trok het scharlakenrode jack uit dat ik eronder droeg. Ik deed het over mijn marineblauwe skipak aan, trok mijn sjaal omhoog en zette mijn skibril op. Daarna draaide ik mijn ski's en skiede ik La Sorcière af.

Ik zou liegen als ik zei dat het niet zwaar was. Dat was het wel. De piste draait en kronkelt, zit vol steile hellingen, adembenemende haarspeldbochten en verticale ijslagen waar ik alleen een soort gecontroleerde val kon maken. Als ik de piste niet had gekend, denk ik dat het mijn dood zou zijn geweest. Maar ik heb nog nooit zo goed geskied.

Ik stopte halverwege om op adem te komen en te wachten tot mijn benen niet meer trilden, en op dat moment zag ik Carl en Ani hoog boven me in de skilift zitten. Ik keek op, veilig in de wetenschap dat ik mijn muts en skibril op had, zodat niemand kon zien wie het zo opvallende scharlakenrode ski-jack droeg. Ik zwaaide met mijn skistok om mijn alibi te bevestigen, en Ani zag me en zwaaide terug.

Maar het moest mij weer overkomen dat ze ook iets anders zag: de lege gondels die terugkeerden naar het dal. De gondels waarin ík zogenaamd terug zou gaan naar St. Antoine.

De avond dat ze naar mijn kamer kwam wist ik dat ze iets vermoedde. Terwijl ze voor de deur stond zag ik haar letterlijk een en een bij elkaar optellen. De verwarring op haar gezicht veranderde in ontzetting, en ze maakte snel haar excuses. Ineens wilde ze niet meer met me praten. Ze wilde weg, uitzoeken wat ze moest doen. En behalve een hand over haar mond leggen en haar mijn kamer in slepen kon ik geen ander alternatief verzinnen, dus liet ik haar gaan.

Op dat moment wist ik wat ik moest doen. Ik dankte god op mijn blote knieën voor Tigers slapeloosheid en de intuïtie die me ertoe had gezet de loper in mijn zak te steken toen Danny hem eerder die dag in de deur had laten zitten.

Toch was dat niet echt geluk, hè? Feit is dat ik niet iemand ben die geluk heeft. Goed, dat van Tiger werkte in mijn voordeel, maar er heeft zoveel meer in mijn nadeel gewerkt. En de loper – dat was geen geluk. Dat deed ik zélf. Een razendsnelle actie waardoor ik er zonder kleerscheuren vanaf leek te kunnen komen.

Want ik mag dan geen geluk hebben, ik ben wel goed in kansen grijpen. Misschien houd ik daarom zo van skiën. Dat vergt dezelfde vaardigheden, hetzelfde draaien en keren, dezelfde bloedstollende opwinding. Dezelfde knoop in je maag wanneer je doorhebt dat je een domme fout hebt gemaakt en dan dezelfde opwinding wanneer je beseft dat je je eruit kunt manoeuvreren.

Ik voelde me wel rot over Ani, anders dan over Elliot. Elliot had het verdiend. Hij hoefde zijn neus niet in mijn zaken te steken. Dat was zijn eigen keus. Ani's keus was helemaal geen keus. Ze was gewoon op het verkeerde moment op de verkeerde plek, net als ik. En dat is tragisch. Maar het is niet mijn schuld. Dat moet ik onthouden. Niets van dit alles is mijn schuld.

'W-wat zei je?' vraagt Erin me, en ik realiseer me dat ik de laatste woorden hardop moet hebben gemompeld. Ik sta op het punt te antwoorden, wanneer ik beter naar Erin kijk. Ze lijkt bijna... dronken. Ze hangt naar één kant.

'Niets, maak je geen zorgen. Ben je moe?' vraag ik, waarbij ik niet hoopvol probeer te klinken.

Ze knikt. 'Ja, ik voel me...' Ze praat met dubbele tong, en wanneer ze met haar ogen knippert is het alsof haar gezichtsspieren in slow motion bewegen. 'Ik voel me echt v-vreemd.'

'Je bent vast uitgeput.' Ik probeer sussend te klinken, al klopt mijn hart sneller van opwinding. Ik zet mijn onaangeroerde thee op de tafel, veeg de sporen van mijn mond en kijk in Erins kopje. Het is zo goed als leeg. 'Waarom ga je niet liggen?'

'Ik voel me vreemd...' zegt ze weer, maar haar stem sterft weg. Ze laat me haar helpen horizontaal op de bank te gaan liggen. Haar lichaam is zwaar. Ik heb geen idee hoeveel pillen ze binnen heeft gekregen. Drie of vier, misschien? Ik had er nog acht over en heb ze allemaal in de ketel gestopt. Ik vertrouwde erop dat ze in het kokende water zouden oplossen. Wat ik niet wist was of de hitte de chemicaliën zou aantasten, maar ik wist wel dat Erin zou kijken of ik iets uithaalde met haar kopje, en ik had gelijk; ze hield me nauwlettend in de gaten toen ik er water in goot en er een theezakje bij deed.

De ketel was mijn enige kans. Ik stopte de pillen er een voor een in terwijl ik de sneeuw erin propte, in het vertrouwen dat de witte sneeuw de witte pillen zou camoufleren en dat de sterke, onbekende smaak van thee zonder melk een eventueel vreemd smaakje zou verhullen. En hoewel het bijna niet te geloven is, heeft het gewerkt. Erin heeft het hele kopje leeggedronken. Elliot heeft vijf pillen gehad, vermalen in zijn kopje, en die hebben hem gedood. Erin is kleiner en lichter, en ze heeft ongeveer de helft van het water uit de ketel opgedronken, wat zo'n vier pillen betekent. Vier zou genoeg moeten zijn, ervan uitgaand dat de hitte van het water het actieve ingrediënt niet heeft afgebroken. Daar zal ik mezelf van moeten vergewissen. Ik kan haar zwijgen niet voor lief nemen. Maar eerst moet ik iets doen. Iets heel dringends.

Met een zijdelingse blik op Erin, die kwijlend uit haar mondhoek languit op de bank ligt, loop ik de woonkamer uit. Ik ren zo snel als ik durf de trap op naar Elliots kamer. De deur zit niet op slot, en ik open zijn telefoon weer. Dan ga ik naar de sms-app en Erins bericht aan Danny. *SOS, stuur alsjeblieft hulp. LIZ!*

Zijn antwoord is er nog steeds. *Shit. Erin ben jij dat?*

De afgrond ligt recht voor me en ik zwenk bedreven om hem te vermijden.

Nee, typ ik. *LIZ. Dat zei ik toch. Erin heeft me net alles opgebiecht en ze heeft het over zelfmoord.* KOM METEEN ALSJEBLIEFT.

En dan druk ik op verzenden.

ERIN

Snoop-ID: LITTLEMY
Luistert naar: offline
Snoop-volgers: 10

Ik lig roerloos te luisteren terwijl Liz in mijn kopje tuurt en zich zwaar ademend over me heen buigt. Dan lijkt ze een beslissing te nemen. Ik hoor het zachte geluid van haar kousenvoeten die zich terugtrekken naar de lobby en het gekraak van de trap als ze doorloopt naar boven.

Ik houd me zo lang stil als ik kan verdragen, en dan ga ik rechtop zitten. Bij elk geritsel van stof, elk gepiep van de bankveren krimp ik ineen.

Mijn arm en dij zijn doordrenkt met thee, maar godzijdank leek Liz het zich verspreidende vocht op de bank niet te zien, alleen het lege kopje.

De pillen zaten in de ketel. Dat vermoedde al ik zodra ik het eerste slokje thee had geproefd. Die had een vreemde, chemisch bittere smaak en een lichte zoetheid die vast van het suikerlaagje om de pillen kwam. Toen ik zag dat Liz het kopje aan haar lippen zette en deed alsof ze dronk, wist ik het zeker. Daarna wist ik wat me te doen stond. Ik moest ook doen alsof ik dronk en gebruikmaken van de duisternis om telkens wanneer Liz zich afwendde de thee via mijn arm op de bank te gieten.

Ik wist niet hoelang het zou duren voor de pillen zouden gaan werken, maar ik gokte erop dat Liz dat ook niet wist. Ze kon niet weten hoeveel ik van de pillen had binnengekregen en hoe snel ze effect zouden hebben. Binnen tien minuten? Een kwartier? Wat het ook was, ze leek mijn toneelspel van onsamenhangend praten en buiten westen raken voor waar aan te nemen.

Alles hangt nu af van de vraag of ze me genoeg heeft gegeven om me te vermoorden. Als ze denkt dat ze me een fatale dosis heeft toegediend, ben ik nog even veilig. Tenminste tot ze terugkomt en merkt dat ik nog ademhaal. Maar als ze me alleen genoeg heeft gegeven om bewusteloos te raken, zal ze heel snel terugkomen om het af te maken. Wordt het een kussen op het gezicht zoals bij Ani, of een klap op het hoofd verhuld als een val van de trap? Of iets heel anders?

Hoe dan ook, ik wil er niet achter komen. Ik moet weg, en hoe eerder hoe beter.

Met ingehouden adem luister ik naar elk geluid van boven. Ik hobbel zo snel en stil mogelijk door de lobby naar de deur achter de trap, die naar de gang met de skikasten leidt. Mijn eigen skikleding ligt in mijn kamer, en ik kan het niet riskeren die te gaan pakken, maar mijn schoenen en ski's liggen in de opbergkasten. Bovendien moet er genoeg reservekleding zijn om een outfit mee samen te stellen die me in elk geval warm genoeg houdt om te skiën. Ik heb lang niet genoeg lagen aan om een nacht in de buitenlucht te overleven, en ik kan niet op die enkel lopen. Ik zal naar St. Antoine moeten gaan, maar hoe? Skiën is de enige optie, en het is te hopen dat de skischoen mijn enkel daarvoor genoeg steun zal bieden.

De deur van de kastengang gaat met een zachte klik open. Ik glip erdoor en sluit hem uiterst voorzichtig, met bonzend hart. Binnen is het erg donker; het raam dat wat maanlicht doorlaat is bijna volledig afgedekt door sneeuw. Gelukkig zijn mijn ogen gewend aan de duisternis en ik ontwaar de vage vormen van jacks en skibroeken aan haakjes en van skischoenen die op hun palen te drogen hangen. Met mijn hart in mijn keel trek ik snel een skibroek aan. Pas wanneer ik omlaagkijk naar mezelf besef ik dat het de broek van Ani is. Bij de gedachte dat ik letterlijk in de kleren van een dode vrouw stap, draait mijn maag zich om van schuldgevoel. Maar ik mag niet sentimenteel worden. Ani is er niet meer. Ik kan haar niet redden. Wat ik misschien wel kan doen, is haar moordenaar voor het gerecht brengen.

Terwijl ik me in iemands ski-jack worstel – dat van Elliot,

denk ik, te oordelen naar de maat – herinner ik me Liz' van zelfmedelijden vervulde toontje toen ze me vertelde wat er allemaal is gebeurd. En weet je, ik had het bijna kunnen geloven. Al weet ik niet wat er op dat balkon is gebeurd, dat deel kon ik geloven – van de bange jonge vrouw, de wanhopige duw. Wat ik ook nog wel geloofwaardig vind is haar angst toen het tot haar doordrong dat Eva haar in het nauw had gedreven – en haar doodsbenauwde reactie.

Maar Elliot? Nee. En vooral Ani niet. Arme kleine Ani, vermoord in haar slaap, alleen omdat ze iets had gezien wat Liz niet wilde dat ze zag.

Wat Liz ook vindt van Eva, van die naamloze investeerder en misschien zelfs van Elliot – van iedereen had uitgerekend Ani dit niet verdiend. Dat kan niet.

Alleen een monster had Ani kunnen vermoorden.

Ik zie Ani's gezicht voor me terwijl ik natte skisokken aantrek en zoek naar wanten.

Ani's gezicht, met de scharlakenrode stippen die bewijzen dat Liz' verhaal een leugen is.

Want Liz zegt dat ze Ani niet dood wilde hebben, maar ik weet dat dat niet waar is. Ani moet gevochten hebben. Ze vocht voor elke ademhaling, zo hard dat er bloedvaten in haar huid sprongen.

En Liz stond daar en drukte al die tijd het kussen op haar gezicht.

Je moet iemand echt dood willen hebben om ze door verstikking te doden. Dan moet je dat écht heel graag willen.

Met mijn gedachten bij Ani trek ik mijn skischoen zo wijd mogelijk open. Ani, wanneer ik mijn voet erin steek en mijn tanden opeenklem bij de pijn die plotseling fel oplaait in mijn enkel.

Ik adem scherp in en hoewel ik stil moet zijn kreun ik van de pijn wanneer ik mijn voet onder de wreef van de schoen duw. Ik hoor de botten in mijn voet kraken uit protest, en ik voel de gezwollen huid tegen het harde plastic omhulsel drukken. Toch moet ik dit doen. Ik móét het doen.

Ani. Ani. Ani.

En dan glijdt mijn voet op zijn plek. Ik zweet en tril van de pijn, en het koude zweet staat op mijn bovenlip. Maar hij zit erin.

En wanneer ik probeer te staan is de pijn wonderbaarlijk genoeg niet zo erg als ik had gedacht. De bovenkant van de schoen zit zo strak dat ik wat van mijn gewicht op mijn scheenbeen kan laten rusten in plaats van op mijn enkel. Ik trek de clips zo stevig mogelijk aan en bid dat het gewricht met die ondersteuning lang genoeg stabiel blijft om naar het dal te kunnen skiën. Als ik een bot heb gebroken, ben ik daarna misschien wel voorgoed kreupel – maar dat is altijd nog beter dan dood.

Haastig steek ik mijn andere voet in de schoen en klik hem dicht. En dan hoor ik een geluid op de trap.

Mijn hart lijkt te stoppen. Het is Liz die de wenteltrap afkomt.

Ik verstar even. Ik heb alles wat ik nodig heb, maar kan ik door de achterdeur naar buiten? De ski-ingang zit aan dezelfde kant als het zwembad en zal dus geblokkeerd zijn door de lawine.

Hij gaat naar binnen toe open. Tenminste... daar ben ik vrij zeker van. Ik druk mijn vingers tegen mijn slapen in een poging het me te herinneren. Is dat zo? Als hij naar buiten toe opengaat, ben ik sowieso de klos. Maar ik weet zeker dat hij naar binnen opengaat. De vraag is of ik me een weg naar buiten kan graven.

En dan gaat mijn blik naar het smalle raam boven de skikasten. Het heeft de vorm van een brievenbus, en hoewel het zeker breed genoeg is, is het slechts zo'n dertig centimeter hoog, nog minder als je rekening houdt met het kozijn en de scharnieren. Toch is het misschien mijn beste kans.

Terwijl mijn gezicht bij elk geluid vertrekt, klim ik op de houten bank en buig ik me over de skikasten heen om het raam open te doen.

Een ijskoude windvlaag schuurt mijn gezicht, maar ik zie dat de opening niet geblokkeerd is. De sneeuw die het glas verduisterde was er gewoon tegen opgestoven. Onder het raam ligt een sneeuwbank die bijna tot aan de bovenkant van de skikasten reikt; die zal mijn val verzachten.

Als eerste duw ik mijn ski's naar buiten, een voor een, en ik luister hoe ze met een plof in de zachte sneeuw vallen. Dan mijn stokken. Ik trek de geleende wanten aan en gris een willekeurige helm uit het rek. Die past godzijdank, want ik heb geen tijd om er zorgvuldig een te kiezen. Dan klim ik op de skikasten en ga er plat op liggen. Ze wiebelen nogal, gelukkig maar eventjes.

Ik ben misselijk van de zenuwen. Ergens in het chalet hoor ik een kreet van verbazing en dan een schreeuw: 'Erin? Erin, waar ben je?'

Liz heeft ontdekt dat ik weg ben.

Ik laat mijn benen als eerste naar buiten glijden. Ook al ben ik bang om op mijn geblesseerde enkel te vallen, het alternatief is eerst met mijn hoofd in de sneeuw terecht te komen en daar heb ik ook geen zin in. Goed, ik draag een helm, maar door de val kan ik nog steeds mijn nek breken. En als de sneeuwbank diep genoeg is, duik ik er misschien verticaal in en stik ik voordat ik mezelf uit kan graven. Voeten eerst is veiliger.

Al is het krap, het lukt me. Eén schoen, zijwaarts, mijn goede been eerst, dan het andere. Het gewicht van de schoen aan mijn pijnlijke enkel doet me naar adem happen, maar het is draaglijk. Net.

En dan gaat de deur van de kastengang open.

Eerst zie ik niets, want ze heeft een zaklamp vast – Elliots telefoon, denk ik – die vol in mijn gezicht schijnt. Toch kan ik de vorm van een gestalte in de deuropening zien, en ik weet wie het is voordat ze naar me toe rent, met een grauw van woede die eerder dierlijk dan menselijk klinkt.

Ik voel haar handen mijn armen vastgrijpen, graaien, krabben, maar haar nagels glijden van de dikke gladde stof af. Ze krijgt nergens houvast. Ik duw mijn achterste met kracht door de smalle opening, en dan doet mijn lichaamsgewicht de rest en sleept me mee – totdat ik met een misselijkmakende schok blijf steken.

Een fractie van een seconde lang weet ik niet wat er is gebeurd. Heeft Liz het raam dichtgedaan? Heeft ze mijn helm vastgepakt? Dan dringt tot me door wat er aan de hand is.

Shit. De helm past niet door het raam.

Ik hang aan mijn nek en begin te stikken, want het riempje van de helm snijdt in mijn kaak en keel, en ik kronkel als een vis aan een lijn. Met mijn gehandschoende handen bij mijn hals probeer ik wanhopig de druk van het riempje weg te nemen. Mijn voeten maaien door zachte sneeuw, naarstig zoekend naar steun om de druk op mijn keel te verlichten.

Mijn voet vindt iets, verliest het weer en vindt het dan opnieuw, heel even – net lang genoeg om het riempje los te maken.

Dan val ik hijgend en kokhalzend in een hoop zachte sneeuw met pijnlijke obstakels, waarvan ik na een minuut of twee zie dat het mijn eigen ski's en stokken zijn.

Ik heb geen tijd om bij te komen.

Liz rukt woedend aan de helm, die vastzit in de opening, en probeert hem los te trekken zodat ze me achterna kan gaan. Ik had verwacht dat ze zou schreeuwen of vloeken, maar dat doet ze niet, en op de een of andere manier is dat nog beangstigender. Ze zegt niets. Het enige wat ik hoor is haar raspende adem terwijl ze worstelt om de helm uit het raam te krijgen. Ik moet weg zijn voordat ze hem lostrekt.

Het lukt me om mezelf op de been te hijsen, maar ik zak meteen weg in de sneeuw. Met mijn ski's als krukken loop ik wankelend de sneeuwbank af naar de harde sneeuwlaag.

Daar check ik snel of ik alles heb. Wanten: ja. Ski's: ja, allebei. En mijn stokken.

Sjaal: weg. Die ben ik waarschijnlijk verloren tijdens mijn strijd met de helm. En geen muts natuurlijk. Door de koude wind die mijn gezicht schuurt weet ik dat ik daar spijt van zal krijgen. Toch kan ik niets doen. Ik kan niet meer terug. Op de een of andere manier moet ik naar St. Antoine zien te komen.

Ik heb ook geen lawinepakket. Shit. *Shit.* Welke kant moet ik op?

Langzaam en krimpend van de pijn sleep ik mezelf en mijn ski's naar de zijkant van het chalet en bekijk de piste.

De lange blauwe afdaling naar St. Antoine is verwoest. Er is geen andere manier om het te beschrijven. Ik heb de top van de piste gezien toen Danny en ik terugliepen vanaf de onder de sneeuw bedolven kabeltrein. De lawine heeft alles recht over de piste omlaaggeduwd – enorme rotsblokken, skiliftpalen en boomstammen. Ze is niet alleen niet te beskiën, maar ook volkomen onbegaanbaar. En het pad door het bos naar het einde van de groene piste, Atchoum, is volledig ontoegankelijk. Het kleine bosje is getroffen door de volle kracht van de lawine; de bomen zijn verpletterd en weggevaagd, begraven onder honderd ton sneeuw.

Maar er is een andere weg.

Die heet de Geheime Vallei, althans zo noemen de Engelse

skiërs hem. Volgens mij heeft hij geen officiële naam. Het is geen piste, wel een onofficiële route die je kunt skiën als de omstandigheden goed zijn en je een goede skiër bent die van een uitdaging houdt. Bovendien wekt het woord 'piste' sowieso een totaal verkeerde indruk, het roept het beeld op van een egale sneeuwbaan waar skiërs elkaar met elegante bochten kriskras passeren. Dit lijkt er niet eens op. Het is een lang ravijn met twee steile rotswanden, gevormd door een diepe kloof in de bergen. Er is veel sneeuw nodig om de puntige rotsen onderin te bedekken, en zelfs wanneer de omstandigheden goed zijn, is het pad aan het einde zo smal dat er slechts één skiër tegelijk doorheen kan. Er zijn plaatsen waar je, als je je armen uitstrekt, beide rotswanden met je vingertoppen kunt aanraken.

Als ik er kan komen, denk ik wel dat de route begaanbaar zal zijn. We hebben beslist genoeg sneeuw gehad om de ergste puntige rotsen te bedekken, en de kloof ligt buiten het pad van de grootste lawine.

Het is alleen niet zozeer een afdaling als wel een hindernisbaan, een kronkelende, draaiende slalom rond keien en boomstammen, moeilijk genoeg om bij daglicht te doen, laat staan bij het licht van de maan.

Er is ook een grote kans op minilawines. Op de rotsrichels boven in de kloof hoopt de sneeuw zich op en breekt dan zonder waarschuwing af, waardoor skiërs beneden worden bedolven.

Dat is nog niet het ergste. Wat het ergste is, wat me dan ook doet aarzelen, is dat je er niet meer uit kunt wanneer je er eenmaal in zit. De zijkanten van de kloof worden steeds hoger, en er is geen enkele mogelijkheid om iemand die er vastzit te bereiken met een helikopter of reddingsslee. Je moet gewoon doorgaan totdat je aan de andere kant tussen de bomen boven aan het dorp uitkomt.

Het is mijn beste kans. En Liz kent deze route waarschijnlijk niet. Tenzij iemand je de ingang laat zien, is hij niet te vinden.

Het is ook mijn ergste nachtmerrie.

Maar ik heb geen keus.

Met mijn ski's als krukken ga ik op weg naar het begin van de pas.

LIZ

Snoop-ID: ANON101
Luistert naar: offline
Snoop-volgers: 1

Erin is verdwenen.

Bijna was het me niet opgevallen. Wanneer ik de woonkamer weer in loop, ben ik er zo zeker van dat ze er is dat het niet eens bij me opkomt het te controleren. Maar dan zie ik iets vanuit mijn ooghoek, iets wat niet helemaal is zoals ik het had achtergelaten. Als ik me omdraai zie ik wat er anders is: de bank is leeg.

Even blijf ik gewoon staan, te verbaasd om me druk te maken. Is ze wakker geworden? Naar het toilet gestrompeld?

'Erin?' roep ik. Ik loop terug naar de lobby. Ik tuur de donkere ruimte in, schijn met de zaklamp van Elliots telefoon de trap op en de keuken in. 'Erin, waar ben je?'

Ze kan niet ver weg zijn. Ze heeft zoveel van die pillen binnengekregen dat ze een week lang buiten westen zal zijn.

Pas wanneer ik terugga naar de woonkamer zie ik de donkere vlek op de bank, die steeds groter wordt. Ik strijk erover en ruik aan mijn vingers. Ze ruiken naar thee. Dan begrijp ik het. Ze heeft de thee niet opgedronken.

Hoewel ik niet vaak vloek, doe ik dat wel nu ik besef dat ze me voor de gek heeft gehouden.

Ik zet het op een lopen. Eerst naar de voordeur in de lobby, maar de sneeuw buiten is onaangeroerd. Ze heeft het chalet in elk geval niet via die kant verlaten.

Dan naar de keuken. Daar is ze ook niet.

Ik ben halverwege de trap, klaar om de slaapkamers te controleren, wanneer ik een geluid hoor. Ook al is het heel zacht, het klinkt alsof er buiten iets op de sneeuw valt. Het komt van de achterkant van het gebouw, waar de ski-ingang is.

Ik ga terug naar de lobby en open de deur naar het achterste deel van het gebouw, waar alle skikasten staan. In het licht van mijn zaklamp zie ik iets – of iemand – aan de andere kant van de ruimte bewegen. Het is Erin. Ze is boven op de skikasten geklommen en is bijna uit het raam.

Ik stuif door de gang en klauter op de bank die ze onder het raam heeft gezet, waarbij ik de pijnscheuten in mijn knie negeer. Snel grijp ik haar helm beet, die bijna door het raam verdwijnt.

Dan realiseer ik me waarom ze er nog is. De helm past niet door de opening. Ze zit vast. Ze bungelt aan de helm terwijl er akelige stikgeluiden uit haar keel komen, en ze schopt wild met haar benen in een poging genoeg steun in de sneeuw te vinden om zich los te kunnen wurmen.

Voordat ik de tijd heb om te bedenken wat ik moet doen, voel ik ineens een ruk, en het gewicht dat aan de helm hangt valt weg. De gesp is gebroken – of ze heeft hem zelf losgemaakt, dat weet ik niet. Ze ligt even hijgend naar adem te snakken in de sneeuw en komt dan wankelend overeind. Nadat ze haar ski's heeft opgeraapt strompelt ze naar de voorkant van het chalet en het pad naar de kabeltrein.

Ik moet haar volgen, maar de helm zit vast in het kozijn en blokkeert zo de doorgang. Na een paar minuten vruchteloos trekken besef ik dat dit dom is. Erin heeft haar ski's en stokken. Ze is duidelijk van plan om naar St. Antoine te skiën – en ik moet haar tegenhouden.

Ik moet achter haar aan skiën.

Ik laat de helm los en klim van de bank. Ik heb mijn skipak al aan. Het enige wat ik nodig heb zijn skischoenen, ski's en wanten. En snel ook, voordat Erin kan wegkomen.

Ik realiseer me twee dingen waaruit ik troost put. Ten eerste kan ze in de zachte sneeuw haar sporen niet verhullen. Ik zal precies weten welke kant ze op is gegaan. En ten tweede kan ik sneller skiën dan zij. Mijn knie is bijna hersteld, terwijl haar enkel alleen maar slechter is geworden. Ik zag hoe ze nog maar een paar uur geleden met de thee de keuken uit hobbelde. Ze kon er niet echt gewicht op zetten. Ik ben er vrij zeker van dat hij gebroken is, en met een gebroken enkel kan ze beslist niet soepel skiën. Ze zal langzaam en voorzichtig aan moeten doen, en het zal haar veel tijd kosten om over de omgewoelde sneeuw aan het begin van de blauwe piste te klimmen. Ik heb gezien hoe die er na de lawine uitzag – een grote puinhoop van stenen en boomstammen. Het zal een tijdje duren voordat ze daaroverheen is, zelfs als de piste verder omlaag vrij is. Ik zal haar kunnen inhalen. Als ik opschiet.

Ik neem een besluit. Ik steek vliegensvlug mijn voeten in mijn skischoenen en pak mijn ski's en stokken uit het rek. Mijn wanten zitten in de zak van mijn overall. Maar mijn helm. Waar is mijn helm? Hij ligt niet in de kast, en na een paar seconden realiseer ik het me: het is de helm die Erin heeft gepakt, die vastzit in het raam.

Ik doe nog een poging hem los te krijgen; het heeft geen zin. Ik zoek naar een alternatief maar besef dat ik tijd verspil. Als Erin een te grote voorsprong krijgt, zelfs met haar enkel, zal ik haar niet kunnen inhalen.

Nadat ik Elliots telefoon in mijn zak heb gestoken, leg ik mijn ski's op mijn schouder en klos op mijn skischoenen terug door de gang naar de lobby, waar ik de deur opentrek en over de sneeuwbank klim.

Buiten is het ongelooflijk koud. Ik besef dat, hoe koud het zonder verwarming in het chalet ook was, het gebouw ons goed heeft beschermd tegen de elementen.

Nu, hierbuiten, weet ik niet hoe koud het is, maar het zou me niets verbazen als het min twintig is. Misschien zelfs nog kouder. De lucht is helder en de maan is omgeven door die vreemde vorsthalo die alleen bij extreme kou verschijnt.

Rillend, ondanks mijn warme overall, klem ik mijn skischoenen in de bindingen en ga dan op zoek naar Erins sporen.

Daar zijn ze, diepe voren van doorploegde sneeuw, donker tegen het door de maan verlichte wit.

Maar ze leiden niet naar de blauwe piste. Ze gaan de andere kant op, het bos in.

ERIN

Snoop-ID: LITTLEMY
Luistert naar: offline
Snoop-volgers: 10

Ik was het begin vergeten. O god, het begin: een bijna verticale helling van dikke, zachte sneeuw, ingesloten door bomen en bezaaid met keien, die zich vernauwt tot een steil pad van slechts een paar meter breed. En het nemen van de eerste stap is in feite als van de rand van een klif springen en erop vertrouwen dat de sneeuw je kan dragen.

Met twee goede benen zou ik dat kunnen, waarschijnlijk niet elegant, maar ik zou het kunnen. Hoewel ik zoiets al lang niet meer heb gedaan, heb ik vroeger genoeg offpiste geskied en ik heb best veel vertrouwen in mijn techniek. Ik weet hoe ik moet omgaan met de diepe sneeuw die aan je ski's trekt, hoe ik de zware bochten moet nemen, hoe ik kan voorkomen dat ik in sneeuwbanken terechtkom en hoe ik de vaart erin kan houden.

In theorie weet ik dat allemaal. Het is alleen meer dan drie jaar geleden dat ik offpiste heb geskied. En ik weet niet of ik het met een gebroken enkel in praktijk kan brengen.

Mijn hart zit in mijn keel. Maar Liz zal mijn sporen in de sneeuw hebben gezien. Ze zal me volgen. Ik móét dit doen.

Mijn voorste been zal het grootste deel van mijn gewicht dragen. Ik klem mijn skischoenen in hun bindingen en ga zo staan dat mijn goede enkel voorop staat. Dan zet ik me met een misselijk gevoel af.

In het begin gaat het goed. Ik ski zijwaarts de verse sneeuw in en voel me als iemand die met een dekbed om de benen probeert te zwemmen. Maar ik ski snel op de bomen af. Ik moet me draaien – op mijn slechte been.

Hoewel het me lukt een lastige parallelle bocht te maken, was ik vergeten hoe fysiek zwaar het is te skiën in een dikke sneeuwmassa. De sneeuw trekt aan mijn ski's en laat me bijna vallen, maar het echte probleem is de schok wanneer ik de draai maak en op mijn slechte been land. Pijnscheuten schieten langs mijn ruggengraat op en neer en ik draai me snel terug in een poging mijn niet geblesseerde been voorop te houden.

Het heeft geen zin. Ik moet weer draaien om een boom te ontwijken die uit de duisternis opdoemt, en deze keer blijft mijn ski in een sneeuwbank steken. Mijn enkel wordt met zo'n ondraaglijke kracht verdraaid dat ik het uitschreeuw. Het geluid wordt weerkaatst door de steile wanden van het dal. Ik land zwaar op mijn slechte been, probeer mezelf te redden door wild met mijn stok rond te zwaaien en dan... Ik weet niet wat er daarna gebeurt. Het enige wat ik weet is dat mijn been het begeeft en mijn stok wegzinkt. Ik val in de zachte sneeuw, met mijn armen om mijn hoofd in een poging mezelf te beschermen tegen de half bedekte rotsblokken op de helling.

Eén ski is losgeraakt, mijn stokken trekken aan mijn polsen, ik ben rechtop, dan ondersteboven, glijd met mijn achterste vooruit omlaag en maak buitelingen. Ineens land ik met een enorme dreun tegen een rots onder aan de pas.

Een ogenblik lang kan ik daar alleen maar blijven liggen, hijgend, buiten adem, terwijl ik probeer het niet uit te schreeuwen van de kloppende pijn die door mijn been trekt. Toch zal ik in beweging moeten komen.

Mijn ruggengraat maakt een geluid als knarsend glas wanneer ik rechtop probeer te gaan zitten, en ik moet bijna overgeven van de pijn in mijn enkel. Gelukkig kan ik nog wel helder zien. Ik heb geen hersenschudding. Tenminste, dat denk ik. En wanneer ik op mijn knieën ga zitten is de pijn in mijn been heftig, maar nog net draaglijk. Net.

Ik duw mezelf met één stok overeind en rust dan even uit, hijgend, bibberend van de shock en de pijn. Ik dwing mezelf diep en langzaam te ademen. Het werkt... tot op zekere hoogte. Zodra ik kalm genoeg ben, schud ik de sneeuw uit mijn haar en kraag en maak ik de balans op. Ik heb nog één ski aan mijn voet en één stok in mijn hand. De andere stok ligt tegen een rots aan de andere kant van het ravijn. Ik hobbel erheen en grijp hem, mijn handen nog trillend van de adrenaline. Oké. Dit is goed.

Maar waar is mijn andere ski? Ik kan wel skiën met één skistok, maar met slechts één ski kan ik niets. Als ik de ontbrekende ski niet kan vinden, ben ik de klos.

Dan zie ik hem. Een paar meter hoger op de helling waar ik zojuist vanaf ben gevallen steekt de punt uit de sneeuw. Ik zucht, maak mijn overgebleven ski los en kruip over de zachte, schuivende sneeuw omhoog om te proberen hem eruit te trekken. Hij zit te diep, de bindingen blijven ergens diep in sneeuw aan iets haken, en dus begin ik met mijn handen te graven. Ineens, uit het niets, word ik getroffen door een misselijkmakende, schokkende flashback, de meest levendige die ik heb gehad sinds die eerste vreselijke dagen dat ik elke ochtend zwetend wakker werd uit een nachtmerrie.

Graven. Graven in de sneeuw. Wills haar. Het uiteinde van zijn ski. Zijn koude, wasachtige gezicht...

Misselijkheid welt op in mijn keel. Ik duw het gevoel weg.

Ik krab met mijn vingers in de sneeuw.

De sneeuw in zijn wimpers, het bevroren puntje van zijn neus...

Ik wil snikken maar dat gaat niet. Ik kan het me niet veroorloven nog meer lawaai te maken dan ik al heb gedaan. Liz kan wel eens heel dichtbij zijn.

De gescheurde rand van zijn sjaal. Zijn blauwe lippen...

En dan heb ik de ski. De bindingen zijn sneeuwvrij, en ik kan hem uit het gat trekken.

Klappertandend glijd ik de helling weer af naar waar ik mijn andere ski heb laten liggen. Mijn handen trillen zo hevig dat ik ze haast niet door de lussen aan mijn stokken krijg. Ik moet zes of zeven keer proberen mijn skischoenen in de bindingen te klikken voordat ik eindelijk *klik* hoor en voel dat ze stevig vastzitten.

Ik blijf even staan om uit te rusten op mijn stokken en mijn trillende spieren een ogenblik respijt te gunnen. Ik weet oprecht niet wat me het meest aangrijpt: de pijn, de uitputting of de herinnering aan de dood van Will en Alex. Misschien wel alle drie.

Maar ik kan niet nog langer uitrusten. Dat kan gewoon niet.

Op de helling boven me hoor ik iets. Het kan een marmot zijn of gewoon de sneeuw die ik heb verstoord, die nu verschuift en in mijn kielzog omlaagkomt, maar ik kan het me niet veroorloven hier te blijven staan om daarachter te komen.

Ik zet me met mijn stokken af en ski voorzichtig de monding van de pas in.

LIZ

Snoop-ID: ANON101
Luistert naar: offline
Snoop-volgers: 1

Heb ik me vergist? Boven aan wat een bijna loodrechte helling naar een ravijn lijkt te zijn, houden Erins sporen op. Het ravijn zelf is in diepe schaduw gehuld, dus ik kan de bodem niet zien. Daar beneden kan wel van alles zijn – puntige rotsen, een bergstroom, een val van honderden kilometers...

Wanneer ik beter kijk zie ik toch sporen in de sneeuw. Iets – of misschien iemand – is daar beneden geweest. Ik kan niet geloven dat iets anders dan een berggeit deze helling heelhuids kan afdalen, maar zodra mijn ogen zich hebben aangepast aan de schaduw zie ik twee diepe groeven in de sneeuw, die eruitzien alsof iemand op ski's is neergeknield om op adem te komen.

Ik blijf aarzelend staan en vraag me af wat ik moet doen. Erin heeft hier toch zeker niet geskied, met een gebroken enkel? Zelfs voor een ervaren skiër lijkt me dat zelfmoord.

Toch leiden haar sporen hier beslist naartoe. En ze stoppen hier ook beslist. Is ze naar beneden geklommen? Nee. Degene die naar beneden is gegaan, was op ski's. Is ze gevallen? Zo ja, dan zijn mijn problemen misschien opgelost.

Of is het een list?

Ik sta even stil en kijk in het ravijn. Ik zie niet hoe het een list kan zijn. Er zijn maar twee sporen die naar de rand van deze helling leiden, die van Erin en die van mij, en geen van beide leidt ervan weg. Ze heeft niet genoeg tijd gehad om iets Sherlock Holmes-achtigs te doen. Als ze via haar eigen skiafdrukken terug was gegaan om een vals spoor te maken, zou ik haar zijn tegengekomen.

Dit ravijn móét een route naar St. Antoine zijn. En op een of andere manier is Erin erin geslaagd op de bodem te komen.

Nou, als zij het kan, kan ik het ook.

Ik ga beslist niet naar beneden skiën. Het kan me niet schelen of Erin dat wel heeft gedaan. Ik heb niet genoeg offpiste geskied om mezelf op zo'n steile helling te vertrouwen. In plaats daarvan maak ik mijn ski's los, neem ze in de hand en ga op de rand van de helling zitten. Ik laat me in de zachte sneeuw zakken in een poging naar beneden te lopen.

Meteen weet ik dat het een vergissing is. Zonder ski's om mijn gewicht te verdelen zak ik diep weg in de vederlichte sneeuwmassa. Ik klauter omhoog, klauwend naar houvast, met mijn ski's als steun. Maar terwijl ik worstel begint de sneeuw onder me te schuiven en glijd ik met angstaanjagende snelheid de helling af – ik, mijn ski's en een gladde, bewegende sneeuwmassa. Hoewel het in het begin eng is, gaat het wel. Het lukt me rechtop te blijven, ik kan zien waar ik naartoe ga en ik kan bomen ontwijken en mijn afdaling vertragen – maar dan blijft mijn skischoen haken achter een rots. Ik kan mezelf niet tegenhouden. Daarvoor is het gewicht van de sneeuw tegen mijn rug te groot. Ik werp me naar voren. Mijn ski's worden uit mijn handen gerukt en ik val, in een angstaanjagende witte werveling van sneeuw, stenen en ski's.

Ik houd mijn armen om mijn hoofd geslagen. Ik voel iets tegen mijn wang slaan en mijn schouder stoot krakend tegen iets hards. Ik denk dat ik het uitschreeuw. Ik denk dat ik zal sterven. Zo wilde ik niet sterven.

En dan volgt er een enorme dreun en besef ik dat ik niet langer beweeg.

Ik lig op mijn rug, met mijn hoofd omlaag, en er sijpelt warm bloed uit mijn wang. Mijn schouder klopt van de pijn. Volgens mij heb ik mijn sleutelbeen gebroken.

Ik probeer rechtop te gaan zitten, maar de sneeuw glijdt verraderlijk onder me door en ik onderdruk een schreeuw wanneer ik weer verder schuif. Gelukkig komt de sneeuw na een paar meter tot stilstand. Hijgend en snikkend van angst blijf ik liggen, voordat tot me doordringt dat die laatste schuiver me bijna tot onder aan de helling heeft gebracht. Slechts een paar meter onder me is een pad. Ik zie een van mijn ski's er dwars overheen liggen.

Langzaam en met een van pijn vertrokken gezicht draai ik me om, zodat mijn skischoenen naar beneden wijzen en ik me de laatste paar meter omlaag kan laten glijden. Dan ben ik beneden. Praktisch huilend van opluchting lig ik op de bodem van het ravijn.

Alles doet pijn. Ik proef bloed in mijn mond. Maar ik ben beneden. En nu ik op de schaduwrijke bodem van het ravijn lig, zie ik dat ik gelijk had. Dat besef bezorgt me een steek van opwinding, waardoor ik mijn kloppende schouder even vergeet.

Want ik zie skisporen in de sneeuw richting het dal, richting St. Antoine. Eén stel, diep in de sneeuw gedrukt, aan weerszijden gemarkeerd met gaatjes, waar de skiër zich heeft afgezet met de stokken.

Erin is hier dus inderdaad geweest. En als ik me haast kan ik haar inhalen.

ERIN

Snoop-ID: LITTLEMY
Luistert naar: offline
Snoop-volgers: 10

Dit is moeilijker dan ik ooit had kunnen denken. Ik herinner me dat ik deze afdaling bij daglicht heb gedaan – de zon fonkelde op de berijpte bomen hoog boven me en werd fel weerkaatst door de helderwitte sneeuw aan onze voeten. Ik herinner me dat ik draaide, lachte, over half bedekte rotsen sprong en moguls ontweek.

Die zie ik nu niet meer. Valstrikken doemen op uit de duisternis – boomtakken die in mijn gezicht slaan en puntige rotsen die zonder waarschuwing opduiken, zodat ik met misselijkmakende kracht moet uitwijken. Bij elke schok en draai gaan er felle pijnscheuten door mijn enkel.

In zekere zin helpt het dat er een dik pak verse sneeuw in het ravijn ligt. Het maakt het skiën traag en moeizaam, en ik heb geen sporen die ik kan volgen, maar het betekent dat ik niet constant hoef te proberen mijn tempo te vertragen. De vorige keer dat ik deze afdaling deed, was de route aangestampt door skiërs die me waren voorgegaan. Ik kon zien waar ze draaien hadden gemaakt, waar ze een hoek verkeerd hadden ingeschat en door een onverwachte boom waren gevloerd of een sneeuwbank in waren geskied die ze niet hadden zien aankomen. Maar tegelijkertijd was het skiën daardoor snel en heftig, en omdat het spoor veel te smal is voor fatsoenlijk zigzaggen werd mijn aandacht vooral opgeslokt door pogingen mijn vaart te vertragen tot een veilig tempo.

Door de dikke laag sneeuw is dat veel minder aan de orde, ook al heb ik daardoor wel een probleem. Liz komt achter me aan en skiet in mijn sporen, waar ik de sneeuw al heb geplet. Zij zal veel sneller gaan, en ze kan zich laten leiden door mijn sporen.

Ik móét sneller gaan. Maar als ik dat doe, kan het wel eens mijn dood betekenen.

Ik zet mezelf af met mijn stokken, maak een strakke bocht waarbij mijn enkel protesteert en bonk dan tegen wat een verborgen bult in de sneeuw moet zijn. De pijn die bij die klap door mijn been trekt is zo hevig dat ik het uitschreeuw. Ik wankel, val om en bots hard tegen de rotswand van het ravijn. Een paar minuten lang lig ik daar te hijgen, terwijl hete tranen over mijn wangen lopen. Niet te geloven hoeveel pijn dit doet. Hoewel ik de skischoen niet open durf te maken om te zien hoe mijn voet eruitziet, voel ik mijn hart door mijn hele been kloppen. Ik weet niet of ik hierna nog kan skiën. Ik weet zelfs niet of ik nog kan lopen.

Maar Liz heeft al drie mensen gedood. Ik móét doorgaan.

Ik haal diep adem en probeer met behulp van een skistok overeind te komen. Het gaat niet. Mijn spieren trillen zo hevig dat ik mezelf er niet toe kan zetten. Ik kan mezelf niet dwingen weer gewicht op mijn enkel te zetten. Mijn hele lijf begint te beven zodra ik eraan denk.

Ineens hoor ik van ergens uit het ravijn geluiden. Er klinkt een kreet – het geluid van iemand die net in het gezicht is geraakt door een onverwachte tak, misschien – gevolgd door het ruwe geschraap van ski's die noodgedwongen in de sneeuwploegstand worden gezet.

Liz komt eraan. En ze is heel dichtbij.

Ik moet dit doen. Ik móét dit doen.

Ik zet mijn stok met kracht in de sneeuw neer en hijs mezelf zwetend en trillend overeind.

Dan zet ik me af.

LIZ

Snoop-ID: ANON101
Luistert naar: offline
Snoop-volgers: 1

Waar. Is. Ze.

Waar. Ís. Ze.

De woorden blijven door mijn hoofd gaan terwijl ik draai en keer en volhardend Erins sporen volg. Ze kan me niet zo ver vooruit zijn, en haar enkel is er veel slechter aan toe dan mijn knie. Ik had haar nu eigenlijk al ingehaald moeten hebben. Helaas is dat niet zo. En daarbij voel ik me... niet echt ongerust. Op dat punt ben ik nog niet aanbeland. Maar wel gefrustreerd.

Die frustratie komt deels voort uit het feit dat dit lastig skiën is, lastiger dan ik me had voorgesteld. Zelfs nu mijn ogen gewend zijn aan het wel erg flauwe schijnsel van de maan onder in het ravijn kan ik niet veel zien, behalve Erins skisporen. Ik heb geen andere keus dan ze blindelings te volgen, zo snel als ik kan. En ondertussen hoop ik dat, als zij geen fouten heeft gemaakt en niet is gevloerd, mij dat ook niet zal overkomen.

Er komt een lang recht stuk aan, dus ik zet mezelf af met mijn stokken en buig voorover, waardoor mijn lijf gestroomlijnder wordt. Ik voel de wind in mijn gezicht en dan raak ik een kleine mogul, onzichtbaar in het schemerlicht. Even voel ik lucht onder mijn ski's, en vervolgens land ik met een smak weer op de grond. Mijn hele gewicht komt op mijn slechte knie terecht, wat me naar adem doet happen. Ik zou moeten vertragen, mijn evenwicht moeten hervinden, maar voordat ik dat kan doen komt er een boomtak uit het niets die me in mijn gezicht slaat. Ik slaak een kreet.

Meteen zet ik mijn ski's automatisch in de sneeuwploegstand. De sneeuw kraakt onder mijn ski's en ik kom met bonzend hart tot stilstand.

Dat was op het nippertje. Als ik geen skibril had gedragen, had die tak me blind kunnen maken. Hij heeft de snee in mijn wang weer opengehaald. Ik voel een stroompje warm bloed over mijn kin lopen.

Ik kan het me niet veroorloven te stoppen. Ik moet gewoon voorzichtiger zijn. Ik zet mezelf weer af en tuur ondertussen de duisternis in. Ik ben vast zo bij haar. Dat moet wel.

Dan hoor ik het, slechts honderd meter verderop: het raspende geluid van ski's op sneeuw. Degene die voor me skiet maakt een krappe draai en werpt met de achterkant van haar ski's sneeuw op.

Mijn hartslag versnelt, en ik maak vaart om haar in te halen.

ERIN

Snoop-ID: LITTLEMY
Luistert naar: offline
Snoop-volgers: 10

Het is nu erg donker op de bodem van het ravijn. De rotswanden rijzen zo hoog op dat er beneden geen maanlicht valt. Hoge dennenbomen buigen zich over de randen en blokkeren de hemel met hun takken. Maar ik durf niet af te remmen.

Dit is het deel van de afdaling dat ik me het beste herinner. Het deel vlak voordat je het dorp in schiet. Ik moet er bijna zijn. Hier is de lange glijdende bocht waarbij je langs de wand van het ravijn gaat, tussen twee schriele jonge boompjes door. Ik schiet erlangs terwijl ik de pijn in mijn enkel probeer te negeren en ook het trillen en bonzen van mijn hart, dat overspoeld wordt door meer adrenaline dan het aankan.

Daarna een zwenking naar rechts. En dan...

O, *shit*.

Opeens herinner ik het me weer – een massieve rotswand en een halsbrekende bocht naar links, op een punt waar het pad zo smal is dat het vrijwel onmogelijk is af te remmen.

De zwartheid doemt op uit het donker, en ik draai mezelf in een wanhopige zijwaartse slide, waarbij mijn ski's een glinsterende nevel van kristallen om me heen opwerpen. Eén ski raakt een rots en ik verlies bijna de controle. Ook al staat mijn enkel in brand van de pijn, ik kan de verwoede poging om te remmen niet staken. Als ik met deze snelheid die bocht in ga, zal ik niet zomaar gevloerd worden; zonder helm ben ik dan dood.

Ik draai en draai totdat mijn ski's bijna loodrecht op de helling staan. En dan ben ik de bocht om. Bijna onmiddellijk raak ik een boomwortel, mijn enkel begeeft het en deze keer ga ik wel onderuit, in een werveling van ski's en sneeuw.

Ik moet opstaan. Liz is nu heel dichtbij. Ik hoor het gerasp van haar ski's dichterbij komen, het geluid wordt luider, voortgestuwd door het ravijn. Ik moet opstaan. Maar ik krijg het niet voor elkaar mezelf omhoog te duwen. Mijn enkel kan mijn gewicht niet meer dragen. Ik probeer het en zak door mijn knie. Ik probeer het opnieuw, deze keer snikkend, want het kan me niet meer schelen dat ze me kan horen. Huilend en vloekend zak ik in de sneeuw in elkaar.

Ze is er bijna. Ze komt eraan, en snel ook.

LIZ

Snoop-ID: ANON101
Luistert naar: offline
Snoop-volgers: 1

Ik ben nu heel dicht bij Erin – en dan hoor ik het. Een schreeuw verderop en gekletter van ski's. *Yes.* Ze is gevallen!

Ik voel een golf van triomf, waardoor ik nog sneller ga skiën. Dit gaat goed komen. Ik ga haar inhalen! Ik denk niet aan wat er daarna zal gebeuren. Daar is later wel tijd voor.

Ik duik weer in elkaar. Ik voel de wind in mijn gezicht. Dit is het. Ik kán dit.

Ik bonk over een heuveltje heen en ervaar het gevoel van opwinding dat ik had toen ik de zwarte piste af skiede, alleen is dit nog beter. Ik ski nu puur op instinct, als een vogel die in een slipstream vliegt, moeiteloos en vaardig draaiend. Het is bijna...

En dan gebeurt het.

Uit de duisternis doemt een rotsmuur op, op slechts enkele meters afstand.

Ik denk dat ik schreeuw, ik weet het niet zeker. Iemand schreeuwt.

Wanhopig probeer ik af te remmen, maar het pad is te smal. Ik vertraag niet, ik vertraag niet, ik...

ERIN

Snoop-ID: LITTLEMY
Luistert naar: offline
Snoop-volgers: 10

Ik heb nog nooit zoiets gehoord als het geluid waarmee ze tegen de rotsmuur slaat.

Het is het geluid van ski's die knappen en botten die breken. Het is het geluid van vlees dat tegen rotsen slaat.

Het is nat en meegevend en tegelijkertijd zo hard als steen. Droeg ze een helm? *Droeg ze een helm?*

Er valt een stilte. Een volkomen, ononderbroken stilte.

'Liz?' roep ik met trillende stem. Er komt geen reactie, niet eens gejammer. Ik probeer op te staan, maar dat gaat niet. De pijn raast door mijn been op en neer en mijn enkel begeeft het.

Ik kniel in de sneeuw, leun een beetje opzij en probeer niet te kotsen van de pijn.

Ik weet dat ik haar zou moeten achterlaten, maar dat kan ik ook niet.

Ik denk aan Danny's woorden voordat hij wegging. *Ik ken jou... Ga alsjeblieft niet Moeder Teresa uithangen. Zet jezelf op de eerste plaats.*

En ik weet dat hij gelijk heeft. Maar ik kan het niet. Ik kan haar daar niet laten sterven, zoals Alex, zoals Will, alleen in de sneeuw.

Ik laat mijn stokken op de grond vallen en haal mijn skischoenen uit hun bindingen. Dan ga ik op handen en knieën zitten en begin te kruipen, de pas weer op, naar de bocht toe.

LIZ

Snoop-ID: ANON101
Luistert naar: offline
Snoop-volgers: 1

ERIN

Snoop-ID: LITTLEMY
Luistert naar: offline
Snoop-volgers: 10

Wanneer ik op de plek aankom is het doodstil.

Liz ligt op haar zij aan de voet van de rotswand, een verfrommeld hoopje rood, wit en blauw. Het blauw is haar skioverall, het wit de sneeuw en het rood... het rood is overal.

Ze heeft liggen bloeden in de sneeuw, maar het is nu gestopt. In de tijd dat het me heeft gekost om zes meter de pas weer op te kruipen is Liz gestorven. Er komt geen adem meer tussen haar kapotte lippen door. Wanneer ik mijn vingers tegen de zijkant van haar hals leg, is de huid warm en glibberig van het bloed. Ik voel geen hartslag, zelfs geen trillinkje.

Ik denk er even aan het onmogelijke te proberen – hartmassage, mond op mond – maar als ik haar heel voorzichtig op haar rug draai, deins ik achteruit bij wat ik zie, verstikt van afschuw. De linkerkant van haar schedel is ingeslagen als een ei, en er ligt hersenweefsel op de sneeuw.

Ik val bijna flauw en een golf van afschuw en misselijkheid doet me ineenkruipen en wiegend op de grond zakken. Ik sla mijn armen om mijn knieën en hoor een verscheurend geluid – ik weet dat het mijn eigen snikken zijn, al klinken ze alsof ze uit heel iemand anders komen.

Ik weet niet hoeveel tijd er voorbijgaat. Ik weet alleen dat twee dingen me uit mijn shocktoestand wakker schudden.

Het eerste is dat de zon opkomt. Het ravijn is zo diep dat

de stralen hier beneden niet kunnen doordringen, maar op de wolken boven mijn hoofd tekenen zich vage roze lichtstrepen af.

En het tweede... het tweede is dat ik gezoem hoor.

Heel even kan ik niet bedenken wat het is. Het klinkt als een telefoon, alleen heb ik die niet. Mijn eigen telefoon ligt kilometers ver de berg op, in Chalet Perce-Neige, met een batterij zo dood en koud als alle lichamen die Liz heeft achtergelaten.

Het zoemen stopt en dan begint het weer – en deze keer dringt het tot me door. Liz. Het komt uit Liz' zak.

Haar skioverall is doordrenkt met bevroren bloed, maar ik weet dat ik dit moet doen. Hoewel mijn armen stijf zijn van de kou steek ik een hand uit en raak haar heup aan. Ik trek de ritssluiting open, mijn gehandschoende vingers verdoofd en onhandig, en er glijdt iets naar buiten de sneeuw in, iets zo glimmend als een sieraad, dat een schril geluid maakt waarbij de tranen in mijn ogen springen.

Het is Elliots telefoon. Hij gaat over.

En de beller is Danny.

ERIN

Snoop-ID: LITTLEMY
Luistert naar: The Pixies / Where Is My Mind
Snoopers: 8
Snoop-volgers: 151

Ik weet niet hoelang ik daar heb gelegen, zij aan zij met Liz in de drabbige plas van haar snel bevriezende bloed. Ik weet alleen dat ik, toen de redders ons eindelijk wisten te bereiken met hun brancards, bijna onderkoeld was en hun vragen niet kon beantwoorden.

Danny was degene die me door die lange uren heen hielp, met zijn stem in mijn oor, door almaar te praten, me te vertellen dat ze onderweg waren, dat ik moest volhouden, niet mocht opgeven. Maar toen het reddingsteam uiteindelijk arriveerde en de telefoon uit mijn bevroren want wrikte, bedekt met een glimmend laagje bloederig ijs, kon hij ze ook niet vertellen wat er was gebeurd.

Pas twee dagen later was ik eindelijk in staat om het voor hen te reconstrueren en uitleg te geven over het verlaten chalet, de cryptische sms-berichten en de overijlde vlucht door het verraderlijke ravijn. Maar zelfs ik kon niet alles verklaren. Want hoe verklaar je iemand als Liz?

Iets verklaren is ergens een reden aan toekennen, gedrag begrijpen, het op een bepaalde manier rechtvaardigen.

En ik kan niet, wíl niet rechtvaardigen wat Liz heeft gedaan.

Een paar dagen later word ik uit het ziekenhuis ontslagen, maar ik kan niet terug naar mijn ouderlijk huis. Deels omdat ik dat niet wil. Ik ben tweeëntwintig; ik wil niet terug naar de slaapkamer uit mijn jeugd, met de posters van al lang verdwenen bands, oude foto's en Will en Alex als permanente geesten die zich net buiten mijn gezichtsveld ophouden.

En deels ook omdat het letterlijk niet kan. De politie is nog niet klaar met het onderzoeken van de plaats delict die Perce-Neige is geworden, en ze hebben alle betrokkenen gevraagd in het gebied te blijven, in elk geval tot hun vooronderzoek is afgerond. We zijn geen verdachten – althans, dat denk ik niet – dus er is niets wat ons wettelijk verhindert terug te keren naar Engeland. Maar het zou een slechte indruk maken om op die manier het onderzoek te belemmeren, en dat weet iedereen.

Zolang het chalet een plaats delict is, is het onmogelijk ernaar terug te gaan, dus ik accepteer met enige opluchting het aanbod van de politie om me onder te brengen in een pension in St. Antoine le Lac. Pas als ik daar aankom, met een plastic zak met mijn spullen in de hand, besef ik wat dat aanbod betekent.

Het is de plek waar ze iedereen hebben ondergebracht. Topher. Rik. Miranda. Danny. Carl. Tiger. Zelfs Inigo.

Inigo is de eerste die ik zie wanneer ik door de deur de receptieruimte binnenkom. Mijn mond valt open.

'Inigo!'

Ik trek mijn oordopjes uit. Hij is bezig op een nogal onbeholpen manier internettoegang te regelen met de Franssprekende receptioniste, maar draait zich naar me om. Zodra hij me ziet, verspreidt een onflatteuze dieprode blos zich over zijn gezicht, zo donker dat het bijna paars is. De blos staat hem niet, het zwakt zijn buitengewoon knappe gezicht af tot iets wat de normaliteit benadert.

'Eh, *excusez-moi*,' zegt hij opgelaten tegen de jonge vrouw achter de balie. '*Un moment. Je...* Ik bedoel... Ik moet... God, Erin, hoe zeg je dat in het Frans... Ik neem je tas wel.'

Hij gebaart naar de kruk die ik gebruik, naar mijn enkel in het loopgips, en grijpt naar de plastic zak die ik in mijn vrije hand heb.

'Dat hoeft niet,' zeg ik lachend, hoewel de situatie niet echt grappig is. 'Mijn enkel is in orde. Ik bedoel, hij is niet in orde, hij is gebroken, maar ik kan weer lopen nu hij in het gips zit.'

‘Nee, maar toch,’ zegt hij ellendig. Hij leidt me naar de wollen jarenzeventigbank in de hoek van de receptie, waar we tegenover elkaar gaan zitten, als opgelaten gasten in een talkshow. Voor het eerst zie ik dat er een wondkompres op zijn voorhoofd zit en hij twee blauwe ogen heeft. Heeft hij gevochten? ‘Erin, je zult wel gedacht hebben... Je zult wel denken... Ik bedoel, jezus, wat was ik een idioot. Het spijt me zo. Het spijt me echt heel erg.’

‘Wat spijt je?’ vraag ik verbijsterd.

‘Dat ik ben weggegaan en jullie allemaal zo heb achtergelaten! Ik had geen idee dat Liz... Dat ze...’

‘Inigo, het is niet jouw schuld.’

‘Jawel. Ik bedoel, niet dat van Liz, maar als ik niet zo’n idioot was geweest bij dat telefoontje had Ani misschien... Dan had ze misschien...’

Hij stopt. Ik realiseer me dat hij bijna in tranen is en wanhopig probeert zich te vermannen. Wat ik me ook realiseer is dat ik geen idee heb waar hij het over heeft. In feite heb ik geen idee hoe het zit met Inigo. Wat is er tijdens dat telefoongesprek gebeurd? Waarom is hij weggelopen?

‘Inigo, ik heb geen idee waar je het over hebt,’ zeg ik op zachtere toon. ‘Wat is er gebeurd? Heb je toch gedaan alsof je belde? Waarom?’

‘Wat?’ Nu ziet hij er op zijn beurt verbijsterd uit. ‘Nee! God, nee! Hoe kun je zoiets denken?’

‘Waarom ben je dan weggelopen?’

‘Dat heb ik je gezegd! Of nou ja, ik heb een briefje achtergelaten. Ik ben weggegaan omdat ik zo’n stomme fout heb gemaakt.’

Ik onderdruk een zucht van irritatie en vraag me niet voor het eerst af of Inigo wel zo goed was als PA. Hoe heeft Topher met hem kunnen samenwerken?

‘Ja, maar je hebt nooit gezegd wat de fout was,’ verduidelijk ik. ‘We dachten allemaal...’ Dan stop ik. Hoewel Inigo weer bloost, deze keer nog heviger, heft hij ook zijn kin.

‘Ik weet het. Jullie dachten allemaal dat ik de schuldige was. Daarom moest ik weggaan, om dingen recht te zetten. De fout... God, wat was ik dom. Ik zei tegen de politie dat we in Chalet Blanche-Neige zaten.’

Even begrijp ik het niet. Dan valt mijn mond open. Ik krijg een plotselinge, heldere flashback naar Inigo aan de telefoon met de politie. *Ja... Oké... Chalet Blanche-Neige.*

Blanche-Neige. Sneeuwwitje. Perce-Neige. Sneeuwklokje. Een makkelijke vergissing voor iemand die geen Frans spreekt. Maar eentje die Ani fataal is geworden. O, Inigo, jij idioot.

'Ik ken Chalet Blanche-Neige,' zeg ik langzaam. 'Het ligt ongeveer zestien kilometer verderop, aan de andere kant van de vallei. Natuurlijk. Natúúrlijk, daarom is de politie nooit gekomen. Je hebt ze het verkeerde chalet doorgegeven.'

Inigo knikt in droevige instemming.

'Het was zo'n stomme vergissing. De dag erna besefte ik wat ik had gedaan, en ik bleef proberen de politie te bereiken om het uit te leggen, maar ik kreeg niet eens een kiestoon,' zegt hij gebroken. 'Ik wist dus dat ik het alleen kon rechtzetten door naar het dorp te skiën om de politie persoonlijk te vertellen wat er was gebeurd en waar we waren. Daarom ben ik weggegaan. Ik weet dat het stom was, maar ik voelde me gewoon zo... zo beschaamd, en ik wilde mijn fout rechtzetten. Als ik de anderen had verteld wat ik van plan was, zouden ze geprobeerd hebben mee te gaan, wist ik, en dat wilde ik niet. Ik wilde niemand in gevaar brengen vanwege mijn fout. En in plaats daarvan...' Hij slikt en ik zie tranen in zijn ogen. Ik weet dat hij net als ik denkt aan Elliot, en aan Ani, die beiden misschien nog in leven zouden zijn als de politie die middag was gekomen, als ze hadden geweten waar ze moesten zijn. 'In plaats daarvan verdwaalde ik, skiede ik tegen een boom en kwam ik pas weer bij in het ziekenhuis.' Hij raakt zijn voorhoofd aan, het wondkompres dat ik zag toen we gingen zitten. Voor het eerst valt me op dat de huid op zijn wangen en vingers rauw is en de topjes van zijn oren zwart zijn, waar bevriezing moet zijn ingetreden. 'Had ik maar niet...' Zijn stem breekt. 'Als ik niet...'

'Inigo, je kon het niet weten,' zeg ik zacht. 'Het was een vergissing. Gewoon een vreselijke vergissing.' Dat zijn woorden die mensen al maanden, jaren tegen mij zeggen. *Je kon niet weten wat er zou gebeuren toen je voorstelde offpiste te gaan skiën. Het is niet jouw schuld. Het was gewoon een vergissing. Gewoon een vreselijke vergissing.*

Het zijn zinnen die altijd betekenisloos hebben geleken. Nu is het plotseling van vitaal belang dat Inigo ze gelooft.

'Het is níét jouw schuld,' zeg ik met klem, waarbij ik elk greintje overtuiging dat ik kan opbrengen in mijn woorden stop. Ik steek een hand uit om de zijne aan te raken en voel zijn ruwe, beblaarde vingers. Inigo huivert maar kijkt dan op naar mij. Hij schenkt me een zwakke glimlach. Ik weet niet of hij me gelooft. Misschien. Misschien niet.

Ani en Elliot zouden misschien nog leven als Inigo de juiste naam had genoemd. Dat heeft hij alleen niet gedaan.

Misschien leert hij leven met wat er is gebeurd, net als ik toen.

Net als ik nu.

ERIN

Snoop-ID: LITTLEMY
Luistert naar: offline
Snoop-volgers: 160

Ik zie de anderen pas bij het avondeten, wanneer in het pension om stipt zeven uur een stevig diner wordt geserveerd waar vegetariërs vrijwel niets van kunnen eten. Je kunt niet reserveren, en ook niet zelf een tijd of een gerecht kiezen. Dit is een familiediner; je komt naar beneden als de chef-kok het zegt en krijgt de *plat du jour*, of je eet niet. Het is best rustgevend.

Ik lig opgekruld in bed in mijn kamer, meer dan half in slaap, wanneer ik de etensbel hoor. Moeizaam sta ik op. Ik voel de pijn in mijn botten van de afgelopen dagen en wrijf over de zijkant van mijn wang, waar de kreukels van het kussensloop in staan. Dan stap ik de gang in.

Ik hobbel naar de trap. Ineens gaat er een deur open en komt een andere gast naar buiten gestormd. Hij loopt me bijna omver, waardoor ik mijn kruk laat vallen. Wanneer ik me vooroverbuig om hem op te rapen voel ik mijn enkel protesteren. Ik kom overeind en wil een geïrriteerde opmerking maken, maar dan zie ik het gezicht van de gast, die stilstaat en me alleen maar aankijkt.

Het is Danny.

'Danny!'

Hoewel ik mijn armen om hem heen sla, blijft hij gewoon staan, hij reageert niet. Ineens lijkt hij te smelten, als ijs dat ontdooit. Voorzichtig legt hij zijn armen om me heen, en hij geeft me een knuffel die eerst zacht is, dan stevig en dan verpletterend hard, bijna alsof hij zichzelf ervan probeert te doordringen dat ik hier ben, in levenden lijve.

'Ik geloofde haar geen moment,' zegt hij uiteindelijk. Ik hoor zijn diepe stem in zijn borstkas, waar ik mijn gezicht tegenaan gedrukt houd. 'Ik geloofde haar geen moment. Dat sms'je... Ik wist dat er iets mis was. Ik ben meteen op pad gegaan, heb nog nooit van mijn leven zo snel gelopen, maar je was er niet. Ik dacht dat je dood was. Ik dacht... ik dacht...'

Hij kan zijn zin niet afmaken. Hij slikt alleen en drukt zijn gezicht in mijn haar, en ik voel de nattigheid van zijn tranen op mijn scheiding.

'Ik had verdomme nooit weg moeten gaan,' zegt hij, en zijn armen spannen zich. 'Ik wist dat je in je eentje niet veilig was. Ik zei nog tegen je dat je niets doms moest doen. En wat gebeurt er dan? Jij gaat met een gebroken enkel offpiste skiën. Je bent verdomme Jason Bourne niet.'

Ik schud mijn hoofd, pak hem steviger beet, duw mijn gezicht tegen zijn schouder en probeer mijn snikken te verhullen. Ik houd van hem. Ik houd van zijn pogingen de sfeer te verlichten en er grapjes over te maken, maar ik kan niet eens doen alsof ik moet lachen. Het enige wat ik kan doen is hem vasthouden en huilen, huilen, huilen, om alles.

'Jezus, man,' zegt hij, en zijn stem is rauw en zacht in mijn oor. Hij wiegt me heen en weer. 'Het komt goed met je, Erin. Het komt goed, meis.'

En ik wil hem geloven. Maar ik weet niet of het waar is.

'Je ziet er belabberd uit,' zegt hij uiteindelijk, nadat hij achteruit is gegaan om me van top tot teen te bekijken. Ik heb het gevoel dat hij wil dat ik lach, en ergens wil ik dat ook. *Je had mijn tegenstander eens moeten zien.* De woorden liggen op het puntje van mijn tong. Maar Liz is dood, en het voelt niet grappig. In plaats daarvan haal ik alleen mijn schouders op. Danny's lip krult tot iets wat dicht bij een sneer komt.

'Dat verdomde kreng.'

'Niet doen,' zeg ik. 'Niet doen. Je weet niet wat ze...'

Ik word onderbroken door de etensbel, die voor de tweede keer luidt. Danny rolt met zijn ogen.

'We kunnen beter naar beneden gaan. Ben je er klaar voor?'

'Niet echt. Jij?'

'Ik wel. Jij bent degene die Bear Grylls heeft uitgehangen.'

Ik lach, al spelen de zenuwen me nog parten terwijl ik langzaam en onbeholpen de smalle trap af ga, met een kruk onder een arm geklemd terwijl ik met mijn andere hand op de gammele trapleuning mijn gewicht ondersteun.

Wanneer ik de eetkamer binnenkom, zijn ze er allemaal – iedereen die nog over is, tenminste. Topher, Tiger, Rik, Inigo, Miranda en Carl zitten allemaal aan de lange eettafel, en als ik binnenkom, onzeker over hoe ik zal worden ontvangen, ademt iedereen scherp in. Dan verbreekt Topher tot mijn verbazing de stilte met een langzaam applaus dat eerst door Inigo en daarna door Rik, Miranda en alle anderen wordt opgepakt.

'Jezus,' zegt Carl, die opspringt van zijn plaats om me te helpen met mijn kruk en mijn stoel. 'Je ziet er nog slechter uit dan Inigo, en dat wil wat zeggen.'

Mijn stoel staat naast die van Tiger. Nadat Carl mijn stoel heeft aangeschoven, slaat ze een arm om me heen en geeft me een warme, eenzijdige knuffel.

'Erin,' zegt ze. 'Gaat het? Het moet zo beangstigend zijn geweest. Ik vind het zo erg voor je. We hadden je nooit mogen achterlaten.'

'Het gaat wel,' lukt het me uit te brengen. Mijn ogen vullen zich met tranen. Ik kan niet bedenken wat ik moet zeggen. Mijn enkel klopt pijnlijk in het gipsen omhulsel, en ik voel dat hun ogen op me gericht zijn. Het is een welkome afleiding dat Danny de stoel aan mijn andere kant naar achteren trekt en er met een zucht op neerzakt.

'Zo te ruiken krijgen we wéér cassoulet,' zegt hij somber. 'Die was de vorige keer al smerig genoeg.' Op de een of andere manier breekt hij met zijn irritatie het ijs. Inigo glimlacht, een waterige grijns.

'Wil je iets harder praten,' zegt Carl wanneer de jonge serveerster – dezelfde vrouw als bij de receptie – voorzichtig de kamer in loopt met drie borden dikke bleke stoofpot op een dienblad. Zwaar ademend van concentratie loopt ze om de tafel heen. 'We willen er zeker van zijn dat ze in het juiste bord spuugt.'

'Afgaand op het spul dat ze ons gisteravond serveerde, zou het eten daardoor alleen maar beter worden,' zegt Rik op gedempte toon.

'Sst,' zegt Miranda streng. Rik grijnst en wrijft over haar nek met een ontspannen intimiteit die me doet denken dat, wat hun thuissituatie ook is, deze twee niet als alleen collega's naar Engeland zullen terugkeren. Er is iets veranderd tussen hen, iets onherroepelijks. Rik ziet er sterker uit, vastberadener dan de man die ik een paar dagen geleden ontmoette.

Topher daarentegen ziet eruit als een bleke, leeggelopen versie van de charismatische man die uit de kabeltrein stapte. In zekere zin is het niet verwonderlijk; hij heeft zijn medeoprichter en zijn beste vriend verloren, een vreselijk offer om de zeggenschap over zijn eigen bedrijf terug te krijgen, naar welke maatstaf dan ook. Hij ziet er ouder uit en lijkt een deel van zijn zelfvertrouwen en glans te hebben verloren. Toch zit hij nog steeds aan het hoofd van de tafel. Zodra de cassoulet is geserveerd tikt hij met zijn vork tegen zijn glas en schraapt hij zijn keel, terwijl we allemaal vol verwachting naar hem kijken.

'Eh... Luister, dit zal niet lang duren,' zegt hij. Dan stopt hij en wrijft vermoeid over zijn voorhoofd. Hij lijkt de draad kwijt te zijn van wat hij wilde zeggen. 'Maar ik... Nou ja, ik heb een paar nieuwtjes. Jullie hebben het verdiend die zo snel mogelijk te horen.'

Hij neemt een flink slok van het glas rode wijn aan zijn zijde, trekt een grimas en veegt zijn mond af. Ik denk niet dat het het soort wijn is dat hij gewend is te drinken.

'Het eerste is, nou ja, er is geen makkelijke manier om het te zeggen.' Zijn adamsappel wipt op en neer wanneer hij slikt. 'Het overnamebod is ingetrokken.'

Er klinkt geroezemoes rond de tafel, een mengeling van geschoktheid en bezorgdheid. Toch lijkt niemand echt verrast. Rik en Miranda wisselen een blik.

'Wat betekent dat voor de waarde van het bedrijf als je met Snoop de beurs op gaat?' vraagt Carl botweg.

Topher geeft geen antwoord.

Rik slaat zijn armen over elkaar. Zijn mond is een dunne streep van ergernis. 'Dat stelt dan niets meer voor, hè? Je hoeft er niet omheen te draaien, Toph. We zijn geen investeerders die je het hof moet maken. Maar het ligt nogal voor de hand, hè? Een geruchtmakend bloedbad onder werktijd, een partner dood, waarschijnlijk degene die de investeerders het meest mochten...'

'Rik!' roept Tiger terwijl ze opspringt van haar stoel. Haar gezicht is vertrokken en haar serene uitstraling is helemaal verdwenen. 'Rik, in godsnaam! Maakt dat wat uit? Eva is dood. Elliot is dood. Ani is dood.' Haar stem breekt. 'Hoe kun je dan geven om de waarde van de aandelen?'

Ze heeft gelijk, en dat weet Rik. Hij zakt terug op zijn stoel en haalt halfhartig zijn schouders op.

'Het is gewoon een feit,' zegt hij, niet alsof hij tegen haar wil ingaan, maar eerder alsof hij wil terugkomen op zijn eigen ongevoeligheid. 'Dat is het enige wat ik wilde zeggen.'

En het punt is, hij heeft gelijk. Het is een feit, en een belangrijk feit voor de mensen die hun geld verliezen en de werknemers die binnenkort misschien hun baan kwijtraken, wanneer de zeepbel van Snoop knapt. Maar Tiger heeft ook gelijk. Het is een feit dat verbleekt bij het verlies van hun collega's.

'Wat is het tweede?' vraagt Miranda. In de ongemakkelijke stilte na Tigers uitbarsting komt haar vraag onverwacht, en Topher lijkt even perplex te staan. 'Een paar nieuwtjes, zei je,' zegt ze. 'Wat is het andere?'

'O.' Topher kijkt... Ik weet het niet. Bijna alsof hij onpasselijk wordt. Hij wrijft over zijn gezicht. 'Ik heb een brief ontvangen. Een e-mail, bedoel ik. Van Arnaud.'

Arnaud? Met gefronst voorhoofd kijkt Danny me aan, en dan weet ik het weer.

'Eva's man,' fluister ik, en ik zie aan zijn gezicht dat hij het nu begrijpt en zich er onbehaaglijk bij voelt.

'Heeft hij het gehoord?' vraagt Rik. Ook hij lijkt zich niet goed te voelen.

Topher knikt. 'De politie heeft hem op de hoogte gebracht. Ze hebben hem niet het hele verhaal verteld, alleen dat ze betrokken is geweest bij een fataal skiongeluk. Hoe dan ook, hij heeft me een dossier gestuurd.'

'Een dossier?' Miranda kijkt verward. Ze is niet de enige. 'Over Eva?'

'Een map. Over heel veel mensen. Brieven. Foto's. Video's. Eva heeft hem gevraagd het in het geval van haar dood allemaal naar mij te sturen. Arnaud heeft er niets van gezien, de map is beveiligd met een wachtwoord, maar ik heb hem doorgenomen en... er zit een filmpje bij...' Hij haalt een hand door zijn warrige blonde haar, dat in niets meer lijkt op een zorgvuldig gestyled net-uit-bed-kapsel. 'Ik weet verdomme niet wat ik ermee moet, weet je? Eva heeft mij ermee opgezadeld, en de rest is al erg genoeg, maar dit filmpje... Het is gewoon te veel voor één persoon.'

Hij ziet er... Ineens weet ik het. Hij ziet er verloren uit.

'Wil je dat wij het ook bekijken?' vraagt Rik. 'Wij allemaal?' Zijn blik schiet naar Danny en mij. Ook al zegt hij het niet, de implicatie is duidelijk. Is dit een privézaak van Snoop? Tot mijn verbazing knikt Topher.

'Jullie allemaal. Het gaat iedereen hier aan.'

Naast mij fronst Danny zijn wenkbrauwen, en ik snap hoe hij zich moet voelen. Nu worden ook *wíj* ergens mee opgezadeld, terwijl we niet weten met wat. Waarom hebben Danny en ik hier iets mee te maken? Heeft Eva voor haar dood iets naar haar man gestuurd?

Topher klapt zijn MacBook open, klikt op een link en tikt een wachtwoord in. Dan draait hij het scherm naar de rest van de tafel toe. Na een blik op de keukendeur om te zien of de serveerster daar niet rondhangt drukt hij op afspelen.

Een minuut lang is het moeilijk te zeggen wat ik zie. Het lijken beelden te zijn van een mobiele telefoon, maar het is donker en de resolutie is korrelig. Het lijkt een tuin, of nee, een balkon, want ik zie daken. Een man en een vrouw zijn met elkaar in gesprek, en hoewel ik de ademhaling van de persoon die het filmt hoor, hoor ik niets van wat het stel op het balkon met elkaar bespreekt, wat de indruk geeft dat ze van binnenuit worden gefilmd, door het glas heen.

De vrouw leunt tegen de muur van het huis en haar gezicht bevindt zich in de schaduw, waardoor het onmogelijk is te zien wie ze is. Iets aan haar houding komt me bekend voor, en ik zie ook dat ze behoorlijk aangeschoten is. Ze houdt zich staande met een hand op de muur, en wanneer de man zich naar haar toe buigt om haar meer champagne in te schenken, kan ze het glas dat ze hem aanreikt niet stil houden.

De man herken ik niet. Daar ben ik zeker van. Hij staat met zijn rug naar de balustrade van het balkon toe, zodat ik alleen zijn profiel zie, maar het is niet iemand die ik ken. Hij is knap, op een voor de hand liggende manier, en zijn uitstraling heeft iets hooghartigs, alsof hij ervan geniet die jonge vrouw neerbuigend toe te spreken, geniet van haar ontzag voor hem. Hij brengt zijn glas naar zijn lippen, drinkt het leeg en zegt dan iets tegen de vrouw.

De vrouw schudt haar hoofd. Ze lijkt weg te willen lopen, maar de man zet zijn arm tegen de muur boven haar hoofd om haar de weg te versperren. Ze wordt ingesloten door zijn lichaam aan de ene kant en de muur van het huis aan de andere. Mijn hart begint sneller te kloppen, uit medelijden voor haar. Ik weet wat er gebeurt. Ik ben die vrouw geweest. Ik ken haar paniek. Ik weet hoe graag ze wil ontsnappen.

En dan legt hij heel bewust een hand op haar borst.

Vanbinnen schreeuw ik tegen haar dat ze hem tegen de schenen moet schoppen, een knietje moet geven, moet weggaan.

Maar de moed zakt me in de schoenen, want ik realiseer me dat ik deze vrouw ken. Ik weet wat ze gaat doen.

Wanneer ze zich de ene kant op wurmt in een poging om bij hem weg te komen, zet hij zijn andere hand tegen de muur om te voorkomen dat ze ontsnapt. Nu buigt hij zich naar haar toe, zo dichtbij dat ik niet kan zien wat hij doet, al kan ik het me maar al te goed voorstellen. Mijn hart klopt nu in mijn keel. Waarom schiet degene die met de telefoon staat te filmen haar niet te hulp?

De duw, wanneer die komt, is geen verrassing voor me, ook al stokt de adem van de filmer en van een paar van de mensen om me heen hoorbaar.

Op het scherm wankelt de man naar adem happend achteruit, tegen het lage muurtje van het balkon aan. En dan gaat alles zo snel dat ik nauwelijks kan zien wat er gebeurt.

De vrouw stapt naar hem toe, en even denk ik dat ze hem gaat helpen. Maar dat doet ze niet. Ze geeft hem nog een duw. Zijn benen gaan omhoog, zijn glas glijdt uit zijn hand, hij maait met zijn armen in het rond – en dan is hij verdwenen.

Pas wanneer de vrouw zich omdraait om weg te lopen zien we haar gezicht.

Het staat doodkalm.

Het is Liz, uiteraard.

ERIN

Snoop-ID: LITTLEMY
Luistert naar: offline
Snoop-volgers: 160

Het is doodstil rond de tafel wanneer Topher zijn laptop sluit en wegzet. Carl zegt als eerste iets.

'Wat is dit in godsnaam?'

'Ik denk...' zegt Miranda heel langzaam. Alle kleur is uit haar gezicht verdwenen. 'Ik denk dat we net hebben gezien hoe Liz iemand vermoordde.'

'Daarom is Eva vermoord,' zegt Topher. Zijn stem klinkt schor. 'Dat kan toch niet anders? Liz moet geweten hebben dat ze het wist.'

'Maar... dat is niet logisch,' zegt Miranda verbijsterd. 'Waarom Eva vermoorden als ze wist dat ze dat filmpje had?'

'Ik denk dat ze dat niet wist,' zegt Topher. Hij ziet er doodmoe uit, alsof hij opeens tien jaar ouder is geworden.

'Je hebt gelijk. Ze wist het inderdaad niet,' zeg ik. Mijn woorden vallen in de stilte als stenen in een waterput. Ze draaien zich allemaal naar me toe en kijken me verbaasd aan.

'Wist je hiervan?' vraagt Miranda.

Ik knik met tegenzin. 'Ja. Liz heeft het bekend voordat...' Ik stop, want ik kan mezelf er niet toe zetten te zeggen wat er is gebeurd, ook al heb ik dat bij de politie al gedaan: de eindeloze nacht, de pillen in de ketel, de nachtmerrieachtige achtervolging in de duisternis, de gruwel van haar eenzame dood. 'Voordat ik op de vlucht sloeg,' maak ik mijn zin zwakjes af.

'Ze heeft die man in koelen bloede vermoord,' zegt Carl geschokt. Zijn stem klinkt dof.

'Hij randde haar aan,' zegt Miranda stijfjes. Ik luister niet naar de discussie die volgt, want ik heb het te druk met nadenken.

Wie stond er te filmen? En waarom?

Er is maar één verklaring: het moet Eva geweest zijn. Naar Liz' zeggen was ze de enige andere aanwezige die avond. En ze had het filmpje. Ze moet zich in de flat hebben verstopt en door de gesloten glazen schuifdeur hebben gefilmd. Het is de enige logische verklaring en het sluit qua timing aan bij Liz' verhaal. Vlak voordat het gebeurde excuseerde Eva zich om naar het toilet te gaan.

Maar... Terwijl de anderen discussiëren en Miranda met haar schrille stem Carl overstemt, tel ik een en een bij elkaar op. Waarom zou Eva dat filmen? Tenzij ze wist, of in elk geval een sterk vermoeden had, dat Liz zou worden aangerand.

Dan herinner ik me wat Liz tegen me zei toen ze herhaalde wat Eva had gezegd. *Bovendien houdt Norland van haar type. Hij heeft ze graag jong.*

Heeft... heeft Eva Liz meegebracht in de wetenschap dat Norland waarschijnlijk avances zou maken, dat Liz hem zou afhouden en dan... wat?

Met een pijnlijke onherroepelijkheid vallen de puzzelstukjes op hun plaats.

Dan zou Eva een filmpje hebben van een man, een potentiële investeerder, die haar werknemer aanrandt.

Ze zou hem hebben waar ze hem hebben wilde.

Eva is een chanteur. Dat wist ik al. Maar op de een of andere manier is deze wrede, berekende opzet oneindig veel erger dan wat ik me had voorgesteld.

Ze leidde Liz naar binnen als een lammetje naar de slachtbank. Wat ze niet wist was dat Liz geen lammetje was.

Het is zoals Liz zei: iedereen bij Snoop onderschatte haar.

Nou, dat was een vergissing. En Eva's vergissing heeft haar het leven gekost. En Norland ook. En nu Liz zelf.

'Ze wist het,' zeg ik zacht. Eerst horen ze me niet en gaat de discussie onverminderd door.

Dan vraagt Tiger: 'Wat zei je, Erin?'

'Ze wist het.' Wanneer ik het herhaal vallen de anderen stil,

zodat mijn woorden inslaan als een bom in de plotselinge stilte.
'Wie? Liz?'
'Eva. Ze ging ervan uit dat die vent Liz zou aanranden. Daarom stond ze te filmen. Ze heeft het jou verteld, Rik, weet je nog? "Norland houdt van haar type. Hij heeft ze graag jong."'
Rik zegt niets, maar de uitdrukking op zijn gezicht spreekt boekdelen. Hij weet het nog. Hij herinnert het zich glashelder. En hij begrijpt het. Toch leg ik het aan de anderen uit.
'Ze kleedde Liz mooi aan en nam haar mee naar zijn huis, wetend dat Norland waarschijnlijk avances zou maken naar Liz. En dan zou ze het allemaal op film hebben.'
'Shiiit,' zegt Carl met een asgrauw gezicht. 'Toen ik haar vroeg hoe ze zo goed was geworden in het overhalen van investeerders, heeft ze het me een keer verteld. Ze zei dat iedereen een knop heeft, dat je die gewoon moet vinden en dan zo hard mogelijk moet indrukken, zelfs als ze piepen.'
'Dat filmpje zou haar knop zijn geweest,' zeg ik. 'Alleen is het niet gelopen zoals ze het had gepland.'
'En al die tijd,' zegt Tiger langzaam. 'Al die tijd hield ze haar kennis als een zwaard van Damocles boven Liz' hoofd. Wat doen we?'
'Wat kúnnen we doen?' vraagt Topher. Hij staat op en haalt zijn handen door zijn haar. 'Shit zeg, dit is verschrikkelijk. Die verdomde map. En Liz is niet de enige. Er staan gegevens in over allerlei mensen. Het is een tijdbom.'
'Weet Arnaud ervan?' vraagt Rik.
Topher schudt zijn hoofd. 'Nee, ik heb hem niet verteld wat er in de map zit. Als dit naar buiten komt, is het afgelopen met Snoop. Wat doen we? Een bedrijf dat drijft op het chanteren van investeerders? Eva's dood zouden we misschien wel overleven, en zelfs de onthullingen over Liz. Maar als dit uitkomt kunnen we er allemaal aan ten onder gaan.' Hij kijkt over de tafel naar Rik. 'Ik bedoel letterlijk ten onder gaan. Wij tweeën zouden wel eens in de gevangenis kunnen belanden. Want hoe bewijzen we dat we dit niet wisten?'
'We mogen dit niet in de doofpot stoppen!' Tiger klinkt ontzet. 'Topher, wat wil je nou? Dat we doen alsof we dit nooit hebben gezien?'

‘Ik zeg alleen...’ Topher klinkt wanhopig. Hij haalt zijn handen weer door zijn vlasblonde haar en ziet er nu half doorgedraaid uit. ‘Ik zeg alleen: wat hebben we eraan om met alles in de openbaarheid te komen? Eva is dood. Liz is dood. Norland is dood. Niemand kan voor het gerecht worden gedaagd. Het enige wat we ermee zouden bereiken is dat we Arnaud en Radisson leed berokkenen.’

‘En Snoop,’ zegt Tiger beschuldigend. ‘Dat is wat je eigenlijk bedoelt, of niet soms? Het gaat hier niet om Arnaud, het gaat om het beschermen van je positie.’ Haar doorgaans kalme stem is nu hoog van woede en verdriet. ‘En Liz dan?’

‘Liz is een moordenaar!’ roept Topher.

‘Ze is een slachtoffer!’

‘Ze is een verdomde psychopaat,’ zegt Carl nuchter. ‘Was, bedoel ik.’

Er valt een stilte, waarin we er met zijn allen over nadenken.

Want dit is het probleem: Liz was een slachtoffer. En zoals ze zelf al zei, ze heeft dit alles nooit gewild. Ze was gewoon een arm, verward kind, op het verkeerde moment op de verkeerde plek. Maar ik kan die tweede, extra duw niet vergeten. En ik kan Ani niet vergeten, kleine, vriendelijke Ani. Misschien hebben ze allemaal gelijk. Misschien was Liz wel beide.

ERIN

Snoop-ID: LITTLEMY
Luistert naar: The Verve / Bitter Sweet Symphony
Snoopers: 43
Snoop-volgers: 164

Wanneer het avondeten voorbij is, zijn we er nog steeds niet uit. Ik loop onbeholpen de steile trap op naar mijn kamer en laat de boze discussies en cirkelredeneringen van de anderen achter me. Zodra ik binnen ben, doe ik opgelucht mijn oortjes in en laat mezelf met geheven enkel achterover op het bed zakken, denkend aan niets anders dan de muziek in mijn oren.

Ik hoor de klop op de deur amper, maar iets zorgt ervoor dat ik een oortje uittrek. Daar is het weer, een kordaat geklop.

Met een zucht zwaai ik mijn benen van het bed en hobbel naar de deur.

Het is Danny. En hij heeft een kruk vast.

'Je was deze vergeten.'

'O, natuurlijk.' Ik sla met een hand tegen mijn voorhoofd. 'Wat een sukkel ben ik toch. Bedankt.' Hij geeft hem aan mij, en even valt er een ongemakkelijke stilte. 'Wil je binnenkomen?' vraag ik met een handgebaar naar mijn nogal povere kamer. 'Het is niet bepaald het Ritz, maar ik weet niet of ik het wel aankan beneden bij de anderen te zitten.'

Tot mijn verbazing schudt Danny zijn hoofd. 'Neuh. Ik... Nou ja, ik ga zo uit. Even iets drinken.'

'Met wie?' Het verrast me. Wat me nog meer verrast is dat Danny bloost.

'Met Eric. De zoon van de pensionhoudster. Hij runt de bar verderop, je weet wel, die op de hoek met de koperen toonbank, Le Petit Coin? Hij zei... Nou ja, je weet wel. Hij vroeg of ik na het eten iets kwam drinken.'

'Danny.' Ik kan de glimlach die zich over mijn gezicht verspreidt niet tegenhouden. 'Dat is geweldig. Is hij...'

Danny trekt een wenkbrauw op, maar houdt zijn lippen op elkaar. Nu ga ik ook blozen. Uiteindelijk verlost hij me uit mijn lijden.

'Als je bedoelt of hij een liefhebber is van pina colada, volgens bronnen wel, ja.'

'Ha. Mooi. Dan zou ik gaan als ik jou was.'

'Weet je het zeker? Ik bedoel, je kunt meekomen...' Zijn stem sterft weg.

Ik lach en schud mijn hoofd. 'Nee. Nee, bedankt. Geen pina colada's voor mij, ik ga vroeg naar bed.'

'Oké. Goed plan, Batman.' Hij aarzelt en kijkt dan fronsend naar zijn voeten, terwijl hij met zijn rechterteen een patroon tekent op het felgekleurde tapijt. 'Wat een idiote toestand, hè?'

'Al dat gedoe met dat filmpje? Ja. Wat denk je dat ze zullen doen?'

'Geen flauw idee. Ik vroeg me af of we misschien zelf naar de politie moeten gaan, maar ik betwijfel of het veel zin heeft.'

Ik heb me hetzelfde afgevraagd en heb net als hij geen antwoorden. Uiteindelijk haal ik alleen mijn schouders op.

Danny draait zich om alsof hij op het punt staat weg te lopen, maar net wanneer ik de deur wil dichtdoen draait hij zich om, alsof hij nog iets wil zeggen. In plaats daarvan buigt hij zich naar me toe en geeft me heel lief en verrassend een kus. Zijn lippen voelen vol en zacht aan tegen mijn jukbeen.

'Ik hou van je, meissie,' zegt hij.

Ik sla mijn armen om hem heen en geef hem een knuffel. 'Ik hou ook van jou, Danny. Ga nu maar. Er staat een pina colada op je te wachten.'

ERIN

Snoop-ID: LITTLEMY
Luistert naar: Carole King / Tapestry
Snoopers: 28
Snoop-volgers: 345

Het is ruim drie weken later en ik zit bij het vuur in het chalet terwijl ik uitkijk over het dal. Ondertussen luister ik naar muziek en denk aan niets in het bijzonder.

Het is nog steeds vreemd om hier te zijn zonder te werken. Formeel gezien zijn Danny en ik allebei nog in dienst, al weet ik niet hoelang dat nog zal duren. Nadat Perce-Neige officieel tot plaats delict was bestempeld en er in meerdere binnen- en buitenlandse kranten foto's van waren verschenen, werd duidelijk dat het chalet niet meer als vakantiebestemming kon worden gebruikt, zelfs niet als de lawineschade werd hersteld. In elk geval niet dit seizoen.

De resterende boekingen voor het jaar zijn of geannuleerd of overhaast omgeboekt naar de andere chalets die eigendom zijn van het skibedrijf. Nu wachten Danny en ik gewoon maar af wat er gaat gebeuren. We lopen door de lege kamers, kijken naar de plek waar Ani het laatst heeft gezeten, zien Elliots geest die stoofschotel in zijn mond lepelt, horen het getik van Eva's hakken op het parket en het dichtslaan van Liz' slaapkamerdeur.

Ik kan hier niet blijven. Daar ben ik inmiddels wel achter. Maar ik kan ook niet blijven weglopen.

Door de geuren uit de keuken rammelt mijn maag. Net wanneer ik overweeg mezelf uit mijn stoel te hijsen en naar de keuken te stommelen om Danny te vragen wanneer we gaan eten, houdt mijn Snoop-stream er abrupt mee op. Ik begrijp even niet wat er gebeurt. Ik was niemand aan het bespieden, dus de feed zou niet zomaar mogen uitvallen. Het is mijn eigen muziek.

Ik open mijn telefoon om de app te controleren, en dan zie ik het. Er is een e-mailbericht binnengekomen. Van Kate. Het onderwerp is 'Lastig nieuws'. Mijn maag krimpt ineen.

'Danny,' roep ik boven het geluid van potten en pannen in de keuken uit. Er komt geen reactie. Ik sta op het punt op te staan en naar hem toe te gaan om hem de melding te laten zien, wanneer hij met zijn eigen telefoon in de hand in de deuropening verschijnt.

'Heb jij hem ook gekregen?' vraagt hij.

Ik knik. 'Ja, ik denk dat we allebei een cc'tje hebben gekregen. Wat staat erin?'

'Open hem, dan kom je er vanzelf achter.'

Mijn maag draait zich om terwijl ik de e-mail open en snel de inhoud scan. *Lastige beslissing... niet praktisch om te heropenen... uiteindelijke verkoop... ziektegeld... royale ontslagpakketten... over vier weken.*

'Ze sluiten het chalet.' Ik kijk op naar Danny.

Hij knikt plechtig. 'Yep, daar komt het wel op neer. Het verbaast me niks. Wie wil er nou logeren in een chalet waar vier mensen het leven hebben gelaten? Dat zorgt nou niet bepaald voor een knusse sfeer, zelfs als je het verwoeste zwembad niet meerekent. Wat ga je doen?'

'Wat ik ga doen?' Ik staar hem aan. Het is stom, want ik heb drie weken de tijd gehad om dat uit te zoeken, en nog heb ik geen beslissing genomen. Zal ik hier weer aan het werk gaan? Wil ik dat wel? Nu hoef ik me dat in elk geval niet meer af te vragen.

'Ik weet het niet,' zeg ik uiteindelijk. 'Jij?'

'We zouden hen kunnen aanklagen,' zegt Danny alsof het niets bijzonders is. 'Ik bedoel, een "royaal ontslagpakket" is allemaal goed en wel, maar jij bent tijdens je werk bijna vermoord. Ik denk dat je dan wel iets meer hebt verdiend dan een paar weken loon en een doos chocolaatjes.'

'Ik wil ze niet aanklagen,' zeg ik automatisch, zonder er een seconde over na te denken. Zodra de woorden uit mijn mond komen weet ik zeker dat het klopt wat ik zeg. Ik wil het niet. Het was al zwaar genoeg dit één keer te doorstaan. Ik ga er niet nog een keer doorheen in een rechtbank, laat staan dat ik Topher, Tiger, Rik en alle anderen erin meesleep als getuigen.

'Nee, ik ook niet echt,' zegt Danny, die met een zucht omlaagkijkt naar het scherm van zijn telefoon. 'Al had ik de poen goed kunnen gebruiken. Nou ja, zoals mijn ouwe ma zou zeggen: als wensen paarden waren, zouden bedelaars rijden.' Nog een zucht, en dan zegt hij: 'Zal ik opdienen? Flespompoensoep met hazelnootgremolata en geroosterde fougasse.'

'Klinkt heerlijk,' zeg ik, en ik probeer te glimlachen. 'Ik kan niet wachten.'

ERIN

Snoop-ID: LITTLEMY
Luistert naar:
Snoopers:
Snoop-volgers:

Na de lunch gaan Danny en ik voor de tv zitten en haal ik mijn telefoon tevoorschijn. Ik ben er een beetje verslaafd aan geraakt te kijken hoe mijn volgersaantal op Snoop steeds groter wordt. Er is niets beters voor een volgersboost dan het nieuws dat je bijna vermoord bent. En ik vind het leuk om Topher, Rik en de anderen te checken. Riks gebruikersnaam is Rikshaw en hij heeft niet zoveel volgers als Topher, maar ik vind zijn muzieksmaak veel beter. Laatst luisterde hij naar geweldige Cubaanse rap.

Wanneer ik de app open is er niets te zien, alleen een lege homepage.

Heel even denk ik dat ik per ongeluk ben uitgelogd, maar nee, ik zie dat ik nog aangemeld ben, en in de rechterbovenhoek staat mijn profielfoto, Little My van de Moomins die chagrijnig de wereld in kijkt. Er staat alleen niets meer in mijn lijsten – geen recent afgespeelde nummers, geen suggesties van mensen om te volgen, geen Snoop-volgers. Zelfs mijn aantallen zijn verdwenen. Is het internet weer uitgevallen? Ik weet nog dat dat eerder is gebeurd, en toen gebeurde dit niet. Heb ik soms een ban gekregen?

'Danny,' zeg ik.

Danny scrolt door Netflix. Zonder op te kijken van het scherm zegt hij: 'Dat is mijn naam, ja. Verslijt hem niet.'

'Danny, doet Snoop het bij jou?'

'Ja, hoezo?' vraagt hij. Dan opent hij de app om het te checken. 'Nee, wacht, wat? Ik ben al mijn volgers en favorieten kwijt. Wat is er aan de hand?'

'Ik weet het niet. Is dit ooit eerder gebeurd? Hebben we een ban gekregen?'

'Nee...' Danny scrolt door de menu's. 'Nee, dat denk ik niet. Er is niets waarvoor ze je een ban kunnen geven. Het is niet zoals Twitter, waar je extreemrechtse rotzooi op kunt posten. Hier kun je alleen maar mensen volgen. Ik denk... ik denk dat dit al eens eerder is gebeurd, tijden geleden, toen ze net waren begonnen en niet genoeg servers hadden. Ik weet nog dat er een paar dagen waren waarop de hele app gewoon crashte, en dat zag er ook zo uit. Gewoon een leeg scherm. Misschien hebben ze aan hun kant serverproblemen?'

'Misschien.'

Ik open Google en typ *storing Snoop.*

Het ene artikel na het andere verschijnt. HET LAATSTE NIEUWS staat bovenaan. *Britse techstart-up Snoop dient verzoek om ondercuratelestelling in.*

En nog een: *Snoop-gebruikers wachtte een onplezierige verrassing toen ze vandaag inlogden op hun favoriete app. Ze werden geconfronteerd met een leeg scherm. Na een faillissementsverklaring van oprichter en* CEO *Topher St Clair-Bridges heeft het bedrijf de servers afgesloten.*

'Shit.' Ik kan aan zijn gezicht en de manier waarop hij naar me kijkt zien dat Danny net dezelfde zoekopdracht heeft ingetikt en hetzelfde artikel of iets soortgelijks leest. 'Shit, ze zijn ten onder gegaan. Rik had gelijk.'

Ik blaas langzaam uit en een spanning waar ik me niet van bewust was glijdt van me af. Niet dat ik blij ben dat Snoop failliet is gegaan – verre van. Het idee dat Inigo, Tiger, Carl en de rest nu werkloos zijn, om nog maar te zwijgen van alle mensen achter de schermen die ik nooit heb ontmoet, daar schep ik nul genoegen in. Wel geeft het me rust over een beslissing die al drie weken in mijn achterhoofd knaagt: wat te doen met Eva's filmpje?

Want dat was de enige vraag die we niet hadden beantwoord voordat het Snoop-team St. Antoine verliet. Aan de ene kant was er Tophers vurig verdedigde argument dat niemand er beter van werd wanneer de waarheid boven tafel kwam, dat het Snoop onherstelbare schade zou toebrengen en dat het waarschijnlijk honderden onschuldige mensen hun baan zou kosten.

Maar aan de andere kant maakte dat het geheim juist zo ongemakkelijk. We deden niet wat juist was, we deden wat winstgevend was, een feit dat Tiger steeds opnieuw benadrukte in de immer bitterder wordende discussies die zich de laatste avonden van hun verblijf in het pension in St. Antoine herhaalden.

'Wil je beweren,' zei Topher woedend, 'dat als Snoop er niet was geweest, je Eva's gezin dat alles zou laten doorstaan? Zou je opzettelijk nog een slachtoffer aan Liz' lijst toevoegen, alle oude wonden openrijten voor de familie van die arme man? Zou je Arnaud kwellen met iets wat hij nooit hoeft te weten? Is het echt de moeite waard dat alles te offeren voor de waarheid, wanneer alle betrokkenen toch al dood zijn?'

'Nee!' riep Tiger. 'Maar dat is juist het punt, we wegen dat alles niet af tegen de waarheid, we wegen Snoop af tegen de waarheid. En dat maakt dit zo problematisch! Topher, je kunt niet door het leven gaan met de verwachting dat iedereen alle principes die ze hebben opofferen voor je bedrijfsvisie. Zo werkt het niet. Zo klink je arrogant, met je bevoorrechte houding.'

'Bevoorrecht, bevoorrecht!' overschreeuwt Topher haar. 'Ik ben dat woord zo zat, verdomme! Het is een stok geworden om witte mannen mee te slaan. Weet je eigenlijk wel wat bevoorrecht betekent, Tiger? Het betekent dat je iets verdiend hebt, dat je boven anderen begunstigd bent, om welke reden dan ook. Denk daar de volgende keer maar eens aan wanneer je het over iemands bevoorrechte houding hebt.'

Toen stormde hij naar buiten.

Nu, drie weken later, denk ik er inderdaad aan. Ik denk aan wat bevoorrecht echt betekent. Aan de familie van de onbekende manager, die het recht heeft de waarheid over hun zoon en broer te weten. Aan Eva's onschuldige dochter, die het recht heeft op te groeien zonder de schaduw van haar moeders daden die over haar heen valt. En ik denk aan de doden, die het recht hebben met rust gelaten te worden.

Topher heeft een bevoorrechte houding. Dat is gewoon zo. Bevoorrecht zoals Tiger het bedoelde. Hij is graaiend door het leven gegaan, net als Eva. Ze hebben mensen gebruikt als stukken in hun schaakspel – werknemers, investeerders, vrienden, relaties – ze namen alleen maar, van allemaal. En ze hebben nooit de verantwoordelijkheid genomen voor de schade die ze veroorzaakten.

Ik denk aan wat verantwoordelijkheid betekent.

Ik denk aan schuld.

Ik denk aan verdergaan.

ERIN

Ik ben in mijn kamer mijn spullen aan het pakken wanneer de e-mail doorkomt. Ik weet niet wat ik had verwacht – Kate, misschien, met wat lastminutedetails over ons ontslag, of personeelszaken met nog wat juridische disclaimers om te ondertekenen. Het bericht komt van geen van beide. En ik herken het e-mailadres niet.

Maar het onderwerp is 'Sorry', dus ik klik door.

Eerst scrol ik naar het einde van de e-mail om te zien van wie hij is, en zodra ik de naam zie kijk ik nog eens. Topher. Waarom e-mailt hij me in godsnaam?

Ik frons mijn wenkbrauwen. Dan scrol ik terug naar boven om te lezen wat hij nou eigenlijk heeft gestuurd.

Beste Erin,

Ik neem aan dat je inmiddels wel uit de krant hebt vernomen dat Snoop ten onder is gegaan. Verdomde roofkapitalisten. Wanneer je populair bent kunnen ze hun tong niet ver genoeg in je keel steken, maar wanneer je ze echt nodig hebt kun je net zo goed herpes hebben.

Als Eva hier was zou ze waarschijnlijk zeggen: Ik heb je gewaarschuwd, maar ze is er niet, dus kan ik haar niet eens die kleine voldoening geven.

Ik heb je e-mailadres uit de gebruikersdatabase gehaald voordat we werden buitengesloten. Ik weet het. Verlink me niet. Luister, ik wilde zeggen... O shit. Ik weet het niet. Sorry of zoiets. Sorry voor alles wat er met je gebeurd is,

en vooral, sorry dat ik zo lullig heb gedaan over Alex en Will. Ik denk nog vaak aan die middag in het chalet, toen ik me realiseerde wie je was, en... Nou ja, ook al kan ik de woorden niet terugnemen, ik heb je er nooit mijn excuses voor aangeboden dat ik het überhaupt heb gezegd, dus daar gaat dit over.
Ik ben niet zo goed in sorry zeggen. Ik heb er eerlijk gezegd niet veel oefening in gehad, dus ik val maar met de deur in huis. Sorry. Alex en Will – het waren goede kerels. Ze hadden het niet verdiend dat dat ze overkwam, en jij ook niet. En sorry voor wat ik suggereerde. Ik weet niet hoeveel je ervan hebt opgevangen, je was toen niet in de kamer, maar in het heetst van de strijd heb ik nogal wat lullige dingen gezegd. Daar ben ik niet trots op.
Want weet je, nu het stof is neergedaald en ik wat tijd heb gehad om dingen onder ogen te zien, snap ik het. Ik snap wat het met je doet wanneer je mensen op die manier verliest. Eva, Elliot, ze waren niet mijn bloedverwanten maar kwamen daar wel heel dicht bij in de buurt. Elliot en ik hebben samen op school gezeten, en Eva... Ik weet het niet. Het is moeilijk uit te leggen. Zelfs nadat we uit elkaar waren gegaan hebben we die band nooit echt verbroken.
Dus ik snap het nu. Ik snap waarom je het ons niet hebt verteld. Ik begrijp waarom je niet kon weggaan.
Ik denk de hele tijd aan ze. Aan Elliot, die in een of ander Frans lijkenhuis ligt te wachten op een autopsie. Aan Eva, nog steeds daarboven, bevroren in de bergpassen als de Schone Slaapster. En ook aan Ani, denk ik. Verdomme.
Hoe dan ook, dit was het wel. Ik wilde het nog een laatste keer zeggen.
Sorry.
Topher
x

PS Ik wilde je nog even laten weten dat ik die map in zijn geheel aan de politie heb gegeven. Uiteindelijk voelde dat als de juiste stap. En voor wat het waard is: dat heb ik vorige week gedaan. Voordat dit alles gebeurde. Het is niet de reden waarom Snoop ten onder is gegaan. Al zou ik graag zeggen dat het wel zo is, het is niet zo. Ik wil dat je dat weet.

Wanneer ik van het scherm opkijk merk ik tot mijn verbazing dat mijn wangen nat zijn. En hoewel ik niet weet wat ik moet zeggen, druk ik op antwoorden en zit ik een hele tijd met mijn vingers boven de toetsen. Dan typ ik. Slechts vijf woorden. En ik hoop echt dat ze waar zijn.

Beste Topher, het komt goed.

ERIN

'O, meissie.' Danny heeft zijn armen om mijn nek geslagen en drukt zijn gezicht tegen mijn schouder. 'Ik zal je missen, gek.'

'Ik zal jou ook missen.' Ik knuffel hem terug, voel zijn sterke schouders, hard onder zijn donsjack, en ruik zijn permanente geur, de Franse keuken, van sudderende stoofschotels met veel wijn, smeltende boter, gebakken knoflook en alle goede dingen.

'Ga je je wel redden?'

Ik knik. Want voor het eerst in lange tijd... denk ik dat dat zo is.

'Ik moet naar huis,' zeg ik, en deze keer meen ik het. Niet thuis, St. Antoine, maar thuis in Engeland, waar Wills rouwende ouders en mijn eigen familie geduldig wachten tot ik me verzoend heb met mijn geesten.

Ik ben al zo lang alleen met ze, luister al zo lang naar de Will en Alex in mijn hoofd in een poging in het reine te komen met wat er is gebeurd, met wat ik heb gedaan – een poging in het reine te komen met de verantwoordelijkheid dat ik die vijf woordjes heb gezegd: *Laten we offpiste gaan skiën.*

Toen ik daar met Liz in de sneeuw lag en haar levenswarmte onder mijn vingers voelde wegebben, realiseerde ik me dat ik niet eeuwig op de vlucht kan blijven. En misschien is dat wel goed.

'Ga jíj je wel redden?' vraag ik. In de verte nadert de bus, ik kan het geluid van de sneeuwbanden op de sneeuwvrij gemaakte weg horen. 'Wat ga je doen? Proberen een baan te vinden in een van de andere chalets?'

'O,' zegt Danny, en tot mijn verbazing bloost hij een beetje. De topjes van zijn oren, die ondanks zijn beanie nog net zichtbaar zijn, kleuren roze. 'Nou ja, eigenlijk heb ik er al een.'

'O ja?'

'Ja.' Hij kucht er een beetje ongemakkelijk bij. 'Eh, herinner je je dat pension waar de politie ons in had ondergebracht?'

'Dat met die smerige cassoulet? Natuurlijk weet ik dat nog!'

'Ja, nou, ze hebben hun chef-kok ontslagen. En, eh, een vriend van me heeft een goed woordje voor me gedaan.'

'Een vriend?' Nu grijns ik breeduit. 'Een vríénd? Is die vriend soms toevallig sexy Eric, de zoon van de pensionhoudster? Monsieur Pina Colada van Le Petit Coin?'

Danny bloost zo hevig dat ik me niet kan inhouden en hem in zijn ribben por, zodat hij in lachen uitbarst.

'O, Danny! Wat heb je moeten doen om dat te verdienen?'

'Dat gaat je niets aan.' Danny's wangen gloeien, en hij kijkt half kwaad, half grijnzend terug, maar ik zie de blijdschap die hij uitstraalt. 'Een beetje vriendjespolitiek heeft nog nooit iemand kwaad gedaan.'

'Ik betwijfel ten zeerste of het vriendjespolitiek was,' zeg ik. 'Eén hap van jouw cassoulet, en Eric zou wel gek zijn om je niet aan de haak te slaan.'

Ik wil meer weten. Ik wil alles weten, maar de bus is er bijna en er is geen tijd meer. Ik geef Danny een kus op zijn wang en hij tilt mijn andere tas op. Zodra de bus stilstaat, geeft hij hem aan de man die de bagage inlaadt.

'Zorg goed voor haar,' zegt hij in het Frans tegen de chauffeur, terwijl ik voorzichtig het trapje op loop. Hoewel ik geen kruk meer nodig heb, zit mijn enkel nog wel in een enkelbrace. 'Ze is niet zo stoer als ze eruitziet.'

'Bien sûr,' roept de chauffeur terug, met een knipoog naar mij.

Net wanneer ik in mijn stoel schuif hoor ik Danny door het dikke raam iets roepen. Ik open het ventilatieraampje boven in de ruit en kniel op de stoel om naar hem te kijken.

'Wat is er?'

'Dat ben ik vergeten te zeggen: download Choon!'

'Choon?'

'Dat is de nieuwe Snoop, maar dan beter. C, H, dubbel O, N.'

'Choon. Oké!' roep ik terug. En dan komt de bus in beweging en doe ik het raampje dicht. Danny loopt mee, maar de bus gaat steeds sneller. Ik zwaai naar hem en hij zwaait naar mij, hij kust zijn hand en ik voel een traan over mijn wang omlaagbiggelen.

Dan roept hij iets door het glas, ik kan alleen niet horen wat.

'Ik kan je niet verstaan!' schreeuw ik. Mijn gezicht vertrekt. Ik veeg de tranen van mijn wangen en voel de strakke rimpeling van het vervagende litteken glibberig worden onder mijn knokkels. 'Ik hou van je!' Maar we zijn te ver weg, ik weet dat hij het ook niet heeft gehoord.

Ik zak terug in mijn stoel en voel hartzeer voor iedereen die ik heb verloren, alles wat ik in de bergen achterlaat. Nog een traan biggelt over mijn gezicht, en even denk ik dat ik het niet zal kunnen inhouden, dat de tranen zullen komen of ik het nou wil of niet en dat ik in de bus mijn ogen uit mijn kop zal huilen. Ineens piept mijn telefoon één keer.

Het is een sms. Van Danny.

CHOON, meissie. O, en mijn ID is DANNYBOI. Luv ya.

ERIN

Choon-ID: Little-My
Volgers: 1

Dankwoord

Het schrijven van een boek is grotendeels een zelfzuchtige, eenzame aangelegenheid, maar ik kan niet genoeg benadrukken hoezeer het uitgeven ervan een teamprestatie is. De onvermoeibare redacteurs, publicisten, marketeers, ontwerpers, vertegenwoordigers, rechtenmensen, productie-editors en alle anderen achter de schermen zijn de onbezongen helden van de boekenwereld, samen met de boekverkopers en bibliotheekmedewerkers die voor het resultaat van onze inspanningen zorgdragen nadat het de deur van de uitgeverij heeft verlaten. Dat dit verhaal uit mijn hoofd in jouw handen is gekomen, is aan hen te danken, en daarvoor kan ik ze niet genoeg bedanken.

Mijn hartelijke dank aan Alison, Liz, Jade, Sara, Jen, Maggie, Noor, Meagan, Sydney, Aimee, Bethan, Catherine, Nita, Kevin, Richard, Faye, Jessica, Rachel, Sophie, Mackenzie, Christian, Chloe, Anabel, Abby, Mikaela, Tom, Sarah, David, Christina, Jane, Sophie, Jennifer, Chelsea, Kathy, Carolyn en iedereen bij Simon & Schuster en PRH. En aan de boekverkopers, bibliotheekmedewerkers, bloggers, lezers en recensenten – ik kan jullie niet allemaal noemen, maar jullie zijn de reden dat ik dit blijf doen. Ik dank jullie dan ook elke dag.

Hoewel ik de personages en situaties in dit boek allemaal zelf heb bedacht, heb ik schaamteloos advies bij anderen ingewonnen om Snoop te creëren – dus dank aan Joe, James en James voor het advies over alles van muziekplaylists tot en met aandeelhoudersovereenkomsten.

Aan Eva en Ludo, ik zou dit echt niet zonder jullie kunnen doen.

Aan Carmen Sane en mijn geweldige schrijversvrienden, jullie zijn zo grappig, cool en slim. In één woord geweldig. Zonder jullie zou ik veel meer werk gedaan krijgen maar veel minder plezier hebben.

Aan Jilly, Ali en Mark – dank dat jullie het beste ski-ondersteuningsteam en de beste media-assistenten, publicisten en drinkmaatjes zijn. En natuurlijk dank dat jullie me in de Geheime Vallei hebben laten skiën (maar niet 's nachts).

En als laatste en beste, zoals altijd dank aan mijn lieve familie, voor alles.